희망의 끈

희망의 끈

초판 1쇄 펴낸 날 2022년 11월 16일 3쇄 펴낸 날 2023년 3월 2일
지은이 히가시노 게이고 **옮긴이** 김난주 **펴낸이** 박설림 **펴낸곳** 도서출판 재인 **디자인** 오필민디자인
등록 2003. 7. 2. 제300-2003-119 **주소** 서울시 강남구 언주로 30길 13 대림아크로텔 1812호
전화 02-571-6858 **팩스** 02-571-6857

ISBN 979-11-92483-14-6 03830   Copyright ⓒ 재인, 2022 Printed in Korea.

책값은 뒤표지에 표시되어 있습니다. 잘못된 책은 바꿔 드립니다.

희망의 끈

히가시노 게이고

김난주 옮김

재인

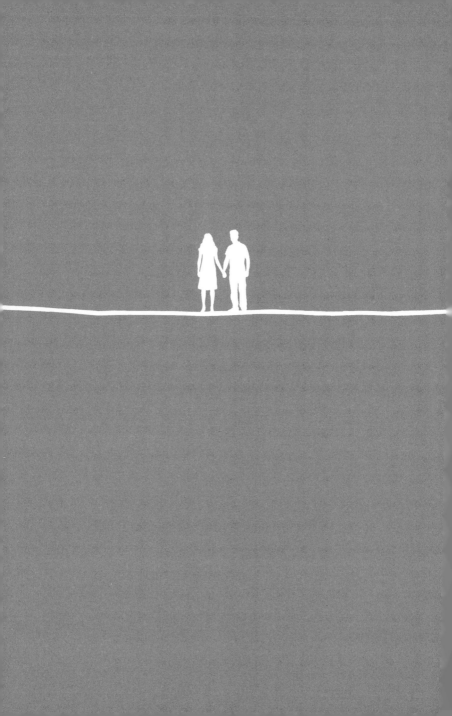

프롤로그

오우마가도키(逢魔が時. 한자 그대로 풀이하면 '마귀를 만나는 시간'이라는 뜻-옮긴이)라는 말이 있다. 해 질 녘의 어스름한 시간대를 뜻한다. 옛날에는 가로등이나 조명이 없어서 해가 질 무렵이면 도둑이나 납치범 등이 활동을 시작하니 여러모로 뒤숭숭해서 이런 말이 생기지 않았을까. 하지만 오늘날 지는 해를 바라보며 불길함을 느끼는 일은 없다. 오히려 내일은 맑겠구나 하고 좋은 예감이 들면 들었지.

그보다는 이쪽이 오히려 불길한걸, 하고 붉은 하늘을 바라보며 시오미 유키노부는 생각했다. 아침노을. 뭔가 좋지 않은 일이 일어날 것만 같은 느낌이 든다.

복도 저편에서 아이들이 떠드는 소리와 쿵쿵거리는 소리가 들려온다. 쿵쿵거리는 사람은 나오토일 것이다. 아래층에 폐가 되니 조심하라고 몇 번이나 일렀건만 듣는 척도 안 한다.

유키노부가 잠옷 차림을 한 채 식당으로 들어서니 내년 봄이면 중학생이 되는 에마가 토스트를 먹고 있었다. 잘 잤어, 하고 말을 건넸지만 대답이 돌아오지 않는다. 딸의 시선은 옆에 놓인 접이식 거울을 향해 있었다. 아빠와 아침 인사를 나누기보다 앞머리 모양이 중요한 듯했다.

"아, 여보. 일찍 일어났네."

부엌에서 레이코가 쟁반을 들고 나오며 말했다.

"나오토, 빨리 와서 아침 먹어!"

레이코는 모습이 보이지 않는 아들을 부르고 나서 유키노부를 바라보았다.

"당신도 먹을 거야?"

"아니, 나는 조금 이따가."

유키노부는 식탁 의자를 끌어당겨 걸터앉았다.

그때 문이 세차게 열리면서 나오토가 나타났다. 11월이 코앞인데 맨투맨 티셔츠에 반바지 차림이다. 축구 연습을 하다가 다쳤다는 무릎에는 딱지가 앉아 있었다. 유키노부가 잘 잤니, 하고 말을 걸자 나오토는 응, 아빠도? 하고 되물었다. 초등학교 4학년생인 아들은 아직 순진한 구석이 남아 있다.

"저기 말이야, 너희들, 정말 괜찮겠니?"

아침을 먹기 시작한 나오토와 토스트를 다 먹고 앞머리를 매만지는 에마를 번갈아 바라보며 유키노부가 물었다.

"또 그 소리야?"

그릇을 치우면서 레이코가 어이없다는 듯이 말한다.

"응? 에마야."

"왜에."

그제야 딸이 아빠를 올려다봤다.

"둘만 가도 괜찮겠냐 말이야."

"아이참, 몇 번을 물어."

에마가 소파로 자리를 옮겨 거기 놓여 있던 배낭 안을 뒤적거렸다.

"여보, 걱정할 필요 없다니까."

레이코가 말했다.

"여러 번 말했지만, 모르는 데 가는 게 아니잖아."

"그건 나도 아는데, 신칸센만 탄다고 끝이 아니니까 그렇지. 전철로 갈아타는 게 보통 어려운 일이 아니라고."

"걱정 마, 빠삭하게 알아 놨단 말이야."

에마가 진절머리 난다는 듯이 말했다.

"버스도 타야 하는걸."

"알아. 제발 그만 좀 해."

에마가 벌떡 일어나 방으로 들어가며 문을 쾅 닫았다.

유키노부는 당황스러운 얼굴로 아내를 바라봤다.

"뭐야, 저 태도는."

"당신이 어린애 취급을 하니까 그렇지."

레이코가 쓴웃음을 짓는다.

유키노부는 "어린애니까 어린애 취급을 하지."라고 중얼거리며 나오토에게 눈길을 돌렸다. 아들은 부모의 대화 따위는 들리지도 않는다는 듯이 묵묵히 소시지를 우물거렸다.

아이들끼리 정말 거기까지 갈 수 있을까. 유키노부는 반신반의했다.

거기란 니가타현 나가오카시에 있는, 레이코의 친정이다. 지금도 장인과 장모가 그곳에 산다. 매년 가을이면 레이코는 마치 연례행사처럼 아이들을 데리고 친정으로 향했다. 하필 왜 그 시기냐 하면, 에마와 나오토가 다니는 학교가 입시 때문에 일주일간 수업을 안 하기 때문이다. 둘은 사립대학 부속 초등학교에 다닌다.

나가오카시는 상당히 넓은 곳이다. 레이코의 친정은 근처에 산과 강이 있고 자연이 풍요로운 동네다. 아이들이 뛰어놀만한 시설도 많다. 무엇보다, 그리 멀지 않은 곳에 레이코의 언니네 집이 있고 그곳에는 에마와 나오토 또래의 사촌 남매가 있다. 눈만 뜨면 어울려 놀다가 마지막 날이 되면 헤어지기 싫다고 우는 것도 연례행사의 하나다.

그런데 올해는 레이코가 사정상 도저히 일주일이나 짬을 낼 수 없었다. 현재 그녀는 프리랜서 플라워 디자이너로 일하는데, 거절하기 힘든 일거리가 몇 가지 들어온 모양이다. 그래서 올해는 가지 않으려고 했지만 아이들이 펄펄 뛰었다. 심지어 에마는 자기들끼리 가겠다고 떼를 썼다. 유키노부는 터무니없는 말이라고 생각했는데, 그것도 괜찮겠네, 하며 레이코가 솔깃해했다. 그녀는 교통편을 이리저리 알아보더니 급기야 아이들끼리 한번 보내 보자고 제안했다.

"에마는 내년이면 중학생이고 나오토도 이제 열 살이잖아. 둘이 같이 가면 어떻게든 갈 수 있을 거야. 한번쯤 모험도 시켜 봐야지. 부모가 너무 벌벌 떨면 아이들이 성장하지 않는다잖아."

그렇게까지 말하니 유키노부로서도 반론하기 어려웠다. 아이들이 성장하는 데 모험이 필요하다는 건 그 역시 잘 아는 사실이다.

유키노부가 레이코를 만난 건 16년 전이다. 유키노부가 근무하는 건설 회사에 대학을 갓 졸업한 레이코가 신입 사원으로 들어왔다. 그리고 얼마 후 그들은 같은 부서에서 일하게 되었다. 당시 유키노부는 단독 주택을 리모델링하는 일을 주로 담당했다. 둘이서 고객의 집을 방문해 상담과 제안을 하곤 했는데, 젊은 여사원과 함께 다니니 고객의 태도가 부드러워 좋았다. 그래서 신입을 떠맡았다는 불만은 없었다.

남녀가 함께 지내는 시간이 길어지면 일로 말고는 별로 얼굴을 마주하고 싶지 않은 사이가 되든지 아니면 마음을 열게 되든지, 둘 중 하나다. 유키노부와 레이코의 경우는 후자였다. 사적으로도 만나기 시작하면서 자연스럽게 서로를 결혼 상대로 여기게 되었다.

만난 지 3년 만에 결혼식을 올렸다. 유키노부가 서른셋, 레이코가 스물다섯 살 때 일이다. 그로부터 얼마 지나지 않아 레이코는 임신을 했고, 첫아이인 에마를 낳았다. 쪼글쪼글하고 빨갛고 가녀린 아기를 품에 안은 채 유키노부는 이제 어지간해서는 회사를 그만둘 수 없겠구나, 하고 생각했다.

그 2년 후에는 사내아이가 태어났다. 그때는 유키노부도 함께 분만실에 들어갔는데, 아기가 어찌나 쉽게 나오는지 그만 맥이 풀릴 지경이었다.

"별로 안 아팠지?"

슬쩍 그렇게 묻자 레이코는 "다음에 임신하면 나 대신 당신이 낳아 봐."라며 유키노부를 쏘아보았다.

그 후로 오늘까지 넷이서 오순도순 살았다. 이사를 하고, 아이들 학교 문제로 안달복달하는 등 갖은 일을 겪었지만 그래도 나름 즐겁게 지내 왔다. 요즘 들어 에마가 조금 반항적이 되었지만, 언젠가 딸이 아빠와 말을 섞지 않는 날이 온다는 건 이미 들어서 알고 있었으므로 딱히 신경이 쓰이지는 않았다.

앞으로도 우여곡절이 있겠지만, 역경이 찾아와도 굴하지 않고 가족이 힘을 합해 꿋꿋하게 살아갈 것이라고 유키노부는 믿었다.

그는 나가오카로 향하는 에마와 나오토를 배웅하고 나서 앞으로는 아이들을 좀 믿어 주어야겠다고 다짐했다.

그날은 토요일이었지만 유키노부는 오후에 회사에 나갔다. 막바지로 접어든 공사가 있었는데, 그와 관련해 확인해야 할 일이 있어서였다.

같은 이유로 휴일임에도 출근한 부하 직원들과 회의를 마친 후 가볍게 한잔하자는 얘기를 주고받을 때였다. 돌연 발밑이 출렁거렸다. 서 있던 유키노부는 옆에 있는 책상을 붙잡았다.

"지진이다!"

"상당히 많이 흔들리는데."

직원들이 제각기 한마디씩 했다.

잠시 후 흔들림이 잦아들자 유키노부는 직원들과 함께 로비로 내려갔다. 그곳에는 텔레비전이 있다. 이미 몇 사람이 텔레비전을 보고 있었다.

화면을 본 순간 유키노부는 헉, 숨을 삼켰다. 진원지가 니가타였던 것이다.

허둥지둥 휴대 전화를 꺼내 집으로 전화했다. 신호가 울리자마자 레이코가 받았다.

"나야. 지진 때문에 전화했지?"

아내의 목소리에서 절박감이 묻어났다.

"그래. 그쪽에 연락해 봤어?"

"연락은 해 봤는데 연결이 안 돼. 지금 언니한테 전화해 보려는 참이었어."

"알았어. 곧장 들어갈게."

전화를 끊은 직후 또다시 발밑이 출렁거렸다. 여진이다. 도쿄에서도 이럴 정돈데 진원지는 어떨까. 불안이 한층 더하고 심장 고동이 빨라졌다.

회사를 나와 걸음을 재촉했다. 열차 운행도 순조롭지 않은 듯했다. 조에쓰 신칸센이 탈선했다는 얘기가 들려와 등골이 서늘해졌다. 피해가 어느 정도일까.

집에 들어서니 거실에서 레이코가 커다란 가방에 짐을 쑤셔 넣고 있었다. 텔레비전에서는 지진 피해 상황을 전하는 뉴스가 흘러나왔다.

"뭐 하는 거야? 무슨 소식 있어?"

"언니랑 통화했는데, 그쪽 상황은 모른대. 언니는 언니대로 난리인가 봐. 차분하게 얘기할 만한 분위기가 아니더라고."

대답하면서도 레이코는 가방 싸는 일을 멈추지 않았다.

"당신, 지금 뭐 하는 건데? 설마 그쪽으로 갈 작정이야?"

"당연히 가 봐야지, 연락이 안 되는데."

"진정해. 현지 상황도 모르면서 무턱대고 출발하면 어쩌겠다는 거야? 여진도 계속되는 마당에. 아니, 갈 방법은 있어? 신칸센도 사고가 났다잖아. 아마 교통수단이 죄다 마비됐을 거야."

"그럼 어쩌라는 거야."

유키노부는 텔레비전으로 다가가서 리모컨을 들고 채널을 돌렸다.

"일단 정보를 모아 봐야지."

화면에 비친 것은 탈선한 신칸센과 산사태로 무너진 마을의 모습이었다. 정전이 된 지역도 여러 군데인 듯했다. 유키노부는 한신 아와지 대지진 당시를 떠올렸다. 그때는 사망자가 6천 명도 넘었다. 이번에는 과연 어떨까.

뒤에서는 레이코가 여전히 짐을 꾸리고 있었다. 뭐라도 하지 않고서는 견딜 수 없는 심정일 것이다. 그 마음을 헤아리고도 남아 유키노부는 아무 말도 하지 않았다. 대신 자신도 침실로 가서 노트북을 켜고 지진 관련 소식을 검색했다. 온갖 정보가 난무했지만 아이들의 안부를 짐작할 만한 정보는 찾을 수 없었다. 산사태, 함몰, 붕괴 등 불길한 단어들만 눈에 띄었다.

애타는 마음은 아랑곳없이 시간만 자꾸 흘렀다. 레이코는 니가타에 사는 친척이나 지인에게 닥치는 대로 연락을 시도했지만 하나같이 불통인 모양이었다. 유키노부는 인터넷에

재난 전용 통신 채널이 있다는 것을 알고 기도하는 심정으로 레이코의 친정 전화번호를 입력해 봤지만 녹음된 메시지는 없었다.

어느덧 날짜가 바뀌려는 때에 전화벨이 울렸다. 휴대 전화가 아니라 집 전화였다. 액정 화면을 본 그는 헉, 숨을 삼켰다. 표시된 지역 번호가 니가타였던 것이다. 침을 꿀꺽 삼키고 수화기를 들었다.

"여보세요."

"늦은 시간에 죄송합니다. 여기는 니가타 경찰서인데요, 시오미 씨 댁입니까?"

남자 목소리였다.

"그렇습니다만……."

수화기를 쥔 손에 힘이 주어졌다. 부디 나쁜 소식이 아니기를 마음속으로 간절히 빌었다.

그러나 그 기원은 수포로 돌아가고 말았다. 전화기에서 흘러나온 그다음 말에 유키노부는 하마터면 정신을 잃을 뻔했다. 상대의 입에서 에마와 나오토의 이름이 나왔던 것이다. 이어진 말은 "뭐라 드릴 말씀이 없습니다만……."이었다.

두 아이가 지진으로 인해 목숨을 잃은 곳은 레이코의 친정이 있는 나가오카시가 아니라 그와 이웃한 도카마치 시내였다. 외할머니가 쇼핑하러 가는 데 따라나선 듯했다. 외할머니가 쇼핑을 하는 동안 둘은 근처에 있는 4층짜리 건물 1층의 게임 센터에 있었다.

맨 처음 지진으로 땅이 크게 흔들리면서 벽면이 붕괴되기 시작했다. 두 아이는 급히 도망치려 했지만, 밖으로 빠져나가기 직전에 벽면이 20미터가량 무너지면서 두 아이를 덮쳤다.

근처 주민들이 건물 안에 사람이 있다는 걸 알고 구조하러 나섰지만, 사람들의 힘만으로는 역부족이었다. 크레인이 와서 벽을 들어 올리고 그 밑에 있던 아이들을 발견한 것은 지진 발생으로부터 거의 두 시간이 지나서였다. 긴급 파견된 의사가 현장에서 사망을 확인했다.

같은 시각, 외할머니는 다리에 부상을 입고 병원 대합실에 실려 와 있었다. 게임 센터 건물이 무너졌다는 것도, 손주들이 그 밑에 깔렸다는 것도 모른 채 아무 데도 연락이 닿지 않아 애를 태우고 있었다.

경찰이 아이들의 신원을 밝혀내는 단서가 된 것은 에마가 지니고 있던 지갑이었다. 그 속에 전화 카드와, 나가오카 시내로 추정되는 전화번호가 적힌 메모지 한 장이 들어 있었다. 그 전화번호의 소유자는 집 근처 초등학교에 피신 중이었는데, 경찰이 찾아가서 아이들의 사진을 내밀자 자신의 손주들이 틀림없다며 통곡했다. 그는 말할 것도 없이 레이코의 아버지였다.

유키노부 부부는 지진 발생으로부터 하루 뒤, 그것도 오후 늦게야 초등학교 운동장 한구석에 설치된 텐트 안에서 아이들과 슬픈 재회를 했다. 더 빨리 오고 싶었지만, 철도도 도로도 통행이 원활치 않아 이동이 어려웠다.

에마도 나오토도 얼굴에는 눈에 띄는 상처가 없었다. 에마는 두부 손상, 나오토는 압사였다. 아마 둘 다 즉사했을 것이라는 게 관계자의 얘기였다. 고통을 느낄 겨를이 없었다는 게 그나마 위안이 되었다.

아이들의 시신을 마주한 레이코는 그 자리에 주저앉아 신음하듯 울기만 했다. 유키노부는 그 옆에 그저 망연히 서 있었다. 머릿속이 텅 빈 느낌이었다. 아무 생각도 할 수 없고, 그 무엇도 떠오르지 않았다. 옆에서 눈물을 흘리며 자기 자신을 탓하는 장모의 목소리도 공허하게 귓전을 스칠 뿐이었다.

지진 발생 사흘 후, 집 근처 장례식장에서 장례를 치렀다. 아이들의 동급생이 여럿 찾아 주었다. 그들은 나란히 놓인 조그만 관 두 개를 들여다보고는 두 손을 모아 작별 인사를 한 후 관 속에 꽃을 놓았다. 그 모습을 우두커니 바라보면서, 이제 자신들은 무슨 낙으로 살아야 하나 하고 유키노부는 생각했다.

실제로 그 이후 유키노부 부부의 삶은 의욕 없이 공허함만 가득했다. 아이들을 떠올리지 않는 날이 단 하루도 없었다.

집 안은 온통 에마와 나오토를 생각나게 하는 물건들뿐이었고, 밖에 나가면 두 아이 또래의 아이들이 눈에 띄어 행복했던 날들이 되살아나면서 눈시울이 뜨거워졌다.

레이코는 플라워 디자이너 일을 그만두고 집에 틀어박힌 채 아이들이 남기고 간 사진과 노트 따위를 들여다보며 하루하루를 보냈다. 우는 일이 적어진 것은 눈물이 전부 말라 버렸기 때문인지도 모른다. 유키노부가 없을 때는 식사도 제대로 하지 않는지 날이 갈수록 야위어 갔다. 그 때문에 유키노부가 걱정이라도 할라치면 그녀는 상관없다고 내뱉듯이 말했다.

"배도 안 고프고, 대체 뭘 위해서 밥을 먹나 하는 생각이 들어. 죽어도 상관없어. 아니, 죽었으면 좋겠어."

농담이라도 그런 말은 하지 말라고 유키노부가 당부하면 "내 말이 농담 같아?" 하면서 눈을 부릅떴다. 그리고 "에마 아빠, 나 좀 죽여 줄래?"라고 하는가 하면 이내 쓴웃음을 지으며 "아, 미안. 이제 아빠도 아니지."라고 덧붙이기도 했다.

자식을 잃은 부부에게 연말의 화려한 분위기는 잔혹하리만치 고통스러웠다. 크리스마스 장식을 볼 때마다 가슴속에 있는 민감한 부분이 바늘로 콕콕 찔리는 듯한 아픔을 느꼈다.

어느 밤, 연말연시에 뭘 하며 지낼까 하는 얘기가 나왔다. 그때껏 설날은 해마다 레이코의 친정에서 지내 왔다. 그 근처에는 스키장이 많았고, 에마와 나오토는 초등학교에 들어가기 전부터 스키를 배웠다.

"꼭 뭘 해야 하나?"

레이코가 시큰둥한 말투로 되묻더니 갑자기 눈을 크게 뜨고 유키노부를 바라봤다.

"당신, 설마 나가오카에 가고 싶은 건 아니지?"

"그야 뭐……, 이번에는 가기가 좀 뭐하지. 어른들도 힘들어하실 테고."

레이코의 친정은 지진 피해가 심하지 않아서 부모님이 대피소에 머물렀던 것도 일주일 남짓이었다고 한다. 하지만 그 주변에는 여전히 위험한 장소가 있는 모양이었다.

"이번뿐 아니라 내년에도 후년에도, 그 후로도 영영 안 가도 돼, 그런 곳에는."

레이코가 내뱉듯이 말했다.

"그런 식으로 말하지 마. 당신 친정이잖아."

그러자 레이코는 머리를 살래살래 흔들다가 다시 유키노부를 봤다.

"당신, 솔직히 말해 봐. 내 탓이라고 생각하지?"

"뭘?"

"에마랑 나오토 말이야. 내가 보내자고 해서 그런 일을 당했다고 생각하잖아. 아이들끼리 가는 거, 당신은 반대했는데 내가 우겼으니까. 당신 말대로 했더라면 죽지 않았을 거라고 생각하지?"

"안 해, 그런 생각."

"거짓말 마. 장례식을 치른 날 밤에 위스키를 마시면서 그렇게 중얼거렸잖아. 역시 보내는 게 아니었다고, 못 가게 했어야 한다고 말이야."

유키노부는 말문이 막혔다. 장례를 치른 날 밤에는 몹시 취했었다. 듣고 보니 그런 말을 한 듯도 했다. 보내지 말았어야 했다고 후회한 것도 사실이다.

미안해, 하고 다시 레이코가 말했다.

"당신 말대로 했더라면 좋았을 텐데. 당신, 나 원망하지?"

"그렇지 않아. 아이들끼리 보낸 것과 지진은 아무 관계가 없어. 당신이 같이 갔더라도 지진은 일어났을 거야."

"그래도 내가 같이 갔더라면 아이들이 친정에 있었을지도 모르잖아."

"그야 물론 그렇지만, 반드시 그랬으리란 법은 없어. 모르는 일이라고."

"그럼 그날 밤엔 왜 그런 말을 했지? 그게 당신 속마음 아니야? 내 탓이라고 생각하잖아, 솔직히 말해 봐."

"그만해. 더는 못 들어 주겠다!"

자신도 모르게 말이 거칠어졌다.

레이코가 식탁에 털썩 엎드렸다. 흑흑, 흐느끼는 소리에 맞춰 가녀린 어깨가 오르내렸다.

유키노부는 그녀에게 다가가 등에 가만히 손을 얹었다.

"있잖아, 레이코."

"…… 왜?"

"우리, 다시 시작하지 않을래?"

레이코가 얼굴을 파묻은 채 숨을 고르는 기색이 느껴졌다.

"뭘 말이야? 뭘 다시 시작하자는 거야?"

"아이 키우는 거 말이야. 다시 아이를 낳아서 기르는 거야."

레이코가 천천히 고개를 들더니 빨갛게 충혈된 눈으로 유키노부를 쳐다봤다.

"진심이야?"

"내 말이 농담 같아? 이대로 가다가는 우리 둘 다 망가질 거야. 어떻게든 다시 일어서야 해. 그러려면 삶에 목표가 있어야 하고, 삶의 목표라면 우리에게 아이밖에 없어. 그렇게 생각지 않아?"

"아이……."

레이코는 후 숨을 토하고 다시 유키노부를 올려다봤다.

"하지만 나, 낼모레면 마흔이야."

"그 나이에 아이를 낳는 사람도 꽤 있어."

"하지만 우리에게는 끝내 셋째가 생기지 않았잖아."

나오토가 태어난 후에도 피임을 하지 않았다. 아이가 생기면 그것도 나쁘지 않다는 입장이었다. 그러나 레이코가 말한 대로 그녀가 셋째를 임신하는 일은 일어나지 않았다.

"자연적으로는 안 생길지도 몰라. 그러니까 병원에 가자."

유키노부의 말에 레이코가 눈을 번쩍 떴다.

"가능할까?"

그녀의 얼굴에 어렴풋이 생기가 되살아나는 듯했다.

"나쁘지 않은 아이디어지?"

유키노부는 빙그레 미소를 지으면서, 이렇게 아내에게 웃어 보이는 게 얼마 만일까 하고 머릿속으로 생각했다.

그 이틀 후, 레이코 지인이 소개해 준 난임 전문 클리닉을 둘이 함께 찾았다. 온후한 표정의 원장이 타이밍 임신법과 인공 수정, 체외 수정 등에 관해 설명해 주었다.

"마지막 출산으로부터 10년 이상 지나서 임신한 사례도 있습니다. 마흔 전후의 나이에도 가능성은 열려 있어요."

원장의 단호한 말이 유키노부의 귓가에 믿음직하게 울렸다.

그날부터 불임 치료의 생활이 시작되었다. 동시에 그날은 유키노부와 레이코가 다시 미래를 향해 걷기 시작한 날이기도 하다. 목표가 있다는 게 이렇게 멋진 일인가 하고 스스로도 놀랐다.

물론 이미 각오했듯이 쉬운 과정은 아니었다. 타이밍 임신

법이나 인공 수정은 일찌감치 포기했고, 체외 수정을 시도했지만 좀처럼 성공에 이르지 못했다. 실패라고 판명될 때마다 레이코는 낙담했다. 유키노부는 실망한 표정을 보이지 않으려고 애썼지만 목소리가 침울해지는 것은 어쩔 수 없었다.

경제적인 부담도 컸지만, 유키노부는 무엇보다 레이코의 정신적, 육체적 스트레스가 걱정스러웠다. 이쯤에서 포기하자는 쪽으로 점점 마음이 기울어 갔다. 어떻게 말을 꺼내야 좋을지 고민하기 시작했다.

그런데 불임 치료를 시작한 지 약 10개월이 지난 어느 날, 난임 클리닉에서 돌아온 레이코의 얼굴이 빛나는 것을 보고 유키노부는 그녀가 입을 열기도 전에 확신에 가까운 예감이 들었다.

"혹시……."

"응."

그녀가 고개를 끄덕였다.

"남자아이랑 여자아이, 어느 쪽이 좋아?"

유키노부는 레이코에게 다가가 새 생명을 잉태한 가녀린 그녀의 몸을 두 팔로 감싸 안았다. 아무 말도 할 수 없었다. 남자아이든 여자아이든, 그런 건 아무래도 좋다.

선반 위에 놓인 사진이 눈에 들어왔다. 세상을 떠난 두 아이의 사진이다.

내일이 바로 지진으로부터 꼭 1년째 되는 날이라는 사실이 떠올랐다.

새 생명은 어쩌면 에마와 나오토의 선물일지도 모른다고 유키노부는 생각했다.

1

고급 료칸 '다쓰요시'의 체크아웃 시간은 오전 11시다. 오늘 마지막으로 나간 손님은 불가리아에서 온, 나이가 지긋한 부부였다. 두 사람 다 몸집이 커서 나란히 신발을 신을 때는 현관이 좁게 느껴졌다.

요시하라 아야코는 격자문을 통해 그들보다 먼저 밖으로 나갔다. 하늘은 파랗고 공기는 적당히 건조하다. 가을 여행을 즐기기에 더없이 좋은 날씨였다.

먼 나라에서 온 부부가 밖으로 나왔다. 남편 쪽이 만면에 미소를 머금고 아야코에게 영어로 말을 걸었다. 그 내용은, 아야코가 제대로 알아들은 거라면, '고맙다, 음식이 매우 맛있었고, 훌륭한 서비스를 경험했다'라는 의미일 것이다.

아야코도 '만족스러우셨다니 저희도 무척 기쁩니다. 다음에 꼭 다시 오세요.'라고 영어로 대답했다. 요즘 거의 매일 읊는 인사라 이 정도는 입에서 술술 나온다. 비록 발음에는 자신이 없지만.

이번에는 아내 쪽이 입을 열었다.

"후쿠, 맛있었어요."

복어(河豚. 후구)를 말하는 것이다. 어젯밤 이 둘은 복어회 2인분을 추가로 주문했다.

"감사합니다. 다음에는 10인분쯤 준비해 놓을게요."

이 말에 부부가 함께 웃었다. 농담이 먹힌 듯했다.

안녕히 계세요, 라는 남편의 말을 끝으로 부부는 나란히 그곳을 떠났다. 아야코는 꾸벅, 고개를 숙여 인사한 뒤 그들의 널찍한 등이 멀어질 때까지 바라보았다.

품 안에서 휴대 전화가 울렸다. 액정 화면을 본 그녀는 가슴이 철렁했다. '도다 선생님'이라고 표시되어 있다. 불길한 예감이 뇌리를 스쳤다.

"네, 요시하라입니다."

"도다입니다. 지금 통화해도 괜찮을까요?"

그가 낮은 목소리로 물었다.

"네. 무슨 일이 있나요?"

"조금 전에 가슴에 통증이 좀 있다고 하셔서 평소대로 처치했습니다. 지금은 비교적 안정된 상태입니다."

다만, 하고 도다가 말을 이었다.

"요 며칠간의 상태를 볼 때 상황이 조금 달라진 듯합니다. 그래서 의논하고 싶은 일이 있는데, 오늘 병원으로 잠깐 오실 수 있을까요?"

"물론입니다."

아야코가 망설이지 않고 대답했다.

"지금 곧바로 찾아봬도 될까요?"

"그렇게 하시죠. 담당 간호사에게 얘기해 놓겠습니다."

"감사합니다."

"그럼 조금 이따 뵙죠."

"알겠습니다."

아야코는 전화를 끊고 심호흡을 했다. 도다가 무슨 얘기를 하려는 것일까. 상태가 더 나아졌을 리는 없으니 마침내 마음의 준비를 할 때가 왔는지도 모른다.

건물 안으로 들어가 부지배인을 눈으로 더듬어 찾았다. 그는 프런트 데스크 안쪽에서 부하 직원과 얘기를 나누고 있었다.

아야코가 상황을 설명하자 피부색이 하얀 부지배인의 얼굴이 굳어졌다. 그는 "그렇군요."라고만 대답했다. 섣불리 감정을 드러내서는 안 되겠다고 여겼을 것이다.

"의사 선생님 말투로 볼 때 당장 무슨 일이 생길 것 같지는 않지만, 어느 정도 준비는 해야 할 것 같아요. 만약의 사태에 대비해서 연락처를 정리해 두는 게 좋겠어요."

"알겠습니다. 걱정하지 마세요."

"그럼 부탁해요."

아야코는 프런트 안쪽으로 난 문을 열었다. 그 안에는 사무실이 있고, 사무실을 빠져나가면 복도가 나온다. 복도는 '다쓰요시' 뒤에 있는 자택으로 이어진다.

방으로 들어가서 바지 정장 차림으로 갈아입은 후 현관을 나선 그녀는 지나가는 택시를 잡아탔다.

택시는 22번 현도를 따라 똑바로 남쪽으로 내려갔다. 목적지까지는 20분이 걸린다. 평소 같으면 스스로 차를 몰았겠지만, 오늘은 마음 편히 운전대를 잡을 상황이 아니었다.

가방에서 휴대 전화를 꺼내 버튼을 눌렀다. 벨이 두 번 울리고 상대가 전화를 받았다.

"네, 와키사카 법률 사무소입니다."

여자 목소리다.

"바쁘신데 죄송합니다. 저는 요시하라 아야코라고 하는데요, 와키사카 선생님 계십니까?"

"선생님은 지금 외출 중입니다. 급한 용건인가요?"

"아니요, 그렇지는 않습니다. 돌아오시면 요시하라에게서 전화가 왔다고만 전해 주세요."

"알겠습니다."

감사합니다, 하고 전화를 끊었다. 와키사카의 휴대 전화 번호를 알지만, 의뢰인을 만나고 있을지도 모르니 방해하고 싶지 않았다.

차창 밖을 바라보며 생각에 잠겼다. 도다가 들려준 이야기를 떠올리며 마음을 다잡는다. 천하의 '다쓰요시' 여주인이 아버지의 병세가 다소 나빠졌기로서니 허둥거리는 모습을 보여서야 되겠는가. 인간은 누구나, 언젠가는, 죽는다.

택시가 조그만 다리를 건너 교차로에서 우회전했다. 잠시 후 희고 높은 사각형 건물, 누가 봐도 종합 병원인 건물이 눈에 들어왔다.

정면 현관 앞에서 택시를 내려 건물 안으로 성큼성큼 걸어 들어갔다. 호스피스 병동 입구는 오른쪽 복도 끝에 있다.

엘리베이터를 타고 3층으로 올라가 간호사실 카운터로 곧장 갔다. 옅은 분홍색 유니폼을 입은 젊은 간호사가 인기척을 느꼈는지 고개를 들었다.

"요시하라입니다. 도다 선생님께서 하실 말씀이 있다고 하셔서 왔는데요."

잠시 기다리세요, 하고 간호사는 옆에 놓인 수화기를 들었다. 상대와 두세 마디 나눈 후 그녀가 수화기를 내려놓고 아야코에게 말했다.

"휴게실에서 기다리시랍니다."

아야코는 고개를 끄덕했다. 휴게실은 바로 옆에 있다. 환하고 널찍하며, 창으로 보이는 풍경이 아름다운 공간이다. 놓여 있는 의자나 테이블도 세련미가 있다. 환자와 면회객이 얼마 남지 않은 대화 시간을 쾌적하게 보내도록 배려한 병원 측의 마음이 느껴진다.

한 무리의 사람들이 창가에 놓인 테이블을 둘러싸고 앉아 있었다. 휠체어에 탄 노부인을 그녀보다 다소 젊은 여성 셋이 만나러 온 듯했다. 즐거운 듯 웃고 있는 노부인, 그녀의 표정에서 비관적인 느낌이라고는 털끝만큼도 찾아볼 수 없었다.

아야코는 그들과 약간 떨어진 테이블에 앉아서 도다를 기다렸다. 잠시 후 하얀 가운 차림의 도다가 나타났다. 아야코는 의자에서 일어나 묵례를 했다.

도다도 묵례로 답을 하고 나서 손가락으로 복도 쪽을 가리켰다. 자리를 옮기자는 뜻인 듯했다. 복도 맨 안쪽에 따로 면회실이 있다.

"아버님은 만나 보셨습니까?"

걸음을 옮기면서 도다가 물었다.

"오늘은 아직 못 뵈었어요. 아까 전화로는 비교적 안정된 상태라고 하셨는데……."

"네, 뭐, 그렇긴 합니다만."

도다의 말투가 애매했다.

면회실에는 조그만 테이블 하나가 덩그러니 놓여 있었다.

두 사람은 그 테이블을 사이에 두고 마주 앉았다.

"오늘 이렇게 오십사 한 것은 긴히 드릴 말씀이 있어서입니다."

도다가 새삼스레 정색하며 말했다. 표정은 온화하지만 눈빛이 진지했다.

네, 하며 아야코는 의사를 마주 보았다.

"이미 알고 계시겠지만, 아버님에게 남은 시간이 그리 많지 않습니다. 그래서 지금은 치료라기보다 고통이나 불쾌감을 최대한 없애는 것을 목표로 돌봐 드리고 있습니다."

"네."

그렇지만, 하고 도다가 말을 이었다.

"이제 거의 한계에 다다르지 않았나 싶습니다. 약을 이것저것 바꿔 가면서 나름대로 대처하고 있습니다만, 머지않아 마지막 선택을 해야 할지도 모릅니다."

"……마지막 선택이라뇨?"

"대다수 말기 암 환자는 죽음이 가까워지면 그 전까지와는 다른 극심한 고통을 호소합니다. 그럴 때 그 고통뿐인 시간을 오래 끌지 않고 평온하게 수명을 다하도록 해 드리는 방법도 있다는 말씀을 드리는 겁니다."

"예를 들면 어떤 방법이죠?"

"구체적으로 말씀드리자면 진정제를 사용하는 겁니다. 진정제로 의식을 저하시킨 뒤 그 상태를 유지하는 거죠. 쉽게 말하자면 주무시게 하는 거라고 할 수 있습니다."

"수면제를 드시게 한다는 말씀인가요?"

"그런 상태일 때는 대개 뭔가를 드시는 것도 불가능합니다. 주사를 놓기도 하고, 또 링거를 맞고 있는 경우에는 거기에 약재를 섞습니다. 하지만 처음부터 깊은 잠을 유도하는 것은 아닙니다. 우선은 살짝만 잠들게 합니다."

"살짝……이라고요?"

"네. 혹시 위내시경이나 대장 내시경 검사를 해 보신 적이 있습니까?"

"아니요……."

"내시경이 몸속으로 들어가다 보니 나름 고통스럽습니다. 그래서 희망하는 분에게는 검사 전에 진정제를 투여해서 의식을 살짝 저하시키죠. 숙면이 아니라 가물가물한 상태여서, 이름을 부르거나 하면 눈을 뜰 정도입니다. 아무개 씨, 잠깐 눈을 떠 보세요, 용종이 발견되었어요, 하는 식으로 말이죠."

도다의 설명을 아야코는 이해했다.

"그렇게 하면 환자의 고통이 다소 줄어들지도 모르겠군요. 이쪽에서 말을 걸고 싶을 때는 깨우면 될 테고요. 그런 방법이 있었군요."

"조금 더 일찍 제안했더라면 좋았을걸, 하고 생각하실 수도 있겠지만, 실은 간단한 문제가 아닙니다."

도다가 양손을 깍지 낀 뒤 테이블에 얹었다.

"건강한 사람은 이름을 부르면 눈을 뜨겠지만, 아버님 같은 상태로는 어떤 일이 벌어질지 장담할 수 없습니다. 얕은 잠만 재우려고 했다가 그대로 의식이 돌아오지 않는 경우도 흔합니다."

"의식이 돌아오지 않는다는 말씀은……."

네, 하고 도다가 고개를 끄덕였다.

"의식이 저하된 채 깨어나지 못하고 숨을 거두는 거죠."

아야코가 숨을 살짝 삼켰다.

"만약 그럴 경우, 숨을 거두기까지 얼마나 걸리나요?"

"그건 사람에 따라 다릅니다. 진정제를 투여하고 바로 다음 날 사망한 사례도 있지만, 며칠 걸리는 경우가 많습니다."

예상보다 짧은 기간이었다.

"다시 말해서 안락사를 시키자, 그런 말씀인가요?"

"아닙니다."

도다가 딱 잘라 말했다.

"안락사의 목적은 죽는 시기를 앞당기는 겁니다. 반면 진정제를 투여하는 목적은 어디까지나 고통을 완화하는 거죠. 진정제 때문에 죽음이 앞당겨지는 일은 없습니다. 이 처치가 필요한 환자의 경우, 애당초 남은 시간이 그 정도였던 거죠.

그러니 그 남은 시간을 편안하게 보내도록 도와 드리자는 말씀입니다."

"아버지가 이미 그런 상태라는 뜻인가요?"

"그 단계까지는 아직 시간이 좀 있는 것 같습니다. 하지만 머지않아 닥쳐올 겁니다. 고통이 그리 심하지 않으면 다행이지만, 만에 하나 고통이 격심할 경우를 대비해 미리 말씀드리는 겁니다."

"아버지께는 이 얘기를……."

"아직 하지 않았습니다. 돌아가실 날이 머지않았다고 선고하는 것이나 다름없으니까요. 게다가 앞으로 지금보다 더한 고통이 찾아올 수도 있단 말인가, 하고 공포에 빠지실 수도 있고요. 그래서 실제로 심한 고통을 호소하시지 않는 한 말씀드리지 않으려고 합니다. 그런데 그 타이밍을 정하기가 여간 까다롭지 않아서 말이죠. 자칫 꾸물거리다가는 고통이 심한 나머지 사고력이 저하되거나 섬망 등의 의식 장애를 일으킬 우려가 있어요. 그럴 경우 본인 의사를 확인하기 어렵습니다."

도다가 차분하게 말했다. 그 담담한 말투가 오히려 사태의 심각성을 일깨워 주었다.

아야코는 후, 숨을 내쉬었다.

"무슨 말씀인지 이해했어요. 그럼 저는 뭘 어떻게 하면 좋을까요?"

"우선 확인할 일이 두 가지 있습니다. 첫 번째는 환자 본인이 진정제 투여를 희망한다면 동의하실 것인가 하는 점입니다."

"제 동의가 필요한가요?"

"그렇지는 않지만, 가족의 의사를 파악해 두려는 겁니다."

"그렇군요. 하긴 아버지께 혈육이라고는 저뿐이니⋯⋯. 저는 아버지 의사를 존중하고 싶어요."

"알겠습니다. 두 번째는 진정제를 투여하는 자리에 함께하실 것인가 하는 점입니다. 함께하고 싶다시면 그때까지 어떻게든 기다리겠습니다."

"어떻게든, 이라면⋯⋯?"

"진정제 투여를 검토하는 단계라면 고통이 상당히 심할 겁니다. 환자 본인이 진정제를 희망하면 저희로서도 가능한 한 빨리 처치하려고 합니다. 하지만 가족이 그 모습을 지켜보기를 희망할 경우에는 임의로 투여할 수 없겠죠. 물론 가족이 도착할 때까지 환자의 고통을 조금이라도 줄이는 데 최선을 다하기는 할 겁니다. 그래도 괜찮을지 묻는 겁니다."

도다의 설명에 아야코는 사정을 납득했다. 자신이 아버지 곁에 스물네 시간 붙어 있을 수는 없다. 아니, 오히려 자리를 비우는 시간이 훨씬 길다. '다쓰요시'에서 여기까지는 서두르면 20분 안에 올 수 있지만, 그사이에 아버지가 격심한 고통을 견뎌야 한다고 생각하면 그것은 결코 짧은 시간이 아니다.

아야코는 천천히 고개를 가로저었다.

"지켜보지 않아도 괜찮아요. 아버지를 조금이라도 빨리 편안하게 해 드렸으면 합니다."

"네, 편안하게 한다기보다, 고통을 줄이는 거라는 표현이 옳습니다."

도다는 안락사와 혼동하는 것이 어지간히 마음에 걸리는 듯했다.

"그럼 진정제는 아버님의 의사를 확인한 후 저희 판단에 따라 투여하겠습니다."

"네, 잘 부탁드립니다. 그 밖에 제가 알아 두어야 할 일이 또 있을까요?"

흠, 하고 도다가 눈을 깜박였다.

"다시 말씀드리지만, 진정제 투여 후 그대로 의식이 돌아오지 않는 경우도 있습니다. 아버님과 더는 얘기를 나눌 기회가 없을지도 몰라요. 그러니까 작별 인사는 그 전에 해 두시는 게 좋을 겁니다."

아아, 하는 소리가 아야코의 입에서 새어 나왔다.

"그렇겠군요……."

"아버님과 해 둬야 할 이야기가 있거나 아버님과 만나게 해 드리고 싶은 분이 계시다면 서두르세요."

도다가 얼굴을 바라보며 말했다.

알겠습니다, 하고 대답하는 아야코의 목소리가 살짝 갈라져 있었다. 입안이 깔깔하게 말라서일 것이다.

면회실을 나와 도다와 헤어진 아야코는 아버지의 병실로 향했다. 복도를 걸어가면서 그녀는 도다의 얘기를 되새겨 보았다. 이별의 시간이 시시각각 다가오고 있다는 것을 실감하기에 충분한 내용이었다.

아버지의 병실 슬라이딩 도어로 다가가며 귀를 기울여 봤지만 아무 소리도 들리지 않았다. 아야코는 안도했다. 지난번에 왔을 때는 신음 소리가 크게 들려 마음이 암담했다.

노크를 한 뒤 슬라이딩 도어를 열었다.

침대 위에 아버지 마사쓰구가 누워 있었다. 잠들었나 보다고 생각하는데 초점 없는 퀭한 눈이 천장으로 향해 있었다.

기계인형처럼 마사쓰구가 얼굴을 천천히 아야코 쪽으로 돌렸다. 입이 반쯤 벌어져 있는 걸 보니 뭔가 말을 한 듯하다.

아야코는 미소를 지으며 침대로 다가갔다.

"몸은 좀 어떠세요?"

그러자 마사쓰구가 입을 움직였다. 아야코는 얼굴을 아버지에게 가까이 가져갔다.

무거워, 그렇게 들렸다.

"다리가 무거워."

"간호사를 부를까요?"

아야코가 묻자 마사쓰구는 얼굴을 찡그린 채 고개를 살래 살래 저었다. 건강하던 시절에는 체구가 건장하고 목도 굵었는데 지금은 마치 다른 사람처럼 비쩍 말랐다. 간 기능이 떨어져서인지 안색도 안 좋았다. 메마른 피부로 뒤덮인 아버지의 모습은 고목을 연상시켰다.

폐암이 발견된 것은 반년 전. 이미 상당히 진행되어 수술도 화학 요법도 의미가 없다는 게 의사의 진단이었다. 기침 소리가 심상찮아서 다소 신경이 쓰이긴 했지만 설마 그런 상태일 줄은 상상도 못했던 터라 아버지 본인은 물론이고 아야코도 충격이 컸다.

하지만 마치 오진이 아니라는 것을 증명이라도 하듯이 그 이후 마사쓰구는 몸 여기저기가 불편하다고 호소하기 시작했다. 그리고 진찰을 받을 때마다 새로운 전이가 발견되었다.

호스피스 병동으로 옮긴 것은 지난주다. 그와 함께 주치의가 도다로 바뀌었다. 도다는 원래 외과 의사인데 지금은 완화 케어를 주로 담당하고 있다고 한다.

마사쓰구가 다시 뭔가 말했다. 아야코는 그의 입가로 귀를 더 가까이 가져갔다. 그만 돌아가, 그렇게 들렸다. 몸 상태는 이래도 정신은 또렷한 듯하다. 유서 깊은 료칸의 여주인이 자리를 비우는 게 신경 쓰이는 것이다.

아버지, 하고 아야코는 큰 소리로 말했다.

"정말 집에 돌아가지 않아도 괜찮아요?"

그러나 마사쓰구는 대답하지 않았다. 그 얘기는 그만하라는 듯이 미간을 찌푸렸을 뿐이다.

호스피스 병동으로 옮기기 전, 병원에서는 재택 간호를 제안했다. 아야코도 그러기를 원했다. 그런데 마사쓰구가 완강히 거부했다. 간호사 호출 버튼이 바로 옆에 없으면 안심하고 잠잘 수 없다는 이유를 댔지만 아마도 본심은 그게 아닐 터였다. 그는 가족에게, 즉 하나뿐인 딸 아야코에게 짐이 되고 싶지 않았던 것이다. 중환자를 집에서 돌본다는 게 얼마나 고된 일인지 마사쓰구는 누구보다 잘 알고 있었다.

아야코가 여섯 살 때, 엄마 마사미가 교통사고를 당해 뇌 손상을 입었다. 가까스로 목숨은 건졌지만 후유증이 심각했다. 하반신 마비와 더불어 기억력과 인지 능력, 언어 능력도 손상을 입었다. 특히 기억력이 극도로 낮아져서 자신이 누구인지조차 모를 때도 있었다. 그런 엄마를 병원에서 마주했을 때의 충격을 아야코는 지금도 잊지 못한다. 엄마가 엄마가 아니네, 하고 생각했다. 얼굴마저 달라 보였던 것이다.

그 무렵에는 아직 할아버지와 할머니가 건재해서 열정적으로 료칸을 운영하고 있었다. 그들의 외동딸인 마사미는 언젠가 그 료칸을 물려받기로 되어 있었고, 데릴사위인 마사쓰구는 요리장이 되기 위해 혼자 도쿄에서 수련 중이었다.

그 모든 계획이 마사미의 사고로 엉망이 되고 말았다. 마사쓰구는 하던 일을 그만두고 가나자와로 돌아와 예정보다 일찍 료칸의 요리장을 맡았다. 그러나 그의 역할은 그것뿐이 아니었다. 마사미를 돌보는 중요한 임무가 있었다. 마사미의 부모가 도움을 주었지만 아무래도 중심은 마사쓰구였다. 그래서 마사미를 간호할 방을 주방과 가까운 곳에 새로 만들었다.

밥을 먹이고 배설물을 처리하고 몸을 깨끗이 닦고…… 마사쓰구는 그런 일을 하루하루 묵묵히 해냈다. 그가 투덜거리거나 넋두리하는 소리를 아야코는 한 번도 들은 적이 없다. 게다가 마사쓰구는 딸의 뒷바라지까지 해야 했다. 아야코가 초등학교에 입학해서 중학교를 졸업할 때까지 그는 손수 도시락을 싸 주었다.

마사미를 간호하는 일은 10년 넘게 계속됐다. 마지막에 마사미는 반응이 둔해지고 음식도 넘기지 못하게 되었다. 그때 고등학생이던 아야코는 자는 듯이 숨을 거둔 엄마의 야윈 뺨을 쓰다듬으면서 가슴에 안도감이 번지는 것을 인정하지 않을 수 없었다. 이제 모두가 편해지겠다고 생각했다.

마사미를 돌보다가 기력이 다했는지 아니면 맥이 풀렸는지, 그 후 몇 년 사이에 할아버지와 할머니가 잇달아 세상을 떠났다. 그 무렵 고급 료칸 '다쓰요시'는 마사쓰구가 물려받아 운영하고 있었다.

그로부터 20년이 더 흐른 지금은 아야코가 주인이 되어 '다쓰요시'를 운영하고 있다. 늘 일에 쫓기다 보니 혼기를 놓치고 말았다. 마흔 살 생일을 남편과 자식들에게 축하받고 싶었지 설마 독신으로 맞게 될 줄은 몰랐다.

퍼뜩 정신을 차려 보니 마사쓰구는 눈을 감고 있었다. 잠들었다는 건 적어도 지금은 고통스럽지 않다는 뜻일 것이다. 그렇다면 가만히 놔두자 싶어 이불을 고쳐 덮어 준 후 소리 나지 않도록 살금살금 병실을 나왔다.

택시 승차장으로 걸어가는데 휴대 전화가 울렸다. 와키사카였다.

네, 하며 아야코가 전화를 받자 와키사카는 대뜸 "왜, 무슨 일이 있나?" 하고 물었다.

"급한 일은 아니에요. 아버지 때문에요."

"그럴 거라고 짐작은 했네. 상태는 좀 어떠신가?"

"오늘은 다시 편안해지셨어요. 하지만 서서히 다음 단계로 진행되고 있다는 말을 들었어요."

아야코는 도다에게 들은 내용을 간략히 설명했다.

와키사카는 할아버지 대부터 왕래가 있는 변호사다. 마사쓰구와는 동년배인 데다 친분도 돈독해서 옛날에는 함께 골프를 치러 다니기도 했다.

전부터 와키사카는 아야코에게 마사쓰구 씨가 의식이 있

는 동안 밝혀 둬야 할 일이 있으니 만일 죽음이 임박한 것 같으면 알려 달라고 말하곤 했다. 그래서 아까 병원에 가는 택시 안에서 와키사카의 사무실로 전화를 했던 것이다.

"그렇다면 이제는 얘기하는 게 좋겠군. 지금 내 사무실로 올 수 있나?"

"네, 그럴게요. 료칸 일은 부지배인에게 부탁하고 나왔어요."

"그럼 준비해 놓고 기다리겠네."

조금 이따 뵙겠습니다, 하고 아야코는 전화를 끊었다.

택시를 잡아타고 가나자와시 오테마치에 있는 와키사카 법률 사무소로 향했다. 뒷자리에 앉은 그녀는 숨을 길게 내쉬었다. 의사에 이어 변호사라. 연달아 중요한 얘기를 들을 모양이다. 와키사카가 준비해 놓고 기다리겠다고 했는데, 대체 뭘 준비하려는 것일까.

안내 데스크의 여직원에게 이름을 말하자 곧바로 안내해 주었다. 복도를 사이에 두고 상담실이 몇 개 나란히 있었지만, 여직원은 그 앞을 그냥 지나쳐 좀 더 안쪽에 분위기가 약간 다른 문을 노크했다. 들어오세요, 하는 와키사카의 목소리가 들렸다.

"요시하라 씨가 오셨습니다."

"들어오시라고 해요."

여직원의 손짓에 아야코는 문을 열었다.

화려한 흑단 책상에 앉아 있던 와키사카가 의자에서 몸을 일으켰다.

"바쁜데 오라고 해서 미안하네."

와키사카가 커다란 파일을 손에 들고 응접세트 쪽으로 자리를 옮겼다. 한눈에도 테이블과 소파가 고급임을 알 수 있었다.

와키사카가 소파에 앉더니 아야코에게도 앉으라고 권했다.

"아버지 때문에 근심이 크겠군."

"네. 하지만 이미 각오는 되어 있어요."

"나보다 한 살 위니까 일흔일곱이신가……."

음, 하며 와키사카가 얼굴을 찡그렸다.

"아직 좀 이르군. 마사쓰구 씨가 좀 더 건강하게 계셔 주길 바랐건만. 함께 술도 못 마시고 골프도 칠 수 없게 되니 나도 적적하네."

"선생님이 여러 가지로 신경 써 주셔서 아버지도 고마워하실 거예요. 얼굴 한번 비쳐 주시면 무척 기뻐하실 텐데요."

"그래야지. 이제 남은 시간도 얼마 없다고 하니까."

그러고 나서 와키사카가 심각한 표정을 지었다. 그런 와키사카를 바라보는 아야코의 눈에 긴장의 빛이 어렸다.

와키사카가 천천히 팔짱을 끼었다.

"할 얘기라는 건 다름 아니라 유언장에 관해서야."

"유언장요?"

아야코는 저도 모르게 눈썹을 찡그렸다.

"아버지가 그런 걸……?"

"그래, 쓰셨어. 그것도 정식으로 말이야."

와키사카는 옆에 놓여 있던 파일을 펼치고 그 속에서 커다란 봉투를 꺼내 아야코 앞에 놓았다. 봉투는 봉인이 되어 있고 겉면에 붓글씨로 '유언장'이라고 쓰여 있었다. 틀림없는 마사쓰구의 필적이었다.

"암이 발견되고 상태가 매우 심각하다고 판명되자 마사쓰구 씨가 유언장을 작성하고 싶다면서 내게 상담을 청하시더군. 훗날 골치 아픈 일이 생기지 않도록 확실히 해 두고 싶다고 하시기에 공증인 사무소에서 절차를 밟으라고 권했네. 공증인이 작성한 유언장은 법적으로 인정을 받을 수 있으니까. 이 유언장은 그렇게 해서 만들어진 걸세."

"그랬군요. 전혀 몰랐어요."

"살 날이 얼마 안 남았다는 선고를 받고 크게 충격을 받으셨을 텐데, 그 충격을 이겨 내고 나니 이번에는 남은 사람들이 걱정됐던 게지. 그렇게 의협심이 흘러넘치는 분이라네, 자네 아버지가."

아야코는 눈물이 차오르려는 것을 간신히 참으며 고개를 끄덕이고 나서 다시 테이블 위에 놓인 봉투로 시선을 돌렸다.

"밝혀 둬야 할 일이라는 게 이거였군요."

그러자 와키사카가 "아니야." 하고 말했다.

"중요한 얘기는 이제부터야. 유언장의 내용에 관해서 들려줄 얘기가 있네."

네? 하고 아야코는 변호사의 얼굴을 바라보았다.

"내용에 관해서요?"

"실은 내가 그 내용을 알고 있어."

아야코가 눈을 번쩍 떴다.

"그래요?"

"방금도 말했다시피 이 유언장은 공증인 사무소에서 작성했어. 그때 본인 외에 증인 두 사람이 필요하다기에 나랑 내가 잘 아는 행정사가 증인을 섰네. 그러니 당연히 내용을 들었지. 물론 입 밖에 낼 수는 없었지만 말이야."

아야코는 테이블에 놓인 유언장과 와키사카의 온후한 얼굴을 번갈아 바라보았다. 그가 하려는 말이 무엇인지 도무지 짐작이 가지 않았다.

이 유언장은, 하며 와키사카가 봉투를 집어 들었다.

"오늘부터 자네가 보관하게."

"제가…… 말인가요? 왜죠?"

"자네가 내키는 대로 다루어도 좋을 것 같아서 말이야. 마사쓰구 씨가 눈을 감을 때까지 어딘가에 소중히 간직했다가 그날이 오면 열어 봐도 좋고, 아니면……."

와키사카는 잠깐 말을 멈추었다가 아야코의 눈을 바라보며 계속했다.

"돌아가시기 전에 아버지 마음을 읽고 싶다면 조금 빨리 내용을 확인하는 것도 방법이 아닐까 하네."

"아버지가 돌아가시기 전에 유언장을 읽어도 괜찮을까요? 그래서는 안 된다고 들은 적이 있는데요."

"본인이 스스로 작성한 유언장이라면 그렇지. 돌아가셨다 해도 개봉 전에 재판소에 제출해야 해. 내용을 고쳐 쓰지 못하도록 하려는 거지. 하지만 공증인 사무소에서 작성한 유언장일 경우에는 그런 제한이 없어. 이 유언장은 어디까지나 복사본이고 원본은 공증인 사무소에서 보관하고 있으니 내용이 변조될 염려는 없네."

그렇군요, 하고 아야코는 납득했다.

자, 하며 와키사카가 봉투를 건넸다. 아야코는 '유언장'이라고 적힌 글자를 내려다보며 봉투를 손에 들었다. 그리고 와키사카가 방금 한 말의 의미를 생각했다. 돌아가시기 전에 아버지 마음을 읽고 싶다면, 이라고 그는 말했다. 그게 무슨 뜻일까.

"선생님은,"

아야코가 연로한 변호사의 눈을 바라보며 말했다.

"아버지가 돌아가시기 전에 제가 이걸 읽는 게 낫다고 생각하세요? 여기에 그럴 만한 내용이 적혀 있나요?"

"미안하지만 그 질문에는 대답할 수 없네. 읽고 나서 자네가 후회하지 않으리란 보장이 없으니까 말이야. 읽고 안 읽고는 자네에게 달렸다고 말할 수밖에 없군."

그리고 와키사카는 슬며시 미소를 지으며 어깨를 으쓱했다.

"내가 교활한 거지. 책임지고 싶지 않아서 판단을 자네에게 고스란히 떠넘기니 말이야."

"아니, 그건 아니실 거예요. 읽어 보라고 권할 입장이 아니어서 그렇지 실은 꼭 읽어야 한다고 생각하시는 거 아닌가요?"

아야코의 물음에 와키사카가 쓴웃음을 지으며 손가락으로 콧잔등을 긁적였다.

"뭘 상상하든 자네 자유일세."

"알겠습니다. 그럼 가위를 빌려주세요."

"가위를?"

"지금 이 자리에서 개봉해서 유언장의 내용을 확인하겠어요."

아야코가 선언하듯 말했다.

와키사카는 허를 찔렸다는 듯이 몸을 살짝 뒤로 젖히며 눈썹을 치켜떴다.

"진심인가?"

"안 되나요? 선생님도 계시니 오히려 잘된 일 아닌가요?"

"미리 말해 두지만, 나는 증인을 섰을 뿐 내용에 관해서는 일절 관여할 생각이 없네. 마사쓰구 씨에게 어떤 의도가 있었는지 물어도 대답하지 않을 테니 그런 줄 알게."

"네, 그래도 괜찮습니다."

와키사카는 한숨을 쉬고 고개를 살래살래 흔들며 소파에서 일어나더니 흑단 책상으로 가서 서랍에서 가위를 꺼내 왔다.

"자네도 참 변함이 없군."

"기가 세다는 말씀인가요? 아니요, 그 반대예요. 기가 약하니까 누가 옆에 있어 주기를 바라는 거죠."

아야코는 가위를 받아 들고 심호흡을 했다. 삶이 얼마 남지 않았다는 걸 알았을 때 마사쓰구는 과연 무슨 말을 남기고 싶었을까. 어쩌면 아직 자신이 아버지에게 해 줄 수 있는 일이 남았을지도 모른다고 아야코는 생각했다. 적어도 와키사카는 그렇게 여겼기에 이 유언장을 아야코에게 건넸을 것이다.

봉투 한끝에 가윗날을 대고 조심스럽게 잘랐다.

그 속에 겉봉투보다 약간 작은 봉투가 들어 있었다. 공증 증서라는 글자가 인쇄되어 있고 그 아래 '등본'이라는 도장이 찍혀 있다. 그 봉투는 봉인되어 있지 않았다. 열어 보니 서류가 여러 장 들어 있었다. 맨 앞장에는 '유언 공증서'라는 묵직한 글씨가 쓰여 있다.

"어쩐지 좀 거창하네요."

"비용을 제법 받으니 그럴듯하게 보여야겠지."

와키사카가 가볍게 농담을 했다. 아야코가 긴장한 것을 눈치챘는지도 모른다.

다시 한 번 심호흡을 하고 나서 아야코는 겉장을 넘겼다.

글자가 빼곡히 인쇄되어 있었다.

'본 공증인은 유언자 요시하라 마사쓰구의 촉탁으로 증인 와키사카 아키오, 증인 야마모토 이치로의 입회하에 다음과 같은 취지의 유언 구술을 필기해 이 증서를 작성한다.'라는 문장이 맨 위에 있고, 그 밑에 '유언의 취지'라는 작은 제목이 있었다.

먼저 상속에 관한 내용이 나왔다. 혹시나 의외의 인물이 상속인으로 지정되어 있는 것 아닐까 생각했는데 그렇지는 않았다. '다음 재산을 유언자의 장녀인 요시하라 아야코에게 상속한다.'고 쓰여 있었고, 부동산과 예금 등 아야코가 이미 파악한 마사쓰구의 전 재산이 열거되어 있었다.

그 이후는 주로 '다쓰요시'의 경영에 관한 내용이었다.

'다쓰요시의 이름에 누가 되지 않도록, 특히 요리의 맛을 떨어뜨리지 않도록 연구에 힘쓰고, 언제나 기량이 충분한 요리사를 고용할 것.'

이 글귀에는 오랜 세월 요리장으로서 주방을 지켜 온 마사쓰구의 자존심이 배어 있었다.

별다른 내용이 없다고 생각하면서 읽다가 마지막 페이지에 적혀 있는 문장 하나에 아야코는 숨을 삼켰다. 상상도 못 했던 내용이라서 자신이 잘못 봤나 하고 생각했을 정도였다. 그러나 몇 번을 다시 읽어도 그 문장의 의미는 분명했다.

아야코가 고개를 드는데 와키사카와 눈이 마주쳤다.

"선생님은 이 문장을 제게 읽히고 싶으셨던 거로군요."

아니, 하고 와키사카가 입을 열었다.

"몇 번이나 말했지만, 나는 그 물음에 대답해 줄 수 없네."

아야코는 숨을 고른 후 다시 한 번 유언장을 내려다보았다.

마쓰미야 슈헤이.

이 사람은 대체 누굴까.

2

카페 안으로 발을 들인 순간 눈에 들어온 짙은 갈색 마룻바닥이 초등학교의 낡은 교실을 떠오르게 했다. 책상을 교실 구석으로 한데 밀어 놓고 바닥에 분필로 씨름판을 그려 친구와 씨름을 하곤 했다. 다만 그 교실의 마룻바닥이 이처럼 고상한 색이었는지는 잘 모르겠다.

밖에서 보면 밭 전(田) 자처럼 보이는 창문은 세 개 모두 달힌 채 체크무늬 커튼이 드리워져 있었다. 그 창의 위치에 맞춰 4인용 테이블과 의자가 나란히 놓여 있다. 테이블도 의자도 바닥처럼 짙은 갈색에다 테이블 위의 메뉴 꽂이마저 목제였다.

"가게 분위기가 차분하군."

카운터를 흘깃 보며 마쓰미야 슈헤이가 말했다. 카운터 위에는 '오늘의 추천 케이크 세트'라고 적힌 칠판이 세워져 있다.

"작년에 10주년을 맞았답니다."

옆에서 젊은 형사 하세베가 말했다.

"인테리어를 포함한 가게 분위기가 개점 당시와 변한 게 전혀 없답니다."

"손님은 좀 있었대?"

"이 동네 사람들에게 들은 바로는 그런대로 손님이 있었던 것 같아요. 아무래도 여자 손님이 많았고요."

"그렇겠지."

마쓰미야는 코로 숨을 깊이 들이쉬었다. 회벽으로 둘러싸인 공간에 향기롭고 달콤한 냄새가 배어 있는 느낌이다.

한 걸음 더 내디디며 다시 한 번 바닥을 내려다보았다. 감식반이 활동한 흔적은 이미 남아 있지 않았다.

마쓰미야는 스마트폰을 꺼내 경시청에서 받은 영상을 열었다. 바닥에 엎어져 있는 여성의 모습을 촬영한 것이다.

흰 바지에 옅은 파랑 니트 차림, 등에는 검붉은 얼룩이 번져 있다. 칼에 찔려 다량의 출혈이 있었던 것이다.

메구로구 지유가오카에 있는 카페에서 여성이 살해당했다는 신고가 들어온 것은 오늘 오전 11시경이었다. 가장 가까운 파출소에서 경찰이 즉시 출동해 신고 내용을 확인한 후 현장 보존에 들어갔다. 신고자는 파출소에서 대기 중이라고 한다.

그 후 도착한 검시관은 시신의 상태로 보아 사망한 지 열두 시간 이상 경과했다는 판단을 내렸다. 또한 칼날이 심장까지 닿았으니 거의 즉사했을 것이라고 추측했다. 달리 눈에 띄는 부상은 없지만 명백한 살인 사건이었다.

경시청 형사부 간부들의 신속한 판단에 따라 관할 경찰서에 특별 수사본부가 설치되었다. 수사 1과에서는 마쓰미야가 소속된 팀이 차출되었다.

시신 발견으로부터 약 네 시간 후, 첫 번째 수사 회의가 열렸다. 사건 개요에 관한 브리핑이 있은 후 각 수사관에게 역할이 분담되었다. 마쓰미야는 주로 피해자의 인간관계 등을 조사하는 일을 맡았다.

'운이 좋군.' 하고 마쓰미야는 생각했다.

초동 수사 담당자의 보고에 따르면 카페 내부는 테이블과 의자가 약간 흐트러져 있을 뿐 몸싸움한 흔적은 없다고 했다. 또한 휴대용 금고 안의 돈이 그대로 있는 것으로 미루어 금품을 노린 범행일 가능성은 적었다. 피해자의 옷차림에도 흐트

러짐이 없으니 강간이 목적도 아니었다. 범행이 폐점 후 이루어졌을 가능성이 크므로 피해자가 낯선 사람을 불러들였을 것 같지도 않았다.

원한, 금전 문제, 치정⋯⋯. 동기는 여러 가지를 생각할 수 있겠지만 일단 면식범의 범행인 것만은 분명하다고 마쓰미야는 결론을 내렸다. 그렇다면 피해자의 인간관계 조사를 담당하는 자신들이 범인을 알아낼 가능성이 가장 컸다. 운이 좋다고 생각한 것은 그 때문이다.

마쓰미야는 관할 서의 하세베와 한 조가 되었다. 하세베는 형사과 소속의 이십 대 순경으로, 마른 체형에 팔다리가 길고 발걸음이 사뭇 가벼워 보인다. 닳고 닳은 베테랑 형사와 한 조가 되지 않아 다행이라며 마쓰미야는 내심 안도했다.

인사를 나눈 후 두 사람은 수사본부를 나섰다. 그리고 관계자들을 만나기 전에 일단 현장을 확인해 두려고 이곳을 찾았다.

마쓰미야는 스마트폰을 주머니에 집어넣은 후 시신이 있던 자리를 향해 합장했다. 그리고 반드시 범인을 체포하겠습니다, 하고 마음속으로 다짐했다.

피해자의 이름은 하나즈카 야요이. 나이는 쉰하나. 이 카페의 주인으로, 상호도 자신의 이름을 딴 '야요이 찻집'이었다. 결혼 이력이 있지만, 현재는 이혼해서 혼자 살고 있으며 자식은 없었다. 도치기현 우쓰노미야 출신으로, 여전히 고향에 살고 있는 연로한 양친이 경찰의 연락을 받고 현장으로 오는 중이라고 했다.

현시점에서 피해자에 관해 알려진 내용은 그 정도다. 주변 인물들에 관해서는 앞으로 마쓰미야 팀이 속속들이 밝히게 될 것이다.

"그만 가지."

네, 하는 하세베의 대답을 듣고 돌아서는 순간 카운터에 놓인 작은 칠판이 다시 눈에 들어왔다. '오늘의 추천 케이크 세트'라는 제목이 있을 뿐 그 밑에는 아무것도 적혀 있지 않았다.

만약 사건이 발생하지 않았다면 오늘은 어떤 케이크를 추천했을까. 마쓰미야는 엉뚱하게 그런 생각을 했다.

지금 가서 만날 상대는 피해자를 마지막으로 접촉한 인물, 즉 시신을 발견하고 신고한 사람이다.

목적지는 도큐 오이마치선 구혼부쓰역에서 도보로 10분 정도 거리에 있었다. 구획이 깔끔하게 정리된 주택가 안에서도 그 부근은 유독 분위기가 고급스러운 단독 주택이 모여 있는 곳이었다. 벽이 회색 타일로 마감된 신고자의 집 역시 다른 집들과 비교해 손색이 없을 만치 근사했다. 정원의 나무들은 손질이 잘되어 있고 차고에 차 두 대가 주차되어 있었다.

마쓰미야는 '도미타'라고 새겨진 문패를 확인한 후 인터폰을 눌렀다. 잠시 후 네, 하는 여자 목소리가 들렸다.

"아까 전화 드린 마쓰미야입니다."

"아, 네. 들어오세요."

철컥, 문 열리는 소리가 났다.

마쓰미야는 대문을 밀어 열고 마당 안으로 발을 들였다. 하세베가 뒤따라 들어오며 대문을 닫았다.

두 사람이 현관에 다다랐을 때 현관문이 열리며 카디건을 걸친 몸집이 자그마한 여자가 나왔다. 나이는 사십 대 중반쯤일까.

"도미타 준코 씨입니까?"

마쓰미야가 물었다.

"네, 그렇습니다."

"자꾸 귀찮게 해서 죄송합니다."

마쓰미야가 꾸벅, 고개를 숙였다.

아닙니다, 하고 도미타 준코는 대답했지만 그 속내는 편치 않을 터였다. 불과 몇 시간 전까지 관할 서 형사의 질문 공세에 시달렸을 테니까.

두 형사는 정원이 내다보이는 넓은 거실로 안내되었다. 대리석 테이블을 둘러싸고 3인용 소파와 2인용 소파가 L 자 모양으로 배치되어 있었다. 둘은 3인용 소파에 나란히 앉았다.

"마음은 좀 진정되셨는지요?"

마쓰미야가 물었다.

"네, 그럭저럭요. 하지만 여전히 머리가 멍해요. 도무지 현실로 느껴지지 않고……."

손을 관자놀이에 갖다 대는 도미타 준코의 안색이 창백했다.

"거기, 그러니까 '야요이 찻집'에 자주 가신다면서요?"

"네. 일주일에 한두 번은 꼭 가니까 자주 가는 편이라고 할 수 있죠."

"늘 혼자서 가십니까?"

"아뇨, 대개 친구들이랑 가요."

"친구들이라면?"

"아들이 초등학생일 때 친해진 엄마들이에요."

말하자면 '엄마 모임'인 듯했다.

"그분들도 평소에 그 카페를 자주 이용합니까?"

"아마 그럴 거예요. 그 집 케이크가 맛있거든요."

마쓰미야는 헛기침을 한 번 하고 나서 도미타 준코에게 미소를 지어 보인 후 말했다.

"그분들의 이름과 연락처를 알 수 있을까요?"

"네? 전부 말인가요?"

그녀가 당황한 표정을 지었다.

"사건을 빨리 해결하려면 되도록 많은 분의 얘기를 들어야 합니다. 물론 그분들께 실례되지 않도록 조심하겠습니다."

도미타 준코가 머뭇거리자 마쓰미야는 양손을 무릎 위에 얹고 "부탁드립니다."라며 고개를 숙였다. 옆에서 하세베도 그를 따라 했다.

후, 하고 도미타 준코가 숨을 내쉬는 소리가 들렸다.

"알겠어요. 하지만 폐를 끼치지 않도록 주의해 주세요."

"알겠습니다. 최대한 조심하겠습니다. 감사합니다."

마쓰미야의 목소리에 힘이 실렸다.

'엄마 모임'은 멤버가 총 네 명인 듯했다. 마쓰미야가 그들의 이름과 연락처를 메모하고 나서 "오늘도 그분들을 만나셨나요?"라고 물었다.

"오늘은 그중에서 한 사람만 만났어요. 요가 학원에 같이 다니는 유카리 씨인데, 11시에 만나기로 했었지요."

주부끼리 요가 학원에 카페⋯⋯. 맞벌이하는 여자들에게는 언감생심이군, 하고 마쓰미야는 생각했다.

"오늘 그 카페에 도착하셨을 때가 몇 시쯤이었습니까?"

"11시 조금 전이었어요."

"그때 찻집의 모습이 어땠죠?"

"입구에 'CLOSED'라고 팻말이 걸려 있어서 의아했어요. 정기 휴일도 아니었으니까요. 늘 오전 9시면 문을 열거든요."

"정기 휴일은 언제죠?"

"월요일이에요."

"그래서, 의아했고, 그다음은요?"

도미타 준코가 괴로운 듯 노골적으로 얼굴을 찡그렸다.

"그 얘기를 또 해야 하나요?"

죄송합니다, 라며 마쓰미야가 재차 고개를 숙였다.

"저로서도 여쭤보기가 괴롭습니다만, 질문자가 바뀌면 잊었던 일이 떠오르거나 새로운 증언이 나오는 경우가 있어서요. 이해를 부탁드립니다."

도미타 준코는 어두운 표정으로 한숨을 쉬었다.

"그래도 혹시나 해서 문손잡이를 잡아당겨 봤어요. 그랬더니 문이 단박에 열리는 거예요. 그래서 이제부터 영업을 시작하려나 보다, 하며 안쪽을 들여다봤는데……,"

그때의 일이 뇌리에 되살아나는지 그녀가 굳은 표정으로 천천히 눈을 몇 번 깜박거리고 나서 말을 이었다.

"바닥에 사람이 쓰러져 있었어요. 깜짝 놀라서 다가가는 순간 등에 커다란 얼룩이 있는 걸 봤어요. 그게 피라는 걸 깨닫고는…… 그 자리에 얼어붙었어요."

"그래서 곧바로 신고하셨나요?"

도미타 준코가 고개를 살래살래 저었다.

"그 순간에는 경찰에 신고해야 한다는 생각조차 떠오르지 않았어요. 머릿속이 하얘지면서 뭘 어째야 좋을지 모르겠더군요. 그저 무섭고 떨리기만 했어요. 비명조차 나오지 않았죠. 그러고 있는데 유카리 씨가 도착했고, 제게 왜 그러느냐고 물어서 자초지종을 설명했어요. 아니, 그게 아니라, 말이 제대로 나오지 않아서 안쪽을 가리켰죠. 안쪽을 들여다본 유카리 씨가 기겁해서 "신고, 신고!" 하고 외치는 소리를 듣고 그제야 신고해야 한다는 생각을 했어요. 신고한 후에는 경찰이 올 때까지 카페 앞에서 둘이 손을 꼭 잡고 서 있었습니다."

실감 나는 설명에 마쓰미야는 고개를 끄덕거렸다. 초동 수사를 담당했던 수사관들에게 들었던 내용과 일치했다.

"많이 놀라셨겠습니다. 신속히 신고해 주셔서 감사합니다."

그런데, 하고 마쓰미야가 말을 이었다. 지금부터는 시신 발견자가 아니라 피해자의 관계자로서 질문해야 한다.

"일주일에 한두 번은 가셨다고 하니 단골이라고 봐도 좋을 듯한데, 카페 주인인 하나즈카 야요이 씨와 개인적으로도 친하셨습니까?"

"친하다고 말할 수 있을지는 모르겠지만, 다른 손님이 없을 때는 둘이서 얘기를 나누기도 했죠."

"가장 최근에 얘기를 나눈 게 언제입니까?"

그러자 도미타 준코가 고개를 갸우뚱하며 뺨에 손을 갖다 댔다.

"지난주……, 그래요, 화요일이었을 거예요."

"무슨 얘기를 나눴는지 기억하십니까?"

"별다른 얘기는 아니었어요. 최근에 갔던 어느 음식점의 무슨 음식이 맛있더라, 그런 얘기였죠, 뭐. 평소에도 그런 얘기들을 많이 나눴으니까요."

"그때 하나즈카 씨에게 이상한 점은 없었나요?"

"이상한 점이라니요?"

"뭐든 괜찮습니다. 기운이 좀 없었다거나, 신경 쓰이는 일이 있는 눈치였다거나."

아니요, 하고 도미타가 대답했다.

"전혀 없었어요. 얼마나 명랑했는데요. 오히려 요즘 들어 전보다 훨씬 생기발랄해졌다고 생각한걸요."

"전보다 훨씬이라……, 그럴 만한 이유가 있었을까요?"

"거기까지는 모르겠어요. 그냥 그런 느낌이 들었을 뿐이에요. 죄송하지만 제 기분 탓이었을지도 몰라요. 아무튼 기운이 없어 보이지는 않았어요."

"그렇군요."

질문의 방향을 바꿔 보는 게 좋겠다고 마쓰미야는 생각했다.

"그 카페에는 주로 어떤 손님이 왔습니까?"

"아무래도 여자가 많았죠. 주부처럼 보이는 사람도 있었고 회사원 같아 보이는 사람도 있었어요. 이름은 모르지만 자주 마주치는 사람도 몇 명 있었죠. 야요이 씨가 처음 온 손님에게도 추천 케이크나 음료에 관해 친절하게 설명해 주곤 해서 누구나 또 오고 싶은 마음이 들었을 거예요."

성을 빼고 '야요이 씨'라고 부르는 데서 친근한 분위기가 느껴졌다.

"만남을 소중히 여긴다고 얘기한 적이 있어요. 다양한 사람과의 만남이 인생을 풍요롭게 한다고요. 결과적으로는 이혼하고 말았지만, 전남편을 만난 것도 귀중한 재산으로 여기니까 결혼한 걸 후회하지 않는다더군요."

"만남이라고요……."

"임신 중인 손님에게는 '조만간 멋진 만남이 있겠네요, 기대됩니다.' 하고 말을 건네기도 했어요. 아기에게 엄마와의 대면은 인생 최초의 만남이라는 뜻이겠죠."

"그렇겠군요."

단골이 많은 이유를 짐작할 수 있는 인상적인 일화였다. 마쓰미야는 도미타 준코의 말을 메모했다.

"남자 손님도 있었습니까?"

"간혹 있었어요. 근처에 사는 어르신이라든가."

"신경이 쓰이는 손님은요? 술에 취해서 하나즈카 씨나 손님에게 시비를 건다든지, 이상한 눈초리로 바라본다든지."

도미타 준코는 마쓰미야가 질문을 마치기도 전에 손사래를 치며 고개를 내저었다.

"그 카페에 그런 손님은 안 왔어요. 다들 품위가 있었죠. 아, 제가 그렇다는 말이 아니라……."

"압니다. 고맙습니다."

마쓰미야가 쓴웃음을 지었다.

"하나즈카 씨와 특별히 친하게 지낸 분이 있습니까? 친구라든지……, 연인도 좋고요."

글쎄요, 하며 그녀가 고개를 갸웃거렸다.

"자기 얘기는 별로 안 하는 사람이었어요. 독신이라는 건 알았지만, 그 밖에는 제가 굳이 묻지 않았고요."

"그렇군요. 그럼 마지막으로, 이번 사건과 관련해서 뭔가 짚이는 일이 있습니까?"

마쓰미야의 질문에 도미타 준코는 눈에 힘을 주며 숨을 들이쉬었다.

"정말이지 어처구니가 없어서……. 아마 강도가 저지른 짓이겠지만, 하필이면 그 카페를 노리다니, 끔찍하기 짝이 없어요. 무서운 세상이에요."

"왜 강도의 짓이라고 생각하시죠?"

"그야 야요이 씨 같은 사람이 누군가에게 원한이나 미움을 살 리 없으니까요. 그렇게 좋은 사람은 흔치 않아요. 친절하고, 배려심도 깊고……. 누군가 돈을 노리고 저지른 짓일 거예요. 틀림없어요."

도미타 준코가 두 주먹을 불끈 쥐며 강한 어조로 말했다.

마쓰미야는 차마 사건 현장에 금품을 뒤진 흔적이 없었다는 말을 꺼낼 수 없었다.

"참고하겠습니다. 바쁘신데 협조해 주셔서 감사합니다."

그렇게 말하고 하세베에게 눈짓한 뒤 자리에서 일어섰다.

도미타 준코의 집에서 나온 마쓰미야와 하세베는 그녀가 말한 '엄마 모임' 멤버들을 찾아 나섰다. 아이들이 모두 같은 초등학교를 다닌 터라 집들도 가까이 있어서 다행이었다.

도미타 준코가 미리 연락해 두었는지, 형사가 찾아갔는데도 아무도 당황하는 기색을 보이지 않았다. 당황하기는커녕 그들은 이미 하나즈카 야요이가 살해당했다는 사실을 알고서 궁금한 점을 이것저것 물어 댔다. 왜 살해당한 거냐, 누가 죽였느냐, 단서는 있느냐……. 이제 수사를 시작하는 참이라고 아무리 말해도 막무가내여서 마쓰미야로서는 여간 고역이 아니었다.

그러나 사람들의 얘기를 듣는 사이에 그들의 질문이 단순한 호기심 때문이 아니라는 것을 깨닫게 되었다. 그들은 진심으로 하나즈카 야요이의 죽음을 슬퍼하고 그 흉악한 범죄에 분노한 것이었다.

"그렇게 좋은 사람은 드물어요." 하고 모두가 입을 모았다. 단골의 생일을 기억했다가 그날 그 손님이 찾아오면 케이크를 선물했다든지, 점자 메뉴를 만들고, 알레르기가 있는 어린이 손님을 위해 특별히 케이크를 만들어 주었다는 등, 하나즈카 야요이의 인간성에 관해서라면 얼마든지 얘기해 줄 수 있다는 태도였다.

얘기들을 듣고 나니 어느덧 저녁 무렵이었다. 수사본부로 돌아가기 전에 이제까지 들은 내용을 일단 정리하자며 마쓰미야와 하세베는 근처 커피숍으로 들어갔다.

"하나같이 비슷한 얘기네요."

수첩을 들여다보며 하세베가 말했다.

"그러게 말이야. 누구 하나 피해자를 나쁘게 말하지 않았어."

그러고서 마쓰미야는 커피를 한 모금 마신 뒤 어깨를 으쓱했다.

"아마 그게 사실이니까 그럴 거야. 굉장히 좋은 사람이었나 봐."

"그럼 문제는 동기겠네요. 좋은 사람이라고 절대 살해당하지 말란 법은 없잖아요. 누군가 불합리한 동기에서 충동적으로 찌른 거 아닐까요?"

"불합리한지 어떤지는 모르겠지만, 상황으로 보아 계획적인 범행일 가능성은 낮은 것 같아."

범행에 사용된 흉기는 끝이 뾰족하고 날카로운 칼로, 길이가 20센티미터도 넘었다. 그렇게만 들으면 자못 위험한 무기로 여겨지겠지만, 실은 시폰 케이크를 자르는 도구였다고 한다. 즉 카페에 있던 물건이라는 것이다. 실제로 카운터 안쪽에 있는 싱크대 위에 씻어 놓은 시폰 케이크 틀이 놓여 있었다고 한다.

충동적으로 살의를 품은 범인이 싱크대에 놓여 있던 칼을 집어 들고 등 뒤에서 피해자를 찔렀다고 보는 것이 타당했다.

칼자루에서 지문은 발견되지 않았다. 감식반에 따르면 천으로 닦아 낸 흔적이 있다고 한다. 범인은 감정이 격해져서 하나즈카 야요이를 등 뒤에서 찌르긴 했지만, 막상 그녀가 죽고 보니 순간적으로 두려워지면서 지문을 닦아 낼 정도의 침착함을 되찾은 것 아닐까.

"누구에게도 원한이나 미움을 살 만한 사람이 아니었다면 역시 금전 문제가 아닐까요?"

하세베가 다소 자신 없는 말투로 물었다.

"그럴지도 모르지. 우아하게 카페를 운영할 정도니 모은 돈이 많아서 은밀히 고리대금업을 했다든가 말이야. 그런데 누군가 변제 기한을 늦춰 달라고 부탁했다가 거절당하자 울컥해서 찔렀을 수도 있지."

아하, 하면서 하세베가 눈을 동그랗게 떴다.

"친절한 카페 여주인이 실은 인색한 수전노였다는 건가요? 소설로 써도 재밌겠는데요."

"직업상 피해자가 두 얼굴이었을 가능성도 있어. 단골에게는 보여 주지 않은 일면이 있었을지 모른다고. 그렇다면 금전 문제뿐 아니라 원한이나 애증이 갈등의 원인이었을 가능성 또한 배제할 수 없어. 수사는 이제부터야."

그렇게 말하고 나서 마쓰미야는 커피잔을 입으로 가져갔다.

두 사람이 자리에서 일어서려는 참에 휴대 전화 벨이 울렸다.

마쓰미야는 안주머니에서 휴대 전화를 꺼냈다. 발신자는 부동산 회사였다. 그런데 그가 지금 사는 집이 아니라 2년 전까지 살았던 집을 임대한 회사다.

마쓰미야는 의아해하며 전화를 받았다.

"여보세요."

"아, 저……,"

상대 남자는 부동산 회사의 이름을 말한 뒤 자신을 야마다라고 밝혔다.

"마쓰미야 씨의 휴대 전화가 맞습니까?"

"네, 그렇습니다만."

"아아, 다행입니다. 예전에 저희 회사를 이용하셨죠? 감사드립니다."

"아, 네……."

"바쁘신데 죄송합니다만, 잠시 통화해도 괜찮을까요?"

"괜찮긴 한데, 무슨 일입니까?"

이제 와서 추가 수리비를 청구하려는 건 아니겠지, 하고 마쓰미야는 생각했다.

"혹시 요시하라라는 여자분을 아십니까?"

야마다가 뜻밖의 질문을 했다.

"요시하라 씨요?"

"네, 요시하라 아야코 씨입니다."

"요시하라 아야코……."

소리 내어 이름을 되뇌어 봤지만 떠오르는 사람이 없었다.

"모르겠는데요."

"그렇군요. 그거참, 난감하네."

"그 여자분은 왜요?"

"실은 오늘 낮에 그분이 저희 사무실에 찾아와서 마쓰미야 씨의 연락처를 알려 달라고 했습니다."

"제 연락처를요?"

마쓰미야는 저도 모르게 미간을 찌푸렸다.

"아무래도 전에 마쓰미야 씨가 살던 집으로 찾아갔다가 이사하신 걸 알고 저희 회사로 온 것 같습니다. 물론 정중하게 거절했지만, 급히 의논할 일이 있다면서 명함을 두고 갔어요. 마쓰미야 씨에게 자신이 연락을 기다린다고 말씀드려 달라면서요."

"의논할 일이 있다고요?"

"네. 그리 나쁜 사람 같아 보이지 않는 데다, 어찌나 간곡하게 부탁하는지 거절하기 힘들어서 시간이 나면 연락해 보겠다고 대답하고 말았습니다. 하지만 마쓰미야 씨가 직업상 늘 바쁘시다는 걸 알기에 어쩔까 망설이다가, 모른 척하기 뭐해서 이렇게 전화를 드렸습니다."

"그렇군요."

야마다의 설명을 들으니 상황은 일단 이해되었다.

"그 요시하라라는 분이 자신에 관해 설명하지 않던가요?"

"자세한 설명은 없었습니다. 명함을 보니 료칸을 경영하는 분 같습니다만."

"료칸이라고요?"

더욱더 영문을 알 수 없었다. 마쓰미야는 손으로 머리를 긁적거렸다.

"어디 있는 료칸입니까?"

"가나자와라고 되어 있더군요."

"가나자와요? 이시카와현 말입니까?"

"물론입니다."

야마다가 가나자와라는 지명이 또 있느냐는 듯이 대답했다.

"흠……."

그로서는 아무런 연고도 인연도 없는 지명이었다. 심지어 가 본 적조차 없다.

"저, 명함을 우편으로 보내 드릴까요? 전화번호도 적혀 있는데요."

"아닙니다. 사진을 찍어서 이메일로 보내 주세요."

"아, 그게 좋겠군요. 그럼 이메일 주소를 가르쳐 주세요."

마쓰미야가 이메일 주소를 알려 주자 야마다는 "곧바로 보내겠습니다."라고 말했다.

"아 참, 만약 마쓰미야 씨가 바쁘시면 마쓰미야 씨의 어머니인 가쓰코 씨가 연락하셔도 괜찮다고 하더군요."

"제 어머니요? 댁이 어머니 이름을 알려 줬습니까?"

"그럴 리가요. 이미 알고 계시던걸요. 제가 가르쳐 드린 게 아닙니다."

그렇다면 요시하라 아야코라는 여자는 어머니가 아는 사람일까. 그러나 마쓰미야는 어머니 입에서 그런 이름을 들은 기억이 없었다.

"그럼 메일을 보내겠습니다."

"아, 네. 부탁드립니다."

마쓰미야는 전화를 끊고 나서 고개를 갸웃거렸다.

"무슨 일입니까?"

하세베가 물었다.

"아니야, 아무것도. 개인적인 일이야. 자, 이만 가지."

커피숍을 나온 두 사람은 택시를 잡아탔다. 뒷자리에 앉아 안전띠를 매는데 이메일 알림음이 울렸다. 제목이 '야마다입니다.'라고 되어 있었다. 본문에는 아무것도 씌어 있지 않았

고, 첨부 파일이 있어 열어 보니 명함을 찍은 사진이었다. '료
칸 다쓰요시'라는 붓글씨체 상호 옆에 '대표 요시하라 아야
코'라는 이름이 인쇄되어 있었다. 주소는 이시카와현 가나자
와시 짓켄마치다.

마쓰미야는 사진을 내려다보며 다시 한 번 고개를 갸웃거
렸다.

3

관할 경찰서는 메구로 거리에 있었다. 경찰서 안으로 들어
서며 마쓰미야는 하세베에게 "내가 보고할 테니 들어가 봐."
라고 말한 후 특별 수사본부가 차려진 강당으로 향했다. 이
관할 서의 젊은 형사는 내일부터 부지런히 움직여야 하니 오
늘 밤만은 일찍 들여보내고 싶었다.

입구에 '지유가오카 카페 주인 살해 사건 특별 수사본부'라
는 간판이 세워져 있는 강당으로 들어서니 아직도 수사관 여
럿이 보고서를 작성하거나 삼삼오오 모여 회의를 하고 있었
다. 마쓰미야는 강당 중앙으로 시선을 돌렸다. 거기에는 책상
을 여러 개 맞붙여 만든 데스크가 있다. 그곳에 마쓰미야가 소
속된 팀의 리더이자 이제부터 마쓰미야가 오늘의 성과를 보

고할 인물이 의자에 앉아 노트북 컴퓨터를 노려보고 있었다. 손이 움직이지 않는 걸 보니 자료를 확인하는 모양이다.

마쓰미야는 그의 널따란 등 뒤로 다가가 "주임님." 하고 불렀다.

"이제 돌아왔습니다."

"목소리를 들으니 별로 기대가 안 되는걸."

그러면서 가가 교이치로가 의자를 빙그르 돌렸다. 입가에는 미소가 어려 있지만 움푹 꺼진 두 눈에서는 날카로운 빛이 번득이고 있다.

마쓰미야는 한숨을 내쉰 후 고개를 까딱이며 수첩을 꺼냈다.

"안타깝게도 말씀하신 대롭니다. 시신 발견자와 카페 단골들을 만나 봤지만 단서가 될 만한 얘기는 듣지 못했습니다."

"그렇겠지. 살해당해 마땅한 사람이 운영하는 카페라면 단골이 있을 리 없으니까. 하나즈카 야요이 씨는 모두에게 사랑받았다, 어때, 정답이지?"

마쓰미야의 눈썹이 움찔했다.

"다른 데서도 비슷한 정보가 들어왔습니까?"

그러자 가가가 책상 위에 놓여 있던 서류를 한 장 집어 들었다.

"하나즈카 씨가 가미노게에 있는 자신의 아파트에서 매주 베이킹 교실을 열었다는군. 거기에 다니던 수강생들을 탐문 조사한 보고서가 올라왔는데, '성실하고 친절한 데다 사려 깊고 상냥했다. 게다가 수강료도 양심적이었다.' 이렇게 되어 있어."

가가가 서류에서 눈을 떼고 마쓰미야를 올려다보았다.

"나쁘게 말한 사람이 전혀 없다는군."

"이쪽도 마찬가지입니다. 하나같이 하나즈카 씨처럼 좋은 사람이 살해당하다니 믿을 수 없다, 원한을 사다니 그런 일은 상상할 수도 없다, 그러더군요."

"그렇게 서 있지 말고 좀 앉지 그래, 돌아다니느라고 피곤했을 텐데. 갈 길이 머니까 무리하지 말라고."

가가가 옆에 있는 의자를 턱으로 가리키며 말했다.

"그럴까요? 그럼 앉겠습니다."

"그렇게 딱딱하게 굴 것 없잖아? 듣는 사람도 없는데."

마쓰미야가 주위를 둘러보니 아닌 게 아니라 다들 바빠서 정신이 없어 보였다.

두 사람은 사촌 형제다. 그러나 주위에 다른 사람이 있을 때는 말투에 유의하기로 되어 있었다.

가가는 3년 전 마쓰미야가 속한 수사 1과로 발령받아 오게 되었다. 그때까지 가가는 니혼바시 경찰서에서 근무했다. 당시에도 몇 번 두 사람이 함께 사건을 수사한 적이 있었다. 가가는 그 전에도 수사 1과에 근무한 경력이 있으니 3년 전의 이동은 복귀라고 볼 수 있었다. 여러 면에서 예외적인 인사였는데 자세한 사정은 마쓰미야도 잘 모른다.

"달리 돌파구를 찾아야 할 것 같아요."

의자에 앉으며 마쓰미야가 말했다.

"피해자에게 카페 주인이나 베이킹 교실 강사 이외에 또 다른 얼굴이 있었을지도 모르지."

"물론 사람에게는 여러 가지 얼굴이 있죠. 오십 년 넘게 살아온 사람이라면 더더군다나 그렇고요."

그러자 가가가 손에 든 서류를 다시 내려다봤다.

"이름, 하나즈카 야요이. 출신지는 도치기현 우쓰노미야시. 그 지역 고등학교를 졸업한 후 대학 진학을 위해 상경했으나 곧장 대형 가구 판매 회사에 취직. 스물여덟 살에 결혼을 계기로 퇴직. 마흔 살에 이혼. 그 후 지유가오카에 카페 '야요이 찻집'을 오픈. 경영 상태가 대체로 양호해서 빚이 없고, 가미노게에 있는 아파트의 임대료를 연체한 적도 전혀 없다. 이상이 피해자의 약력인데, 이 짧은 문장 속에도 갖가지 얼굴이 담겨 있어. 가령, 도치기현 우쓰노미야시 출신으로 되어 있는데, 어린 시절에는 어떤 소녀였을까……."

거기까지 말하고 가가가 고개를 들었다.

"자네들이 탐문 수사를 하는 사이에 하나즈카 씨 부모님이 도착했어. 내가 응대하면서 시신의 사진을 확인시켜 드렸지."

마쓰미야가 숨을 훅 들이쉬며 등을 곧추세웠다.

"반응은요?"

"부모가 둘 다 팔십 세 전후야. 설마 이 나이에 딸의 시신을 보게 될 거라고는 상상도 못했다며 눈물을 뚝뚝 흘리더군. 아무리 나이가 들어도 딸은 딸이니까. 그것도 외동딸이래. 어릴 적부터 착했고, 상경한 후에도 전화로 자주 부모의 안부를 물었다는군. 각지의 특산물을 보내 주기도 했고. 다만 최근에는 고향에 내려오는 일이 1년에 한 번 있을까 말까였대."

"사건에 관해 짐작 가는 점이 있대요?"

"그건 기대하기 힘들겠어."

가가가 손에 쥐고 있던 서류를 책상에 내려놓으며 말했다.

"학생 때의 친구라면 몇 명 알아도 최근의 인간관계는 전혀 모른대."

"뭐, 무리도 아니죠."

"그래도 부모님을 만난 건 나름 의미가 있었어. 하나즈카 씨의 집을 수색해도 좋다는 허락도 얻었지만, 무엇보다 휴대전화 조사를 허락했어. 그래서 지금 조사를 하고 있는데, 하나즈카 씨가 여러 종류의 SNS를 사용했다는 게 밝혀졌어."

"잘됐군요. SNS는 인간관계의 보고잖아요."

"그렇게 기대할 일은 아니야."

가가가 집게손가락으로 마쓰미야를 가리키며 말했다.

"SNS는 믿을 게 못 되거든. 그렇게 형식적으로 이어진 것을 인간관계라고 하기는 힘들지. 실제로 지금까지 확인된 바로 하나즈카 씨는 SNS를 주로 가게를 홍보하는 데 활용한 것 같고 개인적인 내용은 별로 없다는군. 회사원 시절의 동료나 학생 때의 친구들과 주고받은 메시지도 더러 있지만, 별로 교류가 많았던 것 같지는 않아."

"그럼 이제 기대할 만한 건 메일이나 통화 내역 정도겠네요."

"그렇다고 할 수 있지. 지금 메일이나 전화를 주고받은 상대의 신원과 하나즈카 씨와의 관계를 분석하고 있어. 그 작업이 끝나면 자네들에게 정보를 넘길 거야. 상대의 정체를 모르는 채 섣불리 다가갔다가 만에 하나 그 사람이 범인일 경우에는 우리를 경계하거나 도망칠 우려가 있으니까 말이야."

"알아요. 지시가 내려오기를 기다리고 있습니다."

그럼, 하며 일어서려는 마쓰미야의 오른팔을 가가가 붙잡았다.

"잠깐만."

"왜요?"

"얘기가 아직 안 끝났어. 신원이 판명되면 정보를 넘길 거라고 했잖아."

"그러니까 지시를 기다린다고……."

거기까지 말하고 마쓰미야가 입을 다물었다. 가가가 슬그머니 의미심장한 미소를 지었기 때문이다.

"벌써 신원이 판명된 인물이 있어요?"

"있어, 몇 명. 예를 들면 이 사람."

가가가 의자를 돌려 노트북을 향해 앉더니 키보드를 몇 개 두드리고 나서 화면을 마쓰미야 쪽으로 돌려놓았다. 거기에는 남자 얼굴 사진과 이름, 주소, 생년월일이 나와 있었다.

이름은 와타누키 데쓰히코. 나이는 쉰다섯이다. 주소는 고토구 도요스로 되어 있었다.

"하나즈카 씨의 휴대 전화 발신 이력에서 찾은 이름이야. 그녀가 전화를 한 것은 일주일 전. 연락처 목록에 이 사람의 휴대 전화 번호가 있었어. 통화 시간은 5분 남짓으로 그리 길지 않았지만 와타누키라는 성이 문제였어."

"왜죠?"

"하나즈카 씨에게 이혼 경력이 있다는 건 알지? 와타누키는 그녀의 이혼 전 성이야."

아니, 하는 소리가 마쓰미야의 입에서 새어 나왔다.

"그럼 이 남자가 그녀의 전남편이란 말이에요?"

"맞아. 하나즈카 씨의 호적을 확인해 보니 사실이었어. 이 정보는 운전면허증을 조회해서 찾아냈어. 그 사람이 맞을 거야."

"하나즈카 씨가 이혼한 지……."

마쓰미야가 수첩을 펼치려고 했다.

"마흔 살 때니까 11년 전이야."

"그렇게 오래전에 이혼한 상대와 여태 연락을 주고받았다고요?"

"바로 그 점이야. 통화 기록을 살펴보니 적어도 최근 1년간은 하나즈카 씨 쪽에서 전화한 일이 없었어. 저쪽에서도 마찬가지였고. 그런데 왜 이제 와서 헤어진 전남편에게 전화를 했을까?"

"그러게요. 좀 이상하긴 하군요."

마스미야가 노트북 화면을 뚫어져라 바라봤다.

"하나즈카 씨 부모에게 이혼 사유를 물어봤는데 확실한 건 모르는 것 같았어. 헤어진다는 말에 놀라긴 했지만, 특별히 다툼이 있었던 것 같지도 않고 양쪽 다 분별할 줄 아는 나이니 늙은 부모가 왈가왈부할 문제가 아니라고 여겨져서 참견하지 않았다는 거야. 뭐, 터무니없는 말은 아니지."

"그래도 이제 와서 새삼 연락했다는 게 마음에 걸리는데요."

마스미야는 수첩을 펼치고 화면에 표시된 내용을 메모했다.

"내일 당장 만나 볼게요."

"만나러 가기 전에 최대한 정보를 모아 봐. 그 근방에서 탐문 수사를 하면 와타누키 씨의 직업이나 성격 정도는 알 수 있겠지."

"말씀하지 않아도 그 정도는 압니다. 사전 조사 없이 상대를 만나는 건 형사로서 최악이라고 삼촌한테 귀에 못이 박히도록 들었으니까요."

"재혼해서 새로 가정을 꾸렸을지도 모르니까 질문에 신경 쓰고. 전 부인과 연락한 일 때문에 원만했던 부부 관계가 어그러지면 곤란하잖아."

"글쎄, 안다니까요. 대체 언제까지 초짜 취급을 하실 겁니까."

넌더리가 난다는 표정을 지으며 마쓰미야는 수첩을 주머니에 집어넣고 자리에서 일어섰다.

"그럼 내일 뵐게요."

"그래. 집에 늦지 않게 들어가. 내일은 아침 일찍부터 회의니까. 독신 생활이 처음이라 스스로 일어나는 데 익숙지 않잖아."

"익숙해진 지가 언제인데 그래요. 그리고, 내가 수사 회의에 늦는 거 봤어요?"

그러는데 마쓰미야의 머릿속에 문득 떠오르는 일이 있었다.

"아, 맞다! 혹시 요시하라라는 사람, 알아요?"

"요시하라?"

가가가 책상 위에 놓인 자료로 손을 뻗었다.

"사건과는 무관한 제 개인적인 일이에요."

"개인적인 일?"

의아한 눈초리로 올려다보는 가가에게 마쓰미야는 아까

통화한 내용을 간추려 설명했다. 가가는 가쓰코의 조카이기도 하니 뭔가 알지도 모르겠다고 생각한 것이다.

"요시하라 아야코라……, 들어 본 기억이 없는데."

"가나자와에서 료칸을 경영한다더라고요."

마쓰미야는 휴대 전화를 꺼내 명함 사진을 가가에게 보여 주었다.

"'다쓰요시'? 모르겠는걸."

그렇게 말하는 가가의 얼굴에 그답지 않게 당황스러운 기색이 어렸다.

"고모에게 물어보지 그래."

"그래야 할 것 같아요."

"뭔가 알아내면 나한테도 가르쳐 줘. 궁금하니까."

"아마 별일 아닐 거예요. 그럼 내일 뵙겠습니다!"

가볍게 손을 들어 보이며 마쓰미야는 출구로 향했다.

경찰서를 나온 그는 택시를 잡아탔다. 운전사에게 메이지대역 근처에 있는 자신의 집 위치를 알려 주고 나서 마쓰미야는 휴대 전화를 꺼내 들었다.

그는 2년 전까지는 고엔지에 있는 아파트에서 어머니 가쓰코와 함께 살았지만 이제는 독립해서 혼자 산다. 어머니는 현재 지바의 다테야마에 살고 있다. 친구 몇 명과 낡은 주택을 빌려 채소를 가꾸며 지낸다고 한다.

전화는 금방 연결되었다. "네, 여보세요." 하는 가쓰코의 밝은 목소리가 들렸다.

"어머니, 전데요, 지금 통화할 수 있어요? 여쭤보고 싶은 게 있어서요."

"그래, 괜찮아. 묻고 싶은 게 뭔데?"

"혹시 요시하라라는 사람, 알아요? 요시하라 아야코라고요."

"요시하라…… 씨?"

"한자로 어떻게 쓰더라……. 아, 그래요. 방향제, 할 때 방자에 원칙, 할 때 원 자요."

그런데 웬일인지 가쓰코가 대답을 하지 않았다. 전화가 끊겼나 싶어서 "여보세요?" 하고 불러 보았다.

"그 사람은 왜?"

가쓰코가 물었다. 목소리에 약간 날이 서 있었다.

"전에 제가 거래했던 부동산 회사에 찾아와서 제 연락처를 물었대요. 그리고 저와 연락하고 싶다면서 명함을 두고 갔다는 거예요. 가나자와에서 료칸을 경영한다던데 누군지 전혀 모르겠더라고요. 그런데 듣자 하니 어머니를 안다는 것 같아서요."

"흠……."

"교이치로 형에게도 물어봤는데 모르는 사람이래요. 혹시 생각나세요?"

가쓰코가 또 침묵했다. 뭐라고 대답해야 할지 망설이는 것 같기도 했다.

"어머니!"

"……그래서, 너는 어떻게 할 생각인데?"

"글쎄요, 잘 모르겠어요. 어머니가 아시는 분은 맞아요?"

수화기 너머에서 후, 숨을 토하는 소리가 들려왔다.

"내 생각엔 그만두는 게 나을 것 같은데."

"뭘요?"

"연락 말이다. 그만두는 게 낫지 않겠니?"

"왜요? 어머니는 아시는군요. 누구예요, 요시하라라는 사람이?"

"내 입으로는 말할 수 없다."

"네?"

"말하고 싶지 않아."

"무엇 때문에요?"

"무엇 때문이든. 너는 형사니까 금방 조사할 수 있지 않니?"

"말도 안 되는 소리예요. 경찰 시스템을 개인적인 일에 사용할 수는 없어요."

"그래? 그럼 방법이 없겠구나."

"뭐가 방법이 없다는 거예요. 어서 말씀해 보세요, 그 사람이 누군지."

"내 입으로는 말할 수 없고 말하고 싶지도 않다고 했잖니. 너, 어차피 그 사람에게 연락할 거지? 그럼 결국 알게 되겠구나. 다시 말하는데, 내 생각에는 연락하지 않는 게 좋을 것 같다. 더 할 말 없지? 그럼 전화 끊는다."

"아니, 잠깐만……."

기다려 봐요, 라고 말하려는데 전화가 끊겼다. 마쓰미야는 휴대 전화를 내려다보며 눈살을 찌푸렸다.

집에 도착한 후에도 그는 곧바로 옷을 갈아입지 않고 겉옷만 벗은 채 휴대 전화를 들고 식탁 의자에 앉았다. 그리고 아까 부동산 회사 사람에게 받은 명함 사진을 연 다음 식탁에 놓여 있던 잡지의 여백에 전화번호를 옮겨 적었다.

가쓰코가 한 말 때문에 괜히 더 신경이 쓰였다. 전화를 걸지 않고는 배길 수 없었다.

메모한 번호를 누른 다음 발신 버튼으로 손가락을 가져갔다. 하지만 손가락이 버튼에 닿기 전에 동작을 멈췄다.

'사전 조사 없이 상대를 만나는 건 형사로서 최악'이라는 말이 떠올랐다.

마쓰미야는 책상으로 가서 충전 중이던 태블릿 PC를 들고 다시 식탁으로 왔다. 명함에 료칸 홈페이지 주소가 쓰여 있으니 일단 거기에 들어가 보기로 했다.

홈페이지에 접속하니 명함과 똑같은 서체로 쓰인 '다쓰요시'라는 글자가 나타났다. 그 밑에는 건물의 외관을 촬영한 사진이 있었다. 역사가 오래되었다는 걸 느끼게 하는 고상한 목조 건물로, 가느다란 세로 격자가 전면을 메우고 있다.

사진이 슬라이드 쇼로 되어 있어 다양한 객실 모습과 인테리어, 근처 명소 등이 차례차례 보였다. 사진들만 봐도 상당히 고급스러운 료칸으로 느껴졌다.

숙박 요금 등에 관해서도 친절하고 자세하게 설명되어 있었다. 물론 온라인 예약도 가능했다. 가장 비싼 패키지의 가격을 보고는 저도 모르게 눈이 번쩍 뜨였다. 역시 고급 료칸답다.

그러나 자본금이나 종업원 수 등 회사의 개요에 관한 내용은 나와 있지 않았다. 마쓰미야가 무엇보다 궁금해하는 경영자 정보, 즉 주인이 어떤 사람인가는 알 도리가 없었다.

"할 수 없군."

마쓰미야는 그렇게 중얼거렸다. 더는 조사할 방법이 없다고 스스로를 다독이는 말이었다.

다시 휴대 전화를 집어 들었다. 전화번호를 누른 다음 심호흡을 한 번 하고 나서 발신 버튼을 눌렀다.

신호음이 세 번 울린 후 "네." 하는 여자 목소리가 들렸다.

"아, 여보세요. 혹시 요시하라 아야코 씨입니까?"

"그런데요."

"저는 마쓰미야라는 사람입니다. 부동산 회사에서 연락을 받았어요."

아아, 하는 소리가 들렸다.

"역시 그랬군요. 모르는 번호라서 그렇지 않을까 생각했어요. 전화 주셔서 고맙습니다. 수상하게 여겨졌을 테지만 저로서는 다른 방법이 없었어요."

"급히 의논할 일이 있다고 들었는데요."

"맞아요. 시간이 얼마 남지 않아서요."

"대체 무슨 일입니까? 전혀 짐작이 안 가는데요."

"이시카와현 가나자와라는 지명을 듣고 짚이는 점이 없었어요? 어머님이 아무 말씀 안 하시던가요?"

"네. 어머니께 여쭤봤지만 아무것도 못 알아냈습니다."

"그래요? 그럼 이렇게 연락드리는 게 어머님께는 불편할 수도 있겠네요. 하지만 이쪽은 이쪽대로 사정이 있어요."

"그게 뭡니까? 뭘 의논하고 싶으신 거죠?"

"제가 의논드리고 싶은 일은……."

요시하라 아야코가 거기서 말을 멈췄다. 거들먹거리려는 게 아니라 말 꺼내기가 주저되어서 그러는 듯했다. 잠시 침묵하던 그녀가 숨을 깊게 들이쉰 후 결심한 듯 말했다.

"마쓰미야 씨의 아버지, 아니 아버지일지도 모르는 분에 관해서예요."

4

수사 회의에서 맨 먼저 발표된 것은 탐문 수사 팀의 보고 내용이었다. 보고에 따르면 최근 들어 수상한 인물이 현장 주변을 서성거렸다는 정보는 없으며, 인근의 방범 카메라에도 특별히 수상한 자의 모습은 잡히지 않은 듯했다. 역시 정신 이상자나 약물 중독자의 소행일 가능성은 낮다는 것이 담당 자들의 견해였다.

한편 시신 발견 전날 오후 6시경 '야요이 찻집' 출입문에 'CLOSED' 팻말이 걸려 있고 창문의 커튼이 닫힌 모습을 동네 주민이 목격했다는 정보가 있었다. 또한 찻집 내부 조명이 밤새도록 켜져 있었던 점도 다수의 증언으로 사실로 확인되었다. 이상의 상황과 부검 결과를 종합해 볼 때 범행 시각을 폐점 직후인 오후 5시 반에서 9시 사이로 추정해도 무리가 없을 것이라는 결론에 이르렀다. 피해자의 위 속에는 소화되지 않은 음식물이 남아 있지 않았지만, 피해자가 평소 저녁을 몇 시쯤 먹었는지 모르므로 그 이상 범위를 좁히기는 어렵다고 판단했다.

'야요이 찻집'에는 뒷문이 없으므로 범인은 정면 현관으로 출입했을 텐데, 아직 그와 관련한 목격 정보는 없었다.

이상의 보고를 듣고 마쓰미야는 새삼 마음을 다잡았다. 면식범의 소행일 가능성이 더욱 커졌기 때문이다. 즉 사건을 해결하느냐 못 하느냐는 피해자의 인간관계를 조사하는 마쓰미야 팀의 성과에 달렸다고 해도 과언이 아니었다.

증거물 수집반에서는 하나즈카 야요이의 집을 수색한 결과를 보고했다. 하나즈카 야요이가 평소에 사용하던 열쇠는 카페에서 발견된 그녀의 가방에 고스란히 들어 있었다. 집은 문이 잠겨 있었고, 보조 키 두 개는 부엌 서랍에 들어 있었다. 또한 집 내부 상태가 피해자가 아침을 먹고 나서 출근했을 때 그대로인 것이 거의 확실해서 범인이 하나즈카 야요이를 살해한 후 그녀의 집에 침입했을 가능성은 극히 낮다고 판단되었다.

이 정보는 의미가 컸다. 만약 범인을 암시하는 중대한 단서가 하나즈카 야요이의 집에 남아 있었다면 범인은 그것을 회수하려 들었을 것이다. 그러지 않은 것으로 보아 그녀의 집 안에는 범인과 연결되는 직접적인 증거가 없거나 적어도 범인 자신은 그렇게 생각한다고 보는 것이 타당했다.

하나즈카 야요이의 집은 방 하나에 부엌과 거실이 딸린 구조로, 그녀는 3년 전 이 집으로 이사왔다. 그 전에는 지금보다 역에서 더 떨어진 아파트에 살았다고 하니 금전적으로 여유가 생긴 것이라고 짐작할 수 있다. 그럼에도 보고서에서는 하나즈카 야요이의 생활상이 '검소하고 착실하다'라고 표현되어 있었다. 의복이나 화장품, 액세서리 등 어느 것 하나 지나치게 사치스러운 것 없이 그녀의 수입에 걸맞았고, 그래서인지 은행 예금도 비록 많은 액수는 아니지만 착실하게 늘어나고 있었다고 한다.

문제는 이성 관계인데, 집 안에서 남자가 드나든 흔적은 발견되지 않았다. 이웃 주민들에게서도 남자가 있었다는 증언은 확보하지 못했다.

그렇다고 해서 사귀는 남자가 없었다고 단정하기는 이르다고 마쓰미야는 생각했다. 하나즈카 야요이는 자기 집에서 베이킹 교실을 운영했다. 연인의 존재를 수강생들이 눈치채지 못하도록 밖에서 만남이 이루어졌을 가능성도 있었다.

그러나 다음 차례로 보고된 휴대 전화 분석 결과는 그런 마쓰미야의 예상을 송두리째 뒤집었다. SNS나 메일을 주고받은 상대 중에는 연인 관계를 의심할 만한 사람이 아무도 없었던 것이다. 식사나 만남을 약속하는 내용은 상대가 모두 여자였고 게다가 특정한 인물이 아니었다. '교제 상대가 없었던 것으로 보인다'라는 결론에 이의를 제기할 수 없었다. 휴대 전화 분석은 아직 완전히 마무리된 것이 아니며 새로운 정보가 발견되는 대로 보고할 예정이라고 했다. 일단 현시점에서 신원이 판명된 관계자들의 이름이 발표되었는데 그중에는 하나즈카 야요이의 전남편인 와타누키 데쓰히코도 있었다.

한편 마쓰미야 팀의 보고에는 주목할 만한 내용이 없었다. 피해자의 지인들이 입을 모아 '그렇게 좋은 사람이 살해당하다니 믿기지 않는다'라고 증언했다는 게 전부로, 대놓고 비난하는 사람은 없었지만 마쓰미야로서는 어깨가 움츠러들 수밖에 없었다.

전체 회의가 끝난 후 팀별로 나뉘어 다시 회의를 했다. 마쓰미야가 소속된 팀에서는 맨 먼저 피해자의 휴대 전화 연락처 목록이 배부되었다. 거기에는 '아이카와 고즈에', '아이코 레디스 클리닉', '아키타 커피' 등 백 건이 넘는 고유 명사가 들어 있었다. 그것을 수사관 각자가 나누어 담당하기로 했다. 마쓰미야는 와타누키 데쓰히코의 이름이 있는 그룹을 맡겠다고 자원했다.

"조사 대상자와 얘기를 나눌 때 이 목록을 한 번씩 보여 주도록 해."

팀을 지휘하는 가가가 팀원 모두에게 서류를 한 장씩 더 나누어 주었다.

"휴대 전화에 기록이 남아 있지만 신원이 밝혀지지 않은 사람들의 목록이다. 닉네임으로만 기록된 이름은 그대로 표기되어 있어. 조사 대상자에게 이 목록 중 혹시 알 만한 사람이 있는지 물어보고 새로운 정보가 있으면 즉시 보고하도록 해."

마쓰미야는 목록을 죽 훑어보았다. 나열된 이름 중에는

'돈 짱', '산사람' 같은 것들도 있었다. SNS 등에서 쓰이는 닉네임인 듯했다.

"그리고 또 한 가지,"

가가가 집게손가락을 세웠다.

"피해자의 지갑에서 피트니스 센터와 피부 관리실 회원증이 나왔다. 얼마나 자주 갔는지는 알 수 없지만, 얼굴을 아는 종업원이나 회원이 있을지도 모르니 누가 그쪽을 좀 맡아 줬으면 좋겠는데……."

가가가 일동을 둘러보는데 마쓰미야가 손을 들었다.

"저희가 맡겠습니다."

가가가 고개를 끄덕였다.

"그럼 그렇게 하지."

가가는 회원증 두 장을 컬러 복사한 종이를 마쓰미야에게 건넸다.

"다들 알겠지만, 범인은 피해자와 안면이 있을 가능성이 높다."

가가가 다시 수사관들을 둘러보며 말했다.

"여러분이 오늘 만날 사람들 중에 범인이 있을지도 모르니 그 점을 염두에 두고 빈틈없이 수사하기 바란다."

네, 하고 수사관들이 힘차게 대답했다.

회의가 끝난 후 마쓰미야가 하세베와 함께 출구로 향하려고 돌아서는데 누군가 뒤에서 어깨를 끌어당겼다.

"뭐 좀 알아냈어?"

가가가 마쓰미야의 귀에 대고 속삭이듯 물었다.

"가나자와 료칸 건 말이야. 어머니께 전화해 봤어?"

"아아, 네. 물어보긴 했는데, 말하고 싶지 않대요."

"뭐라고? 그렇게 나오신다 이거지……."

가가가 어깨를 흔들며 쿡쿡 웃었다.

"웃을 일이 아니라고요. 어쩔 수 없이 요시하라 씨에게 전화를 했다니까요."

그 말을 들은 가가의 눈이 번쩍 빛났다.

"그래? 그래서?"

"얘기가 길어질 텐데, 괜찮겠어요?"

그러자 가가는 입을 꾹 다물고 잠시 생각하는 듯하더니 이내 고개를 끄덕이며 한 걸음 물러섰다.

"그럼 나머지는 다음에 듣지. 자네도 일하는 동안에는 딴 생각하지 말고."

"불러 세운 사람이 누군데요."

마쓰미야가 혀를 쯧 차고는 뒤돌아서 하세베에게 달려갔다.

"기다렸지? 미안."

"주임님과 무슨 얘기를 나누셨어요?"

하세베가 물었다.

"별일 아니야. 수사와 관계없는 업무 연락. 그보다, 어디부터 가 볼까?"

마쓰미야가 탐문 조사 리스트를 손가락으로 가리키며 물었다.

"어디라도 상관없습니다. 선배님께 맡길게요."

"그럼 우선 여기부터 가지."

마쓰미야가 가리킨 것은 와타누키 데쓰히코라는 이름이었다.

"피해자의 전남편이군요. 그런데 집에 있을까요? 물론 토요일이니까 일반 회사라면 휴무겠지만요."

"확인해 보면 되지."

마쓰미야는 휴대 전화를 꺼내 와타누키 데쓰히코의 번호를 눌렀다. 그리고 벨 소리를 들으면서 헛기침을 몇 번 했다.

전화가 연결되자 네, 하는 남자 목소리가 들렸다.

"아, 여보세요. 와타누키 데쓰히코 씨입니까?"

마쓰미야가 짐짓 밝은 목소리를 냈다.

"네, 그렇습니다만."

"배달할 물건이 있는데요, 오늘 댁에 계십니까?"

"오늘요? 저녁때는 외출할 예정인데요."

"그럼 지금 배달하러 가도 될까요? 한 시간 이내로 도착할 겁니다."

"네, 그러시죠."

"지금 곧바로 출발하겠습니다."

전화를 끊은 마쓰미야가 고개를 끄덕했다.

"이렇게 하는 거야."

옆에 있던 하세베는 눈을 동그랗게 떴다.

"와, 그런 방법이 있군요."

"형사가 찾아간다고 굳이 예고할 필요가 있겠어?"

가지, 하고 마쓰미야가 젊은 형사의 어깨를 툭 쳤다.

경찰서를 나온 두 사람은 택시를 잡아탔다. 히몬야에서 도요스까지는 전철을 타면 돈은 적게 들지만 시간이 배 이상 걸린다.

"이혼한 지 10년도 넘은 상대에게 연락할 때는 이유가 대체 뭘까요?"

택시가 달리기 시작하자 하세베가 물었다.

"글쎄, 결혼한 적이 없어서 모르겠는데."

"다시 시작하고 싶다, 그런 걸까요?"

"설마, 그건 아닐 거야."

"그렇겠죠? 시간이 너무 많이 흘렀어요."

"그래서만이 아니야. 연인이든 부부든, 헤어진 후 미련을 못 버리는 쪽은 남자야. 여자는 헤어지면 곧바로 다음 일을 생각하지. 하나즈카 씨의 집을 수색했던 형사들에게 결혼 시절의 흔적이 남아 있더냐고 물어보라고. 아마 사진 한 장 안 남아 있을걸."

"그러고 보니 헤어진 전 남친이 스토킹으로 문제를 일으켰다는 얘기는 흔히 듣지만, 헤어진 전 여친이 그랬다는 얘기는 별로 들은 적이 없네요."

"그렇지? 여자는 전환이 빨라."

마쓰미야는 자신의 어머니를 떠올렸다. 가쓰코 역시 전환이 빨라서 헤어진 남자 따위는 죽은 셈 치자고 마음먹었던 것일까.

요시하라 아야코와 나눴던 대화가 귓가에 되살아났다.

'제가 의논드리고 싶은 일은……, 마쓰미야 씨의 아버지, 아니 아버지일지도 모르는 분에 관해서예요.'

그 말을 들은 순간 눈앞이 어질어질했다. 생각지도 못한 방향에서 화살이 날아와 몸을 꿰뚫고 지나간 것 같은 충격이었다.

"제 아버지는 이미 오래전에 돌아가셨습니다."

마쓰미야는 그렇게 말했다. 그러자 요시하라 아야코는 한숨을 크게 내쉬더니 "장례식은요?" 하고 물었다.

"장례식은 치르셨어요?"

치렀을 테지만 자신은 그때 너무 어려서 기억나지 않는다고 마쓰미야는 대답했다.

"그럼 무덤은 있나요? 성묘한 적은요?"

마쓰미야는 대답할 말을 찾지 못했다. 마쓰미야의 집안에는 무덤이 없다. 그러나 그런 사실을 아버지와 연결 지어 생각한 적은 없었다.

마쓰미야가 대답이 없자 다시 요시하라 아야코가 입을 열었다.

"제가 잘 아는 분이 그러는데 마쓰미야 씨가 본인의 아들이라던데요. 그리고 그분은 살아 계세요."

마쓰미야는 경악했다. 지금까지 살면서 한 번도 상상해 보지 못한 일이었다.

자세한 얘기를 듣고 싶다고 말했다.

"물론 그러시겠죠. 저 역시 그래서 연락드린 거예요. 하지만 전화로 얘기할 내용은 아닌 것 같아요. 만나서 말씀드리고 싶습니다."

그리고 마쓰미야가 시간과 장소를 지정해 주면 어디라도 찾아가겠다고 했다.

상대는 그게 가능할지 모르나 마쓰미야는 해야 할 일이 있었다. 도쿄를 떠날 수는 없지만 밤 시간이라면 어떻게든 시간을 내 보겠다고 대답하자 그녀는 "네, 그럼 편하신 시간에 찾아뵐게요."라고 말했다. 그리고 빠를수록 좋다면서 내일 밤은 어떠냐고 물었다. 마쓰미야는 딱히 미룰 이유가 떠오르지 않아 알겠다고 대답했다.

그리하여 오늘 밤 11시, 도쿄 어딘가에서 그녀와 만나기로 되어 있다. 장소는 요시하라 아야코가 정해서 알려 주기로 했다. 그녀는 마쓰미야를 만난 후 도쿄에서 하룻밤 묵을 예정이라고 한다. 그러니 그녀가 묵을 호텔 라운지쯤에서 만나게 될지도 몰랐다.

대체 무슨 얘기를 하려는 걸까.

계산된 장난 같지는 않다. 홈페이지를 보니 '다쓰요시'는 신뢰할 만한 료칸이었다. 그런 곳의 주인이 어지간한 사정이 있지 않고서야 굳이 도쿄까지 찾아오겠는가. 그러니까 마쓰미야의 아버지라고 자처하는 인물이 실제로 존재하는 것이다.

문제는 그것이 사실이냐 아니냐 하는 점이었다. 가쓰코에게 다시 물어볼까도 생각했지만 이내 포기했다. 어젯밤의 통화로 미루어 쉽게 말해 줄 것 같지 않다. 그보다는 요시하라 아야코에게 듣는 편이 빠를 것이다.

고속도로를 탄 덕분에 약 30분 만에 유라쿠초선 도요스역 근처에 도착했다. 하세베가 스마트폰으로 검색해 보니 와타누키 데쓰히코의 집은 거기서 도보로 몇 분 거리에 있었다.

택시에서 내린 두 사람은 스마트폰 지도 앱에 의지해 길을 걸었다. 주위를 둘러보니 인구가 급증한 지역이라서 그런지 대형 점포들이 눈에 띈다. 마트 안에 입점한 패밀리 레스토랑도 있었다.

목적지인 타워 맨션이 이내 눈에 들어왔다. 생각보다 높아서, 40층은 족히 될 듯했다. 와타누키 데쓰히코의 집은 18층이다.

현관을 지나자 넓고 환한 로비가 나오고 그 건너에 자동 유리문이 있었다. 유리문 바로 옆에 있는 안내 데스크에는 경비원인 듯한 중년 남자가 앉아 있었다.

마쓰미야가 그에게 다가가서 "실례합니다."라고 말을 걸며 경찰 배지를 내보였다. 순간 상대의 얼굴에 긴장감이 감돌았다.

"경찰청에서 나왔습니다. 잠시 안으로 들어갔으면 하는데, 자동문을 열어 주실 수 있겠습니까?"

"네? 그, 그게 저……, 뭐 때문에 그러시죠?"

"자세한 말씀은 드릴 수 없습니다만, 실은 며칠 전에 체포된 빈집털이범이 이 맨션에도 사전 답사를 왔었다고 해서요. 그 말이 사실인지 아닌지 확인하러 왔습니다."

"아니, 그런 일이 있었어요?"

남자가 놀라며 몸을 뒤로 젖혔다.

"사전 답사만 했습니까? 피해가 있었던 건 아니죠?"

"본인은 사전 답사만 했다고 하더군요. 일단 문을 열어 주세요."

"아, 네. 잠깐만요."

남자가 수화기를 들고 누군가와 통화하더니 카운터를 빠져나와 "자, 들어가시죠." 하며 자동문을 열었다.

"대단하시네요."

걸어가면서 하세베가 조그만 소리로 말했다.

"그런 거짓말이 술술 나오다니 말입니다."

"고작 이 정도로 뭘 그래. 고참들은 수사를 위해서라면 이보다 더한 거짓말도 서슴없이 한다고."

고속 엘리베이터를 타고 18층으로 올라간 두 사람은 카펫이 깔린 복도를 걸어가며 호수를 확인했다. 가가는 현장 주변에서 탐문 조사를 벌이다 보면 해당 인물에 관한 정보를 얻을 수도 있다고 말했지만 그건 주택가에서나 가능한 얘기다. 이렇게 거대한 맨션에서는 옆집에 누가 사는지조차 알기 힘들다.

두 사람은 1805호 앞에서 걸음을 멈췄다. 'WATANUKI'라고 새겨진 금색 문패가 현관문 옆에 붙어 있었다. 마쓰미야가 인터폰을 눌렀다.

스피커에서는 응답이 없었지만, 잠시 후 문 안쪽에서 사람이 다가오는 기척이 났다. 찰칵, 잠금장치 풀리는 소리가 나고 문이 열렸다.

쇼트커트를 한 여자가 얼굴을 내밀었다. 30대 중반으로 보이지만, 체구가 작아서 실제보다 젊어 보이는지도 모른다.

여자가 어머, 하며 약간 놀라는 표정을 지었다. 한 손에 도장을 쥐고 있는 걸 보니 택배 기사일 거라고 짐작한 모양이었다.

마쓰미야가 고개를 숙였다.

"실례합니다. 와타누키 데쓰히코 씨, 댁에 계십니까? 저희는 이런 사람들입니다."

그가 안주머니에서 경찰수첩을 꺼내 펼쳐 보였다.

여자가 놀란 토끼 눈을 했다. 마쓰미야가 들고 있는 배지에서 눈을 떼지 않은 채 "여보!" 하고 집 안쪽을 향해 외쳤다.

"잠깐 나와 봐요!"

그러자 여자 뒤쪽에 있는 문이 열리더니 회색 스웨터를 입은 덩치 큰 남자가 어슬렁거리며 나왔다. 네모난 얼굴에 머리는 짧고 눈썹이 굵었다.

"왜 그래?"

"와타누키 데쓰히코 씨?"

마쓰미야가 재빨리 문틈으로 몸을 들이밀며 말했다.

"그렇습니다만……."

순간 와타누키의 표정이 확 변했다. 마쓰미야가 내보인 경찰수첩이 눈에 들어온 것이다.

"경시청 소속 마쓰미야라고 합니다. 여쭤보고 싶은 일이 있는데, 잠시 시간을 내 주실 수 있을까요?"

"무슨 일로 그러시죠?"

"그건 차차 설명드리겠습니다. 괜찮으시면 밖으로 나가서 얘기를 나눴으면 하는데요."

"여기서는 안 되겠습니까?"

"네. 부탁드립니다."

마쓰미야가 고개를 숙였다.

난감하다는 듯이 머리를 긁적이던 와타누키가 "알겠습니다. 그럼 잠시 기다리세요. 옷을 갈아입고 나오겠습니다."라고 말했다.

"아, 그리고 명함을 한 장 가져다주셨으면 합니다."

마쓰미야의 부탁에 와타누키는 알겠다고 대답한 뒤 의아하다는 듯이 고개를 갸웃거리며 방으로 들어갔다.

그때까지 불편한 기색으로 서 있던 여자가 "저……," 하며 뭔가 살피는 듯한 눈길로 마쓰미야 일행에게 말을 걸었다.

"무슨 일이 있나요?"

"네, 좀……."

마쓰미야가 말끝을 흐렸다.

여자의 시선이 불안한 듯이 흔들렸다. 경찰이 남편을 찾아왔으니 당연한 일일 것이다.

마쓰미야는 와타누키가 들어간 방 쪽으로 눈길을 돌렸다. 방문이 열려 있어 안쪽이 들여다보였다. 의자에 하얀 가운 같은 옷이 걸쳐져 있었다.

"간호사이신가요?"

마쓰미야가 여자에게 물었다.

"네?"

"아니, 저기 흰 가운이 보여서요."

마쓰미야가 방 안쪽을 가리켰다.

아아, 하고 여자가 고개를 끄덕거렸다.

"유니폼은 맞는데, 간호사는 아니에요. 간병인으로 일하고 있습니다."

"아아, 네."

마쓰미야가 새삼 여자를 훑어보았다.

생김새가 단정한 것이, 화장을 하면 미인 소리를 듣겠다는 생각이 들었다. 발톱에는 페디큐어가 칠해져 있었다.

"왜 이렇게 오래 걸리지……. 가서 보고 올게요."

여자가 마쓰미야의 시선에서 도망치듯 방으로 들어갔다. 둘이서 소곤거리는 소리가 들렸다. 하지만 그 내용은 알아들을 수 없었다.

"길 건너 마트 안에 패밀리 레스토랑이 있어."

마쓰미야가 하세베를 바라보며 나지막이 말했다.

"나는 거기 가서 와타누키 씨와 얘기를 나눌 테니까 자네는 여기 남아서 부인에게 그저께 와타누키 씨가 뭘 했는지 넌지시 물어봐. 그 일이 끝나면 패밀리 레스토랑으로 오고. 말하지 않아도 알겠지만 사건에 관해서는 입 밖에 내지 말도록."

"알겠습니다."

하세베가 고개를 힘차게 끄덕였다. 마쓰미야가 굳이 와타누키를 데리고 나가려고 한 이유를 그제야 깨달았는지도 모른다.

와타누키가 입고 있던 스웨터 위에 점퍼를 걸치고 방에서 나왔다. 여자도 그를 뒤따라 나왔다. 파카를 걸친 걸 보니 남편을 따라나설 작정인 듯했다.

"이거면 되겠습니까?"

와타누키가 명함을 내밀었다. 마쓰미야는 "감사합니다." 하며 그 명함을 받아 들었다. 유명 제약 회사 이름이 인쇄되어 있었다. 직함은 영업부장.

"아, 몇 년 전에 암 신약 개발로 뉴스에 나왔던 회사로군요. 좋은 곳에 다니십니다."

"아, 예, 뭐……. 고맙습니다."

와타누키의 표정이 떨떠름했다.

"부인께는 따로 여쭤볼 것이 있으니 여기 계셨으면 합니다."

마쓰미야가 주머니에 명함을 집어넣고 나서 웃으며 여자에게 말했다.

"네? 하지만……."

여자가 당황한 듯 와타누키를 올려다보았다.

"부탁드립니다."

하세베가 쾌활하게 말하며 그녀 앞으로 성큼 다가섰다.

"그럼 가시죠, 와타누키 씨."

마쓰미야는 현관문을 열고 밖으로 나갔다.

"다녀올게."

와타누키가 어두운 표정으로 말한 뒤 복도로 나섰다.

"상당히 좋은 아파트군요. 언제부터 여기 사셨습니까?"

엘리베이터를 탄 후 마쓰미야가 물었다.

"5년쯤 됐습니다."

"구입하신 겁니까?"

아뇨, 하며 와타누키가 손을 내저었다.

"임대예요. 그 전에 살던 집이 둘이 살기에는 아무래도 좁아서 부랴부랴 이사했습니다."

"그럼 그때 재혼하신 겁니까?"

"재혼이라고 해야 할지⋯⋯. 아무튼 같이 살기 시작했습니다. 혼인 신고는 하지 않았어요."

"혼인 신고를 하지 않은 특별한 이유라도⋯⋯?"

"아니요, 이유는 딱히 없습니다."

와타누키가 씁쓸하게 웃으며 어깨를 으쓱했다.

"굳이 말하자면, 첫 번째 결혼으로 진절머리가 났다고나 할까요."

그랬군요, 하고 대꾸한 뒤 더는 그 일에 관해 묻지 않았다. 그런 예민한 주제를 굳이 여기서 다룰 필요가 없다고 판단한 것이다.

아파트를 나온 후 마쓰미야가 마트 안에 있는 패밀리 레스토랑으로 가자고 제안하자 와타누키는 선뜻 좋다고 대답했다. 둘이 같은 생각을 했던 모양이다.

토요일이라선지 패밀리 레스토랑에는 가족 단위 손님이 많았다. 카운터 자리라도 괜찮겠냐는 종업원의 물음에 마쓰미야는 상관없다고 대답했다.

드링크 바에서 커피를 받아 들고 두 사람은 카운터석에 나란히 앉았다.

"여쭤보고 싶은 일이라는 건,"

마쓰미야가 와타누키 쪽으로 고개를 돌리며 말했다.

"다름 아니라 하나즈카 야요이 씨에 관한 일입니다."

순간 와타누키의 얼굴에 경계의 빛이 어렸다.

"네? 그녀에게 무슨 일이라도……."

그 표정에 부자연스러운 구석은 없었다. 마쓰미야는 형사가 느닷없이 집에 찾아와서 전처의 이름을 꺼냈으니 이 정도 반응은 당연하다고 생각했다.

"실은, 사망하셨습니다."

"뭐라고요?"

와타누키가 소스라치게 놀란 표정을 지었다.

"언제요? 어떻게요?"

"그저께 밤입니다. 하나즈카 씨가 카페를 경영했다는 건 아십니까?"

"그게, 아마도 지유가오카에서……."

"어제 오전, 그곳에서 쓰러진 채 발견되었습니다. 등에 칼
이 꽂혀 있었던 점으로 미루어 살인 사건으로 추정하고 있습
니다."

여기까지는 이미 뉴스로 보도된 사실이다. 그러나 기사가
그리 크게 실리지 않았으므로 와타누키가 모른다 해도 이상
한 일이 아니었다.

"야요이가……."

와타누키는 말을 잇지 못하고 눈시울을 붉혔다. 이 역시 꾸
며 내는 느낌은 아니었다. 만일 연기라면 정말 대단하다고 할
만했다.

"범인은 아직 잡히지 않았습니다. 그래서 저희가 이렇게
수사하고 있고요. 아무쪼록 협조를 부탁드립니다."

와타누키는 연신 눈을 깜박거렸다. 뺨까지 파르르 떨리더
니 다시 입을 열었다.

"물론 제가 할 수 있는 일이라면 뭐든 하겠지만, 이혼한 지
워낙 오래라 도움이 될지는……."

"그동안 전혀 연락을 주고받지 않으셨나요?"

"연락이 끊긴 지 10년쯤 됩니다. 그런데 음, 그게 며칠 전이
더라……."

와타누키가 손톱으로 이마 가장자리를 긁작거렸다.

"아마 일주일쯤 됐을 거예요. 그녀가 느닷없이 전화를 했지 뭡니까. 하도 오랜만이어서 적잖이 놀랐습니다."

"용건이 뭐였습니까?"

"그게 말이죠, 할 얘기가 있는데 만날 수 있겠냐는 거예요. 무슨 얘기냐고 물었더니 만나서 말해 주겠다고 했어요."

"그래서 만나셨습니까?"

"네. 지난주 토요일에 긴자에 있는 찻집에서 만났어요."

와타누키가 찻집 이름을 알려 주었다. 긴자 산초메에 있는 유명한 곳이었다.

"만나서 무슨 얘기를 나누셨죠?"

"우선 저의 근황을 묻더군요. 어떻게 사느냐, 재혼을 했느냐……."

"뭐라고 대답하셨습니까?"

"사실대로요. 하는 일에는 변함이 없다, 혼인 신고는 하지 않았지만 같이 사는 여자가 있다, 그렇게 얘기했습니다. 그랬더니 좋은 사람을 만나서 다행이라고 하더군요."

"그리고요?"

"그다음에는…… 음, 무슨 얘기를 했더라."

와타누키의 눈동자가 허공을 헤맸다. 기억을 더듬어 가는 듯했다.

"하나즈카 씨가 자신에 관해서는 무슨 얘기를 하지 않던가요?"

그 질문에 와타누키는 아, 하며 고개를 끄덕였다.

"몇 마디 했어요."

"뭐라고 하던가요?"

"그러니까……, 지유가오카에서 카페를 경영한다고 했어요. 처음에는 힘들었지만 지금은 그럭저럭 운영이 된다고요. 그 얘기를 듣고 '생활력이 참 강하구나' 하고 감탄했습니다. 장사 경험도 없는데 카페를 열다니, 저로서는 겁이 나서 상상도 못할 일이거든요. 꼭 한번 오라고 해서 조만간 가겠다고 약속했는데……."

와타누키가 입술을 깨물었다. 그 약속을 지키지 못하게 된 것이 한스러운 모양이었다.

"그 외에는요?"

"대충 그 정도였어요."

"정말입니까? 그런 얘기를 하려고 오래전에 헤어진 전남편을 불러냈을 것 같지는 않은데요."

"하지만 사실인걸요."

"남자 얘기는 없었습니까? 사귀는 사람이 있다든지."

아니요, 하고 와타누키가 떨떠름한 표정으로 고개를 저었다.

"그런 얘기는 꺼내지 않았어요. 그저 이런저런 잡담을 나누다가 '오랜만에 만나서 반가웠다, 앞으로도 열심히 각자의 길을 가자'라고 인사한 후 헤어졌습니다."

"그래요……?"

마쓰미야는 펼쳐 놓았던 수첩의 텅 빈 페이지를 들여다보았다. 이거다, 하고 적을 만한 얘기가 한마디도 없었던 것이다.

"말씀을 들어 보니 두 분은 사이가 나쁘지 않았던 것 같은데, 실례지만 무슨 이유로 이혼하셨습니까?"

와타누키가 얼굴을 찡그렸다.

"흠, 설명하기가 좀 어려운데……, 한마디로 말하자면 결혼 생활의 이점을 느끼지 못했다고 할까요. 야요이는 학력도 웬만하고 회사원으로서도 능력이 있었어요. 가정을 지켰으면 좋겠다는 제 희망에 따라 결혼하면서 퇴직했지만, 갈수록 전업 주부라는 처지에 아쉬움을 느끼는 것 같더군요. 아이가 있었다면 달랐을지도 모르지만, 아이는 끝내 생기지 않았습니다. 저도 그녀가 사회생활을 하는 게 낫겠다고 생각했고요. 그렇다면 각자의 길을 가자, 얘기가 그렇게 된 겁니다."

그 절절한 내용에는 마쓰미야도 공감이 갔다. 시대가 변해도 이 나라는 여성을 가정에 가둬 두려는 사고방식에서 벗어나지 못한다. 그리고 일단 경력이 단절된 여성은 좀처럼 일자리를 찾기 힘들다.

"어쩌면 제게 자랑하고 싶었는지도 모릅니다. 이혼 후에

고생하는 여자가 많다고 하지만 자신은 그렇지 않다, 역시 이혼은 옳은 선택이었다, 그렇게 말이죠."

"그게 왜 하필 지금이었을까요?"

"글쎄요, 그건 저도 잘 모르겠습니다. 우연히 생각난 게 아닐까요?"

마쓰미야는 수첩에 와타누키의 말을 메모하면서도 어쩐지 석연치 않다는 생각이 들었다. 와타누키의 말이 전혀 이해가 안 가는 것은 아니지만 왜 하필 지금이냐는 의문은 여전했다.

"그럼 그토록 충만한 나날을 보내던 하나즈카 씨가 왜 살해당했을까요? 혹시 짚이는 점이 있습니까?"

와타누키는 고개를 가로저었다.

"전혀 모르겠어요. 지난주에 만났을 때는 정말 즐거워 보였거든요. 좋지 않은 얘기는 한마디도 듣지 못했습니다. 저야말로 궁금하네요, 대체 그녀에게 무슨 일이 있었던 건지."

그 절실한 말투에 연기하는 느낌은 전혀 없었다.

마쓰미야는 안주머니에서 조그맣게 접힌 종이를 꺼냈다. 팀별 회의 때 가가가 나눠 준 것으로, 하나즈카 야요이의 스마트폰에 기록이 남아 있지만 아직 신원이 밝혀지지 않은 인물의 목록이었다. 그것을 펼쳐 와타누키에게 보이면서 혹시 아는 이름이 있는지 물었다.

그러나 와타누키는 목록을 죽 훑어본 후 고개를 저었다.

"모르는 이름들입니다. 제가 야요이의 최근 인간관계를 알 턱이 없잖습니까."

"그렇군요. 혹시나 했습니다."

마쓰미야가 종이를 도로 접으려고 하는데 와타누키가 "잠깐만요." 하고 그를 제지했다.

"다시 한 번 볼 수 있을까요?"

그러세요, 하고 마쓰미야가 종이를 건넸다.

와타누키는 찬찬히 목록을 살펴본 후 "잘 봤습니다."라며 종이를 돌려주었다.

"혹시 발견하신 거라도……?"

아니요, 하면서 와타누키가 씁쓸하게 미소를 지었다.

"대단하다 싶어서요. 10년 남짓한 세월 동안 제가 전혀 모르는 인간관계를 이만큼 쌓았다니, 역시 가정에 묶여 있을 여자가 아니었어요."

딱히 대답할 말이 없었던 마쓰미야는 말없이 종이를 접어 안주머니에 넣었다.

그때 레스토랑으로 들어오는 하세베가 보였다. 두 사람을 발견한 그는 곧장 다가와 마쓰미야 옆에 앉았다.

마쓰미야는 다시 볼펜을 들었다.

"마지막으로, 그저께 뭘 하셨는지 알려 주셨으면 합니다. 회사에는 몇 시까지 계셨습니까?"

"그저께…… 말입니까?"

와타누키가 시무룩한 말투로 되물었다.

"야요이가 살해당한 날이군요."

"죄송합니다. 불쾌하시겠지만, 관계자 모두에게 확인하고 있습니다."

"아닙니다. 그게 형사님이 하시는 일일 테죠, 뭐. 그저께라면 목요일이죠? 그날은 정시에 퇴근한 후 직장 회식에 갔어요."

그날 업무는 오후 5시에 끝났다고 한다. 회식은 신바시의 선술집에서 있었고 끝난 시간은 밤 9시가 지나서다. 단골 술집이라서 이름도 기억하고 있었다. 귀가한 것은 10시 조금 전. 신바시에서 도요스까지 갔으니 그 정도 걸렸을 것이다.

마쓰미야는 수첩을 덮었다.

"잘 알겠습니다. 이상입니다. 혹시 또 찾아뵐 일이 있을지도 모르겠군요. 그때도 잘 부탁드립니다."

"이제 가 봐도 될까요?"

"네, 그러세요. 협조해 주셔서 감사합니다."

마쓰미야가 자리에서 일어나며 명함을 내밀었다.

"혹시 사소한 것이라도 떠오르는 일이 있으면 연락을 주세요."

"알겠습니다."

명함을 받아 든 와타누키가 곧바로 일어서지 않고 마쓰미야를 물끄러미 올려다봤다.

"왜 그러시죠?"

"아까 전화, 물건을 배달하러 온다는 전화 말입니다. 형사님 이셨죠?"

"죄송합니다."

마쓰미야가 선뜻 사과했다.

"역시 그랬군요. 뭐, 괜찮습니다. 하지만 형사님,"

와타누키가 마쓰미야의 눈을 빤히 바라보았다.

"저는 야요이를 죽이지 않았어요. 그럴 이유도 없고요. 오히려 그녀에게 감사한 마음이었습니다. 결국은 헤어졌지만, 같이 살면서 즐거운 일도 많았으니까요."

"기억해 두겠습니다."

마쓰미야도 눈길을 피하지 않고 말했다. 와타누키가 고개를 끄덕이고 자리에서 일어났다.

"그럼 저는 이만."

감사합니다, 하고 마쓰미야는 고개 숙여 인사했다. 옆에 있던 하세베도 일어나 인사했다.

와타누키가 레스토랑 밖으로 나간 것을 확인하고 나서 마쓰미야는 도로 자리에 앉았다.

"어떻게 됐어요?"

하세베의 물음에 마쓰미야는 얼굴을 찡그렸다.

"아쉽게도 이렇다 할 수확이 없었어."

와타누키에게 들은 대로 얘기하자 하세베도 기운이 빠지는 듯했다.

"그렇군요."

"하지만 아무래도 석연치가 않단 말이야."

마쓰미야가 고개를 갸우뚱했다.

"번듯하게 자립했다는 걸 전남편에게 알리고 싶었다, 그 심경을 이해하지 못하는 건 아니야. 찻집을 연 직후나 찻집이 궤도에 오를 무렵이라면 있을 수 있는 일이지. 그런데 야요이 찻집은 이미 몇 년 전에 경영이 안정되었거든. 알리고 싶었다면 진즉 그랬어야지."

"특별한 이유 없이 불쑥 알리고 싶은 생각이 들 수도 있지 않을까요?"

"불쑥이라……. 그렇게 말하니 반박할 도리가 없군."

마쓰미야는 차갑게 식은 커피를 단숨에 들이켰다.

"그쪽은 어때? 부인이랑 얘기 좀 해 봤어?"

"네. 자신은 와타누키 씨의 정식 부인이 아니라고 하던데요?"

"그렇다더군. 와타누키 씨는 결혼이라면 진절머리가 난대."

"그래도 다정한 남편인 것 같았어요. 집안일도 곧잘 거들어주고요."

와타누키의 동거녀 이름은 나카야 다유코. 요양 병원 일이 불규칙하지만, 와타누키가 잘 이해해 주어 별문제 없이 살고 있다고 한다.

얘기를 듣고 마쓰미야는 고개를 끄덕였다. 와타누키는 첫 번째 결혼 생활에서 얻은 교훈을 거울삼아 파트너의 자립심을 존중하고 그녀를 속박하지 않으려고 자제심을 발휘하고 있을 것이다.

"제약 회사 영업부장과 요양 병원 간병인이라……. 나이 차이가 제법 나는 것 같던데 어떻게 알게 되었을까?"

"그녀가 아르바이트를 할 무렵에 알았대요."

"아르바이트라면, 혹시 술집?"

"정답!"

하세베가 손가락을 튕겼다.

"우에노에 있는 클럽이었답니다. 와타누키 씨가 거래처 접대로 그곳을 자주 이용했고, 그러다 친해진 것 같아요."

"그래? 용케 알아냈군."

"뜬금없이 그저께 얘기를 캐물으면 수상하게 여길 것 같아서 시시껄렁한 얘기를 한참 나눴죠. 그날 밤 와타누키 씨가 귀가한 시간은 밤 10시 조금 전이었다고 합니다. 회사에서 회식이 있어서 늦는다는 걸 그날 아침부터 알았다더군요."

마쓰미야는 고개를 끄덕였다. 신바시에 있는 선술집은 와타누키의 단골이라고 했으니 알리바이 확인은 어렵지 않을 것이다.

계산서를 들고 자리에서 일어났다. 수사는 이제부터다. 단서가 그렇게 쉽게 잡히겠느냐며 마쓰미야는 스스로를 다독였다.

5

환하게 조명을 밝힌 피트니스 센터에서 형형색색의 스포츠웨어를 입은 남녀노소 수십 명이 하나의 리듬에 맞춰 움직이는 모습은 장관이었다. 아니, 자세히 보니 남녀노소라는 말은 적절치 않다. 대부분 주부로 보이는 여성의 무리에, 정년을 맞이했음 직한 남성이 드문드문 섞여 있는 형국이다. 평일 저녁이니 어쩌면 당연한 일이었다.

그러고 보니 요즘 들어 통 운동을 안 했군, 하고 마쓰미야는 유리창 너머 체육관 안을 바라보면서 무심코 중얼거렸다.

등 뒤에서 누군가 다가오는 모습이 유리창에 비쳐 그는 뒤를 돌아보았다. 운동복 차림의 남자가 걸어오며 인사를 했다. 나이는 서른쯤일까. 짧게 자른 머리에 가뭇가뭇한 피부, 다부진 체격이 누가 봐도 스포츠맨의 모습이다.

"가와모토 씨?"

마쓰미야가 묻자 네, 하고 남자가 대답했다.

"바쁘실 텐데 죄송합니다. 마쓰미야라고 합니다. 잠시 얘기를 나눌 수 있을까요?"

"그러시죠. 마사지 룸이라도 괜찮을까요? 마침 비어 있어서요."

"좋습니다."

가와모토가 안내한 마사지 룸은 한가운데 침대가 놓여 있는, 세 평 정도의 조그만 방이었다. 가와모토가 어딘가에서 철제 의자 두 개를 가져왔다.

"곧장 본론으로 들어가겠습니다. 하나즈카 씨, 아시죠? 하나즈카 야요이 씨요."

마쓰미야가 용건을 꺼냈다. 네, 하고 대답하는 가와모토의 얼굴에 긴장의 빛이 감돌았다. 그 이름이 나올 것을 예상한 듯한 반응이다.

"혹시 사건을 알고 계십니까?"

"네, 압니다. 여직원이 인터넷에서 뉴스를 보고 알려 줬어요. 혹시 가와모토 씨 담당이 아니냐면서요."

"어떤 뉴스였죠?"

그러자 가와모토가 운동복 주머니에서 스마트폰을 꺼내 화면을 몇 번 터치하더니 "이겁니다." 하고 마쓰미야에게 내밀었다. 지유가오카에 있는 카페에서 여자의 시신이 발견되었다는 기사였다. 시신의 신원은 카페 주인 하나즈카 야요이 씨로 추정되며, 등을 찔린 점으로 미루어 경시청은 살인 사건으로 간주하고 수사를 시작했다고 되어 있었다.

"장소가 이 근처인 데다 하나즈카라는 성이 흔치 않아서 알아봤다고 하더군요."

"그렇군요. 프런트 직원분께 듣기로는 하나즈카 야요이 씨가 이 피트니스 센터에 등록한 것이 한 달쯤 전이라고 하던데요. 그때 퍼스널 트레이닝을 신청해서 가와모토 씨가 담당하게 되었다고……."

"맞습니다."

"가와모토 씨가 담당하게 된 이유가 있습니까?"

"특별한 이유는 없습니다. 우연이죠. 트레이너가 여러 명있는데, 때마침 제가 손이 비어서요."

마쓰미야는 고개를 끄덕이면서 상대의 눈을 빤히 바라보았다. 영문을 알 수 없었던 가와모토는 당황한 듯 눈을 깜빡거렸다. 믿어도 좋을 것 같군, 하고 마쓰미야는 생각했다.

"퍼스널 트레이닝이라는 게 구체적으로 뭘 하는 겁니까?"

"코스에 따라 다릅니다. 하나즈카 씨가 원했던 건 체중 감량 코스입니다. 몸무게와 허리 사이즈의 목표치를 설정한 뒤트레이너가 트레이닝 플랜을 짜서 일대일로 지도하는 거죠. 생활 습관이나 식습관 등의 개선 방법도 알려 주고요."

가와모토가 암기한 대사를 읊듯이 매끄럽게 설명했다. 안내 팸플릿에도 똑같이 적혀 있는 거 아닐까 하고 마쓰미야는 생각했다.

"트레이닝 기간은 얼마나 됩니까?"

"기본은 두 달입니다. 그러니까 하나즈카 씨는 이제 절반이 끝난 셈이죠. 며칠 전에 체지방률과 대사량을 측정하고 나서 트레이닝 효과가 있다면서 무척 기뻐했는데……."

"트레이닝 중에 얘기도 나누나요?"

"그럼요."

"하나즈카 씨가 퍼스널 트레이닝을 신청한 동기에 관해 들은 적이 있습니까?"

"아, 그건……."

가와모토의 시선이 허공을 응시했다.

"거울에 비친 자신의 몸을 보고 이대로는 안 되겠다 싶었답니다. 손님을 상대하는 사람이니 외모에 조금 더 신경을 써야겠다며 반성했다더군요."

"다른 사람에게 무슨 소리를 들었다고 하지는 않던가요? 가령 사귀는 남자라거나……."

"아니요."

가와모토가 살짝 미소를 지었다.

"그런 얘기는 꺼낸 적이 없었어요. 나이에 비해 아름다워서 누가 있을지도 모르겠다고 생각한 적은 있지만요."

마쓰미야는 하나즈카 야요이의 얼굴을 사진에서만 봤다. 그녀보다 훨씬 젊은 가와모토의 눈에 그렇게 보였다는 건 여자로서 매력이 있었다는 뜻일 것이다.

"트레이닝 외에는 무슨 얘기를 나누셨습니까?"

"여러 가지요. 스트레칭이든 유산소 운동이든 트레이닝이란 게 좀 따분해서, 지루하지 않도록 이런저런 얘기를 나누는 게 우리 일이기도 합니다."

"하나즈카 씨가 먼저 화제를 꺼낸 적도 있나요?"

"물론입니다. 최근에 본 영화 얘기나 연예인에 관한 가십 같은 거요. 스포츠에 관해서는 잘 모르는지, 하나즈카 씨가 먼저 스포츠에 관련된 화제를 꺼낸 적은 없습니다."

"개인적인 얘기는요?"

음, 하며 가와모토가 고개를 갸웃했다.

"가족 없이 몇 년째 혼자 산다는 얘기를 했어요. 그래서 대화 상대라고는 가게에 오는 단골들뿐이라고요. 고객의 취향에 맞춰 새로운 과자를 만드는 일이 즐겁다고 얘기한 적도 있고요."

더할 나위 없이 평범한 화제다. 그의 말을 수첩에 메모하던 마쓰미야는 내심 초조해졌다.

"최근에 무슨 일이 있었다는 얘기는 못 들었습니까?"

"무슨 일이라면, 예를 들어 어떤……?"

"뭐든 괜찮습니다. 카페에 이상한 손님이 왔다거나 수상한 전화가 걸려 왔다거나요."

"글쎄요, 그런 얘기를 들은 기억은 없습니다. 카페에서 있었던 실수담 같은 걸 들려주신 적이 있지만 그저 재미있는 에피소드일 뿐이었어요."

마쓰미야는 한숨이 나오려는 것을 애써 억눌렀다. 건질 만한 내용이 하나도 없었다.

"마지막으로 하나즈카 씨를 본 게 언제죠?"

"지난 월요일 밤이었어요. 그날 트레이닝이 있었거든요."

"그때 하나즈카 씨의 상태가 어떻던가요? 평소와 다른 점이 있었습니까? 생각에 잠겨 있었다거나, 다른 데 신경을 썼다거나……."

"아니요, 그런 눈치는 없었어요. 기분 좋게 땀을 흘리고 만족스러워하면서 가셨습니다."

마쓰미야는 말없이 고개를 끄덕이고 나서 수첩을 덮었다. 이 사람에게서도 유익한 정보는 얻지 못할 듯했다.

"알겠습니다. 바쁘신데 실례했습니다. 협조해 주셔서 감사합니다."

피트니스 센터를 나온 마쓰미야는 거기서 가까운 지유가오카역으로 향했다. 벤치가 줄지어 있는 공원을 곁눈질하며 걸어가는데 휴대 전화가 울렸다. 화면에 하세베라는 이름이 표시되어 있었다.

"그래, 나야."

"하세베입니다. 피부 관리실 조사를 마쳤습니다."

"나도 이제 막 끝낸 참이야. 그럼 예정대로 역 앞 커피숍에서 보지."

"알겠습니다. 근처에 있으니까 5분이면 갈 겁니다."

"알았어. 그럼 이따 봐."

마쓰미야는 전화를 끊고 시간을 확인했다. 오후 6시가 조금 넘어 있었다. 수사본부를 나선 게 오전인데 눈 깜짝할 사이에 하루가 다 갔다.

와타누키 데쓰히코와 헤어진 후 하세베와 함께 다양한 사람을 만났다. 요리 연구가, 웹 디자이너, 잡지사 편집자 등. 모두 여성이고, 하나즈카 야요이와는 일 관계로 연락을 주고받았던 사람들이다. 요리 연구가와는 새로운 케이크에 관해 가끔 정보를 교환했다고 한다. 웹 디자이너에게는 '야요이 찻집' 웹 사이트 제작을 의뢰했고, 잡지사 편집자는 카페를 취재하러 온 적이 있었다. 다들 일 이외에 사적으로 교류한 적은 별로 없었고, 그나마 최근에는 연락도 주고받지 않았다고 한다. 그런데 사건에 관해 듣고 나서는 하나같이 그토록 좋은 사람이 그런 일을 당하다니 믿기지 않는다고 했다. 그 말에 거짓은 없어 보였고, 의심스러운 사람도 없었다.

그들을 조사하는 데 시간이 오래 걸려서 피트니스 센터와 피부 관리실은 둘이 나누어 조사하게 되었다. 어차피 별로 기대되지 않는 곳이기도 했다.

약속 장소인 커피숍에 들어서니 하세베가 가장자리 테이블에 자리를 잡고 앉아 있었다. 마쓰미야가 다가가자 그는 얼른 자리에서 일어섰다.

"뭘로 하시겠어요? 제가 가서 사 오겠습니다."

"나는 커피."

마쓰미야가 지갑에서 천 엔짜리를 꺼냈다.

"이걸로 자네 것까지 내."

"아, 아닙니다."

"괜찮아. 기껏해야 5백 엔인데 뭘 그래."

감사합니다, 하고 하세베가 카운터로 향했다.

그가 쟁반을 들고 돌아온 후 두 사람은 커피를 마시면서 조사 결과를 공유했다.

"한마디로 별다른 얘기는 듣지 못했습니다."

하세베가 수첩을 펼치며 얼굴을 찡그렸다.

"회원으로 등록하고 나서 다녀간 것이 두 번뿐이라서 담당자도 하나즈카 씨에 관해 거의 모르는 눈치였어요. 얘기를 나눈 적은 있지만 피부 관리에 관한 질문에 대답했을 뿐이라고요."

"두 번 다녀갔다고? 언제 등록했는데?"

"한 달쯤 전이래요."

"한 달 전? 등록한 동기는?"

"딱히 듣지 못했나 봐요. 예뻐지고 싶어서가 아니었겠느냐고 담당자는 말하더군요. 여성들은 시간과 돈에 여유가 생기면 대부분 피부 미용실에 다니고 싶어 한다나요."

마쓰미야가 커피잔을 테이블에 내려놓고 팔짱을 끼었다.

"왜요?"

하세베가 물었다.

마쓰미야는 하나즈카 야요이가 피트니스 센터에 등록한 것도 같은 시기라고 대답했다.

"하나즈카 씨가 퍼스널 트레이닝을 시작했더군. 체중 감량 코스로 말이야. 같은 시기에 피부 관리실에도 다니기 시작했고. 트레이너에게는 거울에 비친 자신의 몸을 보고 불쑥 이대로는 안 되겠다는 생각이 들었다고 설명했다지만, 정말 그게 전부일까?"

"피트니스 센터에서 살을 빼고, 피부 관리실에서 미모를 가꾼다……."

하세베가 혼잣말하듯 중얼거렸다.

"그럴 경우 동기라면 보통 한 가지 아닐까요?"

"남자란 말이지? 하지만 아직 그럴 만한 인물을 찾지 못했잖아."

그렇다면 다른 사람에게는 말할 수 없는 사이일까.

이제야 빛이 보이기 시작하는군, 하고 마쓰미야는 생각했다.

경찰서로 돌아온 마쓰미야는 어젯밤처럼 혼자서 특별 수사본부가 차려진 강당으로 향했다. 가가는 사카가미라는 형사와 얘기를 나누고 있었다. 사카가미 역시 이번에 마쓰미야와 같은 팀에서 일하게 된 형사다. 오늘은 하나즈카 야요이의 옛 친구들을 만나고 왔을 것이다.

가가가 "수고했어."라고 말하자 사카가미도 "수고하셨습니다." 하고 자리에서 일어섰다. 마쓰미야를 본 사카가미는 말없이 고개를 까닥한 후 출구로 향했다.

"어때, 피해자 전남편에게 뭐 좀 알아냈어?"

가가가 물었다.

"큰 수확은 없었어요. 그런데 마음에 걸리는 점이 있더군요."

"오, 좋아. 형사의 촉이 발동한 모양이군. 어서 얘기해 봐."

가가가 재촉하듯이 손짓했다.

마쓰미야는 하나즈카 야요이가 와타누키에게 만나자고 전화한 것은 사실이고, 그 목적은 단순히 근황을 전하는 것이었다고 얘기했다.

"와타누키 씨는 하나즈카 야요이 씨가 홀로서기에 성공한 것을 자랑하고 싶었던 것 아니겠냐고 말했어요. 하지만 하필 왜 지금이냐는 점이 마음에 걸립니다. 우연히 길거리에서 만난 거라면 그런 얘기를 꺼냈대도 이상할 게 없겠지만, 그 얘기를 하려고 굳이 헤어진 남편을 불러내다니요.”

가가가 미간에 주름을 세웠다.

“그래, 이상하긴 하군. 혹시 다른 목적이 있어서 불러냈는
데 얘기를 나누던 중에 마음이 변했는지도 모르지. 와타누키
는 무슨 얘기를 했대?”

“자신도 근황을 말했을 뿐이라고 하더군요. 일 얘기라든가
같이 사는 여자가 있다는 얘기 등등요.”

“흠, 여자랑 동거한단 말이지.”

가가가 멋대로 자라난 턱수염을 쓰다듬으며 말했다.

“동거한다는 말을 듣고 하려던 얘기를 관둔 것 같지는 않
아?”

마쓰미야는 가가가 무슨 생각을 하는지 알 것 같았다.

“전남편이 아직 혼자인 줄 알고 다시 합치자고 제안할 생
각이었다는 말씀이죠? 하세베와도 그런 얘기를 나눴지만 가
능성은 적어 보입니다. 생활이 곤란하다면 몰라도 혼자서 충
실하게 살아가는 여자가 그러고 싶었을까요?”

“그야 그렇지만 단정은 금물이야. 여심이라는 게 남자에게
는 영원한 수수께끼라서 말이지. 수사 회의에서 발표할 만한
내용은 달리 없나?”

“자세한 내용은 보고서로 올리겠지만, 하나즈카 야요이 씨
가 일 관계로 만난 사람들에게서는 딱히 주목할 만한 얘기가

나오지 않았어요. 다만 피트니스 센터와 피부 관리실에서 들은 얘기는 다소 흥미롭더군요."

양쪽 다 한 달 전에 등록했다는 얘기를 듣고 가가의 눈빛이 예리하게 빛났다.

"연인이 생겨서 용모에 신경을 쓰게 되었다는 말이야? 하지만 SNS나 메일에는 그럴 만한 남자의 흔적이 없었잖아?"

"도의에 어긋나는 사랑이라면요?"

"불륜……이란 말이지……."

가가가 나지막이 중얼거렸다.

"있을 법한 얘기야. 상대방의 아내가 알아차리지 못하게 특별한 방법으로 연락했을지도 모르지."

"별도의 휴대 전화를 사용했다거나요?"

그러자 가가가 마쓰미야의 얼굴을 손가락으로 가리키며 "그것도 방법이야."라고 말했다.

"만약 그렇다면 상대가 누구였을까요? 그리고 어디서 만났을까요?"

가가가 뭔가 생각났다는 듯한 표정을 짓더니 책상에서 서류를 한 장 집어 들었다. 하나즈카 야요이의 휴대 전화에 흔적이 있지만 신원이 확인되지 않은 인물 목록이었다.

"사카가미의 보고에 따르면 하나즈카 씨의 학창 시절 친구 중에 '야요이 찻집'을 자주 드나들던 사람이 있는데, 그 사람이 이 목록에 있는 이름 가운데 몇 명을 안다고 하더래. 카페 단골 중에서 얘기를 나눈 적이 있는 사람들로, 그중 한 명이 남자라고 했어."

"그래요? 남자 손님은 많지 않았다고 하던데요."

"바로 이 사람이야."

가가가 목록에 열거된 이름 중 하나를 손가락으로 가리켰다. 시오미 유키노부라는 이름이었다.

6

요시하라 아야코가 약속 장소로 지정한 곳은 신주쿠에 있는 어느 호텔 바였다. 결혼식장으로 자주 이용하는 일류 호텔인데 마쓰미야는 가 본 적이 없었다. 정면 현관으로 들어간 그는 에스컬레이터를 타고 2층으로 올라갔다.

특별 수사본부를 나서기 전 마쓰미야는 요시하라 아야코와 전화로 주고받은 내용을 가가에게 들려줬다. 어지간한 일로는 놀라지 않는 가가가 "정말이야?" 하고 목소리를 높였다.

"고모부가 살아 계시다는 얘기는 들어 본 적이 없는걸."

그야 당연하지, 하고 마쓰미야는 생각했다. 아들인 자신도 모르는데 가가가 어찌 알겠는가. 어쩌면 돌아가신 외삼촌, 즉

가가의 아버지는 가쓰코에게 뭔가 들었을지도 모르지만, 그 얘기를 자기 아들에게까지 하지는 않았을 것이다. 가가도 여러 가지로 복잡한 사정이 있어서 부자간에 대화가 별로 없었다.

"한마디도 놓치지 말고 자세히 듣고 와."

특별 수사본부를 나서는 마쓰미야의 등에 대고 가가는 그렇게 말했다. 탐문 수사에 나설 때와 똑같은 말투였다.

2층 바 입구에는 카운터가 있고 그곳에 검정 양복을 입은 남자가 서 있었다.

"요시하라 씨 이름으로 예약이 되어 있을 겁니다."

손에 쥔 메모를 잠시 들여다보던 남자가 미소를 머금으며 고개를 끄덕였다.

"안내해 드리겠습니다. 요시하라 씨는 이미 와 계십니다."

남자를 뒤따라 걸으며 마쓰미야는 주위를 둘러봤다. 붉은색 벽돌로 둘러싸인 바는 공간이 넓고 카운터석도 길었다. 적갈색 가죽 소파가 즐비하게 놓인 광경은 장관이었다. 얼핏 보니 절반 정도 자리가 차 있다. 외국인이 많이 눈에 띄는데 대부분 관광객일 것이다.

안내받은 곳은 구석 자리 테이블이었다. 소파에 앉아 있던 여자가 그들을 보고 얼른 일어섰다. 회색 바지 정장 차림이었는데, 체구가 작은 점은 의외였다. 규모가 큰 료칸의 주인이라고 해서 무심코 체격이 좋은 여성을 상상했던 것이다.

"늦어서 죄송합니다."

마쓰미야가 고개를 숙였다.

"아닙니다. 저야말로 바쁘신 분을 이렇게 오시라고 해서 죄송합니다."

안내해 준 남자가 물러가자 "요시하라입니다." 하고 그녀가 가방에서 명함을 꺼냈다. 메일로 보내온 사진의 명함과 똑같았다.

마쓰미야도 명함을 건넸다. 그걸 들여다보던 요시하라 아야코의 가늘고 긴 눈이 살짝 커졌다.

"이런 일을 하시는군요."

그녀가 고개를 들고 말했다.

마쓰미야는 빙긋이 미소를 지었다.

"네, 뭐. 자, 앉으시죠."

테이블을 사이에 두고 마주 앉자 요시하라 아야코가 기다란 메뉴를 건넸다.

"마실 건 뭘로 하시겠어요? 술은 드시면 안 되나요?"

"일이 끝났으니 괜찮습니다. 그럼 저는 맥주로 하겠습니다."

요시하라 아야코가 손을 들어 종업원을 불렀다. 그리고 맥주와 싱가폴 슬링을 주문했다. 그녀는 마쓰미야를 기다리는 동안 마실 걸 미리 정한 듯했다.

"힘든 일을 하시는군요."

요시하라 아야코가 그의 명함을 다시 들여다보며 말했다.

"그거야 생각하기 나름이죠. 제가 여자라면 료칸을 경영하는 일은 도저히 못할 것 같은데요."

"나름대로 고충은 있어요. 하지만 즐거운 일이죠."

"부럽습니다. 저희 직업은 즐겁게 할 만한 일이 아니거든요."

어머, 하는 표정으로 요시하라 아야코가 다시 명함을 내려다봤다.

"수사 1과라면……."

"살인 사건을 담당합니다."

요시하라 아야코는 진지한 표정으로 고개를 끄덕였다. 그리고 등을 곧게 펴며 자세를 고쳐 앉았다.

"다시 한 번 말씀드리지만 이번에 정말 실례가 많았어요. 상당히 놀라셨을 거예요."

마쓰미야도 자세를 바로잡고 상대를 바라보았다.

"놀랐죠. 지금도 여전히 믿기지 않습니다."

"하지만 사실입니다. 그분이 마쓰미야 씨가 자신의 아들이라고 고백하셨어요."

"그런데 그분이 대체 누굽니까?"

"요시하라 마사쓰구 씨, 제 아버지예요."

요시하라 아야코가 단호한 어조로 말했다.

힘 있는 눈매에 모양이 좋은 눈썹, 콧날이 오뚝한 얼굴을 바라보며, 당당한 미인이란 이런 사람을 말하겠지, 하고 마쓰미야는 엉뚱한 생각을 했다.

"그게 사실이라면 요시하라 씨와 저는 남매라는 얘기군요."

"혹시 궁금하실까 봐 말씀드리는데, 저는 올해 마흔이에요. 아버지 말씀이 사실이라면, 마쓰미야 씨는 제 오빠인가요, 아니면 동생인가요?"

"동생입니다."

그 말에 굳어 있던 요시하라 아야코의 입가가 슬그머니 풀어졌다.

"그럴 거라고 생각했어요."

종업원이 다가와서 마실 것을 내려놓고 갔다. 마쓰미야는 대뜸 맥주잔으로 손을 뻗었다. 한 모금 마시고 나서야 목이 몹시 말랐다는 걸 깨달았다. 긴장하고 있었던 것이다.

"묻고 싶은 점이 많습니다."

마쓰미야가 말했다.

"우선, 요시하라 씨의 아버님은 왜 이제 와서 그런 고백을 하신 겁니까? 고백한 내용의 진위는 차치하고, 본인이 어떤 식으로 설명했는지 몹시 궁금합니다."

"당연한 의문이에요."

요시하라 아야코가 싱가폴 슬링이 담긴 기다란 텀블러를 테이블에 내려놓았다.

"제 상상이지만, 고백한다면 지금밖에 없다고 생각하셨을 거예요."

"상상이라고요? 아버님께 확인하신 게 아니고요?"

"확인하지는 않았어요. 표면상으로는 제가 아직 그 고백을 모르는 상태라서요."

마쓰미야는 미간을 찌푸렸다. 무슨 말인지 이해가 가지 않았다.

"무슨 뜻인지 모르겠군요."

"그 고백은 유언장에서 하셨어요."

"유언장이라고요?"

"네. 아버지는 말기 암 환자입니다. 시간이 별로 없어요. 본인도 그런 사실을 알고 유언장을 작성하셨고요. 거기에 그런 고백이 적혀 있었어요."

요시하라 아야코가 옆에 놓여 있던 가방에서 접힌 종이 한 장을 꺼내 테이블에 놓았다.

"봐도 되겠습니까?"

"네, 보여 드리려고 가져온 거예요."

마쓰미야는 종이를 펼쳤다. 유언장 일부를 복사한 것이었다. 첫 부분을 읽는 것만으로 가슴이 쿵 내려앉았다.

'다음 사람은 유언자 요시하라 마사쓰구와 마쓰미야 가쓰코 사이의 자식으로, 유언자는 이를 인지한다.'

그 밑에 '이름 : 마쓰미야 슈헤이'라고 적혀 있고 전에 살던 고엔지의 아파트가 주소지이자 본적으로 적혀 있었다. 생년월일도 마쓰미야의 생년월일이 틀림없고 세대주는 마쓰미야 가쓰코로 되어 있었다.

"공정 증서라서 유언자가 아직 살아 있어도 개봉해서 읽는 게 허용됩니다. 유언장을 작성할 때 증인을 섰던 분이 제게 미리 봐 두는 게 좋지 않겠느냐고 하셔서 내용을 확인한 결과 이 부분이 있었어요."

마쓰미야가 숨을 길게 내쉬었다.

"상황은 이해하겠습니다. 하지만 저는 영문을 도통 모르겠어요. 정말이지 아닌 밤중에 홍두깨입니다."

"어머니께 아무 말씀도 못 들으셨군요."

"네. 전화로도 말씀드렸지만, 저는 아버지가 돌아가셨다고 들었어요. 그리고 저희는 전에 도쿄가 아니라 군마현의 다카사키에 살았습니다."

요시하라 아야코는 쓸쓸한 표정으로 고개를 끄덕인 후 텀블러로 손을 내밀었다. 칵테일을 한 모금 마신 후 다시 입을 열었다.

"이렇게 마쓰미야 씨를 만나는 게 옳은 일인지 어떤지, 사실 자신이 별로 없어요. 원래는 아버지가 돌아가실 때까지 봉인되어 있어야 할 유언장이었어요. 적어도 아버지 본인은 그러길 바라셨을 거예요. 그러니까 어쩌면 제가 이러는 게 아버지 의사에 반하는 일일지도 몰라요. 그런데도 제가 마쓰미야 씨에게 연락한 데는 이유가 있습니다. 일단 자세한 사정을 알고 싶었어요. 마쓰미야 씨 쪽에서는 뭔가 알지도 모른다고 생각했죠. 그리고 단순히 만나고 싶은 마음도 있었어요. 제가 외동이라서 옛날부터 형제가 있는 친구가 부러웠거든요. 마쓰미야 씨는 형제가 어떻게 되시나요?"

"없습니다."

그렇군요, 하면서 그녀가 미소를 지었다. 누나가 있다는 걸 알고 난 느낌이 어떤지 궁금해하는 표정이었다. 그러나 마쓰미야는 아무 말도 하지 않았다. 그 자신도 잘 모르기 때문이었다.

"하지만 그것이 아버지가 살아 계시는 동안 마쓰미야 씨를 만나야겠다고 생각한 이유의 전부라고 할 수는 없어요. 돌아가신 후에 만나도 늦지 않으니까요. 그보다 큰 이유의 전부는 아버지가 살아 계실 때 두 분이 만나도록 해야겠다고 생각했기 때문이에요."

마쓰미야의 가슴 속에서 심장이 벌떡거렸다. 열이 오르는 것 같기도 했다. 말이 나오지 않아서 복사한 유언장만 꽉 움켜쥐었다.

"제 말이 불쾌하셨나요?"

요시하라 아야코가 걱정스러운 듯이 물었다.

아닙니다, 하고 마쓰미야는 고개를 저었다.

"아니에요. 다만 뭐랄까, 너무 뜻밖의 일이라서……."

마쓰미야가 유언장을 그녀 앞에 내려놓았다.

"아버지라는 사람은 저와는 무관한 존재였습니다. 없는 사람이었어요. 그런 아버지를 만난다는 게 도무지 현실로 느껴지지 않아서 그럽니다."

"그렇겠지요."

요시하라 아야코가 유언장을 반듯하게 접어 가방에 도로 넣었다.

"유언장을 보고 떠오르는 일이 있었어요. 저도 어렸을 때 아버지가 집에 안 계셨어요."

"그게 무슨 말씀이죠?"

"아버지는 데릴사위였고, 엄마가 장차 료칸을 물려받기로 되어 있었어요. 그래서 아버지는 요리장이 되려고 도쿄에서 수련 중이라고 했지요. 그런데 제가 여섯 살 때 엄마가 교통사고를 당해서 중상을 입었어요. 그 일을 계기로 아버지가 집에 돌아와서 예정보다 빨리 료칸의 요리장이 되셨죠. 지금까지 단 한 번도 그 일련의 사실에 의문을 품은 적이 없었어요. 그런데 유언장에서 마쓰미야 씨의 존재를 알고 나서, 어쩌면 제가 아는 내용이 사실과 다르지 않을까 하고 생각하게 되었어요."

"아버님이 집을 떠나신 이유가 다른 데 있었다는 말씀인가요?"

네, 하고 요시하라 아야코가 가느다란 턱을 끌어당겼다.

"요리를 수련한 게 아니라 다른 여자와 살았던 게 아닐까 싶어요. 그뿐 아니라 그 여자와의 사이에 자식도 있었고요."

마쓰미야는 잔을 들어 단숨에 맥주를 절반 정도 들이켜고 나서 손등으로 입을 닦았다.

"어머니 말에 따르면 제 아버지였던 남자는 솜씨가 뛰어난 요리사였는데, 어머니 말고 정식 부인이 있었다고 합니다. 부인과 이혼이 성립하면 어머니와 재혼하고 저를 호적에 올리겠다고 했는데, 그러기 전에 그만 근무하던 음식점에 불이 나서 미처 피하지 못하고 죽었다고 합니다."

"그 화재에 관해서는 알아보셨어요?"

"아니요. 거짓말이라고 의심할 이유가 없었으니까요."

그렇군요, 하고 요시하라 아야코가 중얼거렸다.

"그 말이 만약 거짓말이었다면, 마쓰미야 씨 어머니는 왜 그런 거짓말을 하셨을까요?"

"사실대로 말하고 싶지 않았겠죠. 아들에게 알리고 싶지 않은 사정이 있어서 말이지요. 적어도 자랑스럽게 얘기할 만한 일은 아니었다, 그런 거 아닐까요?"

그 얘기에 요시하라 아야코가 무안한 듯이 잠시 고개를 숙였다가 다시 들었다.

"마쓰미야 씨는 어땠는지 모르지만, 아버지는 마쓰미야 씨를 만나고 싶었을 거예요. 하지만 그럴 수는 없다며 체념했겠죠. 그럼에도 인지를 하고 싶어서 그런 유언장을 쓴 것 아닐까요? 그게 아버지 나름의 사과일 수도 있고요."

"사과요……, 그러니까 아야코 씨는 아버님이 밖에서 따로 가정을 꾸렸지만 결국 그들을 버리고 원래 가정으로 돌아왔다, 그렇게 생각하는군요."

"별로 상상하고 싶지 않은 일이지만 그게 가장 타당한 추측이 아닐까 싶어요."

마쓰미야는 심호흡을 한 번 한 뒤 배다른 누나일지도 모르는 여자를 똑바로 바라보았다.

"그 일에 대해서 아야코 씨는 어떻게 생각하시죠? 과거에 아버님이 다른 여자와 살았고, 게다가 자식까지 낳았다는 사실을 알고 나서 불쾌하지는 않았나요?"

요시하라 아야코가 홋, 하고 가볍게 웃었다.

"엄마와 아버지 사이에 무슨 일이 있어서 별거하게 되었는지 그 내막을 모르니 아버지를 비난할 마음은 없어요. 그때 어렸던 저는 사고로 심각한 장애를 지니게 된 엄마를 아버지가 정성껏 보살폈다는 기억밖에 없어서 진심으로 감사하는 마음이고, 아버지를 존경하기도 해요. 따로 자식이 있었다는 사실에 놀라긴 했지만 불쾌하지는 않습니다. 방금도 형제가 없어서 만나고 싶었다고 말했지만, 솔직히, 호기심이 일어서 참을 수 없을 정도였어요, 오히려."

그녀가 입을 꼭 다물고 진지한 눈빛으로 마쓰미야를 바라보았다.

"마쓰미야 씨의 마음을 알고 싶어요. 홀어머니 밑에서 자라면서 여러모로 고생이 많았을 텐데, 자신들을 버린 아버지가 살아 있다는 것을 알게 되니 분노가 이나요?"

"분노요……."

마쓰미야가 중얼거리면서 고개를 살짝 기울였다.

"아뇨, 그런 구체적인 감정은 없습니다. 일단은 당황했다고 말해 두죠. 요시하라 씨가 한 얘기는 어디까지나 상상이잖아요. 무슨 일이 있었는지 본인들에게 확인하지 않은 이상 어떤 말도 하기 힘들 것 같아요. 감상을 왈가왈부하는 건 그다음입니다."

"그럼 아버지를 만나는 일도……."

"보류하겠습니다. 진실이 뭔지 어머니에게 듣고 난 후로 미룰게요."

"알겠어요."

요시하라 아야코가 고개를 끄덕였다.

"저도 아버지께 얘기를 듣게 되면 좋겠군요."

"여쭤보면 되지 않나요?"

그러자 그녀가 천천히 눈을 깜박이며 고개를 저었다.

"아버지께 정신적으로 부담을 드릴까 봐 걱정스러워서요. 무덤까지 가지고 가려고 했던 비밀을 건드리면 동요하실 수도 있어요."

"그렇긴 하네요."

"그래서 얘긴데, 어머니가 뭐라고 하시는지 제게도 꼭 알려 주세요."

"듣게 되면 연락드리겠습니다. 사실대로 털어놓으실지 어떨지는 알 수 없지만요. 요시하라 씨를 만나는 일조차 반대하셨으니까요."

"분명 무슨 사정이 있을 거예요."

"어머니 인생에 사연이 많다는 건 짐작했지만, 그 정도가 상상을 넘어설 듯합니다."

"저도 지금에야 제가 몰랐던 아버지의 일면을 보게 된 느낌이에요."

그렇게 말하고 요시하라 아야코는 잠시 생각에 잠기는 듯했다.

마쓰미야가 양손을 깍지 낀 채 테이블 위에 얹었다.

"아버님은 어떤 분이신가요? 조금 전에 존경한다고 말씀하셨는데요."

"한마디로 요리를 향한 외길 인생을 걸으셨죠. 다른 일은 돌아보지도 않는 장인 기질을 갖고 계셨어요. 성실하고, 잔재주를 피우지 않고, 가정을 소중히 여기고요."

마쓰미야의 입술이 자신도 모르게 비웃는 것처럼 일그러졌다. 요시하라 아야코가 그 표정의 의미를 알아챘는지 "죄송해요." 하고 작은 목소리로 사과했다.

"그토록 성실한 사람이 우리를 버리고 가족의 품으로 돌아갔느냐고 반문하고 싶으시죠?"

"그러기 전에 애당초 집을 떠나 다른 여자와 살지도 않았겠죠."

요시하라 아야코가 빠르게 고개를 끄덕거렸다.

"맞아요. 저도 그게 커다란 수수께끼예요."

그녀는 칵테일을 한 모금 마신 뒤 한숨을 내쉬고 나서 고개를 살짝 들었다.

"변호사 말이, 자식이 성인일 경우 인지를 신고하느냐 마느냐를 본인이 결정할 수 있대요. 마쓰미야 씨가 싫다면 거부할 수 있어요."

"아, 네."

그렇겠지, 하고 생각했다. 당연히 본인에게 선택할 권리가 있어야 하지 않겠는가.

"그리고, 말씀드릴 일이 한 가지 더 있어요. 인지를 받아들일 경우 마쓰미야 씨는 정식으로 아버지의 자식이 되니 당연히 유산 상속권도 발생합니다. 유언장에도 상속에 관한 내용이 적혀 있지만, 그와 상관없이 유류분을 청구할 수 있어요."

그때 마쓰미야가 오른손을 들어 그녀의 말을 제지했다.

"지금은 그런 얘기를 듣고 싶지 않습니다. 그건 나중 일이에요. 어쩌면 얘기할 필요조차 없을지도 모릅니다."

"알겠어요."

손목시계를 들여다보고 나서 마쓰미야는 남은 맥주를 입에 털어 넣었다. 계산서로 손을 뻗었지만 요시하라 아야코가 한발 빨랐다.

"연락 기다릴게요."

잘 마셨습니다, 하고 마쓰미야는 자리에서 일어섰다.

7

어슴푸레한 어둠 속에서 전자음이 울린다.

주위가 어두운 것이 아니라 자신이 눈을 감고 있다는 것을 그는 문득 알아차렸다. 눈을 뜨자 하얀 천장이 보였다. 전등은 꺼져 있지만 실내는 밝다. 창문의 커튼이 열려 있기 때문이다.

시오미 유키노부는 천천히 몸을 일으켰다. 거실 소파 위였다. 바닥에는 청소기가 그대로 놓여 있다. 청소기를 돌리다가 졸음이 쏟아져서 소파에 누운 기억이 났다.

식탁 위에서 전자음을 울리고 있는 건 휴대 전화였다. 일요일 낮에 누구일까. 잠시 생각해 봤지만 그럴 만한 사람이 없었다. 소파에서 일어나 어슬렁어슬렁 다가가는데 소리가 끊겼다.

착신 표시를 보니 낯선 번호다. 유키노부는 고개를 갸웃하면서 휴대 전화를 도로 식탁에 내려놓았다.

청소기를 마저 돌리려는데 다시 휴대 전화가 울렸다. 이번에는 재빨리 휴대 전화를 집어 들었다. 아까와 같은 번호다.

네, 하고 전화를 받았다.

"여보세요, 시오미 유키노부 씨의 휴대 전화인가요?"

남자 목소리였다.

"그런데요."

"배달할 물건이 있는데, 댁에 계십니까?"

"네, 있습니다."

"그럼 30분쯤 후에 찾아뵙겠습니다."

"알겠습니다."

전화를 끊고 청소기 스위치를 켰다. 누가 뭘 보낸 걸까. 잠시 생각하다가 말았다. 오면 알겠지.

벽시계를 올려다보니 오후 3시가 조금 지나 있었다. 한 시간 가까이 잔 셈이다. 세탁기를 먼저 돌려야겠다는 생각에 청소기 스위치를 껐다.

욕실로 가서 드럼 세탁기 문을 여니 안에 옷가지들이 들어 있다. 어제부터 유키노부는 세탁기를 돌리지 않았으니 아마 모나가 자신의 옷을 빨고 그대로 둔 모양이다.

속옷이 섞여 있는 걸 보고 유키노부는 그대로 세탁기 문을 닫았다. 괜히 손댔다가 모나가 알면 짜증을 낼 게 뻔하다. 세탁기는 나중에 돌려야 할 것 같다.

거실로 돌아와 청소를 계속하는데 인터폰이 울렸다. 아파트 공용 현관이 아니라 집 앞에서 누른 것이다.

얼른 현관으로 나가서 문을 열었다. 택배사 유니폼을 입은 사람이 서 있을 줄 알았는데 양복 차림을 한 젊은 남자가 있었다. 그리고 뒤에 한 명이 더 서 있었다.

"시오미 유키노부 씨?"

남자가 물었다.

네, 하고 대답하고 나서 경찰이라는 것을 깨달았다. 하나즈카 야요이 사건 때문일 것이다.

"쉬시는데 방해해서 죄송합니다. 저희는 경시청에서 나왔습니다. 잠시 시간을 내 주실 수 있을까요?"

남자가 양복 안주머니에서 뭔가를 꺼냈다. 신분증과 경찰 배지가 들어 있는 경찰수첩이었다.

"아……, 네. 들어오시죠."

실례하겠습니다, 하며 형사들이 집 안으로 들어왔다.

유키노부는 조금 전의 전화를 떠올렸다. 물건을 배달할 거라면서 배달 업체가 어디인지는 말하지 않았다. 이 사람들이 자신이 집에 있는지 확인하려고 전화했을 것이다.

아무래도 얘기가 쉽게 끝날 것 같지 않아 형사들을 거실로 안내했다. 조금 전까지 자신이 자고 있던 소파를 그들에게 권하고 유키노부 자신은 반대편 의자에 앉았다.

나이가 더 많아 보이는 형사가 경시청 수사 1과의 마쓰미야라고 자신을 소개했다. 다른 한 사람은 하세베라고 했다.

"단도직입적으로 여쭤보겠습니다. 하나즈카 야요이 씨를 아십니까?"

마쓰미야가 물었다.

"압니다. '야요이 찻집' 주인이죠."

"하나즈카 씨가 사망했다는 사실은요?"

마쓰미야가 살피는 듯한 눈초리로 유키노부를 바라보았다. 이쪽의 반응을 놓치지 않겠다는 듯한 태도다.

유키노부는 침을 한 번 삼키고 나서 "뉴스를 보고 알았습니다."라고 대답했다.

"텔레비전 뉴스 말입니까?"

"네."

"언제 보셨죠?"

"그저께 밤이었던 것 같습니다."

"어느 채널의 몇 시 뉴스입니까?"

틈을 주지 않고 계속되는 질문에 유키노부는 당황스러웠다. 왜 이렇게 사소한 것까지 물을까.

"NHK의 7시 뉴스였어요. 매일 저녁을 먹으면서 봅니다."

"가족과 함께 보셨습니까?"

"혼자였어요."

"가족이 어떻게 되시죠?"

"딸이 하나 있습니다."

마쓰미야는 실내를 죽 둘러본 후 다시 유키노부를 바라보았다.

"다른 가족은 없고요?"

유키노부는 잠깐 틈을 두었다가 입을 열었다.

"없습니다. 딸과 둘이 삽니다."

"따님은 몇 살이죠?"

"열네 살입니다."

열네 살, 하고 마쓰미야가 중얼거렸다. 그리고 납득이 안 간다는 표정으로 또 주위를 둘러보았다.

"왜 그러시죠?" 하고 유키노부가 물었다.

"아니, 그렇게 보이지 않아서요."

"뭐가요?"

"아빠와 열네 살짜리 딸, 둘이 사는 것처럼 보이지 않는다는 뜻입니다. 저기 있는 거, 메이크업 박스 아닌가요?"

마쓰미야가 장식장에 놓여 있는 노란 비닐 상자를 가리켰다.

"그리고 현관 우산꽂이에 양산도 있던데요. 요즘 여중생들은 어른처럼 화장을 하고 양산도 쓰나 보죠?"

유키노부는 아아, 하고 고개를 끄덕이면서 형사의 관찰력에 내심 감탄했다.

"아내 물건입니다. 아니, 물건이었다, 라고 말해야겠군요."

"무슨 뜻입니까?"

"세상을 떠났습니다, 2년쯤 전에요."

이 말을 꺼낼 때는 최대한 무심한 듯 말하려고 노력한다.

형사가 둘 다 허를 찔린 듯한 표정을 지었다.

"그렇군요."

마쓰미야가 낮은 목소리로 대답했다.

"병으로 돌아가셨습니까?"

"백혈병이었습니다."

마쓰미야는 자세를 고쳐 앉고 나서 "유감입니다." 하며 고개를 숙였다. 옆에 있는 하세베도 그를 따라 고개를 숙였다.

"따님은 지금……."

"특별 활동 때문에 학교에 갔습니다. 테니스부예요. 거의 돌아올 때가 됐습니다."

유키노부는 벽시계를 올려다봤다. 조금 있으면 4시다.

형사들의 노림수가 뭔지 감이 잡히지 않았다. 들어오자마자 대뜸 하나즈카 야요이란 이름을 들이대 놓고 본론은 일절 꺼내려고 하지 않는다. 하세베라는 형사는 계속 수첩에 뭔가를 끄적거리는데, 이런 질문들에 무슨 의미가 있을까.

"시오미 씨는 지금도 일을 하십니까?"

마쓰미야가 물었다. 유키노부의 나이가 예순둘이라는 것도 파악해 놓은 모양이다.

"네. 아직 여러모로 돈 들어갈 일이 남아서요."

"그럼 회사에 다니시는 건가요?"

"네. 아, 잠깐만요."

유키노부가 자리에서 일어나 장식장으로 가더니 서랍에서 명함을 꺼내 와 형사들에게 건넸다

"이런 회사에서 일하고 있습니다."

마쓰미야는 명함을 내려다봤다.

"회사 이름이 '이케부쿠로 영업소'라고 되어 있는데, 어떤 일을 하십니까?"

"간단히 말하자면 낡은 건물을 검사하는 일입니다."

"건물을 검사한다고요……, 그럼 늘 회사에 계시지는 않겠군요."

"오전에 영업소로 출근했다가 곧바로 차를 타고 나가는 일이 많습니다."

"주로 어느 쪽으로 나가시나요?"

"그건 그때그때 다릅니다. 도쿄 내라면 어디든지 갑니다."

마쓰미야는 천천히 고개를 끄덕이다가 말없이 명함을 테이블에 내려놓았다. 무심한 그 동작이 유키노부의 눈에는 '서론은 여기까지.'라는 신호로 보였다.

"'야요이 찻집'에 자주 들르셨다고 하던데요."

아니나 다를까, 마쓰미야가 본론을 꺼냈다.

"그렇습니다. 자주, 라는 게 어느 정도의 빈도를 말하는지 모르겠습니다만."

"그 카페 단골이 자주 봤다고 하더군요. 얼굴을 마주치면 인사도 나눴다던데요."

"네, 뭐, 그런 일도 있었죠."

마쓰미야가 말하는 단골이 누구인지 유키노부는 짐작이 갔다. 하나즈카 야요이의 학창 시절 친구라는 여자일 것이다. 그녀 말고도 몇몇 사람과 안면이 있지만 유키노부의 이름까지 아는 사람은 별로 없다.

"그 단골 얘기로는 반년쯤 전부터 카페에서 종종 유키노부 씨를 봤다고 하던데, 맞습니까?"

"네, 그럴 겁니다."

"그 가게에 가게 된 특별한 계기가 있었나요?"

"그렇지는 않습니다. 그 근처에서 일이 있었고, 끝난 후에 우연히 갔어요. 굳이 이유를 들라면, 밖에서 보기에 느낌이 좋았다고 할까요."

"그래서 들어가 봤더니 역시 생각대로였나요?"

네, 하고 유키노부가 대답했다.

"분위기도 차분하고 케이크도 맛있었어요."

"케이크를 좋아하십니까?"

"제가 보기와 달리 단것을 좋아합니다. 술은 잘 못 마시고요."

그때 현관에서 소리가 났다. 모나가 돌아온 듯했다. 잠시 후 현관문이 열리고 모나가 주뼛거리며 조그만 얼굴을 비쳤다. 현관에 낯선 구두가 있는 걸 보고 손님이 왔다는 걸 알았을 터였다.

어서 와라, 하고 유키노부가 말을 건넸다. 마쓰미야도 "실례가 많아요." 하고 밝은 목소리로 인사했다.

모나는 당황스러운 듯이 고개만 까딱했다.

"경찰에서 나오셨어."

유키노부가 설명했지만 모나의 표정은 달라지지 않았다. 반쯤 벌린 입으로 뭔가 말을 한 듯도 한데 유키노부에게는 들리지 않았다.

　모나는 빠른 걸음으로 거실을 가로질러 방으로 들어갔다. 그리고 쾅, 하고 거칠게 문 닫히는 소리가 났다.

　죄송합니다, 하고 유키노부가 형사들에게 사과했다.

　"인사도 제대로 안 하고……."

　"학교에서 돌아왔는데 집에 낯선 남자가 둘이나 있으니 저 맘때 여자아이로서는 기분이 좋지 않을 수도 있죠."

　마쓰미야가 웃는 얼굴로 말했다.

　"질문을 계속해도 되겠습니까?"

　"그러시죠."

　"이것도 그 단골에게 들은 얘기입니다만, 시오미 씨는 카페에 자주 들렀을 뿐만 아니라 하나즈카 씨와 친하게 지내셨다고 하더군요."

　"글쎄요, 그건……."

　유키노부는 재빨리 머리를 굴렸다. 지금은 어떤 태도를 보이는 게 정답일까. 혀로 입술을 축이며 대답할 말을 골랐다.

　"제가 늘 혼자 가니까 카운터석에 앉는 일이 많았습니다. 그러자 야요이 씨가 신경을 쓰며 이런저런 말을 걸어오더군요. 그런 모습들이 다른 사람들 눈에는 친근한 사이로 보였을지도 모르겠습니다."

　"야요이 씨, 라고 이름을 부를 정도라면 꽤 친한 사이가 아닌가요?"

"다른 손님들이 그렇게 불러서 저도 따라 했을 뿐입니다. 하지만 뭐, 그렇게 볼 수도 있죠. 손님 중에서는 친한 편이었을 겁니다."

지나치게 부인하는 것도 부자연스럽다.

마쓰미야는 유키노부가 '야요이 찻집'에서 시간을 어떻게 보냈는지, 다른 손님과의 관계는 어땠는지 등에 관해 시시콜콜 물었다. 질문들 중에는 맥락을 알 수 없는 것도 있었다. 하지만 형사 나름으로 노리는 바가 있을 것이다.

"그저께 밤에 뉴스를 보고 사건을 알았다고 하셨는데요,"

마쓰미야가 돌연 맨 처음 얘기로 돌아갔다.

"그때 무슨 생각이 들었습니까?"

"무슨 생각요? 그야 당연히 놀랐죠. 말도 안 돼, 뭔가 잘못됐을 거야, 하고 생각했습니다. 하지만 텔레비전 화면에 비치는 곳이 틀림없는 '야요이 찻집'이어서……."

"그 후 사건에 관해서 다른 사람과 얘기를 나눈 적은요?"

"없습니다. '야요이 찻집'에 관해 얘기할 만한 상대가 주위에 없어요."

그렇다면, 하며 마쓰미야는 몸을 약간 앞으로 기울였다.

"시오미 씨는 어떻게 생각하십니까?"

"뭘 말입니까?"

"사건에 관해서요. 짚이는 점이 있으면 말씀해 주세요."

"아니, 그런 건……."

없습니다, 라고 말을 끝맺기 전에 마쓰미야가 얼굴을 조금 더 가까이 들이댔다.

"지나친 생각일지 모른다거나 기분 탓일지 모른다, 그런 걱정은 할 필요가 없습니다. 그런 불확실한 정보를 정밀하게 조사하는 게 저희 일이니까요. 억측이든 무책임한 소문이든 다 괜찮습니다. 그런 데서 단서가 발견되어 범인 체포에 이르는 경우가 의외로 많거든요. 아무쪼록 협조를 부탁드립니다."

예리한 눈빛, 힘 있는 목소리, 거침없는 말투……. 젊어 보이지만 나름 산전수전 겪었겠다 싶을 만큼 박력이 있었다.

아무리 생각해도, 하고 말을 꺼내는데 목소리가 갈라지고 말았다. 유키노부는 헛기침을 몇 번 하고 나서 다시 입을 열었다.

"아무리 생각해도 모르겠습니다. 과연 야요이 씨에게 원한을 품을 만한 사람이 있었을지. 다만 그녀의 사생활에 관해서는 아는 바가 없으니 뜻하지 않은 일로 누군가의 원망을 샀다면 그것까지는 제가 알 수 없죠."

"남자관계는 어땠습니까?"

마쓰미야는 몸을 조금 더 앞으로 기울이고 밑에서 유키노부의 얼굴을 올려다보았다.

"사귀는 남자는 없었나요?"

"아마 없었을 겁니다."

유키노부가 고개를 저었다.

마쓰미야는 상반신을 도로 일으켰다.

"그렇게 단언하시는 데는 뭔가 근거가 있겠죠?"

"아니요, 그저 그렇지 않을까 하고……. 누가 있다는 얘기를 들은 적이 없어서요."

유키노부는 몸이 화끈 달아오르는 것을 느꼈다. 얼굴이 붉어졌을까 봐 불안했다.

"하나즈카 씨가 한 달쯤 전부터 피트니스 센터에 다녔다는 건 아셨습니까?"

"네? 피트니스 센터를요? 아니요, 몰랐습니다."

"퍼스널 트레이닝 코스를 선택했다던데요. 그리고 비슷한 시기에 피부 관리실에도 등록했다고 하고요. 그 사실은 알고 계셨습니까?"

유키노부는 고개를 저었다.

"처음 듣습니다."

"그 두 가지 일에 관해서 어떻게 생각하시지요? 여자가 그럴 경우에는 뭔가 그럴 만한 이유가 있었을 텐데, 짐작 가는 바가 있습니까?"

"글쎄요……."

유키노부는 시선을 비스듬하게 위로 향한 채 고개를 갸웃했다.

"모르겠습니다. 그런 얘기를 들은 적이 없어요."

실제로 피트니스 센터도 피부 관리실도 금시초문이다.

"그럼 마지막으로 형식적인 질문을 하나 더 드리겠습니다. 지난 목요일에 말입니다, 평소처럼 출근하셨습니까?"

"목요일…… 말입니까? 네, 아마 그랬을 거예요."

"그날 오후에는 어디로 일하러 가셨죠? 자세한 시간도 알려 주시면 고맙겠습니다."

알리바이를 확인하고 있는 게 분명하다.

잠시 기다리라고 말하고 유키노부는 식탁에서 휴대 전화를 들고 와서 일정 관리 앱을 확인했다.

"목요일에는 시나가와에 있는 아파트에 누수 검사를 하러 갔군요. 오후 2시에 작업을 시작해서 4시 반쯤 끝났습니다."

"누군가와 함께 갔습니까?"

"작업 중에 아파트 시공 업체 사람이 왔습니다."

"그분 이름과 연락처를 알 수 있을까요?"

"아, 네."

유키노부는 휴대 전화에서 담당자의 이름과 연락처를 찾아 마쓰미야에게 가르쳐 주었다.

"4시 반경에 작업이 끝났다고 하셨죠. 그 후에는 뭘 하셨습니까?"

"뒷마무리를 한 뒤 혼자 영업소로 돌아왔습니다. 아마 6시 반쯤이었을 거예요."

"그리고 집에 돌아오셨겠군요."

"아니요, 저녁을 먹고 왔어요."

"저녁이요? 어디서요?"

"요 근처 밥집에서요. 대개 거기서 저녁을 먹고 들어옵니다."

그러자 마쓰미야가 의아하다는 듯이 고개를 갸웃했다.

"따님도 그 가게에서 식사를 하나요?"

"딸은…… 따로 먹습니다."

"따로요?"

"딸은 스스로 저녁을 해결합니다. 중학생이니까요. 간단한 요리는 할 줄 압니다."

유키노부는 별일 아니라는 듯이 미소를 지어 보이려고 했지만 뺨이 굳어지는 것을 숨기기 힘들었다.

"아까는 텔레비전을 보면서 저녁을 드셨다고 했는데, 그럼 밥집에서 그랬다는 말씀인가요?"

"그렇습니다. 죄송하군요, 설명이 부족했습니다."

마쓰미야는 밥집의 이름과 위치를 물었다. 나중에 확인할 심산일 것이다.

"식사를 마치고 돌아온 시각은요?"

"7시가 좀 넘어서였을 겁니다."

"그 뒤로는 내내 집에 계셨습니까?"

"그렇습니다."

"누군가와 통화를 하지는 않았나요?"

유키노부는 휴대 전화 통화 이력을 확인했다.

"그날 밤에는 없었던 것 같습니다."

"알겠습니다. 감사합니다. 그리고……."

마쓰미야가 옆쪽에 있는 방문을 가리켰다.

"따님에게도 얘기를 듣고 싶은데요."

"딸은 '야요이 찻집'에 관해 아무것도 모릅니다."

"형식적인 절차일 뿐입니다. 부탁드립니다."

마쓰미야가 고개를 숙였다.

유키노부는 일어나서 옆방 문으로 다가가 노크를 했다. 왜, 하는 모나의 짜증스러운 목소리가 돌아왔다.

"잠깐 열어 봐."

방 안에서 움직이는 기척이 나더니 문이 살짝 열렸다. 그 틈새로 모나가 얼굴을 보였지만 아빠에게는 눈길도 주지 않았다.

"형사님이 네게 물어보고 싶으신 게 있대."

모나의 눈언저리가 꿈틀했다.

"나한테?"

"대단한 건 아니에요."

마쓰미야가 상냥하게 말했다.

"금방 끝날 겁니다."

모나가 멈칫거리며 방에서 나왔다.

"시오미 씨, 죄송하지만 잠시 자리를 비켜 주시겠습니까?"

마쓰미야가 미소 띤 얼굴로 유키노부를 바라봤다.

"아빠가 옆에 있으면 하기 어려운 얘기가 있을지 몰라서요."

"그래요? 그럼 현관 옆방에 있을 테니 끝나면 부르세요."

"알겠습니다. 감사합니다."

모나가 형사들과 마주 앉는 것을 보며 유키노부는 거실을 나왔다. 그리고 이름은, 하고 마쓰미야가 묻는 소리를 들으며 현관 옆방으로 들어갔다. 침대에 걸터앉아 귀를 기울여 봤지만 형사의 목소리는 들리지 않았다.

대체 모나에게 뭘 물으려는 걸까.

딸에게 알아낼 수 있는 건 아무것도 없다고 생각하면서도 유키노부는 안절부절못했다. 자신도 모르게 다리까지 달달 거렸다.

잠시 후에 발소리가 들리더니 "시오미 씨." 하고 부르는 마쓰미야의 목소리가 들렸다.

유키노부는 벌떡 일어나서 문을 열었다. 형사들은 벌써 구두를 신고 있었다.

"쉬시는데 실례가 많았습니다. 그럼 이만 가 보겠습니다."

마쓰미야가 명함을 내밀며 말했다.

"아무리 사소한 것이라도 좋으니 혹시 생각나는 일이 있으면 전화를 주십시오."

"알겠습니다."

명함에는 휴대 전화 번호가 적혀 있었다.

안녕히 계십시오, 하고 형사들이 돌아갔다.

유키노부는 몸을 돌려 재빨리 거실로 돌아갔다. 모나가 보리차 페트병을 들고 부엌에서 나오는 참이었다.

"형사가 뭘 묻던?"

여러 가지, 하고 모나가 퉁명스럽게 대답했다. 여전히 아빠 쪽은 쳐다보지 않는다.

"그렇게 말하면 아빠가 모르잖아. 자세히 말해 봐."

모나는 한숨을 푹 쉬었다.

"목요일에 관해서."

"뭐라고 물었는데?"

"아빠가 몇 시에 들어왔는지 기억나느냐고."

"그래서, 뭐라고 대답했어?"

"모른다고 했어. 나, 그날 저녁 내내 방에 있었단 말이야."

"아빠가 집에 들어오는 것 정도는 소리로 알 수 있잖아."

"몰라. 그런 거 신경도 안 써."

모나가 고개를 옆으로 돌린 채 입을 비죽 내밀었다.

이번에는 유키노부가 한숨을 쉬었다.

"그리고 또 뭘 물었어?"

"무슨 가게 이름 대면서 아느냐고 묻더라고. 모르니까 모른다고 했어."

"그리고?"

모나가 입을 다물더니 부루퉁한 표정을 지으며 고개를 숙였다.

"더 물었지? 말해 봐."

"……아빠에 관해서."

"아빠에 관해서? 뭐라고 물었어?"

"지난 반년 동안 뭔가 이상한 점이 없었느냐고. 자주 생각에 잠겼다든지, 고민하는 것 같았다든지, 아니면 갑자기 명랑해졌다든지, 그런 적 없냐고 물었어."

"그래서 뭐라고 했어?"

"얼굴을 마주친 적이 별로 없어서 모른다고 했어."

"그래……."

"그게 다야. 이제 됐지? 나, 할 일이 많단 말이야."

그러고서 모나는 후다닥 자기 방으로 뛰어 들어가 문을 탁 닫았다.

유키노부는 잠시 그 자리에 서 있다가 다시 현관 옆방으로 들어갔다. 아까처럼 침대에 걸터앉았다가 문득 무슨 생각이 들어서 벌떡 일어나 벽장을 열었다. 맨 아래칸에 종이 상자가 들어 있었다.

상자를 열자 액자와 앨범이 마구잡이로 담겨 있었다. 유키노부는 액자 하나를 집어 들었다.

지금보다 훨씬 젊은 유키노부가 거기 있었다. 건강하던 때의 레이코와 두 아이가 웃고 있다. 에마와 나오토. 도쿄 디즈니랜드에 갔을 때 사진이었다. 그때로부터 15년도 더 지났다.

기분이 착잡했다. 여기 있는 가족은 이제 흔적도 없이 사라졌다. 그 대신 아빠와 딸, 2인 가족이 남았다. 그 딸은 부부를 절망의 나락에서 구해 주었다.

모나는 그야말로 희망의 빛이었다. 레이코가 무사히 출산했을 때의 기쁨은 말로 다 표현할 수 없었다. 부부는 서로를 부둥켜안고, 이번에는 반드시 이 아이를 행복하게 해 주자고 맹세했다.

백일잔치에 이어 돌잔치, 매해 돌아오는 생일 등, 기념일마다 에마와 나오토 이상으로 성대하게 축하했다. 모나를 키우고 교육하는 데 돈을 아끼지 않았으며, 병이나 사고를 예방하는 데도 세심하게 신경을 썼다. 감염병이라도 옮을까 봐 사람이 많이 모이는 곳은 최대한 피했고, 조금이라도 위험이 예상되는 장소에는 데리고 가지 않았다. 에마나 나오토가 어렸을 때는 레이코가 둘을 자전거 앞뒤에 태우고 다녔지만 모나는 절대 자전거에 태우지 않았다. 모나에게서 한시도 눈을 떼지 않았고, 늘 유키노부나 레이코, 둘 중 한 사람은 모나의 행동을 철저히 파악할 수 있도록 주의를 기울였다.

유치원은 레이코가 등원과 하원을 함께했는데, 모나가 초등학교에 들어가 혼자 오가게 되자 불안감이 절정으로 치달았다. 하교 시각 30분 후에 레이코에게 확인 전화를 거는 것이 유키노부의 일과 중 하나가 되었다.

"모나는?"

"잘 들어왔어."

단 두 마디뿐인 대화가 크나큰 안도감을 주었다.

모나에게 무슨 일이 있을 때마다 에마와 나오토 얘기를 들려주었다. 너한테는 언니랑 오빠가 있었어. 그런데 큰 지진으로 건물이 무너지는 바람에 둘 다 그 밑에 깔려 죽고 말았단다. 아빠와 엄마는 슬픔을 이겨 내고자 아이를 하나 더 낳기로 했고, 그렇게 태어난 아이가 너야. 아빠 엄마는 네가 너무나 소중하고, 그래서 걱정스러워서 견딜 수 없단다. 그러니 제발 위험한 일은 피하고 늘 몸조심하도록 해. 부탁이야, 약속해.

부모의 절실한 기대에 부응해 모나는 건강하게 자랐다. 독감에 걸리거나 소소하게 다치는 일은 있었지만 병원에 헐레벌떡 뛰어가야 하는 일은 한 번도 없었다.

건강할 뿐 아니라 심성도 착해서 부모 말을 잘 들었고, 성실해서 공부도 스스로 알아서 했다.

부부의 화제라고는 온통 모나에 관한 것뿐이었다. 수영 강습을 보내느냐 마느냐로 부부 싸움을 한 적도 있다. 사고가 날까 봐 두렵다는 유키노부에게 레이코는 그러니까 더욱이 가르쳐야 한다고 주장했다. 평생 수영을 하지 않고 살아갈 수는 없으니 일찍 가르쳐야 한다는 것이었다. 그때는 유키노부가 고집을 꺾었다. 처음으로 풀에 들어가던 날은 회사를 쉬면서까지 보러 갔다.

물론 그렇다고 해서 두 아이를 잃은 슬픔이 완전히 사라진 것은 아니었다. 모나의 성장을 실감할수록 죽은 두 아이를 떠올리는 일도 잦아졌다. 에마가 살아 있었다면 이제 고등학생이겠지, 나오토는 중학교에서 어떤 동아리에 들었을까, 등등의 상상을 할 때마다 기분이 가라앉곤 했다. 생각해 봐야 소용없다는 걸 알지만, 만약 그때 아이들끼리 보내지 않았더라면, 하는 상상을 하고야 말았던 것이다. 물론 그런 상상을 결코 입 밖에 내지는 않았다.

하지만 모나 덕분에 집안이 웃음을 되찾은 것도 사실이었다. 자신들은 미래를 향해 나아가고 있다고 확신했다. 뒤돌아보지 말고, 셋이 손을 맞잡고 착실하게 나아가자고 다짐했다.

그런데 함정은 생각지도 못한 곳에 도사리고 있었다.

3년 전, 레이코가 장을 보던 도중에 쓰러져서 구급차로 실려 간 것이다. 허겁지겁 병원으로 달려간 유키노부는 의사에게 충격적인 말을 들었다.

레이코가 백혈병이라는 것이었다. 그것도 서둘러 치료하지 않으면 위험한 상태라고 했다.

유키노부는 눈앞이 캄캄했다. 두 아이를 잃은 슬픔에서 가까스로 벗어났는데 이번에는 아내의 생명이 위태롭다니.

그러나 레이코는 절망한 모습을 보이지 않았다. 그렇군요, 하고 나서 그녀는 이렇게 말했다.

"다른 의사의 소견도 듣고 싶어요. 아는 곳을 소개해 주실 수 있을까요?"

마음의 동요가 느껴지지 않는 똑 부러진 말투여서 유키노부는 적이 놀랐다.

주치의는 물론 그래도 좋지만 시간이 많지 않으니 되도록 빨리 의견을 구하라면서 다른 의료 기관 앞으로 소개장을 써 주었다.

그곳에서도 진찰 결과는 똑같았다. 치료 방침도 다르지 않았다. 결국 처음 진단을 받은 병원에서 치료하기로 했다.

당연한 일이지만 유키노부 가족의 생활은 백팔십도 달라졌다. 집안일은 유키노부가 도맡았다. 정년퇴직이 임박했지만, 치료비 등 앞으로 들어갈 돈이 많으니 일을 그만둘 수 없었다. 회사 일과 집안일을 하는 틈틈이 다음 일자리를 찾아다녔다.

평일 밤과 주말에는 모나를 데리고 레이코를 면회하러 갔다. 레이코는 늘 웃는 얼굴로 그들을 맞았다. 그녀는 모나의 학교생활 얘기를 듣는 것이 가장 큰 즐거움인 듯했다. 볼 때마다 야위어 갔고, 치료로 인해 머리가 몽땅 빠졌지만 딸을 대하는 표정은 변함없이 빛났다.

유키노부에게는 말끝마다 고생시켜서 미안하다고 덧붙였다.

"괜찮아. 내 걱정은 하지 말고 치료에 전념해. 정년퇴직 후에 일할 자리도 곧 찾을 수 있을 테니 돈 문제도 걱정할 필요 없고."

고마워, 하고 레이코는 작지만 또렷한 목소리로 말했다.

"나, 절대로 지지 않아. 반드시 살아남을 거야. 그래서 모나가 성인이 되는 걸 볼 거야. 모나가 낳은 아이를 안아 보는 게 소원이니까. 그러기 위해서라면 아무리 힘든 일도 견딜 수 있어."

유키노부는 그녀의 손을 꼭 잡았다. 힘내라는 말은 너무 상투적인 것 같아서 그녀의 눈을 바라보며 고개만 끄덕였다.

일단은, 하고 레이코가 모나를 바라보며 말했다.

"교복을 입은 모나의 모습을 보는 게 내 목표야."

그래, 하고 유키노부는 대답했다. 레이코는 중학교에 들어

가기 전에 세상을 떠난 에마를 떠올린 것이 분명했다.

그러나 안타깝게도 레이코에게 남은 시간은 그녀의 첫 번째 목표조차 허락하지 않았다. 1월치고는 따뜻했던 어느 날 오후, 레이코는 유키노부와 모나가 지켜보는 가운데 짧은 생을 마감했다. 쉰두 살이었다.

그날부터 유키노부와 모나, 둘만의 생활이 시작되었다. 유키노부는 앞으로 자신이 아빠 역할뿐 아니라 엄마 역할까지 해야겠다고 마음먹었다. 모나를 대할 때면 '만일 레이코가 살아 있다면 어떻게 했을까'라고 생각하곤 했다. 모나가 사춘기에 접어드는 때였다. 그 시기의 소녀에게 아빠란 성가신 존재일 뿐이다. 에마도 그랬다. 마지막으로 얼굴을 마주한 아침에도 그에게 말 한마디 살갑게 건네지 않았다.

레이코가 죽고 나서 석 달 후 모나는 중학생이 되었다. 유키노부는 입학 축하 선물로 스마트폰을 사 주기로 했다. 모나가 전부터 갖고 싶어 해서 중학교에 들어가면 사 주기로 레이코와 약속한 듯했다.

그토록 원하던 것을 갖게 되자 모나는 무척 만족스러운 눈치였다. 눈을 반짝이며 스마트폰 화면을 터치하는 모습에서 석 달 전 엄마를 잃었을 때의 슬픔은 찾아볼 수 없었다.

잘된 일이라고 유키노부는 생각했다.

그러나 얼마 안 가서 그는 정말 잘된 일일까 하고 고민하게 되었다. 미지의 세계와 접속하게 해 주는 그 커뮤니케이션 도구를 모나는 극히 짧은 기간에 능숙하게 다루게 된 듯했다. 그러자 툭하면 방에 틀어박힌 채 몇 시간이고 나오지 않았다. 친구들과 SNS에 빠져 있겠지, 하고 유키노부는 짐작했다. 중학생이 되었으니 새로운 인간관계를 쌓아 가고 있을 것이다. 초등학생 시절과는 친구도 달라졌을 것이다. 테니스부에 들어갔으니 거기 친구들과의 우정도 소중하겠지. SNS를 할 상대가 한둘이 아닐 것이다.

집에서도 그러니 밖에서는 어떨지 안 봐도 뻔했다. 수업 중에는 전원을 켜는 일이 금지되어 있지만, 요즘 세상에 중학생이 그런 규칙을 순순히 지킬 것이라고 생각하기는 어려웠다. 모나는 근본이 착실한 아이지만, 친구들이 꼬드기면 왕따를 당할까 봐 동조할 가능성도 충분히 있었다.

레이코가 살아 있다면 어떻게 했을까. 분명히 잔소리를 했을 것이다.

그러나 언제 어떤 식으로 주의를 주면 좋을지 도무지 알 수 없었다. 학교에서 부모를 호출한 것도 아니고 성적이 떨어진 것도 아니니 야단칠 빌미가 없었다.

모나가 스마트폰으로 뭘 하는지 알고 싶었다. 어떤 상대와 연락할까. 설마 그럴 리는 없다고 생각했지만, 혹시 이상한 사이트에 접속하는 것은 아닐까. 생각할수록 나쁜 상상만 떠올랐다.

그러던 어느 날 밤, 모나가 목욕하러 들어갔을 때 식탁 위에 스마트폰이 놓여 있는 것을 발견했다.

살금살금 다가가 그것을 집어 들었다. 보나 마나 잠겨 있을 것이라고 예상했는데 의외로 패스워드를 요구하는 화면이 뜨지 않았다.

어쩌지, 하고 망설였다. 물론 보고 싶은 마음이 굴뚝같았다. 그러나 그런 마음을 억누르는 뭔가가 있었다. 양심일까. 아무리 부모라도 아이의 프라이버시를 침해해서는 안 된다는 생각이 유키노부의 손가락을 잡아매고 있는 것일까.

그때였다.

"지금 뭐 하는 거야?"

옆에서 들린 소리에 심장이 멎을 듯이 놀란 유키노부는 그만 스마트폰을 떨어뜨리고 말았다. 허둥지둥 주우려고 했지만 "건드리지 마!" 하는 날카로운 소리에 동작을 멈췄다.

목욕 가운 차림의 모나가 스마트폰을 집어 들었다. 젖은 머리카락에서 물방울이 뚝뚝 떨어졌다.

"아무것도 안 봤어."

유키노부가 말했다.

"정말이야. 잠겨 있지 않아서, 어쩐 일인가 하고……."

"잠겨 있는지 안 잠겨 있는지 아빠가 왜 확인하는데? 열어 보려고 했던 거잖아."

아빠를 노려보는 딸의 눈에 벌겋게 핏발이 서 있었다.

"아니, 그게……."

변명할 말이 떠오르지 않았다.

모나가 한숨을 푹 내쉬었다.

"잠그지 않기로 엄마랑 약속했어."

"엄마랑?"

"스마트폰을 사 주면 약속을 지키기로 했어. 그 약속 중 하나가 스마트폰을 잠그지 않기로 한 거야. 잠그지 않으면 언제든지 부모가 볼 수 있어서 나쁜 일에 사용하지 않을 테니까."

"……그랬구나."

그 말을 뒤로하고 모나가 자기 방에 들어갔다가 금방 도로 나왔다. 손에 흰 A4 용지를 들고 있었다. 이거, 하며 A4 용지를 유키노부에게 내밀었다.

거기엔 볼펜으로 다음과 같은 내용이 적혀 있었다.

〈스마트폰 사용에 관한 10가지 약속〉

－ 식사 중에는 금지

－ 그날의 공부가 끝난 후 사용하기

－ 하루에 두 시간 이내, 밤 9시까지만 사용하기

－ 월정액 이상 사용하지 않기

- 앱을 내려받을 때는 엄마와 의논하기

- 시험 기간 중 사용 금지

- 길거리에서 사용 금지

- 모르는 사람에게 연락처 가르쳐 주지 않기

- 수상한 사이트에 접속하지 않기

- 잠그지 않기

"엄마는 내가 약속을 지키면 절대 마음대로 열어 보지 않겠다고 했어. 아빠는 잘 모르겠지만 나, 약속을 제대로 지키고 있어."

유키노부는 대답할 말이 없었다. 레이코와 모나가 이런 식으로 약속한 줄은 꿈에도 몰랐다. 모나에게 스마트폰을 사 주자고 하면서 레이코가 "걱정 마. 내가 충분히 알아듣게 얘기했으니까."라고 말했던 기억은 있지만, 자세한 내용은 알지 못했다. 하지만 그건 변명이 될 수 없다. 여기 적혀 있는 약속을 어기지 않았다면 정상적으로 사용하고 있다고 봐도 될 것이다. 그리고 모나가 약속을 지키지 않았다는 증거가 있는 것도 아니었다. 방에 틀어박혀 있다고 해서 스마트폰만 만지작거린다고 단정할 수는 없다.

"미안하다. 걱정이 돼서 그만……."

"뭐가 걱정인데?"

"그야 모나 네가 걱정이지. 혹시 무슨 일이 있으면 어쩌나 하고 말이야."

"무슨 일이라니?"

"뭐……, 여러 가지지. 나쁜 일에 휘말릴 수도 있고."

"나도 이제 중학생이야. 좀 믿어 주면 안 돼?"

"믿기야 믿지. 그렇지만 세상에는 별의별 사람이 다 있어. 나쁜 사람이 스마트폰으로 네게 접근할지도 모르잖아."

"그런 사람은 상대하지 않으니까 걱정 마."

"하지만 아빠는 걱정되는걸. 네게 무슨 일이 있을까 봐 늘 전전긍긍한단 말이야. 네 언니랑 오빠를 잃고, 네 엄마까지 잃었어. 더는 슬퍼하고 싶지 않다. 아빠에게는 이제 너뿐이야. 그러니까 절대……."

"제발 그만 좀 해!"

모나가 소리쳤다.

"그럴 줄 알았어. 그렇게 말할 줄 알았다고. 뻔하지. 늘 그런 식이었잖아. 싫어, 싫단 말이야. 제발 그만 좀 해!"

갑자기 흥분해서 악을 쓰는 모나가 유키노부는 당황스러웠다.

"뭘……, 뭘 그만하라는 거지?"

"그런 눈으로 보지 말란 말이야. 내게는 너밖에 없다고 말하는 그 눈! 소름 끼치게 기분 나빠. 더는 못 참아."

"딸을 소중히 여기는 게 뭐가 나쁘다는 거야?"

"그게 아니잖아. 아빠의 그 눈은 그런 게 아니야. 엄마가 죽어서 이제 의지할 데가 없으니까 나로 대신하려는 거잖아. 그런 눈이란 말이야."

"그렇지 않아."

"거짓말!"

"네게 의지할 마음 같은 건 전혀 없어. 이제 겨우 중학생인데, 뭘 의지한다는 거야?"

"아빠 인생의 보람으로 삼으려는 거잖아. 아니야?"

"그러면 왜 안 되는데? 부모에게 자식은 마음의 버팀목이고 인생의 보람이야. 어느 집이나 마찬가지야. 그게 정상이라고."

"우리 집은 정상이 아니야. 나는 태어날 때부터 누구 대신이었어. 자식 둘을 잃은 엄마 아빠가 자신들의 슬픔을 달래려고 낳은 아이잖아. 어릴 적부터 줄곧 그런 말을 들었어. 모나는 저세상으로 간 언니와 오빠 몫까지 살았으면 좋겠다는 말을."

"실제로 그러기를 바라니까 그렇지. 그 둘처럼 되어서는 절대 안 되니까."

유키노부는 거실 장식장 위에 놓인 사진 액자를 가리켰다. 에마와 나오토가 나란히 찍힌 사진이었다.

"그래서 저 둘 몫까지 더해서 너를 소중하게 키운 거야."

"난 그런 거 알고 싶지 않아. 정말 지긋지긋하다고. 까놓고 말해서, 나랑은 상관없는 사람들이야."

그리고 모나는 장식장으로 다가가 액자를 넘어뜨렸다.

"무슨 짓이야."

유키노부가 모나의 뺨을 후려쳤다.

악, 비명을 지른 후 모나는 아빠를 노려봤다. 비록 눈물은 흘러넘쳤지만 조금도 주눅이 들지 않은 눈이었다.

"나는 나야. 누군가를 대신해서 태어났다고 생각하고 싶지 않단 말이야. 죽은 사람 몫까지 살라는 말도 듣고 싶지 않아!"

"모나야……."

"엄마가 죽어서 자신에게 기운을 북돋워 줄 사람이 또 하나 줄었으니 절망스럽겠지만, 나한테는 기대하지 마. 나도 슬프지만, 아빠에게 의지하지는 않을 거야. 아빠에게 기대지 않을 테니까 아빠도 내게 기대지 마. 나를 마음의 버팀목이나 인생의 보람으로 삼지 말란 말이야!"

얻어맞은 뺨을 손으로 누르면서 모나는 자기 방으로 뛰어 들어갔다. 그리고 다음 날 아침까지 나오지 않았다.

그날을 기점으로 부녀 관계는 절망적으로 악화했다. 이제 모나는 유키노부를 '아빠'가 아니라 '아버지'라고 불렀다.

모나의 마음속에 쌓인 게 많을 거라고 생각했다. 태어나면서부터 누군가를 대신해야 한다는 것은 슬프고 부담스러운 일이다. 아닌 게 아니라 모나는 유키노부와 레이코가 슬픔을

극복하려고 낳은 아이다. 그리고 실제로 모나 덕분에 희망을
품고 살아올 수 있었다.

하지만 모나 자신은 어땠을까.

앞서 태어난 아이들의 비극 따위는 모나와 무관하다. 그런
데 철이 들기도 전부터 무거운 짐을 짊어져야 했다. 본 적도
없는 언니와 오빠에 관한 얘기를 귀가 닳도록 듣고, 그들 몫
까지 살아 달라는 애원을 들어야 했다.

생각해 보면 마음의 부담이 이만저만 아니었을 것이다. 그
러나 지금까지 모나는 단 한 번도 그런 내색을 하지 않았다.
착한 아이였으므로 '부모의 기대를 저버리면 안 된다.', '자
신의 몫을 제대로 해내야 한다.'라고 다짐해 왔을 것이다. 그
러나 인내에는 한계가 있다. 쌓이고 쌓인 것이 마침내 폭발한
것이다.

유키노부는 모나를 어떻게 대해야 할지 막막했다. 어떤 식
으로 말을 걸어야 할지, 그녀를 위해 뭘 하면 좋을지 감이 잡
히지 않았다. 마치 미지의 에일리언과 지내는 기분이었다.

그러나 최근에야 깨달은 사실이 있다. 실은 아주 오래전부
터 유키노부에게 모나는 그런 존재였는지도 모른다. 무슨 생
각을 하는지 알 수 없어서 본질적인 부분은 건드리지 않으려
고 피해 온 것이다.

유키노부는 자신이 모나의 스마트폰을 들고서도 열어 보

기를 주저한 이유를 알 것 같았다. 프라이버시를 건드리는 게 꺼려져서가 아니었다.

자신이 모르는 딸의 진짜 얼굴이 거기 있을 것 같아 두려웠던 것이다.

8

황새치로 할까 홍연어로 할까 망설이던 끝에 마쓰미야는 홍연어를 선택했다. 메뉴를 보자마자 대뜸 황새치로 결정한 가가는 추가로 셀러리 볶음과 맥주를 주문했다.

종업원이 물러가자 마쓰미야가 물었다.

"형은 오늘도 철야예요?"

그러자 맞은편에 앉은 가가가 넥타이를 약간 느슨하게 하더니 얼굴을 찡그리며 고개를 끄덕거렸다.

"수사 범위가 좁혀지기는커녕 오히려 넓어지고 있어. 대신 수사 대상이 늘었으니 특수 본부로 돌아오는 형사들이 들고 오는 선물은 많아. 덕분에 수사 회의 자료를 만드는 데 시간이 여간 많이 걸려야 말이지."

"그 선물들 중에 눈이 번쩍 뜨일 만한 게 있다면 얼마나 좋을까, 그런 표정인데요?"

마쓰미야의 말에 가가는 흥, 콧방귀를 뀌었다.

"그런 식으로 생각하면 이 직업을 감당하기 힘들어. 천 개의 돌멩이 중에 다이아몬드가 단 하나라도 있으면 횡재다, 그런 각오가 있어야지."

그때 종업원이 셀러리 볶음이 담긴 접시와 맥주를 들고 왔다. 가가가 맥주병을 들어 잔 두 개에 따랐다.

"일단 수고했어."

두 사람은 잔을 치켜든 후 꿀꺽꿀꺽 몇 모금 들이켰다.

경찰서에서 도보로 몇 분 거리에 있는 음식점에서 늦은 저녁을 먹는 중이었다.

"그나저나, 어제저녁에는 어떻게 됐어?"

가가가 젓가락으로 셀러리 볶음을 집으며 물었다.

"그 얘기를 듣고 싶어서 저녁을 같이하자고 한 거죠?"

"경찰서 안에서 할 얘기는 아니잖아. 게다가 잠깐 서서 얘기할 만큼 단순한 내용도 아니고 말이야."

가가가 호기심에 찬 표정으로 말했다.

마쓰미야는 주위에 사람이 없는 것을 확인한 다음 팔짱을 낀 채 팔꿈치를 테이블 위에 얹었다. 그리고 요시하라 아야코와 주고받은 얘기들을 상세히 털어놓았다. 그러면서 이 복잡한 내용을 듣고 가가가 어떻게 반응하는지 관찰했지만, 가가는 수사관들의 보고를 들을 때와 마찬가지로 표정에 변화가 거의 없었다.

"지금으로서는 어떤 대답도 할 수 없다고 말한 뒤 헤어졌어요."

얘기를 다 듣고 난 가가는 고개를 끄덕이면서 자신의 잔에 맥주를 채웠다.

"내 생각에, 그 사람이 거짓말하는 것 같지는 않아."

"제 생각도 그래요. 가짜로 공정 증서를 위조해 가면서까지 거짓말할 이유가 어디 있겠어요?"

"그럼 누가 거짓말한 걸까? 말기 암이라는 그 아버지?"

"그럴 가능성도 적다고 봐요. 유산을 상속하겠다잖아요. 거짓말하는 사람은 따로 있어요."

따로 있다, 라고 중얼거린 후 가가는 뭔가를 살피는 듯한 눈초리로 마쓰미야를 봤다.

"가쓰코 고모에게는 연락해 봤어?"

"오늘 아침 출근하기 전에 전화해 봤어요. 요즘은 채소를 가꾸느라고 일찍 자고 일찍 일어나신다거든요. 거두절미하고, 요시하라 마사쓰구라는 사람이 내 아버지냐고 물어봤죠."

"그랬더니, 뭐라고 하셔?"

"지난번과 똑같아요. 당신 입으로는 아무 말도 할 수 없다는 거예요."

가가가 피식 웃었다.

"여전히 그렇게 나오신다 이거지."

"유언장에 관해서도 얘기했어요. 인지를 받아들여도 괜찮겠냐고 물었더니 네 일은 네가 결정하라면서 전화를 끊더라고요."

"하하, 뭔가 피치 못할 사정이 있는 게야."

"그래도 그렇지, 어떻게 아무 말도 안 할 수가 있어요. 설명해 줘야 하는 거 아니에요?"

"고모도 나름대로 생각이 있겠지. 너를 위해서 그럴 수도 있고."

그때 식사가 나왔다. 이 식당의 대표 메뉴라는 마즙을 얹은 보리밥과 생선구이, 그리고 이런저런 반찬과 돼지고기 된장국이다.

가가가 먼저 보리밥을 한입 맛보았다.

"야, 이거 맛있는걸. 싸고 맛있는 음식점을 찾으려면 역시 관할 경찰서에 물어보는 게 최고야."

이 식당은 하세베가 마쓰미야에게 가르쳐 준 곳이다.

마쓰미야도 마즙을 얹은 보리밥을 한 젓가락 입에 넣었다. 마의 향기가 소스와 어우러져 상당히 맛있었다.

"역시 버려졌다는 말은 하기 어려운가……."

젓가락으로 홍연어 살을 바르며 마쓰미야가 중얼거렸다.

"고모 말이야?"

네, 하고 마쓰미야가 고개를 끄덕였다.

"계산을 좀 해 봤거든요. 요시하라 아야코 씨가 지금 마흔이라는데, 여섯 살 때 어머니가 교통사고를 당했대요. 그 일을 계기로 아버지가 돌아왔고요. 그러니까 사고가 난 게 34년 전인데 제가 올해 서른세 살이란 말이죠."

"다시 말해서 사고가 일어난 시점에는 네가 아직 태어나지 않았다는 뜻이군."

"그렇죠. 어머니가 임신 중이었을 가능성이 높아요. 그런 상황인데도 남자가 원래 가정으로 돌아가 버렸다, 이건 버려졌다고 표현할 수밖에 없지 않나요? 아들에게 그렇게 말할 수 없으니까 죽었다고 거짓말한 거죠."

"그래, 타당한 추리야. 하지만 걸리는 점이 몇 가지 있어."

"예를 들면, 뭐가요?"

"임신한 여자를 아무렇지도 않게 버린 남자가 과연 그 아들을 인지하겠다고 유언했을까? 게다가 그가 원래 가정으로 돌아가서 한 일이 뭐야, 사고로 심한 장애를 가진 아내를 보살핀 거잖아. 그런 걸 보면 일시적인 감정에 휩싸여 경솔하게 행동할 사람처럼 보이지는 않아."

"그래도 한 번은 가정을 버리고 다른 여자에게 간 사람이에요. 그리고, 원래 가정으로 돌아간 일만 해도 타산이 없었다고 단언하기는 힘들어요. 데릴사위로서 원래는 료칸을 물려받을 사람이 아니었는데 아내가 사고를 당하는 바람에 생각지도 않게 후계자의 길이 열리자 선량한 사람의 탈을 쓰고 집으로 돌아갔다, 그렇게 생각할 수도 있잖아요."

"하긴, 있을 수 없는 얘기는 아니지."

"그렇죠? 저는 그럴 가능성이 크다고 봐요."

그런데 가가가 젓가락질을 멈추고 석연치 않다는 표정을 지으며 고개를 갸웃거렸다.

"흠, 하지만 말이야……."

"하지만 뭐요?"

"굉장히 오래된 일인데, 가쓰코 고모에게 고모부에 관한 얘기를 들은 적이 있어. 너, 전에 야구를 했었지?"

"중학교 때까지요."

"네가 야구를 하고 싶어 한다면서 고모가 놀랍다고 하더라고. 그때 네 친구들은 대부분 축구를 했는데, 네가 텔레비전에서 고교 야구 중계를 보더니 야구를 하고 싶다고 했다는 거야."

"어렸을 때 일이라 기억이 분명치는 않지만, 뭐, 그랬다고 치고, 그게 왜요?"

"고모가 그 말을 듣고 역시 피는 못 속인다고 생각했대. 고모부도 야구를 좋아했다면서 말이야. 고등학교 시절에는 야구부에서 포수로 활약하면서 고시엔 진출을 꿈꾸기도 했다고 하더라고."

마쓰미야가 젓가락질하던 손을 멈췄다.

"그런 얘기는 한 번도 들은 적이 없는데요."

"나도 그런 말을 들은 건 그때뿐이었어. 그런데 중요한 얘기는 지금부터야. 그 말을 할 때 고모 표정이 뭐랄까, 더없이 흐뭇해했다고 할까, 네가 고모부 피를 물려받았다는 사실에 기뻐하는 얼굴이었어. 만일 자신이 버려졌다고 생각한다면 그런 표정을 짓지는 않았을 텐데 말이지."

마쓰미야의 얼굴에 동요의 기색이 떠올랐다. 날카롭고도 설득력이 있는 얘기였다. 마쓰미야는 반론할 말을 찾지 못하고 시선을 딴 곳으로 돌렸다.

"단정은 금물이지만, 사람마다 각자의 사정이 있는 법이야."

가가가 달래듯이 말하고 다시 젓가락을 움직였다.

"그저 참고삼아 한 말이니 잊어도 그만이야."

"아니에요, 기억해 둘게요."

고마워요 형, 하고서 마쓰미야도 다시 밥을 먹었다.

한동안 둘은 말없이 식사를 했다. 돼지고기 된장국도 시원하고 맛이 깊어서 밥이 절로 넘어갔다.

맥주병이 비자 가가는 종업원을 불러 차를 부탁했다. 술 냄새를 풍기면서 경찰서로 들어가자니 아무래도 께름칙했을 것이다.

"더 할 얘기가 없으면 이제 일 얘기로 넘어가고 싶은데."

식사를 마친 가가가 말했다.

"그러시죠."

"시오미 유키노부의 태도가 미심쩍었다고 했지?"

"한 가지 점에서요."

마쓰미야가 찻잔을 손에 든 채 고개를 끄덕이며 대답했다.

"사생활에 관해 아는 바가 없다고 말했으면서 하나즈카 씨의 남자관계에 관해 물었을 때는 그런 상대가 없었을 거라고 단언하더라고요. 잘 모를 때는 모른다고 말하는 게 일반적이지 않나요?"

"아닌 게 아니라 부자연스럽기는 하군. 그래서, 마쓰미야 형사의 추리는?"

"시오미 유키노부 자신이 그녀의 교제 상대였다, 그래서 자신 있게 단언할 수 있었다. 즉, 자신 이외의 남자는 없었다는 뜻이겠죠."

"그래? 그런데 왜 솔직하게 말하지 않았을까?"

"바로 그 점이 문제예요. 시오미 씨는 부인이 죽었고, 하나즈카 씨도 독신이었어요. 불륜이 아니니까 교제 사실을 숨길 필요가 없는 것이죠. 오히려 애인을 살해한 범인이 하루빨리 체포되기를 바랄 테니 자기가 먼저 사실대로 털어놓든가 해서 수사에 협조하려고 했을 거예요. 그렇지 않다는 건 뭔가 떳떳하지 못한 부분이 있어서가 아닐까요?"

가가의 어두운 눈동자가 빛을 냈다. 그는 테이블에 두 손을 얹고 얼굴을 살짝 앞으로 기울였다.

"시오미 씨에게 알리바이가 없다고 했지?"

"네. 딸조차 아버지가 언제 집에 들어왔는지 모른다고 했어요."

마쓰미야가 가가의 눈을 똑바로 바라보며 대답했다.

시오미 유키노부의 집에서 나온 마쓰미야와 하세베는 그 길로 유키노부가 자주 드나든다는 밥집에 갔다. 종업원에게 확인한 결과, 목요일 저녁 6시 반쯤 시오미가 온 것은 사실이었다. 30분가량 식사를 했다고 하니 밥집을 나온 시각이 7시경이었을 것이다. 그는 7시가 조금 지나서 집에 들어갔다고 했지만 증명할 방법은 없었다. 시오미 유키노부의 딸 모나도 내내 자기 방에 있어서 모른다고 말했다.

"만약 밥집을 나온 후 곧장 지유가오카로 향했다면 저녁 8시에는 도착했을 겁니다. 범행은 10분이면 가능하고요."

가가의 표정이 더욱 날카로워졌다.

"동기가 뭐라고 생각해? 치정인가?"

"거기까지는 아직……. 시오미가 하나즈카 씨의 교제 상대였다면 범행에 관련됐을 가능성이 높다고 생각한 게 전부예요."

"아직 용의자도 아닌데 함부로 시오미라고 부르지는 말지.

그 외에 부자연스러운 점은 없었어?"

"그 밖에는 진술 내용에 큰 모순이 없었어요. 시오미는……
아니 시오미 씨는 금요일에 밥집에서 저녁을 먹다가 텔레비
전 뉴스를 보고 사건에 관해 알았다고 진술했는데, 종업원도
그 모습을 기억하고 있었어요. 화면에 빨려 들어갈 것처럼 노
려봐서 기억에 남았다고 하더군요."

"빨려 들어갈 것처럼, 말이지……. '야요이 찻집'의 단골이
라면 그런 반응은 당연하겠지."

"범인이라도 그랬겠죠. 사건이 어떤 식으로 보도되는지 궁
금하지 않겠어요."

그 말에 가가가 시선을 허공으로 향한 채 생각에 잠겼다.
그리고 다시 마쓰미야를 바라보며 말했다.

"우리 같은 직업을 가진 부류는 사람이 겉보기와는 다르다
는 걸 뼈저리게 깨닫는 경우가 많지. 하지만 일단 물어보겠는
데, 네가 볼 때 시오미 유키노부라는 남자는 어떤 사람인 것
같아?"

마쓰미야는 숨을 깊이 들이쉬었다. 이런 질문을 예상하고
준비해 둔 대답이 있었다.

"근본적으로 나쁜 사람은 아니라고 생각해요. 그렇지만 마
음에 어둠이 깃든 사람이에요."

가가가 의외라는 듯이 미간에 주름을 세웠다.

"단정적이군."

"자신은 밥집에서 저녁을 먹으면서 딸은 알아서 먹든지 말든지 내버려 뒀다잖아요. 어쩌다 한 번 그런 거라면 몰라도, 그는 그게 일상인 것 같았어요. 아버지와 딸, 단둘이 사는데 그러는 건 좀 아니지 않나요? 과거에 뭔가 심각한 일이 있어서 마음이 뒤틀린 게 아닐까 싶어요. 어쩌면 딸 역시 마찬가지일지도 모르고요."

마쓰미야의 말을 듣고 나서 가가는 팔짱을 끼고 눈을 감았다. 그의 사고 회로가 빠르게 돌아가는 것이 느껴졌다.

이윽고 가가가 눈을 떴다.

"마쓰미야 형사의 감을 한번 믿어 볼까? 내일부터 하세베 군과 둘이서 시오미 유키노부 씨의 주변을 훑어봐. 계장에게는 내가 설명할 테니까."

"알겠습니다."

마쓰미야가 엄지를 척 세웠다.

9

화면에 표시된 회계 프로그램의 숫자를 일일이 확인한 후 아야코는 의자 등받이를 뒤로 젖혔다. 그리고 책상 서랍에서 안약을 꺼내 양쪽 눈에 세 방울씩 떨어뜨렸다. 어젯밤을 도쿄에서 지낸 탓에 오늘 저녁에는 이틀 치 사무를 처리해야 했다.

피로한 눈에 시원한 액체가 스민다. 손가락으로 눈두덩을 마사지했다.

눈을 뜨고 컴퓨터에 표시된 시각을 확인해 보니 밤 10시가 지났다. 아야코는 혼자 사무실에 있었다.

뻐근한 목을 이리저리 돌리며 오른손으로 왼쪽 어깨를 주무르는데 등 뒤에서 문이 열리는 기척이 났다. 사장님, 하고 부르는 소리에 돌아보니 야근하는 여직원이다.

"와키사카 선생님이 오셨어요."

"아, 들어오시라고 해요."

컴퓨터를 끄고 자리에서 일어선 아야코는 사무실 한쪽 구석에 있는 싱크대로 가서 찻잎이 들어 있는 캔을 열고 찻주전자에 찻잎을 덜었다.

포트에 담긴 뜨거운 물을 찻주전자에 따르는데 문이 열리더니 와키사카가 천천히 들어왔다.

"하하, 안녕하신가."

"네, 선생님! 이런 시간에 죄송해요."

와키사카가 손을 내저었다.

"아니야, 아니야. 그 후로 어떻게 되었는지 나도 궁금하던 참일세. 따지고 보면 내가 먼저 말을 꺼내지 않았는가. 당사자가 살아 있는데 유언장을 읽어 보라고 부추기는 거, 실은 반칙이거든."

"하지만 아버지가 돌아가신 다음에 유언장을 읽었더라도 저는 똑같이 행동했을 거예요."

아야코가 나이 든 변호사의 눈을 바라보며 말했다.

"그 사람을 만나러 도쿄에 갔다 왔어요."

"그래, 그랬을 테지."

조부모 대부터 알고 지낸 와키사카는 익숙한 몸짓으로 구석에 놓인 소파에 가서 앉았다.

아야코가 찻잔 두 개를 쟁반에 담아 들고 와서 하나는 와키사카 앞에, 하나는 자기 앞에 놓았다.

"드세요."

"고맙네. 흠, 그래서,"

와키사카가 탐색하는 듯한 눈초리로 아야코를 봤다.

"마쓰미야라는 사람을 만났어?"

"네, 만났어요. 예상대로 나이가 저보다 아래, 그러니까 동생이었어요."

"그래. 뭐, 상식적으로 생각해도 그렇지."

와키사카가 찻잔으로 손을 뻗었다.

마사쓰구가 다른 여자와의 사이에서 아이를 낳았다면 별거 했던 시기일 가능성이 크니 당연히 아야코가 태어난 후일 것이라는 얘기를 두 사람은 나눈 적이 있었다.

"저쪽에는 어디까지 얘기해 줬나?"

"유언장 복사본을 보여 줬어요. 아버지가 어떤 상황인지도 대강 설명했고요."

"반응은?"

"몹시 당혹스러워하던데요."

"그랬겠지."

와키사카가 허허, 웃었다.

"뭐 하는 사람이야?"

"경찰이더라고요. 그것도 경시청 수사 1과 형사요."

"호오."

와키사카가 눈을 크게 떴다.

"의지가 강하고 고집이 센 인상이었어요. 하지만 착실하고 좋은 청년 같아요. 머리도 좋아 보이고요."

"그거 다행이군. 그보다, 어떻던가,"

와키사카의 얼굴에 호기심의 빛이 어렸다.

"자네가 보기에 유언장 내용이 사실인 것 같아?"

"네."

아야코가 대뜸 그렇게 대답하자 변호사는 의외라는 듯이 눈을 가늘게 떴다.

"단호하군."

"확신할 수 있었으니까요."

아야코가 슬그머니 미소를 지었다.

"그 사람은 아버지 아들이에요. 아니, 적어도 혈육인 것만은 틀림없어요. 그것도 아주 가까운 혈육요."

"상당히 닮은 모양이군."

아주 많이요, 하며 아야코는 고개를 끄덕거렸다.

마쓰미야 슈헤이와 마주한 순간, 더 확인할 필요도 없다는 생각이 들었다. 그 예리한 인상은 젊은 날의 마사쓰구 그 자체였다. 그뿐만 아니라 사소한 몸짓이나 행동까지 똑 닮아 있었다.

아야코는 마쓰미야와 나눈 대화를 간추려 와키사카에게 전했다.

다 듣고 난 와키사카가 입술을 비틀며 흠, 하고 신음 같은 소리를 냈다.

"양쪽 얘기를 종합해 보면 마사쓰구 씨가 도쿄가 아닌 다카사키에서 새살림을 차렸다가 결국 그쪽을 버리고 원래의 가정으로 돌아왔다는 건 움직일 수 없는 사실인 것 같군."

"저도 그 점은 인정해야 한다고 생각해요. 다만, 버렸다는 표현이 옳을지 어떨지는 잘 모르겠어요."

흠, 하고 와키사카가 아랫입술을 불쑥 내밀었다.

"버린 게 아니라 둘이 서로 이해하고 합의한 가운데 헤어졌을 것이다, 그렇게 말하고 싶은 게로군."

"그렇게 말하고 싶다기보다, 그렇게 생각하고 싶은 게 제 본심이에요."

"그건 나도 마찬가지일세. 마사쓰구 씨가 그렇게 일을 엉망으로 만들 사람이 아니라고 믿고 싶어. 그는 책임감이 강한 남자거든. 그러니까 마사미 씨가 사고로 심각한 장애를 지니게 되었다는 말을 듣고 모른 척할 수 없었던 거고. 아내를 자신이 돌보지 않으면 안 된다고 생각했을 거야."

"제 생각도 그래요. 집에서 엄마를 보살피는 아버지 모습을 보면서 저는 어린 마음에도 아버지가 정말 훌륭하다고 감탄했어요. 이제 와서 드리는 말씀이지만, 사고 이후로 저는 엄마가 엄마라고 생각되지 않거나 그렇게 생각하고 싶지 않을 때가 간혹 있었어요. 뇌의 장애로 인해서 성격이 완전히 변해 버린 데다, 저는 물론이고 당신 자신조차 누군지 모를 때가 있었으니까요."

"자네뿐 아니라 마사미 씨의 부모님, 즉 자네 할머니와 할아버지도 이만저만 슬퍼하신 게 아니라네. 충격으로 어찌나 초췌해졌는지 옆에서 보기가 딱할 정도였어."

와키사카의 희끗희끗한 눈썹이 여덟팔 자로 늘어졌다.

당시 일을 떠올리자 아야코의 마음도 어두워졌다.

"그때는 매일 누군가 울었던 것 같아요."

"그랬을 거야. 요시하라 집안에서는 료칸 경영에 신경 쓸 여력도 없었겠지. 그런 점에서도 마사쓰구 씨는 존재감이 컸어. 자네도 알다시피 요리장으로서뿐 아니라 경영 면에서도 중요한 역할을 담당했잖아. 그가 없었다면 '다쓰요시'는 상당히 곤란해졌을 거야."

"망해서 없어졌을지도 몰라요."

"충분히 상상할 수 있는 일이지. 하지만 마사쓰구 씨 자신은 그런 말을 자랑삼아 내뱉은 적이 한 번도 없었다네. 그러기는커녕 자신은 징검다리일 뿐이어서 아야코가 주인이 되는 그날까지 '다쓰요시'를 무너지지 않게 잘 지탱할 의무가 있다고 말하곤 했지. 그리고 음……, 맞아, 한번은 묘한 말을 한 적이 있어."

와키사카가 불쑥 뭔가 떠오른 듯한 표정을 지었다.

"무슨 말인데요?"

"내가 물어봤거든, 어떻게 그렇게까지 헌신할 수 있느냐고 말이야. 그랬더니 자신은 헌신하는 게 아니라 뒷수습을 하고 있을 뿐이라고 했어."

"뒷수습요?"

아야코가 미간을 찡그리며 물었다.

"그게 무슨 뜻이죠?"

"나도 물어봤지만 그 이상은 말해 주지 않았어. 괜한 말을 했다면서 잊어 달라고 하더군."

"제가 듣기에는 아버지가 뭔가 잘못을 저질렀다는 뜻 같은
데요."

"그래, 지금 생각해 보니 다른 가정을 꾸렸던 일을 말하는
것 같기도 하군."

하지만, 하고 아야코는 고개를 갸우뚱하며 한 손으로 뺨을
살짝 받쳤다.

"'다쓰요시'가 궁지에 몰리게 된 원인은 엄마가 사고를 당
했기 때문이지, 아버지와는 관계 없잖아요."

"그렇지."

"저는 어렸을 때라 자세한 건 모르지만, 엄마가 친구 부부
의 차를 타고 가다가 어디선가 추락했다고 들었어요."

"커브 길에서 핸들을 미처 꺾지 못해 절벽에서 떨어졌지.
친구분의 남편이 운전했는데, 그 부부는 죽고, 뒷자리에 탔던
마사미 씨만 간신히 목숨을 건졌어."

거기까지는 아야코도 들은 적이 있었다. 친구 부부가 사망
하는 바람에 책임도 묻지 못했다고 했다.

"아버지는 왜 뒷수습이라는 표현을 쓰셨을까요?"

글쎄, 하면서 와키사카는 고개를 갸웃했다.

"아무래도 다카사키에서 무슨 일이 있었는지 알아내는 게
우선이겠어. 그 가쓰코라는 분의 얘기를 듣지 않고서는 아무

것도 단정할 수 없을 듯하군."

"그렇긴 한데, 마쓰미야 씨 말을 들어 보니 쉽지 않을 것 같더라고요."

"그래? 거참, 문제로군."

와키사카는 찻잔을 마저 비운 후 손목시계를 들여다봤다.

"벌써 시간이 이렇게 됐어? 나는 그만 가 봐야 할 것 같군."

와키사카가 자리에서 일어서자 아야코도 따라서 일어섰다.

"조심해서 가세요. 뭔가 진전이 있으면 연락드릴게요."

"마사쓰구 씨가 골치 아픈 수수께끼를 남겼군. 아니지, 과거형으로 말하기에는 이른가……. 하지만 아무래도 본인은 수수께끼인 채로 남겨 둘 심산이었던가 봐. 이럴 줄 알았으면 유언장을 작성할 때 다그쳐서라도 사정을 알아내는 건데 그랬어."

"소용없었을 거예요. 그렇게 해서 말씀하실 거라면 제게도 털어놓으셨겠죠."

와키사카가 고개를 끄덕였다.

"하긴 그래. ……아, 아니야, 나오지 마. 그럼 쉬게나."

"안녕히 가세요."

문 앞에서 와키사카를 배웅하고 나서 아야코는 다시 사무실 소파에 앉았다.

조금 전 와키사카가 한 말이 귓가에 맴돌았다. 골치 아픈 수수께끼라, 맞는 말이야.

유언장을 처음 읽었을 때의 충격은 아마 평생 잊지 못할 것이다.

'다음 사람은 유언자 요시하라 마사쓰구와 마쓰미야 가쓰코 사이의 자식으로, 유언자는 이를 인지한다.'

눈앞이 어질어질할 만큼 혼란스러웠다. 뭐가 어찌 된 일인지 도무지 종잡을 수 없었다.

그러나 마냥 손을 놓고 있을 수가 없었다. 유언장에 유언 집행자로 아야코의 이름이 기재되어 있었기 때문이다. 그리고 와키사카는 혼외자 인지는 유언 집행자의 권한이 발생한 날로부터 열흘 안에 절차를 밟아야 한다고 했다. 즉 마사쓰구가 사망해서 유산 상속 등이 집행되기 시작하면 아야코는 반드시 마쓰미야 슈헤이라는 사람을 만나야 하는 것이다.

그렇다면 아버지가 돌아가실 때까지 미룰 것 없이 당장 그를 만나러 가자고 마음먹었다. 그 이유는 마쓰미야에게 말한 대로다. 자세한 사정을 들을 수 있을지 모른다는 기대도 있었고, 배다른 형제를 만나 보고 싶기도 했다. 하지만 무엇보다, 마사쓰구가 살아 있는 동안 마쓰미야를 만나게 해 주어야 한다는 생각이 강했다.

도쿄에서 마쓰미야와 만났을 때를 새삼 떠올렸다.

배다른 형제와의 대면에 그녀는 살짝 긴장했다. 이 사람이

나의 혈육이라고 생각하자 묘한 감회가 일었다.

그의 직업을 들었을 때는 놀라는 한편으로 안심이 됐다. 반사회적인 일을 생업으로 하는 사람이면 어쩌나 하고 걱정했던 것이다. 만약 그런 인물이라면 유산을 목적으로 인지를 수용할 우려가 다분히 있었다. 더 나아가 '다쓰요시'를 넘보려고 할지도 몰랐다.

그러나 마쓰미야 슈헤이와 얘기를 나누는 동안 이 사람은 믿을 만하다는 확신이 들었다. 올바르지 않은 일을 싫어하는 사람 같았다. 그러니 경찰관이 되었을 것이다. 게다가 수사 1과는 엘리트 집단이라고 들은 적이 있다. 그는 우수한 경찰임이 분명하다.

마쓰미야는 요시하라 마사쓰구의 존재를 전혀 모르는 눈치였다. 그러나 마사쓰구 쪽은 멀리 떨어져 사는 아들의 상황을 상당히 최근까지 파악하고 있었던 듯하다. 유언장에 기재된 주소가 마쓰미야 모자가 2년 전까지 살았던 아파트였던 것이다.

아버지가 어떤 경위로 바깥에 자식을 두었는지 아야코는 모른다. 어쩌면 한때의 불장난이었을지도 모른다. 그리고 결국 원래의 가정으로 돌아가는 길을 선택했을 때는 그 자식과 평생 만나지 못할 것을 각오했을 수도 있다.

하지만 아마도 내내 마음에 걸렸을 것이다. 한시도 잊지 못했을 것이다. 그러니 죽기 전에 한 번은 만나 보고 싶겠지.

그 소망을 이루게 해 주고 싶다, 아야코는 진심으로 그렇게 생각했다.

10

오전 중에 끝마치려고 했던 일이 생각보다 오래 걸리는 바람에 점심을 거르고 말았다. 오후 첫 번째 작업을 겨우 끝내고 나니 오후 4시가 지나 있었다. 시간이 어중간하다고 생각하면서 유키노부는 단골 중국집으로 들어갔다.

카운터석으로 그가 주문한 볶음밥이 나왔을 때 메시지 착신음이 울렸다. 주머니에서 휴대 전화를 꺼내 확인해 보니 전에 다니던 직장의 후배다.

시오미 씨.

오랜만입니다. 그간 별일 없으셨습니까. 저는 정년까지 앞으로 1년이 남았고, 그럭저럭 자리를 지키고 있습니다, 하하.

메시지를 드린 이유는 좀 신경 쓰이는 일이 있어서입니다.

어제 경시청 형사가 회사로 찾아왔습니다. 마쓰미야라고 하더군요.

시오미 씨에 관해 조사하는 듯했습니다. 저도 개별적으로 불려 가서 질문을 몇 가지 받았고요. '어떤 사건이 발생한 가게의 단골들에 관해 최대한 정보를 모으고 있다, 시오미 씨도 그중한 명이며 딱히 혐의가 있는 것은 아니다.' 그렇게 말할 뿐 더자세한 설명은 없었습니다.

숨길 이유가 없어서 저는 아는 대로 정직하게 대답했습니다. 시오미 씨의 인품과 최근 모습 등에 관해서요. 사귀는 여성이있느냐는 질문도 받았는데, 모른다고 했습니다.

제가 한 얘기를 다른 곳에서는 절대 발설하지 않겠다고 했으니 시오미 씨께 폐가 되는 일은 없을 거라고 생각하지만 일단알려 드려야 할 것 같아서요.

환절기에 모쪼록 몸조심하시고 일간 만나서 한잔하도록 하지요.

볶음밥을 입에 떠 넣으며 메시지를 읽은 유키노부는 한숨을 내쉬었다.

벌써 몇 명이나 똑같은 연락을 주었다. 전에 있던 회사의동기라든가 학창 시절 친구 등, 하나같이 친분이 두텁고 지금도 간간이 연락을 주고받는 사이들이다. 그러니까 형사가 찾아왔다는 걸 알려 주는 것이다. 실제로는 더 많은 사람이 유키노부에 관해 시시콜콜 질문을 받았을 것이다. 아마 지금 다니는 직장에도 찾아왔을 테지만 아무도 말해 주지 않는 것은 유키노부와 친한 사람이 없기 때문이다. 그들은 내심 시오미라는 그 재취업한 노인네가 뭔가 나쁜 짓을 저지른 것 아니냐고 생각할지도 모른다.

연락해 준 지인들의 말에는 공통점이 있었다. 유키노부에게 현재 사귀는 여성이 있느냐는 질문을 받았다는 것이다. 다들 모른다고 대답했다고 한다. 그럴 만도 한 것이 그는 하나즈카 야요이에 관해 아직 아무에게도 말하지 않았다.

마쓰미야라는 형사는 유키노부와 야요이의 관계에 주목하고 있다. '야요이 찻집'의 단골들에게서 두 사람이 가까운 사이였다는 증언이 나왔다 해도 이상할 게 없었다. '이건 어디까지나 제 상상이지만……'이라는 전제가 달린 증언이었겠지만.

마쓰미야 형사의 추리는 이럴 것이다. 시오미 유키노부는 하나즈카 야요이와 교제 중이었다. 그는 아내와 사별했고, 하나즈카 야요이는 10여 년 전에 이혼했다. 둘 다 독신이니 관계를 주위에 알려도 문제가 없을 텐데 왜 단골에게까지 숨겼을까. 굳이 공개할 필요가 없다고 생각했더라도 연인이 살해되었으니 교제 중이었다는 사실을 경찰에 밝히고 수사에 협조하는 게 일반적인 태도가 아닐까. 그러지 않는다는 건 뭔가 특별한 사정이 있기 때문이다…….

이상의 정황을 이번 사건과 연결 지어 생각할 것은 불을 보듯 뻔했다. 유키노부와 야요이의 관계를 뒷받침할 만한 확증을 잡을 때까지 마쓰미야는 절대 조사를 늦추지 않을 것이다.

일이 성가시게 되었다. 어쩌면 좋단 말인가.

맛을 전혀 느끼지 못한 채 식사를 마쳤다. 빈 접시에 숟가락을 내려놓고 지갑을 꺼내려는 참에 카운터석 한쪽에 세워져 있는 참깨 경단 사진이 눈에 들어왔다. 요즘 들어 단것을 통 먹지 않았다는 생각이 들어 종업원을 불러 주문했다. 그리고 손을 뻗어 참깨 경단 사진을 집어 들고 들여다봤다. 처음 '야요이 찻집'에 들어갔던 날이 떠올랐다. 물론 그 카페의 메뉴에 참깨 경단이 있었던 것은 아니다.

하나즈카 야요이를 처음 봤을 때 유키노부의 가슴은 걷잡을 수 없이 뛰었다. 풋풋한 외모 때문만은 아니었다. 몸 전체에서 뿜어져 나오는 아우라 같은 것에 충격을 받았다.

이건 운명이라고 확신했다. 운명의 상대를 드디어 만났구나.

크림이 듬뿍 얹은 파운드케이크를 먹으면서 유키노부는 하나즈카 야요이의 움직임을 눈으로 좇았다. 아니 눈을 뗄 수 없었다는 것이 정확한 표현일 것이다.

그날 이후 그는 시간이 날 때마다 '야요이 찻집'을 찾게 되었다. 손님의 8할 이상이 여성이다 보니 예순을 넘긴 남자 손님이 눈에 띄는 것은 당연했고, 얼마 안 있어 야요이가 먼저 말을 걸어왔다.

단것을 즐기시나 봐요. 특히 어떤 케이크를 좋아하세요? 그런 질문에서 시작해 점차 유키노부에 관해서도 물었다. 이 근처에 사세요? 무슨 일을 하세요?

그러자 유키노부 쪽에서도 야요이에게 궁금한 점을 물어보기가 수월해졌다. 음식 취향, 집에서 시간을 어떻게 보내는지 등을 묻다 보니 그녀가 일본 음식과 정종을 좋아하고 정기 휴일 전날은 밤늦게까지 옛날 영화를 본다는 사실을 알게 되었다.

몇 번 드나드는 동안 '야요이 찻집'이 붐비는 시간대와 그렇지 않은 시간대가 있다는 것도 파악했다. 유키노부는 되도록 한가한 시간에 찾아갔다. 그럴 때는 야요이와 느긋하게 얘기를 나눌 수 있었다. 그리고 얼마 후에는 그녀도 자신에게 호감이 있는 것 같다고 느끼게 되었다. 귀찮은 손님이라면 굳이 마주 앉아서 말 상대를 해 주지도 않을 것이다.

야요이는 상대를 세심하게 배려할 줄 아는 총명한 여자였다. 그것이 그 카페의 강점이라고 해도 과언이 아니었다. 억지를 쓰거나 태도가 무례한 손님에게는 평정심을 잃지 않으면서 지혜롭게 대처하는 당찬 구석도 있었다.

카페를 열게 된 특별한 이유가 있느냐고 물은 적이 있다. 그녀는 사람을 두루 만나고 싶어서라고 대답했다.

"사람이 혼자서 살 수는 없잖아요. 사람들을 두루 만나다

보면 인생이 풍요로워질 것 같았어요. 다만 저는 딱 한 번, 소중한 만남을 포기한 적이 있어요."

그건 아이, 라고 야요이는 말했다.

"배가 불룩해진 여성을 보면 부러워요. 아아, 저 사람은 몇 달 후면 멋진 만남을 경험하겠구나 싶죠."

그 얘기를 듣는 순간 유키노부의 머릿속에는 한 가지 상상이 싹텄다. 그리고 상상은 갈수록 커졌다. 이 여자가 모나의 엄마가 되어 준다면……. 유키노부에게는 없는 뭔가를 야요이라면 모나에게 줄 수 있지 않을까.

종업원이 참깨 경단을 가져왔다. 손을 대 보니 따끈하다. 입에 넣으려는데 휴대 전화가 울렸다. 발신자 표시를 본 유키노부는 흠칫했다. 레이코의 친정이었다.

통화 버튼을 누르며 일어섰다.

"네, 시오미입니다."

"아범인가? 날세."

레이코 어머니의 목소리다.

"잠깐 통화해도 괜찮겠나?"

"네, 괜찮습니다. 자주 연락드리지 못해서 죄송합니다."

전화기를 귀에 댄 채 가게 밖으로 나갔다.

"무슨 일이 있으세요?"

"그게 말이지, 오늘 도쿄에서 경찰이 왔다 갔어."

유키노부는 숨을 삼켰다. 목소리에서 낭패감이 드러나지 않도록 주의를 기울였다.

"그래서요?"

다음 말을 재촉했다.

"자세히는 모르겠지만, 뭔가 수사 중이라고 하면서 자네에 관해서 이것저것 묻더구먼. 뭘 수사하는지 물어도 말해 줄 수 없다고 하고."

"뭘 물어보던가요?"

"한두 가지가 아니야. 지진 당시 일도 묻고, 레이코가 살아 있을 때부터 지금까지 어떤 일이 있었는지, 모나와는 어떻게 살아가는지 꼬치꼬치 물었어. 심지어 자네가 재혼할 생각이 있는 것 같으냐고 묻기에 내가 그런 걸 어떻게 알겠느냐고 대답했네."

레이코 어머니의 목소리를 들으면서 유키노부는 점점 마음이 어두워졌다. 역시 마쓰미야는 끝까지 파고들 작정인가 보았다.

"그런데 말이지, 뭐 하나만 물어봐도 될까?"

"뭔데요?"

"형사가 그러는데 자네 요즘 모나랑 밥을 같이 안 먹는다며? 정말인가? 자네는 외식을 하고 모나는 혼자 알아서 해결하는 것 같다던데, 설마 사실은 아니겠지?"

유키노부는 대답할 말이 궁해 침을 꿀꺽 삼켰다.

"아니, 저, 그게……."

할 말을 찾다가 무심코 유리문 너머로 가게 안을 들여다봤다. 자신이 먹으려다 만 참깨 경단이 눈에 들어왔다.

다 식었겠군, 하고 유키노부는 엉뚱한 생각을 했다.

11

정신을 차리고 보니 손에서 수첩이 떨어지기 일보 직전이었다. 자신도 모르게 졸았던 모양이다. 옆에 있는 통로로 사람이 지나간다. 열차가 정차해 있는 것을 깨닫고 마쓰미야는 창밖을 내다봤다. 우에노역 플랫폼이었다.

그는 조에쓰 신칸센 자유석에 앉아 있었다. 이제 곧 저녁 7시다.

너저분하게 적힌 메모를 한 번 훑어본 후 수첩을 덮어 양복 안주머니에 넣었다. 팔짱을 끼고 몸을 등받이에 기댄 후 다시 머릿속을 정리해 보기로 했다.

지난 며칠, 시오미 유키노부의 신변을 조사하는 데 전념했다. 직장 상사, 전 직장 동료, 학창 시절 친구 등, 시오미를 잘 알 만한 사람이면 누구든지 찾아다녔다. 아마 지금쯤이면 시오미 본인의 귀에도 들어갔을 것이다.

마쓰미야는 참고인을 만날 때마다 '시오미 씨만 조사하는 것이 아니라 관계자 전원을 똑같이 조사하고 있다'라고 전제를 두었지만, 모두가 그 말을 순순히 믿었다는 보장은 없다. 오히려 시오미가 어떤 사건에 연루되었다고 단정하고 색안경을 낀 채 그를 보게 되는 사람도 적지 않을 것이다. 시오미가 사건과 전혀 무관하다면 진심으로 미안한 일이나, 수사를 하려면 어쩔 수 없었다.

사람들의 얘기를 듣는 동안 시오미 유키노부라는 사람의 인생이 결코 평탄치 않았으며, 오히려 가혹하다 싶은 세월을 살았다는 걸 알게 되었다.

첫 번째 비극은 16년 전에 일어났다.

니가타현 조에쓰에서 발생한 지진은 규모가 매우 컸지만, 한신아와지 대지진에 비하면 사망자 수가 현저히 적었다고 마쓰미야는 알고 있었다. 그런데 시오미의 두 자녀가 그 많지 않은 사망자 중에 들어 있었다. 당시 그의 아이들은 외가가 있는 나가오카에 놀러 갔고, 외할머니와 함께 인근의 도카마치시에 갔다가 변을 당했다고 한다. 크나큰 불운이 아닐 수 없었다.

어제는 시오미가 전에 근무했던 회사에 다녀왔다. 그곳에서 함께 일했던 후배에게 얘기를 듣기 위해서였다. 그 사람은 조에쓰 지진이 발생한 날 시오미와 함께 휴일 근무를 했고, 함께 텔레비전 뉴스를 봤다고 했다.

"아이가 둘 다 사망했다는 소식을 들었을 때는 믿기지 않더군요. 그 후 시오미 씨가 얼마나 초췌해졌는지 말을 걸기 조심스러울 정도였어요. 몇 달이 지나도록 시오미 씨가 웃는 모습을 못 봤던 걸로 기억합니다."

당시의 상황이 떠오르는지 후배의 얼굴이 어두워졌다.

시오미 부부가 다시 일어설 수 있었던 것은 새로 태어난 아이 덕분이었을 겁니다, 하고 후배는 말을 이었다.

"심신이 더할 수 없이 피폐해졌을 때였는데, 자신들이 슬픔을 딛고 일어설 방법은 아이를 낳는 것밖에 없다고 했어요. 하지만 이미 부인 나이가 상당히 많아서 고생이 심했나 보더군요. 임신 소식을 들었을 때 시오미 씨가 기뻐하던 모습이 아직도 눈에 선합니다. 그 후로 활기를 되찾았고, 전보다 오히려 기운차 보일 정도였어요. 물론 저희도 기뻤습니다만, 시오미 씨가 너무 흥분한 상태라서 만일 이러다가 부인이 유산이라도 하면 그때는 정말로 둘이 빌딩에서 뛰어내리지 않을까 하고 다들 걱정했습니다. 무사히 출산했다는 소식을 들었을 때는 어찌나 안심되던지, 회사 사람들이 일제히 일어나서 박수를 쳤지 뭡니까."

이 이야기를 듣고 마쓰미야는 시오미 유키노부의 지인들

이 그를 염려하고 응원했다는 사실을 새삼 확인했다. 비슷한 에피소드를 다른 사람들에게도 들었기 때문이다. 모두가 시오미 유키노부의 행복을 바란 듯했다.

그러나 운명의 여신은 잔혹했다. 시오미의 시련은 거기서 끝나지 않았다. 아내 레이코가 백혈병으로 사망한 것이다. 약 2년 전의 일이다. 오랫동안 헌신적으로 아내를 간병했던 시오미는 지진으로 한순간에 두 아이를 잃었을 때와는 또 다르게 수척해졌다.

그렇다면 그런 잔혹한 운명에 농락당한 시오미의 현재 상황은 어떨까.

몇몇 사람의 증언에서 공통으로 나온 키워드는 '고독'이었다. 아내를 떠나보낸 이래 시오미는 누구와도 깊이 교류하지 않았던 듯하다. 물론 주위에서도 그를 배려해서 거리를 두었을 것이다. 어쨌든 그 탓에 그의 근황에 관해 자세히 아는 사람이 거의 없었다.

그래서 더욱이 마쓰미야는 시오미와 '야요이 찻집'의 관계를 무시할 수 없었다. 더 정확히는 하나즈카 야요이와의 관계다. 고난을 함께해 온 아내가 세상을 떠난 지 2년 남짓 지났을 때 마침내 편안함을 느낄 수 있는 상대를 만났고, 그래서 그곳에 자주 드나들게 되었다고 보는 것이 자연스럽지 않을까. 실은 두 사람이 서로 호감을 품었던 것 같다고 야요이 찻집 단골 몇몇이 증언했다. 그 모습을 흐뭇하게 지켜보았다고 말한 사람도 있다. 하지만 두 사람이 특별한 관계였다는 사실을 증명할 만한 단서는 아직 드러나지 않았다. 그렇다면 두 사람은 이제 막 시작하는 단계였을까.

아니면 시오미가 딸의 심정을 고려해서 하나즈카 야요이와의 관계를 발전시킬지 말지 고민했던 것이 아닐까 하는 생각도 해 본다. 아빠에게 좋아하는 여자가 생겼다는 사실을 중2 여학생은 어떻게 받아들일까. 별다른 저항이 없을 것이라는 생각은 지나치게 낙관적이다. 게다가 그 부녀는 한눈에도 삐걱거리는 관계임을 알 수 있었다.

만약 그랬다면 시오미는 그 문제를 누구와 의논했을까. 그 상대는 시오미 부녀, 특히 모나를 잘 아는 사람일 것이다. 대개는 가족이지만, 시오미의 양친은 이미 타계하고 없다.

그럼 처가 쪽은 어떨까. 아내 레이코는 세상을 떠났지만 시오미가 모나에 관해 의논할 수 있는 상대라면 역시 레이코의 부모가 아닐까.

가가에게 그 문제를 상의한 결과 시오미의 처가에 다녀오라는 대답을 들었다. 니가타현 나가오카시라면 당일로 왕복할 수 있는 곳이다. 마쓰미야는 진행하던 조사를 하세베에게 맡기고 오늘 낮 조에쓰 신칸센에 몸을 실었었다.

레이코의 결혼 전 성은 다케무라였다. 미리 전화해서 재택 여부를 확인했지만 경찰이라고만 밝혔을 뿐 경시청 형사라는 말은 하지 않았다. 물론 시오미라는 이름도 꺼내지 않았다.

레이코의 친정집은 오래되었지만 견고해 보이는 전통 가옥이었다. 그 덕분에 지진 때도 무너지지 않은 듯하다. 지진이 발생했을 때 두 아이가 이 집에 있었다면 죽지 않고 무사했을지도 모르겠다고 생각하자 마쓰미야는 마음이 아팠다.

레이코 어머니의 이름은 쓰네코였다. 남편이 5년 전에 타계해서 지금은 혼자 살지만, 큰딸이 가까이 살고 있어서 간간이 다니러 오기 때문에 적적하지는 않다고 했다.

시오미 부녀가 때때로 찾아오느냐고 묻자 그녀는 "레이코가 살아 있을 때는 자주 왔죠. 추석이나 설날은 물론이고 연휴 중에도요. 모나가 어찌나 예쁜지 우리 집 양반도 굉장히 귀여워했어요. 아이 둘을 그렇게 앞세웠으니 오죽했겠습니까."라고 대답했다.

지진에 관해서 묻자 다케무라 쓰네코는 눈물을 글썽거렸다. 자신이 어리석은 탓에 아이들을 죽이고 말았다고 몇 번이나 말했다.

"모나는 정말이지 하늘이 주신 선물이에요. 불임 치료를 하느라고 레이코가 너무 고생을 해서 우리도 거의 포기하고 있었거든요. 모쪼록 모나를 잘 키우라고 우리 그 양반도 세상을 뜨기 직전까지 신신당부했지요."

최근에는 어땠느냐, 시오미 부녀가 찾아온 적이 있느냐고 묻자 그녀는, 아무래도 레이코가 죽은 후에는 드문드문 온다면서 모나도 이제 중학생이니 여러모로 바쁠 거라고 했다. 하지만 특별한 일이 없어도 가끔 전화해서 할머니 목소리가 듣고 싶었다고 말해 주는 착한 아이라고 덧붙였다.

시오미에게서는 연락이 있느냐, 마지막 연락은 언제였느냐, 그때 느낌이 어땠느냐는 질문에 최근 반년 정도 연락이 없었다고 기억을 더듬어 가며 대답하던 그녀가 문득 의아하다는 듯이 물었다.

"형사 양반, 대체 뭘 조사하는 거예요? 나는 전화 사기같이 혼자 사는 노인을 상대로 한 범죄를 방지하려는 목적일 거라고 생각했는데……."

마쓰미야는 도쿄에서 발생한 어느 사건을 수사하고 있다고 대답했다. 그리고 늘 그래 왔듯이, 딱히 시오미 유키노부를 의심하는 건 아니라는 점을 강조했다. 다케무라 쓰네코는 납득이 가지 않는 듯했지만, 그럼에도 마쓰미야는 계속해서 시오미 유키노부가 재혼에 관해 상담을 청한 일이 있느냐고 물었다.

다케무라 쓰네코는 뜻밖이라는 듯이 몇 번이나 눈을 깜박거렸다.

"모나 아빠가 그런 말을 꺼낸 적은 한 번도 없어요. 내가 먼저 말한 적은 있지만요."

레이코의 1주기가 지났을 무렵, 만약 좋은 상대가 나타나면 재혼하라고 권했다는 것이다.

"아직 젊으니 처가에 대한 도리를 지키려는 거라면 그럴 필요 없다고 했어요. 남자 혼자서 아이를 키우는 게 보통 일은 아니잖아요. 하지만 모나 아빠는, 지금으로서는 그럴 생각이 없다고 대답하더군요."

그렇다면 지금은 혹시 재혼을 생각하는 눈치가 아니더냐고 묻자 "나야 모르죠. 내게 묻지 말고 본인에게 직접 확인해 봐요."라며 불쾌한 표정을 감추지 않았다.

마쓰미야는 마지막으로, 시오미 부녀가 저녁을 같이 먹지 않는다는데 혹시 알고 있느냐고 물었다. 그러자 그녀가 주름이 자글자글한 눈을 크게 떴다.

"정말이에요? 설마……, 그럴 리가 없을 텐데요."

시오미 본인에게 들었다고 말하자 다케무라 쓰네코는 애처롭다는 듯이 얼굴을 찡그리며 "역시 그렇게 되었군요."라고 신음하듯이 중얼거렸다.

1년 전쯤 모나가 그녀에게 전화를 해서는 아빠에 대한 불만을 털어놓으며 울었다고 한다.

"누군가를 대신하기는 싫다고 했어요. 죽은 형제 대신으로 태어나 키워지고 있다고 생각하면 전혀 고맙지 않고 기쁘지

208

도 않다나요. 그런 게 아니다, 모나는 모나일 뿐 언니 오빠의
대신으로 여기지 않는다, 아빠도 그렇게 생각할 거다, 그렇게
달래 줬는데…….''

모나가 그 이후 다시는 그런 말을 꺼내지 않아서 다 해결된
줄 알았다고 다케무라 쓰네코는 말했다.

"누군가를 대신하기는 싫다, 상당히 심각한 말이군."

커피가 담긴 종이컵을 자동판매기에서 꺼내며 가가가 말
했다. 마쓰미야도 기계에 동전을 넣고 '밀크커피'라고 적힌
버튼을 눌렀다.

"다케무라 노인의 말을 들으니 시오미 부녀의 부자연스러
운 관계가 납득이 가더군요. 모나의 마음을 알 것 같았어요.
죽은 언니 오빠에 관한 얘기를 어릴 적부터 부모에게 줄곧 들
었을 테죠. 자신들이 다시 일어서기 위해 아이를 하나 더 낳
기로 했고 그 아이가 바로 너다, 그렇게까지 대놓고 말했는지
는 모르겠지만, 틀림없이 말 한마디 한마디에서 그런 뉘앙스
가 전해졌을 거예요. 부모로서야 악의가 없었겠지만 듣는 쪽
에서는 상처를 받았겠죠. 부모의 사랑을 의심했다 해도 이상
할 게 없어요."

"시오미 부녀의 마음에 어둠이 깃들어 있다는 게 자네 의
견이었지. 그 어둠의 정체가 밝혀진 셈이군. 그럼 이제 어떻

게 할 생각이지?"

"문제는 그거예요."

마쓰미야가 자동판매기에서 종이컵을 꺼내 커피를 한 모금 마신 다음 말했다.

"역시 나는 선배와는 다른가 봐요."

"뭐가?"

"형사로서의 감 말이에요. 별로 안 좋은 것 같아요. 시오미 씨와 하나즈카 야요이 씨가 설사 연인 관계였다 해도 그 사실이 이번 사건과는 무관하다는 생각이 들거든요."

그 말에 가가가 몸을 흔들며 웃었다.

"뭐야, 벌써 백기를 드는 거야?"

"두 사람의 관계를 주위에 숨겼다는 게 부자연스러워서 시오미 씨를 의심했는데, 그가 단순히 딸 모나를 배려해서 그랬을지도 모른다는 생각이 들었어요. 아내가 죽고 겨우 2년 만에 연인이 생겼다는 말을 딸에게 하기는 어렵잖아요. 하물며 부녀 사이에 다른 응어리까지 있으니……."

"한마디로 마쓰미야 형사의 예감이 빗나갔다, 그 말인가?"

그렇죠, 뭐, 하고 마쓰미야가 어깨를 으쓱했다.

가가는 커피를 한 모금 마시고 나서 흥, 콧방귀를 뀌었다.

"형사의 감이 빗나가는 일이야 얼마든지 있지. 그것도 모른 채 빗나간 수사를 고집하는 형사는 우수하다고 할 수 없는 게 사실이야. 하지만 자신이 예상했던 대로 일이 풀리지 않는다고 해서 대뜸 감이 빗나갔다고 단정하는 형사도 크게 되지는 못해."

그리고 가가는 종이컵을 든 손에서 집게손가락을 펴서 마쓰미야를 가리켰다.

"자네의 나쁜 버릇이야."

"선배, 하지만……."

"감이 빗나갔다고 느껴지면 다시 한 번 확인해 봐야지. 다음 단계로 넘어가는 건 그 후의 일이야. 피해자의 남자관계에 관해서는 자네와 하세베에게 맡기는 걸로 계장과 의견 일치를 봤어. 애초에 자네가 꺼낸 말이니까 마무리도 자네가 지어야지."

마쓰미야는 한숨을 내쉬며 고개를 끄덕였다.

"알겠습니다."

"그리고 또 하나, 뒷조사를 좀 해 봐."

"뒷조사요? 시오미 씨와 하나즈카 야요이 씨의 관계에 관해서라면 빈틈없이 확인할 생각인데……."

마쓰미야가 말을 마치기도 전에 가가가 고개를 가로저었다.

"그건 당연한 일이고, 다른 한쪽 말이야."

"다른 한쪽이라니요?"

"누군가를 대신하기는 싫다고 했던 쪽. 할머니 얘기를 들은 게 전부잖아. 한 사람의 진술만으로 단정해서는 안 돼. 아무리 사건과 관계없어 보이는 부녀간의 다툼에 관한 일일지라도 말이지."

"시오미 씨에게 확인해 볼까요?"

마쓰미야의 말에 가가는 어처구니가 없다는 듯한 표정을 지었다.

"이러니 자네가 여자 마음을 모른다는 거야. 모나 양이 절박한 심정으로 할머니에게 털어놓은 얘기를 아버지에게 발설하겠다는 말이야? 그 얘기를 듣고 만에 하나 시오미 씨가 모나 양에게 확인이라도 하려고 들면 부녀 사이가 더 나빠지지 않겠어?"

"하긴……."

맞는 말인지도 모른다. 그런데 자신이 여자 마음을 모른다는 말을 누군가에게 들은 적이 있었던가 하는 의문이 마쓰미야의 머리 한쪽 구석에서 고개를 쳐들었다.

"그럼 모나 양에게 직접 확인하라는 말씀인가요?"

"그래야겠지."

마쓰미야는 종이컵에 남은 커피를 마저 마신 후 종이컵을 꽉 쥐어 찌그러뜨렸다.

"알겠습니다. 확인해 보죠."

옆에 있는 쓰레기통에 구겨진 종이컵을 던져 넣는데 휴대 전화가 울렸다. 발신자 표시를 보니 모르는 번호다. 일단 통화 버튼을 누른 후 "마쓰미야입니다." 하고 받았다.

"여보세요. ……저, 저는 시오미라는 사람입니다."

남자 목소리였다.

조금 전까지 생각의 중심을 차지했던 이름을 실제로 들으면 오히려 반응이 둔해지는 경우가 있다. 지금 마쓰미야가 그랬다. 머릿속으로 시오미, 시오미 하고 되뇌다가 "아아, 시오미 씨!" 하고 큰 소리로 외쳤다. 옆에 있던 가가가 인상을 썼다.

"지난번에는 느닷없이 찾아가서 실례가 많았습니다."

"아닙니다. 저야말로 아무 도움을 드리지 못해서 죄송했습니다."

"무슨 말씀을요. 충분히 참고가 되었습니다. 그 후에 혹시 생각나는 일이라도 있으셨나요?"

"아니, 그게…… 생각이 났다기보다, 설명을 드리는 게 낫지 않을까 싶어서요."

"아아, 그러셨군요."

마쓰미야는 재빨리 머리를 굴렸다.

"말씀하시는 투로 봐서는 전화상으로 끝낼 만한 내용이 아닌 것 같은데요."

"네, 그렇습니다. 가능하다면 얼굴을 뵙고 말씀드리고 싶습니다."

"좋습니다. 그럼 언제가 좋을까요? 저는 당장 오늘 밤이라도 상관없습니다만."

"그래요? 저도 마찬가지입니다. 되도록 빨리 뵈었으면 합니다."

"그럼 댁으로 찾아뵐까요?"

"아니, 이쪽으로 오시는 건 좀……. 근처에 늦게까지 여는 술집이 있는데, 그쪽으로 와 주실 수 있겠습니까?"

"물론입니다. 그 술집 이름이 뭡니까?"

시오미가 자택 근처에 있는 가게 이름을 말했다. 그곳에서 밤 10시에 만나기로 약속하고 전화를 끊었다.

"내가 말했잖아, 감이 빗나갔다느니 어쩌느니 하고 섣불리 단정하지 말라고."

가가가 말했다

"그쪽에서 알아서 움직여 주는 모양이군."

"뭔가 설명할 게 있나 봐요. 하지만 사건과 관계가 있는지 어떤지는 들어 봐야 알 것 같아요."

"아무 관계가 없으면 대개는 움직이지 않지. 나는 관계가 있다고 봐."

"그렇다면 다행이고요."

"그리고 또 한 사람이 사뭇 석연찮은 움직임을 보이고 있어."

가가가 종이컵을 버리고 걸음을 옮겼다.

"와타누키 데쓰히코 씨, 그러니까 피해자의 전남편이 오늘 낮에 경시청으로 문의 전화를 했다는군."

"그 사람이 경시청에요? 뭘 문의했대요?"

"하나즈카 야요이 씨의 유품을 언제 돌려받을 수 있느냐고 물었대. 자신이 야요이 씨의 부모님을 대신해서 유품 정리를 비롯한 사후 처리를 맡기로 했다면서 말이야. 이미 위임 계약을 맺은 모양이야."

"전처의 사후 처리를요? 어쩌다 그렇게 되었을까요?"

"와타누키 씨 말로는 야요이 씨 부모님이 부탁했다고 하더군. 사건을 알고서 야요이 씨 부모님에게 연락했더니 사후 처리를 어떻게 했으면 좋을지 모르겠다면서 도와줄 수 있겠느냐고 묻더라는 거야. 애초에 사이가 나빠서 이혼한 것도 아니니 자기라도 괜찮다면 도와드리겠다고 했대."

"그래요? 그 사람, 무뚝뚝해 보이던데, 의외로 친절한가 보네요."

"내가 보기에는 지나치게 친절해."

가가가 걸음을 멈추고 팔짱을 끼었다.

"유품과 집 안 정리, 임대 계약 해지, 폐업 신고, 가게 철수, 기타 등등, 말이 쉬워서 사후 처리지 시간도 품도 이만저만 많이 드는 작업이 아닐 텐데 말이야. 과거에 부부였다고 해서 쉽사리 떠안을 수 있는 일이 아니야."

"뭔가 목적이 있다는 말인가요?"

"명색이 형사라면 그런 생각이 들지 않겠어?"

가가가 단언했다.

"내 생각에 와타누키 씨가 얻고자 하는 건 야요이 씨의 개인 정보야."

"그걸 어떻게 알아요?"

"유품을 전부 돌려주기 어려우면 휴대 전화라도 먼저 돌려줄 수 있느냐, 그것도 안 된다면 그 안에 들어 있는 정보만이라도 복사해 달라, 그렇게 말했다는 거야."

"그래서요?"

"계장이 어떻게 할까 하고 상의하기에 적당히 둘러대고 며칠 시간을 끌자고 했어. 그 사이에 와타누키 씨의 움직임을 감시하면 목적을 알아낼 수 있을지도 모르니까."

"움직이지 않으면요?"

"와타누키 씨와 가까운 사람들을 만나서 슬쩍 떠봐야지. 그걸 누구한테 시키면 좋을까……."

"제가 할까요?"

"너는 네 일이 있잖아. 그쪽에 집중해."

그리고 가가는 손목시계를 봤다.

"이만 가 봐야 하지 않겠어?"

마쓰미야도 시간을 확인했다. 아닌 게 아니라 시간이 꽤 흘러 있었다.

"성과가 있었으면 좋겠네요."

"좋은 소식 기다릴게. 네 그 날카로운 감을 유감없이 작동해 봐."

가가의 말에 마쓰미야는 한쪽 손을 들어 답했다.

시오미 유키노부와 만나기로 한 선술집은 낡은 건물 2층에 있었다. 내부가 약간 어둡고 테이블 간격이 널찍널찍했다. 그런 데다 손님도 드문드문 앉아 있을 뿐이어서 차분히 대화를 나누기에 알맞아 보였다.

시오미는 벽 쪽 자리에 앉아 있었다. 긴소매 폴로셔츠 차림에 옆에 점퍼가 놓여 있었다. 마쓰미야를 발견하고 일어서려는 그를 손을 들어 제지했다.

오래 기다리셨죠, 하며 마쓰미야는 그의 맞은편 자리에 앉았다.

"아닙니다. 갑자기 연락드려서 죄송합니다."

종업원이 다가오자 마쓰미야는 우롱차를 주문했다. 시오미는 잠시 망설이다가 "같은 걸로." 하고 말했다.

"여기 자주 오세요?"

"요즘 들어 가끔 들릅니다. 차분한 분위기가 좋아서요."

"따님을 집에 두고요?"

"그 아이도 이제 중학생이니까요."

그러고서 시오미는 앉음새를 고치더니 마쓰미야를 바라보았다.

"몇몇 지인에게서 연락이 왔습니다. 형사가 찾아와서 저에 관해 이것저것 물었다고요. 마쓰미야 형사님이 그러신 거죠?"

"지금 이 사건에는 수사관이 대거 투입되어서 여러 명을 조사하고 있습니다. 조사를 받는 입장에서는 자신이 특별히 주목받는다고 느낄지 모르지만, 저희 쪽에서 보면 여러 대상 중 한 명일 뿐이에요. 다만 그 일로 불쾌하셨다면 사과드리겠습니다. 죄송합니다."

"아니요, 사과를 받자는 게 아니라……."

시오미가 당황한 듯이 말하는데 종업원이 다가왔다. 우롱차가 든 텀블러와 빨대가 두 사람 앞에 각각 놓였다.

종업원이 물러가자 시오미는 텀블러에 입을 대고 우롱차를 후루룩 마신 뒤 말을 계속했다.

"제게 연락한 사람들의 얘기를 들어 보니 아무래도 뭔가 오해하시는 것 같아서요. 그래서 제대로 설명을 드리려고 합니다."

"오해라니, 어떤……?"

가까운 테이블에 손님이 있는지 슬쩍 둘러보고 나서 시오미는 마쓰미야 쪽으로 몸을 살짝 기울였다.

"저와 하나즈카 씨의 관계를 의심하고 계시죠? 사귀는 사이가 아니었나 하고요."

"저희가 의심하는 게 아니라, 가게 단골분들 중에 그렇게 말씀하시는 분이 계셨어요. 상당히 친밀해 보이던데 사귀는 사이가 아니었겠느냐고요. 그런데 지난번 뵈었을 때 그런 말씀은커녕 하나즈카 씨에게 교제하는 남자가 없었다고 단언하시더군요. 그러니 경찰로서는 어느 쪽 말을 믿어야 할지 알아볼 필요가 있었습니다."

마쓰미야가 웃는 얼굴로 대답했다. 시오미는 중간 중간 고개를 끄덕여 가며 그의 말을 들었다.

"역시 분명하게 말씀드렸어야 했는데 그랬군요. 제가 하나즈카 씨에게 호감을 품었던 건 사실입니다. 그래서 '야요이 찻집'에 자주 드나들면서 하나즈카 씨와 친해지려고 노력했고요. 물론 하나즈카 씨도 그런 제 마음을 알아차린 눈치였지만, 제가 손님이다 보니 매정하게 뿌리치지 못하고 친절히 응대해 주었죠. 제삼자가 보기에는 그런 모습이 교제하는 것처럼 여겨졌다 해도 이상할 게 없습니다. 하지만 말이죠, 저와 하나즈카 씨 사이에는 정말 아무 일도 없었습니다. 제가 신사적이었다는 말을 하려는 게 아니에요. 실은 하나즈카 씨가 선수를 쳤지 뭡니까."

"선수를 치다니요?"

"둘이서 얘기를 나누는데 하나즈카 씨가 이런 말을 하더군요. 쉰이 넘으니 연애에 관심이 없어지더라, 아무리 멋진 남자가 나타나도 친구 사이로만 지내고 싶다, 라고요. 지나가는 말처럼 넌지시 내비쳤지만 암암리에 제게 못을 박는 얘기라는 걸 눈치챘습니다. 섣불리 고백 따위는 하지 마라, 지금 이대로가 좋다, 그런 뜻이었죠. 요컨대 제가 차인 겁니다."

시오미는 쓸쓸하게 웃으며 두 팔을 벌려 보였다.

"그래서 포기하셨어요?"

"그럴 수밖에 없지 않겠습니까? 하지만 한편으로는 오히려 그게 더 낫겠다 싶더군요. 자칫 남녀 관계로 발전했다가 사이가 어긋나면 결국 헤어질 수밖에 없잖아요. 그런데 친구로 지내면 그럴 걱정은 없으니까요."

"그렇게 쉽게 포기가 되던가요? 아직 젊으신데 말이죠."

마쓰미야의 말에 시오미는 손을 휘휘 내저었다.

"세상에는 나이에 구애받지 않고 연애를 추구하는 사람도 있지요. 하지만 결국 저는 그런 타입이 아니었던 겁니다. 어느덧 인생의 황혼기에 접어들었다는 걸 깨달았어요. 하나즈카 씨가 그 계기가 되었습니다. 보아하니 저에 관해 이런저런 조사를 하시는 것 같은데, 하나즈카 씨와의 관계에 관해서는 지금 말씀드린 내용이 전부라고 생각하시면 됩니다. 아무리 조사해 봐야 나오지 않을 거예요. 분명히 말씀드리지만, 시간 낭비입니다."

"수사에는 시간 낭비가 늘 따르는 법이죠. 그리고 시간 낭비인지 아닌지는 저희가 판단합니다. 그래도 솔직하게 말씀해 주신 점은 고맙습니다."

"제 말을 납득하셨습니까?"

"일단은요."

마쓰미야의 대답을 듣고서 시오미는 아무래도 미진한 듯 미간을 찡그렸다.

"아직도 미심쩍은 부분이 있다는 말씀인가요?"

미심쩍은 부분은……

당신의 그 태도야, 라고 말하고 싶었다.

가령 경찰이 시간을 낭비하든 말든 시오미로서는 상관할 바가 아니다. 자신에 관해 이것저것 캐묻고 다니니 유쾌하지는 않겠지만, 켕기는 점이 없다면 내버려 둬도 그만일 것이다.

실은 자신과 하나즈카 야요이의 관계를 그만 파고들었으면 하는 것 아닐까.

남녀 관계로 발전하지 못한 이유가 하나즈카 야요이가 선수를 쳤기 때문이라는 것도 부자연스럽다. 그런 일로 쉽게 물러설 수 있을까.

생각이 거기에 이르렀을 때 마쓰미야의 머릿속에 의문이 한 가지 떠올랐다.

"뭐 하나 여쭤봐도 될까요?"

"그러시죠."

"만약 하나즈카 야요이 씨가 못을 박지 않았다면 어떻게 할 작정이었습니까? 기회를 봐서 고백할 생각이었나요?"

글쎄요, 그건……, 하며 시오미가 고개를 갸우뚱했다.

"이렇게 되고 보니 잘 모르겠습니다. 용기를 내야 하는 일이니 겁이 나서 못 했을지도 모르죠."

"고백하기 전에 따님과 의논할 생각이었습니까?"

"딸과요? 아니요, 그런 생각은 전혀……. 딸은 관계없어요."

"관계가 없다고요?"

마쓰미야는 자기도 모르게 눈썹을 찌푸렸다.

"만일 교제가 시작되었다면 언젠가는 따님에게 알려야 하지 않았을까요? 그런 일은 생각해 보지 않으셨습니까?"

"그야 뭐, 때가 되면……. 하지만 결국 그렇게 되지 않았으니까요."

시오미가 텀블러로 손을 뻗더니 남은 우롱차를 단숨에 들이켰다. 텀블러를 컵 받침에 내려놓을 때 안에 든 얼음이 카랑, 부딪히는 소리를 냈다.

마쓰미야 씨, 하고 시오미가 억지웃음을 지으며 그를 바라보았다.

"바쁘실 텐데 나오시라고 해서 죄송합니다. 제가 설명해 드리고 싶었던 내용은 이 정도입니다. 이만 가 봐도 될까요?"

"네, 그러세요. 협조해 주셔서 감사합니다."

그리고 마쓰미야는 테이블 위에 놓인 계산서를 끌어당겼다.

"이건 제가 계산하겠습니다. 조금 이따가 일어나려고요."

"그래요? 그럼 그렇게 알겠습니다."

시오미는 자리에서 일어나 마쓰미야에게 고개를 숙이고 나서 출입구로 향했다.

마쓰미야는 시오미의 얘기에 집중하느라 입도 대지 않았던 텀블러를 집어 들었다. 얼음이 녹아 우롱차의 맛이 옅어져 있었다.

시오미의 설명을 들으며 가장 마음에 걸렸던 점은 모나에 관한 얘기가 한마디도 나오지 않은 것이었다. 사귀고 싶은 여성을 만났다면 맨 먼저 딸이 신경 쓰이지 않았을까.

이 일을 가가에게는 뭐라고 보고해야 좋을까. 이번에는 감이 제대로 작동했다고 말해도 괜찮을지 마쓰미야는 고민에 빠졌다.

12

아까부터 자꾸만 벽에 걸린 시계를 쳐다본다 싶더니 아니나 다를까, "잠깐 나갔다 올게." 하며 데쓰히코가 소파에서 엉덩이를 들었다.

아일랜드 키친에서 설거지를 하던 다유코는 손길을 멈췄다.

"어디 가는데?"

"낚시용품점이랑 여기저기 좀 둘러보려고."

그러면서 데쓰히코는 점퍼를 집어 들었다. 다유코 쪽으로는 눈길을 주지 않는다.

"몇 시쯤 들어올 거야?"

"글쎄, 저녁 전에는 들어오겠지."

오후 2시가 갓 지난 시간이다. 일러도 6시나 돼야 저녁을 먹을 텐데, 토요일 오후에 네 시간이나 어디서 뭘 하려는 걸까.

"저녁에 뭐 먹고 싶어?"

"뭐든 괜찮으니까 알아서 해."

데쓰히코는 점퍼를 입고 앞 지퍼를 올렸다.

"그럼 갔다 올게."

"조심해서 다녀와요."

응, 하는 짧은 대답을 남기고 데쓰히코는 거실을 나갔다.

현관문이 열렸다가 닫히고 잠기는 소리를 듣고 나서 다유코는 다시 설거지를 시작했다. 그러나 정신을 집중하지 못한 탓에 유리컵이 손에서 미끄러져 하얀 접시 위로 떨어졌다. 깨진 쪽은 접시였다.

그녀는 한숨을 내쉬며 손을 베이지 않도록 조심조심 깨진 조각을 주웠다. 그리고 종이 타월로 감싸 비닐봉지에 넣었다. 나중에 비닐봉지 겉에 '파편 주의'라고 매직으로 적어 넣어야 한다.

최근 들어 데쓰히코의 태도가 사뭇 이상해졌다. 마쓰미야라는 형사 일행이 다녀간 다음부터 그렇다. 전처가 살해당했다니 충격을 받을 만도 하지만, 어쩐지 뭔가 숨기고 있는 듯한 느낌이었다.

씻고 난 그릇을 마른행주로 닦는데 인터폰이 울렸다. 다가가 보니 모르는 남자의 얼굴이 화면에 비쳤다. 양복 차림이지만 세일즈맨처럼 보이지는 않는다.

인터폰 수화기를 들고 "누구세요?" 하고 물었다.

"실례합니다. 이런 사람인데, 잠시 시간을 내 주실 수 있을까요?"

남자가 카메라를 향해 내보인 것은 경찰수첩이었다.

다유코는 가슴이 덜컥했다. 이번엔 또 무슨 볼일일까.

"남편은 지금 외출하고 없는데요."

"아닙니다. 부인께 여쭤보고 싶은 일이 있어서요."

"제게…… 말인가요?"

"네. 간단히 끝낼 테니 협조를 부탁드립니다."

남자의 말투는 부드러웠지만 거부할 수 없는 위압감이 있었다.

딱히 거절할 만한 이유가 떠오르지 않아 알겠다고 대답하고 도어 록 해제 버튼을 눌렀다. 남자가 고개를 까딱하더니 화면 밖으로 사라졌다.

다유코는 침실로 들어가 전신 거울 앞에 서서 옷매무새를 확인했다. 청바지와 긴 티셔츠에 위에는 감색 파카를 걸쳤다. 화장을 하지 않아서 립스틱만이라도 바를까 망설이는데 현관 벨이 울렸다.

종종걸음으로 현관으로 나가서 문을 여니 키 큰 남자가 서 있었다. 얼굴 윤곽이 또렷하고 어깨가 넓으며 인상이 예리해 보였다.

"갑자기 찾아와서 죄송합니다."

남자가 조금 전에 인터폰 화면으로 보여 줬던 경찰수첩을 다시 품에서 꺼내 다유코에게 내보였다.

"자, 확인해 보시죠."

신분증에 가가 교이치로라는 이름과 경부보라는 직함이 적혀 있었다.

"확인하셨습니까?"

"네, 가가 형사님이군요."

"경시청 수사 1과의 가가입니다."

그러고서 가가는 경찰수첩을 도로 집어넣었다.

"나카야 다유코 씨이시죠?"

"네."

"며칠 전에 마쓰미야, 또는 하세베라는 수사관을 만나시지 않았습니까?"

"네, 여기 오셨었죠."

"저도 그들과 같은 사건을 수사하고 있습니다. 오늘은 몇 가지 보충 질문을 하려고 이렇게 찾아왔습니다."

"그래요……. 그럼 들어오세요."

다유코는 문을 활짝 열어젖히며 옆으로 살짝 비켜섰다.

"아, 아닙니다."

가가가 오른손을 들어 사양하는데 그 손이 큼지막했다.

"바깥분도 안 계시는데 그럴 수는 없습니다. 근처에 패밀리 레스토랑이 있다고 들었는데, 그쪽으로 옮기시면 어떨까요?"

"아, 네……. 알겠습니다."

아닌 게 아니라 아무리 형사라고 해도 남자와 단둘이 있기는 불안하다.

"준비하실 시간이 필요하겠군요. 밖에서 기다리겠습니다."

"네, 그럼 금방 준비하고 나오겠습니다."

다유코는 욕실로 들어가 입술에 립스틱을 발랐다. 눈매도 다듬고 싶었지만 서두르다가 망칠까 싶어 그만두기로 했다. 현관으로 향하던 도중에 거실에서 모자를 집어 들고 깊숙이

눌러썼다.

기다리시게 해서 죄송합니다, 하며 현관을 나섰다.

"나카야 씨는 결혼 전 성을 그대로 쓰시나 봅니다."

가가가 말했다.

"맞아요."

그러자 가가가 'WATANUKI'라고 새겨진 금색 문패를 가리켰다.

"문패에 이렇게만 쓰여 있어서 나카야 씨에게 오는 택배나 우편물이 제대로 배달되지 않는 경우는 없나요?"

"아……, 그렇지는 않아요. 주소에 '와타누키 댁'이라고 적어 넣거든요."

다유코가 대답했다.

"저는 동거인에 불과해요."

가가는 말없이 고개를 끄덕인 후 "그럼 가시죠." 하고 엘리베이터 쪽으로 걸음을 옮겼다.

"남편께서는 외출했다고 하셨는데, 어디 가셨는지 아십니까?"

엘리베이터가 오기를 기다리는 동안 가가가 물었다.

"낚시용품점에 간다면서 나갔어요. 낚시가 취미거든요."

"아하, 그거 좋은 취미군요. 바다낚시를 하시나요?"

"아뇨, 주로 민물낚시를 해요."

"대개 어디로 가십니까?"

"잘은 모르지만, 상당히 멀리 가는 것 같아요. 치치부라든지 오쿠타마같이……."

"활동적이신 모양이군요. 나카야 씨는 같이 안 가시나요?"

"저는 별로……. 체력에 자신이 없어서요."

"그렇군요."

엘리베이터 문이 열렸다. 부부로 보이는 중년 남녀가 타고 있었다. 그 때문인지 가가는 엘리베이터 안에서 아무 말이 없었다.

1층에서 내려 아파트 밖으로 나선 후로도 가가는 다유코에게 패밀리 레스토랑의 위치만 확인했을 뿐 본론을 꺼내지 않았다.

패밀리 레스토랑에 도착한 두 사람은 맨 안쪽 테이블에 자리를 잡았다. 그리고 드링크 바로 가서 음료수를 가져다 놓고 마주 앉았다. 다유코는 오렌지 주스, 가가는 블랙커피였다.

"지난번에 마쓰미야라는 수사관도 이곳에서 남편분과 얘기를 나눴다고 하더군요. 남편께서 그때 일에 관해 말씀하시던가요?"

"아, 네. 놀랐다고 했어요. 전 부인이 살해당했다는 말에 저도 몹시 놀랐고요."

"두 분이 어떤 얘기를 나누셨습니까?"

"그게……, 저는 형사가 당신 알리바이를 묻더라, 그렇게 말했어요. 그랬더니 남편이 자기한테도 알리바이를 묻더라면서, 얼마 전에 전 부인을 만났으니 경찰이 자기를 의심해도 어쩔 수 없다고 하더군요."

"의심한 게 아니라, 뭔가 중요한 사실을 알고 계시지 않을까 싶었던 겁니다. 사건 직전에 연락을 주고받았다는 사실이 알려졌으니까요."

"그쪽에서 먼저 연락했다고 들었어요. 보자고 해서 만났지만 딱히 중요한 용건이 있는 건 아니었다고 하던걸요."

"그런 것 같습니다."

가가가 턱을 살짝 당기고 다유코의 얼굴을 빤히 바라보았다.

"형사가 남편의 알리바이를 물어서 불쾌하셨겠습니다."

"불쾌했다기보다, 조금 당황스러웠어요."

"그러셨을 겁니다. 평범하게 살아가는 사람에게 알리바이를 캐묻는 건 드문 일이니까요. 하지만 안심하세요, 남편분의 알리바이가 확인되었으니까요. 실례가 많았습니다."

아닙니다, 하며 다유코는 비닐에 싸인 빨대를 집어 들었다. 그리고 비닐 한쪽을 뜯어 빨대를 꺼낸 다음 오렌지 주스가 든 잔에 꽂았다.

"그런데, 사건에 관해 알게 된 후로 남편분은 어땠습니까? 뭔가 달라진 점이 있었나요?"

글쎄요, 하고 다유코는 고개를 갸웃했다.

아무래도 뭔가 감추시는 게 있는 것 같군요, 라고 말해 볼까 하고 망설이다가 다유코는 그만두기로 했다.

"기운이 좀 없어 보이긴 했는데……."

"지금까지 남편께서 전 부인에 관해 얘기한 적이 있습니까?"

"아니요, 거의 없어요. 저를 배려해서 그랬겠죠."

"전 부인이 지유가오카에서 카페를 운영했다는 사실은요?"

"그건 남편도 몰랐던 것 같아요. 이번 일로 처음 알았다고 했어요."

"카페 이름을 아십니까?"

"'야요이 찻집'…… 아닌가요? 본인 이름을 따서 지었다고 하던데요."

"맞습니다. 전 부인 이름이 하나즈카 야요이입니다."

"이름이 야요이 씨라는 건 들은 적이 있지만, 성이 하나즈카인지는 몰랐어요."

"흔치 않은 성이죠. 하지만 도치기현에는 많다고 하던데……."

거기까지 말하고 나서 가가는 안주머니에 손을 넣더니 "잠깐 실례하겠습니다." 하고 휴대 전화를 꺼내며 일어섰다.

다유코는 무심코 뒤를 돌아봤다. 배가 불룩한 여성이 남편으로 보이는 남자와 함께 들어오는 모습이 보였다. 웃는 두 사람의 얼굴이 매우 행복해 보였다.

그때 가가가 자리로 돌아왔다.

"죄송합니다."

그리고 그는 다유코의 시선이 닿은 곳으로 눈길을 돌렸다.

"왜요, 저 부부에게 무슨……?"

"아뇨, 언제 태어나려나 하고 생각했어요."

"아아."

가가가 고개를 끄덕이며 자리에 앉았다.

"글쎄요, 배가 저렇게 불렀으니 내달쯤일지도 모르겠네요."

"그렇군요."

"만남이 얼마 남지 않은 거죠."

다유코가 형사의 얼굴을 바라보았다.

"만남요?"

"'야요이 찻집' 단골들의 말에 따르면 하나즈카 씨는 '만남'
이라는 말을 좋아했답니다."

"만남……."

"다양한 사람과의 만남이 인생을 풍요롭게 한다는 말을 자
주 했다고 하더군요. 전남편인 와타누키 데쓰히코 씨와의 만
남도 귀중한 재산이라고 여기므로 결혼을 후회하지 않는다
고 했답니다."

그랬구나, 하고 다유코는 생각했다. 데쓰히코는 예전의 결
혼 생활을 거의 언급하지 않았지만, 어쩌다 말이 나오면 그때

를 그리워하는 듯한 뉘앙스를 풍기곤 했는데, 그것이 다유코 혼자만의 착각이 아닐지도 모르겠다는 생각이 들었다. 그 시절이 두 사람에게 그리 나쁘지 않은 추억이었던 모양이다.

"그래서 저분처럼 임신 중인 손님이 카페에 오면 하나즈카 씨는 늘 이렇게 말했다고 합니다. 조만간 멋진 만남이 있겠네요, 기대됩니다, 라고요. 갓난아기에게 엄마와의 대면은 인생 최초의 만남이라는 것이죠."

그러자 다유코가 숨을 크게 들이쉬고 눈을 연거푸 깜박거리면서 말했다.

"……그러는 본인은 정작 아이가 안 생겼잖아요."

"그렇습니다. 그래서 그런 발상이 가능했는지도 모르죠."

다유코는 오렌지 주스 잔을 끌어당겼다. 뭐라고 대꾸해야 좋을지 알 수 없었다. 칭찬의 말을 하자니 괜히 속이 들여다보이는 듯했다.

"야요이 씨는 어떤 분이었나요?"

가가가 커피를 한 모금 입에 머금은 후 "어려운 질문이군요."라고 대답했다.

"탐문 수사를 벌이고 있는 수사관들의 말로는 하나즈카 씨에 관해 나쁘게 얘기하는 사람이 하나도 없었다고 합니다. 하나같이 그렇게 좋은 사람은 없다고 칭찬했다는 거예요. 처음 오는 손님의 얼굴을 기억해 두었다가 다음에 또 오면 '지난번에는 감사했습니다.'라고 인사했대요. 장사 수완이 좋았다고 치부하면 그만이겠지만, 그래도 쉬운 일은 아니죠."

"멋진 분이셨군요."

다유코는 오렌지 주스로 시선을 떨어뜨렸다.

"사람에게는 다양한 면이 있습니다. 평판을 그대로 받아들여서는 안 되죠. 사건의 범인이 체포되면 주위 사람들은 '저 사람이 그런 짓을 저지르다니 믿을 수 없다.'라며 놀라곤 합니다. 형사 사건에서는 흔한 일이에요. 피해자에 관해서도 마찬가지입니다. 다들 좋아하고 따랐던 사람인데 의외의 이유로 원한을 샀다는 얘기를 종종 듣습니다. 범인의 설명을 들어보면 과연 그럴 만했다고 납득이 가기도 하고요. 정말이지 인간이란 복잡한 존재예요."

그래, 복잡하지. 자기 자신이 이해되지 않을 때도 있으니까, 하고 마음속으로 중얼거리면서 다유코는 양손을 마주 비볐다. 데쓰히코의 얼굴이 떠올랐다.

"이건 다른 얘기입니다만, 나흘 전에 남편이 회사를 쉬셨죠?"

가가의 물음에 다유코는 눈을 크게 뜨며 "네?" 하고 되물었다. 모르는 일이었다.

"모르셨습니까?"

다유코가 고개를 저었다.

"몰랐어요."

그녀는 나흘 전 아침을 떠올렸다. 데쓰히코는 늘 다유코보다 먼저 출근한다. 그날 아침에도 그는 평소와 똑같이 집을 나섰다. 회사를 쉰다는 말은 전혀 없었다.

"요 며칠간 남편께서 몇 시쯤 들어오셨나요?"

"비교적…… 늦었어요. 밤 9시가 넘을 때도 있었고요."

"이유가 뭐라고 하던가요?"

"회식이 있었다든지 접대로……."

그래요, 하고 대꾸하는 가가의 표정이 어딘가 모르게 떨떠름했다.

"아닌가요? 그럼 어디서 뭘 한 거죠? 아시면 가르쳐 주세요. 부탁드려요."

가가는 다유코의 애타는 심정을 외면이라도 하듯이 커피 잔으로 손을 뻗었다. 그리고 천천히 음미하듯 커피를 마신 후 잔을 접시에 도로 내려놓았다.

"나흘 전 남편께서는 우쓰노미야에 가셨습니다."

가가의 말에 다유코는 숨을 삼켰다.

"우쓰노미야……, 그런 곳에는 왜……?"

"아까 제가 도치기현에는 하나즈카라는 성이 많다고 했죠? 우쓰노미야는 하나즈카 야요이 씨의 출신지로, 부모님이 여전히 그곳에 살고 계십니다. 와타누키 데쓰히코 씨는 하나즈카 씨의 부모님을 만나 뵈러 갔던 겁니다. 위임 계약을 하려고요."

"네? 위임 계약이라니요?"

"하나즈카 씨의 사망으로 그녀가 살던 집의 계약을 해지하고 카페를 정리하는 등 이런저런 사후 처리를 해야 했거든요. 대개는 유족이 하는 일인데, 하나즈카 야요이 씨의 경우 부모님이 고령인 데다 사는 곳도 멀어서 그러기가 힘들었겠지요. 그래서 와타누키 씨가 위임 계약을 맺고 대신 하기로 했답니다. 다유코 씨는 그런 얘기를 듣지 못한 모양이군요."

"네, 전혀 몰랐어요."

"최근에 귀가가 늦어진 것도 어쩌면 사후 처리 때문일지 모릅니다. 실은 남편께서 경찰에도 하나즈카 씨에 관한 정보를 요구하셨습니다."

"그 사람이 그런……."

"그래서 의심하는 건 결코 아닙니다."

가가는 거의 싱글거리는 표정을 지었다.

"아까도 말씀드렸지만, 와타누키 씨의 알리바이는 이미 확인되었습니다. 다만 수고스럽게 사후 처리를 대신 한다는 점이 마음에 걸려서 말이죠. 게다가 하나즈카 씨 부모님께 확인해 보니 와타누키 씨가 그 일을 자청했다고 합니다."

"그 사람이요?"

"왜 굳이 그런 귀찮은 일을 떠맡으려고 하는지 저희로서는 의문을 품지 않을 수 없었습니다. 그래서 생각해 봤죠. 와타누키 씨가 전처에 관해 뭔가를 알아내려고 한 게 아닐까 하고요. 혹시 다유코 씨라면 그게 뭔지 아시지 않을까 싶어서 이렇게 찾아온 겁니다."

어때요, 짚이시는 게 있습니까? 하면서 가가는 깊고 예리한 눈빛으로 다유코를 바라보았다.

다유코는 고개를 숙였다. 테이블 밑에서 꼭 쥔 손이 떨려 오는 것을 간신히 참았다.

"저는 아무 말도 듣지 못했어요. 남편이 왜 그런 일을 하려고 했는지 전혀 모르겠습니다."

가까스로 그렇게 대답했다. 동요하는 기색을 형사에게 들키지 않을 자신은 없었다.

무거운 침묵의 시간이 흘렀다. 가가가 어떤 표정으로 자신을 바라보고 있는지 알 수 없어 다유코는 얼굴을 들기가 두려웠다.

"그렇군요."

이윽고 가가의 온화한 목소리가 들렸다.

"제가 괜한 말씀을 드렸나 봅니다. 남편께서 다유코 씨에게 그 일을 숨긴 것은 전처에 관련된 일이니 단지 말을 꺼내기가 거북해서 그랬을 수도 있습니다. 오늘 제가 말씀드린 내용을 남편분께 확인하실지 말지는 다유코 씨에게 맡기겠습니다. 그 일이 사건과 관련이 있는지도 아직 확실치 않으니까요."

"네……, 생각해 보겠습니다."

다유코가 고개 숙인 채 대답했다.

"그리고 마지막으로 하나만 더 묻겠습니다. 와타누키 데쓰히코 씨의 알리바이가 확인되었다는 말씀은 이미 드렸습니다만, 마쓰미야 형사가 한 가지 빠뜨린 일이 있는데요, 바로 다유코 씨의 알리바이입니다. 그날 다유코 씨는 어디서 뭘 하셨습니까?"

13

정문이 닫혀 있어서 그 옆으로 난 조그만 출입구를 통해 안으로 들어갔다. 바로 앞에 경비실이 있고 제복을 입은 남자가 앉아 있었다. 마쓰미야가 경찰수첩을 내보이자 남자가 긴장한 표정으로 일어섰다.

"테니스 부원을 한 명 만나러 왔습니다."

"그러시군요. 테니스코트는 운동장 앞에 있습니다. 아, 그런데 먼저 여기에 방문 기록을 남겨 주셔야 합니다."

경비가 '방문자 기록'이라고 적힌 종이를 내밀었다.

기입을 마친 종이를 방문자 카드와 맞바꾼 후 목에 걸고 안으로 들어갔다. 중학교에 발을 들이는 것이 얼마 만인지 생각해 봤다.

토요일인데도 운동장에서는 야구부가 훈련을 하고 있었다. 감독인지 코치인지 모르지만 체격이 좋은 남자가 방망이로 수비수들에게 공을 날렸다. 연식 공 특유의 건조한 타구음이 들린 직후 유격수가 오른쪽으로 움직이더니 굴러오는 공을 집어 1루로 던졌다. 움직임이 상당히 경쾌하다.

마쓰미야는 잠시 그리움에 젖었다. 중학 시절, 그는 야구부였다. 셀 수 없이 많은 공을 받아 냈다. 투수였으므로 타자와의 거리가 짧아 그에게는 늘 강한 타구가 날아들었다. 번트를 잡는 연습도 지겨울 만큼 했다.

문득 가가에게 들었던 말이 뇌리에 되살아났다. 마쓰미야의 아버지도 야구를 했었다는 얘기다. 포수였다고 했지. 그래서 어쨌다는 건가. 야구를 좋아하는 취향이 유전되었다는 말인가.

가쓰코와는 아직 제대로 얘기를 나누지 못했다. 전화를 걸어 봐야 어차피 곧바로 끊을 테니 아예 걸지도 않았다. 따져 물으려면 직접 만나는 수밖에 없는데, 수사 중인 사건을 내팽개치고 다테야마까지 가는 건 무리였다.

기품 있으면서도 심지가 굳어 보이는 요시하라 아야코의 얼굴을 떠올렸다. 그녀와 혈연관계라는 사실이 실은 기분 나쁘지 않았다. 유서 깊은 료칸을 잘 꾸려 가고 있으니 경영 능력도 탁월할 것이다. 그리고 남자 혼자서 외동딸을 그토록 훌

룽하게 키워 냈으니 요시하라 마사쓰구 역시 대단한 사람이라는 생각이 든다.

퍼뜩 정신을 차려 보니 걸음을 멈춘 채 서 있었다. 마쓰미야는 고개를 저었다. 생각해 봐야 소용없는 일에 신경을 쓸 때가 아니다. 다시 성큼성큼 걷기 시작했다.

시오미 모나에게 얘기를 들어 봐야겠다고 생각한 계기는 부녀간 다툼의 원인이든 뭐든 사실 관계를 좀 더 알아보라는 가가의 지시 때문이었지만, 시오미 유키노부의 부자연스러운 진술도 영향을 미쳤다. 시오미 유키노부는 형사들이 자신과 하나즈카 야요이의 관계를 깊이 파고드는 것을 명백히 꺼리고 있다. 마쓰미야는 그 원인이 모나에게 있다고 생각했다.

운동장을 지나자 철망으로 둘러싸인 테니스코트가 보였다. 코트는 모두 합해 두 면으로, 한쪽에서는 단식 게임, 다른 쪽에서는 복식 게임이 벌어지고 있었다. 그 밖의 부원들은 코트 옆에서 체조를 하거나 이야기를 나누고 있다.

지도 교사로 보이는 사람이 복식 게임이 벌어지고 있는 코트 옆에 있었다. 위아래로 흰 운동복을 입은 키가 큰 남자다. 마쓰미야가 다가가자 남자가 경계하는 눈초리로 그를 바라보았다.

"잠깐 실례하겠습니다. 지도 교사이신가요?"

"그렇습니다만, 무슨 일이시죠?"

"아, 저는 이런 사람입니다."

마쓰미야는 학생들에게 보이지 않도록 조심하면서 양복 안주머니에서 경찰수첩을 꺼냈다.

지도 교사가 놀란 듯 눈을 껌벅거렸다. 겁을 먹은 듯한 표정이다. 학생이 무슨 문제라도 일으켰나 하고 생각하는지도 몰랐다.

"시오미 모나라는 학생과 관련된 일입니다. 수사에 협조를 부탁드립니다."

"협조라면……?"

"학생과 잠시 얘기를 나눴으면 합니다. 얼마 안 걸릴 거예요."

"2학년은 지금 뛰러 나갔습니다. 돌아올 시간이 거의 되긴 했습니다만."

"그럼 돌아온 뒤에 잠깐 봐도 괜찮을까요?"

"그러시죠."

마쓰미야는 주위를 둘러보았다. 비어 있는 벤치가 한구석에 보였다. 거기서 기다리기로 했다.

벤치에 걸터앉아 테니스 부원들이 연습하는 광경을 지켜봤다. 중학생들의 팔다리가 어른만큼 길었다. 군살 없는 몸으로 약동하는 모습이 마치 초원을 달리는 가젤 같다.

테니스코트는 철망 하나를 사이에 두고 뒷길과 나뉘어 있었다. 그래서 길 가는 사람들의 모습이 훤히 바라보인다. 그렇다면 길에서도 테니스코트가 들여다보이겠지만 테니스를 치는 중학생들의 모습을 신기하게 바라보는 사람은 별로 없는 듯했다.

잠시 후 테니스 부원이 몇 명 돌아왔다. 그중에 시오미 모나도 있었다. 지도 교사가 마쓰미야 쪽을 보며 모나에게 뭐라고 말을 하는데, 모나가 당황한 표정을 짓는 것을 멀리서도 알 수 있었다.

모나가 운동복 점퍼를 걸친 후 주뼛거리며 다가오자 마쓰미야는 벤치에서 일어났다.

"연습 중인데 미안하구나. 몇 가지 확인하고 싶은 일이 있어서 말이지."

"뭔데요?"

"자, 일단 앉자."

마쓰미야가 모나를 벤치에 앉히고 자신도 옆에 앉았다.

"지난번에 네게 아빠가 언제 집에 돌아왔느냐고 물었을 때 아빠가 들어온 줄 몰랐다고 했지? 혼자 저녁을 먹은 후로 내내 네 방에 있어서 몰랐다고 말이야. 그 말, 틀림없니?"

"네, 틀림없어요."

모나가 시선을 바닥으로 떨군 채 대답했다.

"내가 확인하고 싶은 건 이거야. 네가 밥을 늘 혼자 먹는지, 아니면 어쩌다 그날만 혼자 먹었는지."

모나가 눈치를 살피려는 듯 눈을 살짝 치떴다.

"아빠한테 못 들으셨어요?"

"뭘?"

"우리는 언제나 밥을 따로 먹어요."

흠, 하고 마쓰미야는 신음 같은 소리를 냈다.

"아빠에게 듣기는 했어. 그런데 윗분에게 그렇게 보고했더니 믿지 못하겠다는 거야. 같이 사는 아빠와 딸이 밥을 따로 먹는다니 있을 수 없는 일이라고 말이지. 솔직히 말하자면 내 생각도 그래. 네가 눈치를 챘을지 모르지만, 우리는 관계자 모두의 알리바이를 조사하고 있어. 아빠에 관해서도 그렇고. 그래서 두 사람이 밥을 따로 먹는다는 얘기를 들은 이상 무심히 지나칠 수가 없단다."

"하지만 사실인데……."

모나가 다시 시선을 아래로 향하면서 중얼거리듯이 말했다. 그 말꼬리가 사라질 듯 희미했다.

"괜찮다면 그 이유를 말해 줄 수 있겠니? 아빠는 확실하게 말하지 않던데."

"이유는……."

모나가 두 손을 마주 비볐다.

"여러 가지예요."

"여러 가지?"

"그러니까, 너무 많아서……. 아빠랑 같이 있기 싫다고 할까 귀찮다고 할까, 혼자 있는 편이 마음 편해요."

질문에 맞지 않는 대답이었다. 대답하고 싶지 않은 것인지, 아니면 모나 스스로도 그 이유를 모르는 것인지 마쓰미야는 판단이 서지 않았다.

한 걸음 더 깊숙이 들어가 보기로 했다.

"네가 태어나기 전에 언니와 오빠가 지진으로 사망했다면서? 그렇다면 아빠에게 너는 더욱이 소중한 존재일 텐데, 그런 마음이 부담스러운 거야?"

모나의 얼굴이 굳어지면서 눈시울이 붉어졌다. 감추고 싶은 부분을 건드린 게 틀림없었다. 모나가 발끈할지도 모르겠다고 마쓰미야는 생각했다. 그것도 나쁘지 않다.

그러나 모나는 생각에 잠긴 듯이 한동안 말이 없다가 "그것도 이유예요." 하고 의외로 차분하게 대답했다.

"언니랑 오빠 얘기는 어렸을 때부터 줄곧 들었어요. 정말 불쌍하다고 생각해요, 그렇게 죽었으니. 아빠 엄마도 슬프고 힘들었을 거예요. 그걸 극복하고 싶어서 다시 아이를 낳기로 했다는 건 저도 이해해요. 예뻐하던 강아지가 죽어서 슬퍼하던 사람이 똑같은 종류의 강아지를 또 기른다잖아요."

"자식과 강아지는 다르지."

그러자 모나가 고개를 들었다.

"다르지 않더라도 상관없어요. 강아지랑 똑같아도 괜찮다고요. 아니, 오히려 그게 나아요. 왜냐하면, 강아지는 귀여움만 받으면 되잖아요. 하지만 나는 달라요. 죽은 언니 오빠 몫까지 살아야 한다, 두 사람이 못한 것까지 해라…… 부담스러워서 숨이 막혀요. 게다가 그 둘처럼 되면 안 된다는 잔소리를 얼마나 많이 들었는지 몰라요. 저는 자유가 없어요."

모나는 마치 막혀 있던 것을 한꺼번에 쏟아 내기라도 하듯 격렬한 어조로 말했다.

"그래, 너로서는 굉장히 힘들었을 거야."

"내가 언니랑 오빠 대신이라는 건 알지만, 너무 부담을 주지 않았으면 좋겠어요."

"흠, 어려운 문제구나."

시오미 부녀의 불화의 원인이 지금껏 마쓰미야가 파악한 내용 이상은 아닌 듯했다. 그렇다면 이 문제에서 손을 떼는 게 옳을 것이다.

이쯤에서 질문을 마칠까 생각하는데 모나가 입을 열었다.

"하지만 그것뿐이라면 참을 수 있어요."

"또 뭐가 있어?"

"제일 싫은 건 요즘 아빠가 저를 보는 눈이에요."

"너를 보는 눈?"

"네. 겁먹은 눈이라고 해야 할지, 조심스러운 눈이라고 해야 할지, 아무튼 그런 눈으로 저를 보면 짜증이 솟아요. 하고 싶은 말이 있으면 속 시원히 하라고 소리라도 지르고 싶어요."

"아빠가 뭔가 하시고 싶은 말이 있나?"

"몰라요. 모르겠어요."

시오미 유키노부가 딸에게 뭔가를 숨기고 있는 걸까. 그럴 만한 일은 하나뿐이다.

"지난번에도 말했지만, '야요이 찻집'이라는 카페에 관해서는 아빠한테 아무 말도 못 들었다고 했지?"

"네……. 그런데 그 카페는 왜요?"

"우리가 수사하고 있는 사건의 피해자가 운영하던 카페야. 아빠가 그 피해자와 가깝게 지내신 것 같은데, 그런 얘기도 못 들었니?"

모나가 고개를 살래살래 저었다.

"못 들었어요."

"그렇구나……."

아빠에게 가까이 지내는 여자가 있다고 느낀 적이 있는지 묻고 싶었다. 어떻게 말을 꺼내면 좋을지 고민하는데 모나가 물었다.

"그 피해자가 여자예요?"

"응."

"아빠와 그 사람이 사귀는 사이였어요?"

모나의 직설적인 질문에 오히려 당황한 쪽은 마쓰미야였다. 하지만 그 덕분에 핵심에 다가서기가 한결 쉬워진 것도 사실이었다.

"아빠 말로는 그런 관계까지는 아니었다던데? 그래서 모나에게는 뭐라고 설명하셨는지 알고 싶었어."

"저는 아무 말도 못 들었어요. 뭐, 대화 자체가 별로 없으니까요. 요즘은 아빠를 도통 모르겠어요. 아빠도 나를 잘 모르겠지만요."

그래도 되는 거냐고 묻고 싶었지만 형사가 꺼낼 말은 아니었다. 어쨌든 모나에게 듣고 싶었던 얘기는 모두 들은 듯했다.

"알겠어. 연습을 방해해서 미안하다. 다 끝났어."

그렇게 말하고 마쓰미야는 벤치에서 일어섰다.

저, 하며 모나가 그를 따라 일어섰다.

"사진, 있어요?"

"무슨 사진?"

"그 여자 사진요. 아빠가 어떤 사람과 사귀었는지 궁금해서……."

"아니, 아빠는 아니라고 하셨다니까."

"그래도 보고 싶어요. 보여 주시면 안 돼요?"

부탁이에요, 하고 모나는 마쓰미야를 향해 두 손을 모았다.

그거참, 하면서 마쓰미야는 얼굴을 찡그렸다. 원칙대로라면 형사로서 해서는 안 될 일이었다. 그러나 아빠에 관해 조금이라도 알고 싶어 하는 열네 살 소녀의 심정을 모른 척할 수는 없었다. 어쩌면 이 일을 계기로 마음의 벽이 조금 낮아질지도 몰랐다.

"하는 수 없군. 오늘만 특별히 보여 주는 거야."

"알겠어요."

마쓰미야는 스마트폰을 꺼내 하나즈카 야요이의 얼굴 사진을 화면에 띄운 후 "이분이야." 하며 모나 쪽으로 돌려놓았다.

흥미로운 듯 사진을 들여다보던 모나가 어, 하고 소리를 냈다.

"왜 그러지?"

"이 사람, 본 적 있어요!"

"뭐라고?"

마쓰미야가 눈을 번쩍 떴다.

"어디서?"

"저기요."

모나가 도로 쪽을 가리켰다.

"길에 서서 우리가 연습하는 모습을 지켜봤어요."

"언제?"

"마지막으로 본 게 2주쯤 됐나……."

모나가 고개를 갸우뚱했다.

"마지막, 이라면, 한 번 본 게 아니란 뜻이니?"

"여러 번 봤어요. 이 스마트폰, 잠깐 빌려주실 수 있어요? 친구들에게 확인해 보려고요."

"그러렴."

스마트폰을 든 모나가 테니스코트 옆에서 체조를 하고 있는 여학생들에게 뛰어갔다. 그중 몇 명에게 스마트폰을 보이며 뭐라고 얘기를 나누더니 다시 폴짝폴짝 뛰어왔다.

"다들 틀림없대요. 이 아줌마, 자주 왔었어요."

"언제부터 그랬지?"

"제가 알아챈 건 석 달쯤 전일 거예요."

모나가 마쓰미야에게 스마트폰을 돌려주면서 "그 아줌마가 살해당했구나." 하고 심란한 표정으로 중얼거렸다.

이게 무슨 일이지, 하나즈카 야요이가 왜 이곳에…….

마쓰미야가 그녀의 사진을 보며 의아해하는데 스마트폰에서 착신음이 울렸다. 하세베였다.

"고맙다. 참고가 되었어."

마쓰미야의 인사에 모나도 고개를 꾸벅 숙였다. 그리고 돌아서서 친구들이 있는 곳으로 뛰어갔다. 그 모습을 지켜보면서 마쓰미야는 통화 버튼을 눌렀다.

"그래, 나야."

"하세베입니다. 통화, 괜찮으세요?"

"응. 얘기를 막 끝낸 참이야."

전화기를 귀에 댄 채 마쓰미야는 테니스코트 출구로 향했다.

"시오미 모나에게 아주 흥미로운 얘기를 들었어. 사건과 관계가 있는지 없는지는 아직 모르겠지만 말이야. 그쪽은 어때?"

"아직 조사 중이에요. 그런데 계장에게서 긴급 연락이 와서요. 선배에게는 아직 연락이 없었어요?"

"긴급 연락? 아니, 이쪽은 아직. 무슨 일인데?"

"그게…… 용의자가 자백했답니다."

"뭐야?"

마쓰미야가 걸음을 멈췄다.

"자백했다고? 용의자라니?"

"나카야 다유코요."

"나카야……, 그게 누구지?"

"와타누키 데쓰히코의 동거녀예요."

성이 나카야였던가. 아무튼 의외의 인물이다. 다유코의 얼굴이 금세 떠오르지 않았다.

"자신이 범인이라고 밝혔단 말이야?"

"아니요, 찾아간 형사와 얘기를 나누다가 별안간 자신이 범행을 저질렀다고 털어놓았답니다."

"무슨 그런 경우가 다 있어. 찾아간 형사가 누군데?"

"가가 주임이에요."

14

와타누키 데쓰히코 씨를 처음 만난 건 6년쯤 전이었어요. 당시 저는 우에노의 '큐리어스'라는 클럽에서 일하고 있었습니다. 낮일만으로는 생활이 빠듯했거든요.

우리는 금세 친해졌고, 마침내 사귀게 되었습니다. 어느 날 그가 넓은 집으로 이사할 예정인데 같이 살지 않겠느냐고 물었어요. 단, 밤일을 그만뒀으면 좋겠다고 하더군요.

그러잖아도 물장사를 오래 하고 싶지는 않았던 터라 그 제안을 받아들였습니다. 삶이 편해질 거라고 생각했어요.

어쩌면 결혼하자고 할 수도 있겠다고 기대했지만, 이혼 경력이 있는 그는 결혼은 생각만 해도 넌더리가 난다고 했습니다. 저 역시 언제든 헤어질 수 있는 관계가 서로에게 편할지도 모르겠다고 생각을 바꿨죠. 요즘은 사실혼이라는 말이 일반화되기도 했고요.

같이 산 지 5년 정도 되었습니다. 그동안 헤어지자는 얘기가 나온 적은 없어요. 보통의 부부들처럼 권태기가 찾아오지 않은 것도 정식으로 혼인 신고를 하지 않은 덕분이라고 생각했죠. 와타누키 씨의 진심은 알 수 없지만, 저로서는 불만이 없었습니다. 지금 이대로 관계가 계속되기를 바랐어요.

그런데 최근 들어서 신경 쓰이는 일이 생겼어요. 어느 날,

저녁을 먹을 때 와타누키 씨의 휴대 전화가 울렸는데, 전화를 받는 그의 태도가 이상하더군요. 무슨 일이냐고 물었더니 잠깐 주저하다가 전처에게서 온 전화라고 하는 거예요. 하고 싶은 얘기가 있으니 만나자고 하더랍니다.

용건이 짐작이 가느냐고 물었더니 "혹시 돈 문제인가?" 하면서 고개를 갸웃거렸어요. 이혼할 때 재산 분할 문제로 딱히 갈등이 있지는 않았는데, 그 후 와타누키 씨 자신도 몰랐던 재산이 드러났나 봐요. 그걸 알고 항의하려는 것일지도 모르겠다고 했어요.

그다음 날 전처를 만나고 온 와타누키 씨에게 용건이 무엇이더냐고 물었죠. 그랬더니 그냥 근황 보고였고 별다른 용건은 없었다고 하더군요. 그러면서 전처가 지유가오카에서 '야요이 찻집'이라는 카페를 운영한다고 하더래요. 그녀의 이름이 하나즈카 야요이라는 걸 저는 그때 처음 알았습니다.

자기 혼자서도 당당하게 생활하고 있다는 걸 자랑하고 싶었던 모양이라고 와타누키 씨는 말했어요. 그런 일로 전남편을 굳이 불러낼까 싶어 의아했지만, 이혼한 여자의 심리를 잘 모르니 그때는 그런가 보다 하고 넘겼습니다.

그런데 그 후 와타누키 씨의 태도로 보아 단순한 근황 보고는 절대 아니었을 거라고 생각하게 되었어요.

멍하니 생각에 빠져 있을 때가 많았습니다. 저와 얘기를 나눌 때도 듣는 둥 마는 둥 하는가 하면 스마트폰으로 뭔가 열심히 조사하기도 했어요. 뭘 하느냐고 물으면 아무것도 아니라고 얼버무리고 말더군요.

신경이 쓰여 견딜 수 없었어요. 그래서 어느 날 밤, 와타누키 씨가 잠든 사이에 스마트폰을 훔쳐봤어요. 패스워드는 전부터 알고 있었죠.

하나즈카 씨에게 쓰다 만 메시지가 나오더군요. 아직 생각이 정리되지 않았으니 시간을 조금만 더 달라는 내용이었어요. 그리고 동거 중인 여자와 의논할 필요가 있다는 말도 있었습니다.

몹시 놀랐습니다. 뭔가 심상치 않은 일이 벌어지고 있다는 생각이 들었죠.

얼핏 스치는 의심은 혹시 하나즈카 야요이 씨가 관계를 되돌리자고 제안한 게 아닐까 하는 것이었습니다. 그녀와 재회한 후 와타누키 씨의 태도가 변했으니 그렇게밖에 생각되지 않았어요.

불안해서 견딜 수 없었습니다. 와타누키 씨는 망설이는 게 분명하다, 그렇지 않다면 그 자리에서 거절했을 것이다, 그러지 않은 것은 관계를 되돌리고 싶은 마음이 있기 때문이다. 하지만 그러려면 나와 헤어져야 한다……. 생각에 잠긴 그의 옆얼굴을 보고 있자면 당장이라도 헤어지자는 말을 꺼낼 것 같아서 조마조마했습니다.

고민 끝에 저는 하나즈카 야요이 씨를 만나 보기로 했습니다. 직접 만나서 본심이 무엇인지 물어보는 게 가장 빠른 길이라고 여겨졌어요.

인터넷으로 검색해 보니 '야요이 찻집'에 관한 정보가 금세 나오더군요. 폐점 시간이 5시 반이라고 되어 있기에 그즈음에 찾아갔어요.

카페 앞에 도착해 보니 문은 열려 있지만 문손잡이에 'CLOSED'라고 쓰인 팻말이 걸려 있었어요. 안에서는 앞치마 차림의 여자가 뒷정리를 하고 있었고요. "실례합니다." 하고 말을 건넸습니다.

여자가 하던 일을 멈추고 웃는 얼굴로 다가오더군요. 그리고 "오늘은 영업이 끝났는데요." 하고 미안한 듯이 말했어요.

얼굴선이 적당히 동그스름한 미인이었어요. 피부도 매끄러워서, 오십 전후로는 보이지 않았습니다. 저는 초조해졌어요. 솔직히 말해서 만나기 전에는 용모에서 지지 않을 자신이 있었어요. 제가 열 살도 더 아래인데 늙은 전처에게 밀리기야 하겠느냐고 자신만만했죠. 그런데 눈앞에 있는 여자는 단아한 풍모를 지닌 매력적인 사람이었어요. 이런 여자가 예전 관계로 되돌아가자고 제안했다면 와타누키 씨의 마음이 흔들리는 것도 당연하다고 생각되었습니다.

저는 제가 누구인지 밝힌 후 얘기를 나누고 싶어서 찾아왔다고 말했습니다.

몹시 놀랐는지, 야요이 씨의 눈이 휘둥그레지더군요. 순간 얼굴의 미소도 사라졌지만, 이내 원래의 온화한 표정을 되찾더니 천천히 고개를 끄덕이며 "잘 오셨어요. 만나게 되어 반갑습니다."라고 여유 있는 말투로 인사했습니다. 그리고 출입문을 잠근 후 저를 테이블로 안내했어요. 커피, 아니면 홍차, 뭘로 하시겠어요, 라고 묻는데, 저는 마실 것 따위는 아무래도 좋다고 생각하면서도 "홍차로 할게요."라고 대답했습니다. 그러자 이번에는 다즐링이 어떻겠느냐고 묻는 거예요. 홍차의 종류에 관해서 전혀 아는 바가 없었던 저는 알아서 달라고 했습니다.

야요이 씨가 홍차를 끓이는 동안 저는 카페 안을 둘러봤어요. 아담하고, 손님들이 차분히 시간을 보낼 수 있는 분위기더군요. 남편과 이혼하고 혼자서 이런 카페를 차렸다는 사실이 그저 감탄스러울 따름이었습니다. 저 같으면 생각도 못할 일이었죠.

그만한 생활력이 있다면 앞으로도 혼자 살아갈 것이지 왜 이제 와서 전남편에게 미련을 보이는 거야, 하며 점점 질투와 짜증이 섞인 감정에 휩싸여 갔습니다.

그러던 참에 야요이 씨가 시폰 케이크를 좋아하느냐고 묻기에 저는 됐다면서 사양했어요. 그런 걸 먹자고 찾아온 것도 아니고, 긴장해서 입맛도 전혀 없었거든요. 그보다, 그녀가 오른손에 쥐고 있는 물건을 보고 가슴이 철렁했어요. 유달리 기다란 칼이었어요. 케이크를 자르는 나이프라는 걸 알고서야 안심했죠.

그녀가 찻잔을 쟁반에 담아 테이블로 가져왔어요. 어느새 앞치마를 벗었더군요. 다즐링 티에 관해 자세히 설명해 주었지만 제 귀에는 한마디도 들어오지 않았어요. 무슨 말을 어떻게 꺼내면 좋을까 하는 생각으로 머릿속이 가득했으니까요.

야요이 씨가 맞은편 의자에 앉더니 용건을 물었습니다.

저는 야요이 씨를 만나고 온 후 와타누키 씨의 태도가 달라졌다고 말했어요. 그리고 대체 왜 와타누키 씨를 불러냈는지, 그를 만나 무슨 얘기를 했는지 알려 달라고 부탁했습니다.

야요이 씨는 제게 와타누키 씨에게 아무 말도 못 들었느냐고 확인한 뒤, 그렇다면 자신도 얘기해 줄 수 없다고 했어요. 그 사람 나름으로 말을 꺼낼 타이밍을 가늠하고 있는지도 모른다면서요.

그 사람, 이라는 호칭이 마음에 걸리더군요. 마치 자기 남자라도 된다는 듯한 말투잖아요.

저는, 당신은 이제 그의 아내가 아니다, 두 사람은 예전에 부부였을 뿐 이제는 아무 관계도 아니다, 혼인 신고는 하지 않았지만 지금 그의 아내는 나라고 생각한다, 그런데 당신과 그 사람 사이에 비밀이 있고 그걸 내게는 말해 줄 수 없다니 말도 안 된다, 도저히 이해할 수 없다, 하고 마구 소리를 질렀습니다.

그러자 온화하던 야요이 씨의 얼굴이 순식간에 굳어졌어요. 제 말 중에 도저히 그냥 넘길 수 없는 표현이 있다는 듯한 반응이었습니다.

비록 헤어졌지만 부부였던 자신들에 관해 함부로 말하지 말라고 그녀가 못을 박더군요. 고작 5년 정도 같이 산 걸로 결혼 생활을 다 아는 것처럼 굴면 곤란하다, 자신과 그 사람 사이에는 수많은 시련을 함께한 사람만이 가질 수 있는 공감대가 있다, 그걸 제삼자가 왈가왈부해서는 안 된다, 하고요.

그러고 나서 야요이 씨는 시간 낭비 말고 그만 돌아가 달라면서 일어서더니 제게 등을 돌렸어요.

그 순간 머릿속이 새하얘졌어요. 몸이 제멋대로 움직였습니다. 정신을 차려 보니 제가 야요이 씨 등 뒤에 바짝 붙어 있더군요. 손에 뭔가 쥐여 있었는데, 그게 칼이라는 걸 알기까지는 시간이 좀 걸렸어요. 언제 칼을 손에 쥐었는지 전혀 기억이 없습니다. 칼이 야요이 씨의 등 한가운데 깊이 꽂혀 있었어요.

야요이 씨는 비명을 지를 새도 없이 꽈당, 앞으로 쓰러졌습니다.

15

마쓰미야가 하세베와 함께 와타누키 데쓰히코의 맨션으로 향한 것은 일요일 이른 아침이었다.

나카야 다유코가 구속된 사실은 전날 이미 와타누키에게 전한 상태였다. 다유코가 집에도 없고 연락도 되지 않으면 와타누키가 몹시 걱정할 것 같았기 때문이다. 다만 구속 사유는 설명하지 않았다.

마쓰미야와 하세베가 찾아갔을 때 와타누키는 벌게진 눈에 얼굴은 기름기가 번들거리는 모습이었다. 밤새 한숨도 못 잔 듯했다.

마쓰미야가 경찰서까지 동행해 달라고 하자 와타누키는 두말없이 그러마고 했다. 아마 부탁하지 않아도 그가 먼저 가겠다고 했을 것이다.

"대체 어떻게 된 일입니까? 무슨 일이 있었던 거죠? 다유코가 왜 경찰서에 있는지 도무지 모르겠네요. 제발 가르쳐 주세요, 형사님."

경찰서로 가는 차 안에서 와타누키가 애원하다시피 말했다. 하지만 마쓰미야는 서에 가면 알게 된다고 말할 수밖에 없었다.

영문을 모르겠는 건 자신도 마찬가지라고 마쓰미야는 생

각했다.

어제 낮에 나카야 다유코가 범행을 자백했다는 말을 하세베에게 듣고 곧장 특수 본부로 돌아왔지만 자세한 사정을 아는 사람이 아무도 없었다. 가가가 취조를 마치고 나서 나카야 다유코의 진술 내용을 공개한 후에야 겨우 상황이 조금 파악되었다.

진상을 알게 된 마쓰미야는 경악했다. 전혀 상상도 못했던 일이었다.

우선 나카야 다유코가 왜 난데없이 자백했는지부터 의문이었다. 가가의 말에 따르면 딱히 그녀를 추궁한 것도 아니고 그저 범행 당일의 알리바이를 물었을 뿐이라고 한다. 다만 알리바이를 물어본 데는 이유가 있었다. 마쓰미야 일행이 다녀간 후 와타누키와 둘이서 무슨 얘기를 나누었느냐고 묻자, 수사관이 당신 알리바이를 묻더라고 남편에게 얘기했다는 것이었다. 가가는 이 말이 마음에 걸렸다고 했다.

"수사관이 어떤 사람의 알리바이를 물을 경우 대개는 상대방이 알아채지 못하도록 직접적인 표현을 삼가는데, 나카야 다유코는 알리바이라는 단어를 사용하더군. 물론, 질문을 받은 시점에는 그 의도를 파악하지 못했지만 와타누키 씨에게 사건에 관해 듣고 나서 그 질문이 알리바이 확인이었다는 걸 깨달았을 수도 있겠지. 그래서 이번에는, 형사가 남편의 알리바이를 물어서 불쾌했겠다고 말해 봤어. 그랬더니 그녀가 약간 당황했다고 대답하는 거야. 그 말인즉슨 질문을 받은 시점에 이미 알리바이를 캐묻고 있다는 사실을 인식했다는 뜻이 잖아. 하세베가 과연 그렇게 대놓고 물어봤을까? 나는 전화를 받는 척하면서 일단 밖으로 나와 하세베에게 전화로 확인해 봤어. 예상대로 하세베는 그녀에게 와타누키의 행적에 관해 묻기는 했지만 특정일의 알리바이를 묻는 거라고 눈치채이지 않도록 주의했다고 하더군."

하세베의 말을 들은 가가는 나카야 다유코가 사건과 무관하다고 단정하기에는 이르다고 판단해 일부러 하나즈카 야요이에 관한 정보와 와타누키의 미심쩍은 행동에 관해 말을 흘린 후 그녀의 반응을 관찰했다. 그리고 마지막으로 그녀의 알리바이를 물었는데 그녀가 돌연 이렇게 말했다는 것이다.

"그날 그 시간에 저는 지유가오카의 '야요이 찻집'에 있었습니다."

그녀가 무슨 말을 하는지 금방 이해되지 않았다는 가가의 말은 거짓이 아닐 것이다. 그가 얼이 빠져 아무 소리도 못하고 있자 나카야 다유코는 계속해서 이렇게 말했다.

"제가, 하나즈카 야요이 씨를 칼로 찔러 죽였습니다."

그녀의 눈가가 점점 빨개지더니 마침내 눈에서 눈물이 넘쳐흐르는 모습을 보고야 가가는 지금 자신의 눈앞에 있는 여자가 범인이며 방금 범행을 자백했다는 사실을 깨달았다고 한다.

"오랜 형사 생활에서 그런 일은 처음이야."

가가가 말했다.

과연 명형사는 다르군요, 하는 하세베의 말에 가가는 "명형사라니 가당치도 않아."라며 정색했다.

"나는 알리바이를 물었을 뿐이야. 얼버무릴 생각이었으면 얼마든지 그럴 수 있었겠지. 집에 혼자 있었다고 대답하면 그만이잖아. 그러지 않았다는 건 범행을 부인하고 싶은 마음이 없었다는 뜻이야. 아마 조만간 자수하려고 했을 거야. 그렇게 결심했는데 우연히 내가 옆에 있었을 뿐이라고."

하지만 그녀가 결심하도록 유도한 사람은 가가가 아니었을까. 마쓰미야가 그렇게 말하자 가가는 "글쎄, 모르겠어." 하고 대답한 뒤 이렇게 덧붙였다.

"그러나 이 사건에는 아직 의문점이 많아."

동감이라고 마쓰미야는 생각했다. 나카야 다유코의 진술은 설득력이 있고 이렇다 할 모순도 없었다. 그러나 이번 수사를 통해 자신이 품게 된 몇 가지 위화감을 완전히 불식하지는 못했다.

경찰서에 도착하자 형사과의 한쪽 구석에 있는 조그만 방으로 와타누키를 안내했다. 여러 사람이 우르르 몰려들면

위축될 것 같아 마쓰미야와 가가만 얘기를 듣기로 했다. 마쓰미야가 테이블을 사이에 두고 와타누키와 정면으로 마주 앉았다.

"현재 상황을 말씀드리겠습니다."

마쓰미야가 입을 열었다.

"어제 나카야 다유코 씨가 하나즈카 야요이 씨를 살해했다고 자백했습니다. 진술 내용이 신빙성이 있어 밤에 긴급히 체포했습니다. 도주 가능성은 낮아 보였지만 충동적으로 자살을 시도할 우려가 있어서 경찰서에 구류한 상태입니다."

와타누키가 눈을 부릅뜨더니 먹이를 먹으려는 잉어처럼 입을 뻐끔거렸다. 말이 제대로 나오지 않을 만큼 놀란 것이다.

"마, 말도 안 됩니다."

와타누키 입에서 겨우 첫마디가 나왔다.

"왜 다유코가 그런 짓을……. 그, 그 사람은…… 야요이를 만난 적도 없을 겁니다."

와타누키가 숨을 거칠게 몰아쉬며 말했다.

"하지만 본인이 자백했는걸요, 자신이 죽였다고 말입니다."

"믿을 수 없어요."

와타누키는 고개를 젓더니 테이블을 양손으로 짚으며 일어서서 마쓰미야 쪽으로 몸을 기울였다.

"동기가 뭐랍니까? 다유코가 뭐라고 했어요?"

"뭐라고 생각하십니까?"

"모르니까 묻는 거잖아요. 가르쳐 주십시오. 다유코가 뭐라고 했습니까?"

와타누키 씨, 하고 옆에서 가가가 끼어들었다.

"일단 앉으세요. 마쓰미야 형사가 차례대로 설명해 드릴 겁니다."

나지막이 울리는 소리가 진정 작용이라도 했는지 와타누키는 입을 절반쯤 벌린 채 자리에 털썩 앉았다.

"용의자 나카야 다유코 씨와 피해자 사이에는 직접적인 관계가 없었습니다."

마쓰미야가 찬찬히 설명을 시작했다.

"두 사람을 잇는 연결 고리는 와타누키 씨, 당신뿐이었어요. 그러나 와타누키 씨 또한 전처인 하나즈카 야요이 씨와 한동안 만나지 않았다가 얼마 전 약 10년 만에 재회했습니다. 지난번에 제가 야요이 씨와 무슨 대화를 나누었느냐고 물었을 때 와타누키 씨는 단지 근황 보고였다고 했죠. 하지만 정말 그랬을까요?"

와타누키가 가슴을 펴려는 것처럼 몸을 한껏 뒤로 젖혔다.

"사실입니다. 거짓말이 아니에요. 야요이가 제게 어떻게 지내느냐고 묻기에 있는 그대로 대답했습니다. 그녀 자신은 카페를 운영한다고 했고요. 그게 전부입니다."

"고작 그 말을 하려고 헤어진 지 10년도 넘은 전남편을 불러냈을까요?"

"자꾸 그런 식으로 추궁하시면 곤란합니다. 저도 의아했지만, 실제로 그것뿐이었는데 어떡합니까. 모르겠군요, 왜 그 점을 의심하시는지."

"나카야 용의자가 그러더군요. 전처를 만난 후로 와타누키 씨의 행동이 이상해졌다고요."

마쓰미야의 지적에 순간적으로 와타누키의 뺨이 씰룩했다.

"다유코가요?"

"멍하니 있기도 하고, 말을 해도 듣는 둥 마는 둥 하더라는 겁니다. 그래서 하나즈카 씨에게 무슨 말을 들은 걸까 하고 불안했다고 했어요."

와타누키의 시선이 흔들리기 시작했다. 무언가 주저하는 것처럼 보이기도 했지만, 짚이는 바가 전혀 없어서 당혹스러워하는 것처럼 보이기도 했다. 과연 어느 쪽일까.

"와타누키 씨, 사실대로 말씀해 주세요."

마쓰미야가 말했다.

"하나즈카 씨가 무슨 용건으로 불러냈습니까?"

와타누키는 입술을 몇 번 핥은 후 뭔가를 살피는 눈초리로 마쓰미야를 보았다.

"저, 혹시 다유코가 야요이와 제가 다시 합치려는 줄 알고 그녀를 죽였다고 하던가요?"

그의 말에 마쓰미야가 쓴웃음을 지었다.

"질문은 제가 했습니다."

"맞죠? 저를 빼앗길까 봐 야요이와 직접 담판을 지으러 갔다가 충동적으로 살인을 저지른 거군요?"

마쓰미야는 고개를 돌려 가가와 눈을 마주친 후 다시 와타누키를 보았다.

"만약 그렇다면 이 상황을 이해하실 수 있겠습니까?"

와타누키는 눈을 감았다. 어쩌다 이런 일이, 하고 들릴 듯 말 듯 중얼거리더니 양손으로 머리를 감싼 채 한동안 침묵했다. 와타누키 씨, 하고 마쓰미야가 불렀지만 그는 반응하지 않았다.

잠시 후 와타누키가 양손을 무릎으로 툭 떨어뜨리더니 눈을 뜨고 마쓰미야를 바라보았다.

"다유코를 만나게 해 주세요. 둘이서 조용히 얘기를 나누고 싶습니다."

"그건 안 됩니다."

마쓰미야가 대번에 그렇게 대답했다.

"전하고 싶은 말이나 묻고 싶은 것이 있으면 저희에게 말씀하세요."

"그렇군요."

와타누키는 고통스러운 듯이 얼굴을 찡그리며 눈썹 위쪽을 긁적거렸다.

"다유코 씨에게 무슨 얘기를 하고 싶습니까?"

가가가 물었다.

"아……, 그게, 저…… 오해라고요."

"뭐가요?"

이번에는 마쓰미야가 물었다.

"그러니까 그……, 야요이가 옛날로 다시 돌아가자고 말하지 않았다고요. 그녀는 제게 카페를 같이 운영하자고 제안했습니다."

"카페를요?"

"'야요이 찻집'을 좀 더 확장하고 싶은데 힘을 빌려줄 수 있겠느냐고 했어요. 부탁할 사람이 달리 없어서 저를 찾았던 것 같습니다."

예기치 못한 말에 마쓰미야는 당황해서 또 가가와 얼굴을 마주 보았다.

"그래서 뭐라고 대답하셨습니까?"

가가가 물었다.

"생각해 보겠다고 했습니다. 카페가 잘되고 있으니까 괜찮은 제안이라고 생각했거든요."

"장소가 어디였습니까?"

가가가 다시 물었다.

"장소라니요?"

"가게를 확장하려면 장소가 필요하잖습니까."

"아, 그건, 지금 운영하고 있는 카페 근처라고……. 점찍은 장소가 있는 것처럼 말했지만 구체적인 얘기는 듣지 못했습니다."

가가가 마쓰미야를 보며 고개를 갸웃거렸다. 미심쩍지만 진위를 단정하기 힘들다는 표정이었다.

마쓰미야는 와타누키를 노려봤다.

"지난번에는 왜 그 얘기를 안 하셨죠?"

죄송합니다, 하며 와타누키가 목을 움츠렸다.

"다유코에게는 알리지 않았기 때문에 형사님이 그 사람에게 그 얘기를 하면 곤란하다는 생각에……. 아무리 그래도 그렇지, 왜 그런 오해를 했을까요. 야요이가 관계를 되돌리자고 할 리 없는데, 다유코는 무슨 생각으로……."

와타누키가 얼굴을 찡그리며 몸을 뒤쳤다.

"와타누키 씨,"

가가가 그를 불렀다.

"충격이 크신 것 같아 죄송합니다만, 하나만 더 묻겠습니다."

와타누키는 지친다는 표정으로 가가를 보았다.

"……뭡니까?"

"어제 낮에 외출하셨죠? 다유코 씨에게는 낚시용품점에 간다고 하셨다던데요."

"그게 뭐가 잘못됐습니까?"

와타누키의 얼굴에 경계심이 스치는 것을 마쓰미야는 놓치지 않았다.

"낚시용품점에서 뭘 사셨습니까?"

"아니……, 딱히 뭘 사러 간 게 아니라, 그저 구경만 했습니다. 어제는 아무것도 사지 않았어요. 그건 왜 물으시죠? 사건과 무슨 관계라도 있습니까?"

"관계가 있는지 없는지는 아직 모릅니다. 다만, 이 상황에서 거짓말을 하시는 게 이상해서요."

가가가 느긋한 어조로 말했다.

"어제 와타누키 씨는 낚시용품점에 가지 않았습니다. 대신 이다바시에 있는 어느 아파트에 갔죠. 누구를 찾아간 겁니까? 괜찮다면 말씀해 주시기 바랍니다."

와타누키의 눈에 당황한 기색이 어렸다.

"제 뒤를…… 밟았습니까?"

"그러면 곤란한 일이라도 있나요?"

와타누키가 대답할 말을 찾지 못하고 입을 다물었다. 미간의 주름이 한층 깊어졌다.

가가는 지난 며칠간 와타누키에게 미행을 붙였다. 보고에 따르면 그는 퇴근 후 곧장 집으로 가지 않고 매번 어딘가에 들렀다고 한다. 그 행선지는 대부분 음식점이었지만, 간혹 어느 아파트로 가기도 했다. 거기서 뭘 했는지는 알 수 없다. 감시한다는 사실을 본인에게 들키지 않으려고 탐문 조사는 하지 않았다.

야요이의, 하고 와타누키의 입술이 살짝 움직였다.

"야요이의 사후 처리 때문입니다. 여러 사람을 만나야 해서……."

"만나서 무슨 얘기를 했습니까?"

"그건 말씀드릴 수 없습니다. 아무리 죽은 사람이라도 프라이버시라는 것이 있잖습니까."

와타누키가 고개를 숙인 채 중얼거리듯이 말했다. 억양 없는 목소리가 무거운 공기 속을 떠다니다가 사라졌다.

16

장지문을 열고 "실례합니다." 하고 인사했다. 다다미방이지만 테이블과 의자가 놓여 있다. 요즘에는 바닥에 앉아서 식사하기 힘들다는 손님이 늘었다. 이 방도 그런 요구에 부응한 결과물이다.

늘 이용해 주셔서 감사드립니다, 하면서 아야코는 일동을 둘러봤다. 손님은 모두 10명. 다들 일흔이 넘은 남자다. 모 대학 육상부 동기로, 역전 달리기 전국 대회에서 우승한 경력도 있다고 들었다. 몇 년 전부터 매년 한 번 '다쓰요시'에서 모임을 갖는다.

"모두 건강한 모습이어서 기쁩니다. 아무쪼록 저희 '다쓰요시'의 음식을 맛보면서 편안히 즐기시기 바랍니다. 오늘은 이 고장 특산인 술을 준비했습니다."

아야코가 테이블에 1.8리터짜리 청주병을 내려놓았다.

와, 하는 환성이 노인들 사이에서 터져 나왔다.

"아이고, 고마워요."

"오늘 밤에는 마음껏 마시자고."

"허세 부리기는. 술에 입만 대도 취해서 자는 사람이."

"무슨 소리야. 자네야말로 술 말고 과자나 주기를 바라면서."

젊어도 나이가 들어도 친구들끼리 모여서 하는 말은 비슷하다. 아야코는 그들의 모습을 흐뭇한 표정으로 바라보다가 "그럼 천천히 말씀 나누세요." 하고 물러났다.

다른 방들도 몇 군데 돌면서 인사를 마친 후 연결 복도를 지나 집으로 들어갔다. 그리고 입고 있던 기모노를 벗고 평상복으로 갈아입었다. 오늘 밤에는 해야 할 일이 있다. 그녀는 계단을 올라 2층으로 갔다.

유품도 언젠가는 정리해야겠지만, 지금은 일단 마사쓰구의 개인 물건이 얼마나 남아 있는지 확인해 둘 필요가 있다. 아무리 부모 자식 사이라고 해도 사생활을 침해하는 것 같아 꺼림칙하지만, 그렇기 때문에 더욱이 남에게 맡길 수 없다.

영정으로 사용할 사진도 준비해야 한다. 과연 그럴 만한 사진이 있을까. 마사쓰구는 남의 눈에 띄기를 싫어해서 단체 사진도 찍으려 하지 않았다. 젊은 시절 사진이라도 괜찮지 않을까 싶지만, 그래도 너무 오래된 사진은 볼썽사납다.

마사쓰구의 방은 복도 끝에 있다. 아야코는 그곳에 들어가 본 적이 거의 없었다. 문을 열고 손으로 벽을 더듬어 스위치를 켰다. 형광등의 하얗고 서늘한 빛이 실내에 가득 찼다.

방으로 들어서기 전에 일단 한 바퀴 둘러봤다. 네 평짜리 다다미방은 말끔히 정리되어 있었다. 입원하기 전에 손수 정리했을 것이다.

창가에 있는 조그만 불단이 눈에 들어왔다. 문이 열려 있고, 종과 액자가 나란히 놓여 있다. 가까이 다가가 액자를 집어 들었다. 엄마 마사미가 웃고 있는 사진으로, 사고를 당하기 전에 찍은 것이다. 엄마의 웃는 얼굴을 마지막으로 본 게 언제인지 아야코는 기억나지 않는다.

아버지는 매일 이 불단을 마주하고 앉아 무슨 생각을 했을까. 그는 이 집을 떠나 다른 곳에서 새로운 가정을 꾸렸다. 그런데 마사미가 사고를 당한 것을 계기로 그쪽 가정을 포기하고 이곳으로 돌아왔다. 태어날 아기마저 버리고서 말이다. 무엇이 아버지 마음을 바꾸게 했는지 아야코는 짐작할 수 없었다.

다시 한 번 실내를 둘러봤다. 이렇게 찬찬히 둘러보기는 처음이다.

그녀의 시선이 조그만 책꽂이에서 멈추었다. 마사쓰구가 그다지 책을 즐겨 읽지 않아서인지 소설류는 거의 없었다. 대신 요리와 식자재에 관한 전문서가 많다. 그리고 그보다 더 존재감을 느끼게 하는 것이 그곳에 있었다.

바로 야구공이다. 미니어처 야구 배트 세 개를 엮어서 만든 받침대 위에 공이 놓여 있다. 받침대 밑에는 초록색 천이 깔려 있었다.

이게 언제부터 여기 놓여 있었는지는 아야코도 자세히 기억이 나지 않는다. 어릴 적에는 본 기억이 없으니 좀 더 나중일 것이다. 유명한 선수의 사인 볼도 아닌 듯하고, 대회 기념품이라면 어딘가에 표시가 있을 텐데 그런 것도 없다.

언젠가 이게 무슨 공이냐고 마사쓰구에게 물은 적이 있다. 아야코가 대학생 때였던가…….

"별것 아니다. 어디서 받은 거야."

마사쓰구는 그렇게 대답했다. 어쩐지 자세히 말하고 싶어

하지 않는 듯한 눈치여서 더는 캐묻지 않았다.

어쩌면 특별한 의미가 있는 공일지도 모른다. 그렇지 않다면 이렇게 고이 모셔 두었겠는가. 마사쓰구가 예전에 야구를 했다고 들은 적이 있다. 그와 관련된 추억의 물건일지도 모른다.

문득, 지금도 이 공을 곁에 두고 싶어 하지 않을까 하는 생각이 들었다. 마사쓰구는 통증이 없을 때는 의식이 또렷하고 시력에도 문제가 없다고 한다. 병실에 가져다 놓으면 다소나마 마음의 위안이 되지 않을까.

영정으로 사용할 사진을 찾기 전에 먼저 공을 담으려고 상자로 손을 뻗는데 벨 소리가 요란하게 울렸다. 아야코는 화들짝 놀라며 소리가 나는 쪽을 봤다. 작은 서랍장 위에 놓인 전화기가 울리고 있었다.

이 전화는 마사미와 마사쓰구가 결혼했을 때 개설한 개인 전화다. 이제는 번호를 아는 사람도 없을 텐데 대체 누가 걸었을까.

아야코는 의아해하며 수화기를 들었다. 하지만 장난 전화일 수도 있다는 생각에 이쪽을 밝히지 않고 네, 하고만 말했다.

"아…… 저, 요시하라 씨 댁인가요?"

여자 목소리다.

"그렇습니다만, 누구시죠?"

"저는 하야마라고 합니다. 이케우치 유미에의 동생이에요."

"이케우치……?"

아야코는 기억을 더듬어 봤지만, 아는 사람 중에는 그런 성이 없었다.

"그분의 결혼 전 성은 모리모토입니다. 저, 실례지만, 아야코 씨인가요?"

"네, 맞아요."

"역시……. 제 언니 유미에는 요시하라 마사미 씨, 그러니까 아야코 씨 어머니가 사고를 당하셨을 때 차에 함께 타고 있던 사람입니다."

아야코는 헉, 숨을 삼켰다.

"그분들은…… 이미 돌아가셨다고 들었는데요."

네, 하고 상대 여자가 대답했다.

"언니도 운전하던 형부도 돌아가셨어요. 마사미 씨는 생명은 건졌지만 심각한 부상을 입으셨고요."

"맞아요."

"그 사고에 대해서는 정말 죄송한 마음뿐이에요. 우리 언니 부부 때문에……."

아닙니다, 하고 아야코가 대꾸했다.

"일부러 사고를 일으키는 사람이 어디 있겠어요. 하지만 마음만은 감사히 받겠습니다."

그런데 어쩐 일인지 상대가 아무 말도 하지 않았다. 아야코는 수화기를 귀에 댄 채 고개를 갸웃했다. 그리고 "여보세요?" 하고 상대를 불러 봤다.

"아…… 죄송합니다. 실은, '다쓰요시'의 주인께서 많이 편찮으시다고 들어서요. 지금은 좀 어떠신가요?"

드디어 본론을 꺼내려는 모양이다. 굳이 숨길 필요가 없다는 생각에 아야코는 솔직하게 대답하기로 했다.

"말씀하신 대로 편찮아서 입원하셨어요. 상태가 그리 좋지 않습니다. 말기 암인데, 의사 말로는 이제 손쓸 방법이 없고, 언제 어떻게 될지도 알 수 없다고 하네요."

하아, 하고 숨을 내쉬는 소리가 들렸다.

"그렇군요. 요시하라 씨가 편찮으시다는 걸 가르쳐 주신 어시장 상인분도 그렇게 말씀하셨어요."

마사쓰구의 병에 관해서는 업계 관계자들에게 이미 알려져 있으니 이상한 얘기는 아니었다.

"병을 이겨 낼 도리가 없으니, 천명이 다한 것이라 여기고 얼마 안 남은 시간을 편안히 지내시도록 해 드리려고 합니다."

"그래요……."

상대의 목소리가 한층 어두워졌다.

"그런데 저희 아버지께 무슨 용건이라도 있으신가요?"

상대는 또 대답이 없었다. 다시 한 번 부르려고 했을 때 여자의 목소리가 들렸다.

"그 사고에 대해서 아버님께 뭐라고 들으셨나요?"

"아버지에게요?"

전혀 예상치 못한 질문에 아야코는 당황스러웠다.

"글쎄요, 저는 친구 부부의 차를 타고 가다가 사고를 당했다는 말밖에 듣지 못했어요."

"그래요? 역시……"

"그 사고에 다른 뭔가가 있나요? 아, 저…… 죄송하지만 성함이 뭐라고 하셨죠?"

"하야마입니다."

"하야마 씨, 솔직히 말씀해 주세요. 사고에 관해 뭔가 알고 계시죠?"

"안다고 해야 할지……. 아무튼 마음에 걸리는 부분이 있어서요. 언젠가는 요시하라 씨, 그러니까 아야코 씨 아버님께 확인해 봐야지 하고 생각했지만 결심이 서지 않아서 차일피일 미루다가 지금까지 끌어 왔어요."

"뭔가요, 그 걸리는 부분이라는 게? 말씀해 주세요."

말소리가 높아지는 것을 억누르기 힘들었다. 수화기를 잡은 손에 힘이 주어졌다.

그 사건에 대해 달리 의문을 품은 적이 단 한 번도 없었다. 그저 운이 없었다고 생각했다. 그런데 그게 아니라면 대체 무슨 일이 있었던 것일까.

하야마 씨, 하고 큰 소리를 내고 말았다.

다시 하아, 하고 숨을 내뱉는 소리가 들렸다.

"이렇게까지 말해 놓고 입을 다물면 용납이 안 되시겠죠. 아야코 씨에게는 숨기는 편이 좋을지도 모른다는 생각에 전화를 할까 말까 상당히 망설였어요."

"맞아요, 이렇게 된 이상 얘기를 꼭 들어야겠어요."

"말씀드릴게요. 하지만 그 전에 꼭 보셨으면 하는 게 있어요. 한번 만날 수 있을까요?"

"물론이에요."

지금 당장이라도, 하고 아야코는 덧붙였다.

17

'우쓰노미야'와 '선물'로 검색했더니 아니나 다를까 '만두'가 맨 먼저 나왔다. 경찰서를 나설 때 선배 형사 사카가미가 "선물로 만두라도 사 와. 지난번 니가타에 갔을 때는 빈손으로 왔잖아."라고 했던 말이 귓가를 맴돌았다. 인터넷 정보에 따르면 선물로는 냉동 교자가 추천 1순위라고 한다. 하지만 냉동 교자를 특수 본부에 들고 가 봤자 누가 구울 것인가.

한숨을 내쉬고 어깨를 으쓱하며 마쓰미야는 스마트폰을 주머니에 집어넣었다. 시계를 보니 10분 후면 우쓰노미야에 도착할 시각이었다. 며칠 전에는 조에쓰 신칸센, 오늘은 도호쿠 신칸센을 이용한 출장이다. 그래 봐야 도쿄에서 약 50분. 멀리 간다는 느낌은 없다.

멍하니 차창 밖을 바라보았다. 한가로운 전원 풍경이 펼쳐진다.

정말 이대로 끝을 맺어도 좋을까. 마음이 영 개운치 않다.

수사는 최종 국면으로 접어들었다. 나카야 다유코의 진술을 근거로 추가 증거를 수집하기 위한 수사가 이루어지면서 그녀 얘기가 거짓이 아니라는 것이 거듭 증명되었다. 가령 그녀는 '야요이 찻집'이 있는 지유가오카까지 전철을 타고 갔다고 했는데, 실제로 역이나 카페 주변에 설치된 방범 카메라에 그녀의 모습이 찍혀 있었다. 옷차림과 시각도 진술과 일치했다. 또한 감식반이 현장에서 채취한 발자국 중 하나가 범행 당일 그녀가 신었다는 펌프스와 일치했다.

무엇보다 나카야 다유코는 시폰 케이크를 자르는 칼로 찔렀다고 진술했는데, 흉기에 관해서는 보도된 바가 없으니 범인과 수사 관계자 외에는 알 수 없는 일이었다.

다유코가 범인이라는 것은 틀림없는 사실이다. 그러나 마쓰미야는 그녀의 말이 모두 진실이라고는 여겨지지 않았다.

예를 들어 살해되기 직전 하나즈카 야요이가 보였다는 태도는 납득이 가지 않았다. 한마디로 그녀답지 않다. 다유코 말로는 맨 마지막에 그녀는 '얘기하는 것 자체가 시간 낭비'라고 했다는데, 그렇게 내치는 듯한 말투는 지금까지 다수의 사람에게 들었던 하나즈카 야요이의 인간성과 도무지 합치되지 않았다.

물론 누구에게나 양면성은 있다. 다른 사람들에게는 보이지 않았던 일면을 그 당시에만 드러냈을 가능성도 부정할 수 없다. 그러나 마쓰미야는 왠지 모를 위화감을 느꼈다.

위화감으로 말하자면 와타누키의 진술도 마찬가지다. 하나즈카 야요이가 동업을 제안했다고 하지만 그것 또한 그녀답지 않다. '야요이 찻집'에는 종업원조차 없었다. 그것은 만에 하나 운영에 실패하더라도 다른 누군가를 휘말리게 하고 싶지 않다는 의지가 아니었을까. 그런 사람이 10년 넘게 서로 연락하지 않았던 전남편에게 동업을 제안하다니, 가당치 않다.

그리고 만약 하나즈카 야요이가 정말로 사업을 확장할 생각이었다면 그와 관련된 자료, 가령 부동산 정보 등이 집이나 스마트폰에 남아 있어야 마땅하다. 그러나 증거 수집을 담당한 수사관에게도 그런 자료가 발견되었다는 얘기를 들은 적이 없다.

와타누키가 퇴근길에 들렀다는 장소들에 대한 탐문 수사

는 거의 끝났다. 모두 과거에 하나즈카 야요이가 자주 드나들었던 가게, 또는 친하게 지냈던 사람의 집으로 판명되었다. 가게에서는 하나즈카 야요이가 최근에 온 적이 있는지, 지인에게는 최근에 만난 적이 있는지 물었다고 한다. 하지만 물어보는 이유는 밝히지 않은 듯했다.

와타누키는 분명 뭔가를 숨기고 있다. 그리고 그것이 사건의 진상과 무관할 리 없다는 생각이 든다.

그 생각에는 가가도 동의했다. 그래서 계장에게 말해 마쓰미야를 우쓰노미야에 보내기로 한 것이다.

마쓰미야의 마음에 걸리는 사람은 또 있다. 바로 시오미 유키노부다.

오늘 오전 마쓰미야는 그가 근무하는 이케부쿠로 영업소를 방문했다. 시오미는 신물이 난다는 표정을 지었지만 마쓰미야의 방문을 의외라고 여기지는 않는 듯했다.

"조만간 또 올 수도 있겠다고 생각은 했습니다."

영업소 근처 찻집에 들어가서 앉자마자 시오미가 말했다.

"용건은 대충 짐작이 갑니다. 제가 먼저 질문해도 되겠습니까?"

"그러시죠. 대답할 수 있을지 어떨지는 모르겠지만요."

시오미는 턱을 살짝 끌어당기고 마쓰미야를 응시했다.

"하나즈카 씨를 살해한 범인이 체포되었다면서요. 여자라고 하던데, 하나즈카 씨와는 어떤 관계인가요? 그리고 동기가 뭐랍니까?"

마쓰미야가 희미하게 미소를 지었다.

"아쉽게도 하나같이 제가 대답할 수 없는 질문들뿐이군요. 아직 수사 중이라서요."

시오미는 쓴웃음을 지으며 한숨을 내쉬는 걸로 체념을 표시했다.

"역시……. 그렇게 말씀하실 줄 알았습니다."

"기대에 부응하지 못해서 죄송합니다. 그럼 이제 제가 질문해도 되겠습니까?"

그러시죠, 하고 시오미가 퉁명스럽게 대답했다.

"조금 전에 용건이 짐작이 간다고 하셨죠?"

"네. 딸이 다니는 중학교에 찾아가셨다더군요."

"그렇습니다. 따님에게 들으셨나 본데, 부녀간에 대화를 나누셨다니 듣던 중 반가운 소리입니다."

"비꼬는 겁니까? 웬일로 그 아이가 먼저 말을 거나 했더니, 형사가 학교에 찾아왔다는 겁니다. 얼마나 놀랐는지……."

"놀란 쪽은 접니다. 하나즈카 씨가 테니스부 연습을 보러 왔다는 얘기도 들으셨죠? 대체 그분이 거길 왜 갔습니까? 우연은 아니지 싶은데요."

"우연이 아닙니다. 하지만 놀랄 일도 아니에요. 제가 딸의 학교와 테니스부에 관해서 얘기했더니 하나즈카 씨가 그 학교라면 자기도 잘 안다면서, 가끔 그 근처에 갈 일이 있으니까 한번 들러 보겠다고 하더군요. 하지만 정말로 갈 줄은 몰랐습니다."

"모나 양 말로는 한 번이 아니라던데요. 하나즈카 씨의 목적이 무엇이었을까요?"

글쎄요, 하며 시오미는 고개를 저었다.

"제가 그걸 어떻게 알겠습니까. 하나즈카 씨가 테니스부 연습을 보러 왔었다는 것도 딸에게 듣고서야 알았는데요. 그저 그 학교 근처에 갈 일이 자주 있었던 것 아닐까요? 그보다, 마쓰미야 씨, 왜 그렇게 저희 부녀에 관해 꼬치꼬치 캐묻고 다닙니까? 범인이 체포되었으니 더는 이쪽에 볼일이 없을 텐데요."

말투에서 짜증이 묻어났다.

"방금도 말씀드렸지만, 수사는 아직 끝나지 않았습니다. 범인의 진술이 사실인지 아닌지도 모릅니다. 사실 여부가 판명될 때까지는 계속 협조를 부탁드리게 될 겁니다."

그러고서 마쓰미야는 시오미에게 나카야 다유코의 얼굴 사진을 보여 줬다.

"혹시 이 여자분을 본 기억이 있습니까?"

그러나 시오미는 별다른 반응을 나타내지 않았다. 대뜸 고개를 가로젓더니 "전혀요."라고 대답했다. 그 태도에도 부자연스러움은 없었다.

실제로 나카야 다유코와 시오미 유키노부 사이에 직접적인 연결 고리는 발견되지 않았다. 따라서 다유코가 범인이라면 시오미는 사건과 무관하다고 볼 수밖에 없었다. 그러나 마쓰미야는 시오미 역시 와타누키처럼 뭔가 중요한 걸 숨기고 있다는 느낌이 들었다.

마쓰미야는 언젠가 가가에게 들었던 말이 떠올랐다. 자신의 감이 빗나간 것도 모른 채 빗나간 수사를 고집하는 형사는 우수하다고 할 수 없다, 하지만 자신이 예상했던 대로 일이 풀리지 않는다고 해서 대뜸 감이 빗나갔다고 단정하는 형사도 크게 되지는 못한다…….

지금은 자신의 감을 믿고 조금 더 밀고 나가 보자고 생각했다.

우쓰노미야에 거의 도착했을 무렵 휴대 전화가 울렸다. 발신자 표시를 본 그는 살짝 긴장했다. 얼마 전 연락처에 등록한 요시하라 아야코였다. 자리에서 일어나 연결 칸으로 나가면서 통화 버튼을 눌렀다.

"네, 마쓰미야입니다."

"요시하라예요. 잠깐 통화할 수 있을까요?"

"신칸센에 있습니다만, 괜찮습니다. 연결 칸으로 나왔습니다."

"바쁘신데 죄송합니다. 실은 중요한 얘기가 있어서요. 아무래도 마쓰미야 씨도 알아야 할 것 같아서 연락했어요."

"그 일에 관해서는 아직 어머니께 제대로 말씀을 못 드렸는데요."

"그러셨군요. 하지만 어쩌면 어머니가 숨기고 계신 일과 관련이 있을지도 몰라요."

마쓰미야는 그 자리에 선 채 등을 곧게 폈다.

"그렇다면 듣지 않을 수 없군요."

"간단히 말씀드릴 내용이 아니라서 시간을 좀 내 주셨으면 해요. 지난번처럼, 제가 도쿄로 가겠습니다."

"그렇게 해 주신다면 감사하죠. 다만, 지금 한창 수사 중인 사건이 있어서 시간을 약속하기 어려운 상황입니다. 짬이 날 때 연락드려도 되겠습니까?"

"네, 그렇게 하세요. 하지만 마쓰미야 씨,"

요시하라 아야코가 의미심장하게 그를 부르고 나서 말을 이었다.

"저는 급할 게 없지만, 저쪽은 이제 시간이 별로 남지 않은 듯해요."

'저쪽'이 뭘 가리키는지 마쓰미야는 금세 알아챘다.

"병세가 더 악화되었나요?"

후후, 하고 허탈하게 웃는 기척이 전해졌다.

"지금보다 더 나빠질 수는 없어요. 당장 병원에서 나쁜 소식이 온다 해도 전혀 놀랍지 않을 거예요."

"알겠습니다. 최대한 서둘러 일을 마무리해 보겠습니다."

통화를 마치고 전화기를 주머니에 집어넣는데 열차가 속도를 줄이는 것이 느껴졌다.

마쓰미야가 내민 상자를 본 하나즈카 히사에의 주름진 입가에 옅은 미소가 어렸다.

"붕어빵이네……. 오래전에 아는 분께 선물로 받은 적이 있지요. 고마워요. 사양하지 않고 받을게요. 우리 부부가 단것을 좋아하거든요."

"다행입니다."

마쓰미야가 탁자 위에 놓인 찻잔으로 손을 뻗으며 말했다.

하나즈카 야요이의 친정은 닛코가도에서 몇십 미터 떨어진 주택가에 있었다. '하나즈카 침술 접골원'이라는 간판이 붙어 있는 서양풍의 네모난 단층집이다. 야요이의 부친은 여든을 눈앞에 둔 나이에도 여전히 진료를 한다고 했다.

노부부는 범인이 체포되었다는 사실을 알고 있었다. 도쿄에서 형사가 찾아온 이유도 그와 관련되었을 것이라고 여기는 듯했다. 그래서인지 마쓰미야가 아직은 자세한 내용을 말씀드릴 수 없다고 하자 야요이의 부친은 환자가 기다리고 있다면서 서둘러 자리를 뜨고 말았다. 마쓰미야가 붕어빵 상자를 쇼핑백에서 꺼낸 것은 그 후였다.

"이렇게 찾아뵌 것은 와타누키 씨에 관해서 여쭤보고 싶은 일이 있어서입니다."

마쓰미야가 히사에에게 말했다.

"어떤 경위로 야요이 씨의 사후 처리를 와타누키 씨에게 맡기시게 되었는지 자세히 말씀해 주실 수 있겠습니까?"

"그 일이라면 며칠 전에도 전화로 설명했는데……."

"자꾸 여쭤봐서 죄송합니다. 달리 몇 가지 확인할 것이 있어서요."

"그래요? 뭐, 얘기하는 건 어렵지 않아요."

히사에는 차를 한 모금 마시고 나서 다시 말을 이었다.

"사건이 있고 일주일쯤 지났을 때인가, 와타누키가 전화를 했어요. 일단 조의를 표하고 나서, 처리할 일이 많을 텐데 힘들지 않느냐고 묻더군요. 아닌 게 아니라 힘들다고 했죠. 뭘 어떻게 해야 좋을지 몰라서 허둥거리고 있다고 했더니 그렇다면 자신이 전부 맡아서 처리하겠다는 거예요. 깜짝 놀랐어요. 그럴 수는 없다고 거절했지만, 와타누키는 사양하지 않아도 된다면서 자신은 이런 일에 익숙하다고 하더군요. 솔직히 말해서 고마웠죠. 달리 부탁할 사람도 없던 차에 마침가락이지 뭐예요. 와타누키라면 믿을 수 있고 야요이에 관해서도 상세히 알 거라고 생각했어요. 그래, 그래 준다면 고맙겠다, 잘 부탁한다, 그렇게 대답했죠. 그랬더니 며칠 후에 위임장을 갖고 여기로 왔더라고요."

"와타누키 씨가 뒤처리를 맡겠다고 나서는 이유를 뭐라고 설명하던가요?"

이유라, 하고 조그맣게 말하면서 히사에가 고개를 갸웃했다.

"딱히 이유랄 건 없어 보였어요. 야요이가 살해당했다는 말을 듣고 자신이 할 수 있는 일이 뭐가 있을까 생각해 봤다더군요. 그러다가 야요이의 유품 정리다 뭐다 해서 가족이 힘들 것 같아 연락했다나 뭐라나……."

만약 그것이 진심에서 나온 말이라면 더없이 친절하거나 혹은 오지랖이 넓은 사람이다. 와타누키가 그런 사람이 아니라는 근거는 없지만, 역시 다른 목적이 있었다고 보는 편이 자연스러웠다.

"와타누키 씨는 위임장에 서명하고 나서 곧바로 도쿄로 돌아갔습니까?"

"아니요, 잠시 머물다 갔어요. 야요이에 관해 이것저것 묻기도 하고요."

"이것저것요? 예를 들면요?"

아, 그게, 하고 다시 고개를 갸웃하던 히사에가 돌연 의심의 눈초리로 마쓰미야를 보았다.

"혹시 와타누키에게 뒤처리를 맡겨서 무슨 문제가 생겼나요? 전남편에게 그런 일을 부탁하면 안 되는 거예요?"

아니요, 아니요, 하고 마쓰미야는 손을 내저었다.

"절대 그런 건 아닙니다. 다만 범인이 체포되었다고 해도 사건이 완전히 해결된 것은 아니라서요. 관련 인물의 행동에 관해 의혹이 없도록 철저히 조사해 놓아야 합니다. 이거, 귀찮게 해 드려서 죄송합니다."

이 정도 설명으로 정말 납득했는지는 알 수 없지만 히사에는 "그렇군요." 하고 대꾸한 뒤 더는 의문을 표시하지 않았다.

"최근에 야요이와 무슨 얘기를 나누었느냐고 물었어요. 최근에는 야요이가 이쪽에 내려온 적이 없고 전화 통화를 한 게 전부였지만, 어쨌든 우리가 건강하게 지내는지 여간 염려하지 않았지요. 남편이 작년에 위궤양을 앓기도 했으니까요."

"야요이 씨가 자신에 관해서는 무슨 얘기를 하던가요? 와타누키 씨도 그걸 알고 싶어 하지 않았을까 싶은데요."

"맞아요, 그것도 물었어요. 하지만 야요이는 자기 얘기를 하는 법이 별로 없었어요. 그저 건강히 잘 지낸다, 가게 운영도 순조롭다, 그런 정도였죠. 와타누키에게도 그렇게 얘기했어요."

"그 얘기를 듣고 와타누키 씨가 만족하는 눈치였습니까?"

"그건 저도 잘 모르겠어요. 요즘 들어 신변에 변화가 있었다는 얘기를 듣지 못했느냐고 묻기는 했어요. 딱히 그런 얘기

288

는 못 들었다고 대답했고요."

"신변의 변화에 관해서 물었다고요?"

"네. 뭔가 좋은 일이 있었다거나 뜻밖의 인물을 만나지 않았느냐고요. 들은 게 없으니 그대로 대답할 수밖에요."

좋은 일, 뜻밖의 인물……. 뭘 알고 싶었던 걸까. 아무래도 와타누키가 구체적으로 알고 싶어 했던 뭔가가 있는 듯했다.

"아 참, 그러고 나서,"

히사에가 양손을 가슴 앞에서 맞부딪쳤다.

"앨범을 보고 싶다고 했어요."

"앨범을요?"

"네, 우리 가족 앨범요. 야요이가 젊었을 때 사진이 보고 싶다나 뭐라나."

"그걸 왜 보고 싶다던가요?"

"글쎄요, 그런 말은 안 해서……."

"그래서, 보여 주셨나요?"

"보여 줬죠. 거절할 이유도 없고 해서요."

"그 앨범, 저도 좀 볼 수 있을까요?"

"네, 보여 드리죠, 뭐."

히사에가 잠깐 기다리라며 일어나서 방을 나갔다.

마쓰미야는 생각에 잠겼다. 와타누키는 대체 무슨 꿍꿍였을까. 혹시 나의 지나친 상상일 뿐, 다른 의도는 없었던 것 아닐까.

잠시 후 히사에가 두꺼운 앨범을 품에 안은 채 돌아왔다. 그녀는 "이거예요." 하며 앨범을 탁자에 내려놓았다.

"그럼 한번 보겠습니다."

마쓰미야가 앨범을 가까이 끌어당겼다. 가죽 표지 사이로 빳빳한 종이가 여러 장 묶여 있었다. 요즘은 좀처럼 구경하기 힘든 물건이다.

조심조심 표지를 넘겼다. 첫 장에는 신생아로 보이는 아기 사진이 있었다. 원래는 컬러 사진이었던 듯한데 색이 상당히 바래 있었다. 화질도 선명하지 않은데, 그건 요즘의 고화질 사진에 눈이 익어서인지도 모른다. 사진 옆에 펜으로 '야요이, 생후 3주'라는 메모가 적혀 있었다.

계속해서 아기 사진이 몇 장 이어졌다. 하나즈카 부부에게는 하나밖에 없는 아이였을 테니 기쁨에 차서 찍었을 것이다.

이윽고 유아기에 접어든 야요이 모습이 등장했다. 유치원복을 입은 모습이 무척 귀엽다. 그리고 초등학교 입학식. 함께 찍힌 히사에의 모습도 당연히 젊다.

"따님이 꽤 활발했나 봅니다."

정글짐에서 노는 야요이 모습을 보고 마쓰미야가 말했다. 초등학교 저학년쯤일까.

"아주 말괄량이였어요. 가만있지를 못하는 성격이었죠."

말하던 도중에 히사에가 눈가를 훔쳤다. 야요이의 어린 시절을 떠올리고 나서 그 딸이 이제는 세상에 없다는 사실을 새삼 실감했는지도 모른다.

페이지를 더 넘겨 보았다. 야요이의 용모에서 점차 어린 티가 가시며 여성스러움이 배어났다. 촬영 각도에 따라서는 상당히 성숙해 보이기도 한다.

마쓰미야 머릿속에 불현듯 기묘한 감각이 싹텄다. 그것은 기시감과도 비슷한 느낌이었다. 왜지, 하고 생각했다. 처음 보는 앨범이잖아.

몇 장을 더 넘겼을 때 그는 "어!"하며 눈을 크게 떴다. 텅 빈 페이지가 나온 것이다. 사진을 붙였다 뗐다는 것을 남아 있는 흔적으로 알 수 있었다.

"여기 있던 사진은 어디 갔나요?"

마쓰미야가 물었다.

히사에가 앨범을 들여다보고 화들짝 놀라는 표정을 지었다.

"모르겠네요. 이게 어찌 된 일이지. 떼어 낸 기억이 없는데
……."

그렇다면 와타누키의 짓인가……. 왜 여기 있는 사진만 떼어 냈을까.

마쓰미야는 한 장을 더 넘겨 보았다. 거기에는 사진이 붙어 있었다. 사춘기라는 표현이 어울릴 만큼 성장한 야요이의 사

진들이다.

그중 한 장을 보고 마쓰미야는 자신도 모르게 숨을 삼켰다. 동시에 조금 전에 느꼈던 기시감의 정체를 깨달았다.

어떻게 이런 일이. 얼마나 충격이 컸는지 머릿속이 마구 뒤엉키기 시작했다.

18

천장에 거의 닿을 만큼 높이 설치된 텔레비전을 때때로 올려다보며 유키노부는 묵묵히 젓가락질을 했다. 오늘 저녁 메뉴는 고등어 된장 조림 정식이다. 된장국에는 바지락이 들어 있었다.

식사를 마치고 나서 시계를 보니 8시가 조금 지나 있었다. 이 시간이면 모나도 저녁을 먹고 제 방에 틀어박혀 있을 것이다. 종업원을 불러 계산을 부탁했다.

요즘 들어 모나의 태도가 이상했다. 마쓰미야 형사가 학교에 찾아간 다음부터였다. 하나즈카 야요이의 사진을 보고 가끔 테니스부 연습을 구경하러 오던 사람이라는 걸 알았다고 한다.

"그 아줌마가 우리 학교에는 왜 왔던 거야?"

모나의 질문에 유키노부는 글쎄, 하며 고개를 갸웃했다.

"근처에 볼일이 있어서 간 김에 들렀겠지. 모나 너만 보러 간 것도 아닐 거야."

열네 살 딸은 유키노부의 대답이 불만스러운 것 같았다. 찡그러진 눈썹이 그 사실을 말해 주었다. 그러나 모나가 다음 질문을 하기 전에 유키노부는 자기 방으로 피해 버렸다.

오늘 아침에 아주 잠깐 얼굴을 마주쳤을 때도 모나가 그에게 말을 걸려고 했지만 유키노부는 모른 척하고 부랴부랴 집을 나섰다.

유키노부는 모나와 마주하기가 두려웠다. 모나도 이제 어린 아이가 아니다. 적당히 둘러대는 말로는 통하지 않을 것이다.

밥값을 치르고 밥집을 나왔다. 무거운 발걸음을 집으로 옮기는데 시오미 씨, 하고 등 뒤에서 부르는 소리가 들렸다. 걸음을 멈추고 돌아본 그는 자신도 모르게 얼굴을 찡그렸다. 마쓰미야였다.

"저녁을 드셨나 보군요."

아무래도 밥집 근처에서 지켜본 듯했다.

"아직도 제게 볼일이 있습니까?"

그가 진절머리 난다는 표정을 지으며 물었다. 하지만 마쓰미야는 웃는 표정을 바꾸지 않았다.

"진상이 밝혀질 때까지 협조를 부탁드린다고 지난번에 말씀드렸잖습니까."

"저한테 따라붙어 봐야 수사에는 아무런 보탬이 안 될 텐데요."

"그렇지 않다고 생각하니까 이렇게 만나러 온 겁니다. 30분이면 충분하니까 시간 좀 내 주시죠."

유키노부가 한숨을 푹 내쉬었다.

"이걸로 끝이라면 한 시간이든 두 시간이든 상관없습니다."

"아니요, 그렇게는 안 될 것 같으니 30분 안에 끝내겠습니다. 자, 가시죠."

"가다니, 어디로요?"

"봐 둔 곳이 있습니다. 둘이 조용히 얘기를 나눌 수 있는 장소죠."

그러면서 마쓰미야가 오른손으로 어딘가를 가리켰다.

유키노부는 하는 수 없이 그를 따라나섰다. 두 사람은 나란히 걸었다.

"형사로서 상당히 유능하신 것 같습니다."

걸어가면서 유키노부가 말했다.

"왜 그렇게 생각하시죠?"

"제 입으로 말하기는 뭐하지만, 제가 원래 마음이 약해서 남이 부탁하면 웬만해서는 거절을 못하거든요. 그런데 형사님께는 꽤 냉담하게 행동했어요. 보통 사람 같으면 불쾌해서 다시는 만나고 싶지 않았을 겁니다. 그런데 형사님은 태연한 얼굴로 자꾸 찾아온단 말이죠. 그런 게 아마도 형사에게 필요한 자질이겠죠."

"칭찬하시는 겁니까?"

"그렇습니다."

"감사합니다. 하지만 시오미 씨가 모르는 게 있어요."

"뭐죠?"

"시오미 씨에게서는 냉담함이 전혀 느껴지지 않아요. 부탁하면 반드시 협조해 준다, 그런 확신이 있으니까 이렇게 찾아오는 겁니다."

유키노부가 고개를 절레절레 저으며 이거야 원, 하고 중얼거렸다.

그가 마쓰미야에게 이끌려 간 곳은 어느 가라오케였다. 미리 예약해 두었는지 종업원이 지체 없이 룸으로 안내했다. 가라오케 장치의 전원은 꺼져 있었다. 정신 사나울까 봐서요, 하고 마쓰미야가 별것 아니라는 듯이 말했다.

종업원이 뭘 마시겠느냐고 물었다. 마쓰미야는 우롱차를, 유키노부는 맥주를 주문했다. 유키노부는 조금이나마 긴장을 풀고 싶은 듯했다.

그가 실내를 둘러봤다. 이런 곳에 온 게 몇 년 만일까.

"기분 좀 돋우게 한 곡 부를까요?"

마쓰미야가 농담인지 진담인지 모를 질문을 했다.

유키노부는 흥, 콧방귀를 뀌며 피식 웃었다.

"먼저 간 아내가 좋아해서 아이가 태어나기 전에는 둘이 자주 왔어요. 하지만 저는 늘 노래를 들어 주고 마실 걸 주문하는 역할이었죠. 노래를 잘 못하거든요. 형사님은 어떻습니까, 가라오케를 자주 이용하시나요?"

"그런 편이죠. 다만 지금처럼 기계의 전원을 꺼 달라고 할 때가 많습니다."

마쓰미야가 거리낌 없이 대답했다. 참고인 조사 때 주로 이용하는 듯했다.

"그렇군요."

유키노부가 어깨를 으쓱했다.

잠시 후 주문한 음료가 나왔다. 대뜸 맥주잔으로 손을 뻗으려던 유키노부는 멈칫하며 자신의 행동을 억제했다. 긴장해서 목이 탄다는 걸 형사에게 들키고 싶지 않았다.

마쓰미야가 우롱차를 한 모금 마신 후 자, 하고 말을 꺼냈다.

"실은 시오미 씨에게 보여 드리고 싶은 것이 있습니다."

"그게 뭡니까?"

마쓰미야가 웃옷 안주머니에 손을 넣었다. 거기서 꺼낸 것은 사진 몇 장이었다. 마쓰미야는 그 사진들을 테이블에 늘어놓았다.

모두 십 대 전반으로 보이는 여성의 사진이었다. 그것들을 본 유키노부는 얼굴에서 핏기가 싹 가시는 느낌이었다. 다음 순간 온몸에 소름이 돋았다. 그는 태연한 척하려고 안간힘을 썼지만 과연 뜻대로 되었는지는 알 수 없었다. 마쓰미야의 표정을 살피려던 그의 시선이 마치 시낭감이라도 포착한 듯한 마쓰미야의 날카로운 눈길과 마주쳤다.

"어떠세요?"

젊은 민완 형사가 물었다.

유키노부는 헛기침을 한 번 하고 나서 사진을 들여다보며 턱을 문질렀다.

"꽤나 오래된 사진 같군요. 누굽니까?"

"못 알아보시겠어요? 하나즈카 야요이 씨의 고등학교 1학년 때 사진입니다."

아니, 하고 유키노부는 짐짓 큰 소리로 반응했다.

"그래요? 그러고 보니 그녀의 모습이 보이는군요."

"하나즈카 씨의 고향 집에 보관되어 있던 사진들입니다. 이걸 보고 저는 깜짝 놀랐어요. 시오미 씨는 어떻습니까?"

"저 말입니까? 저는, 딱히 놀랄 만한 게……."

그러자 마쓰미야가 사진 한 장을 집어 들더니 유키노부에게 내보였다.

"누군가와 닮지 않았나요? 시오미 씨가 아주 잘 아는 사람과 말입니다."

유키노부는 고개를 갸우뚱했다.

"글쎄요……, 떠오르는 사람이 없는데요."

"그래요? 거참, 이상하군요. 제가 보기에는 모나 양을 쏙 빼닮았는데 말입니다. 아니지, 태어난 순서를 고려하면 모나 양이 이 여자분을 닮았다고 해야 하나."

유키노부가 치켜뜬 눈으로 형사를 바라보았다.

"대체 하고 싶은 말이 뭡니까?"

"하고 싶은 말이 아니라 확인하고 싶은 게 있습니다. 시오미씨, 단도직입적으로 묻죠. 모나 양과 하나즈카 야요이 씨가 혈연관계입니까?"

마쓰미야의 질문이 마치 단도처럼 유키노부의 가슴에 날카롭게 꽂혔다.

"별 이상한 소리를 다 듣겠네요."

자신도 모르게 목소리가 높아졌다.

"모나와 하나즈카 씨가 혈연관계냐고요? 어디서 그런 발상이 나왔는지 모르겠지만, 두 사람은 생판 남남입니다. 아무관계가 없단 말입니다. 믿기지 않으면 호적이든 뭐든 마음껏 확인해 보세요. 경찰이니까 쉬운 일 아닙니까."

"호적이 아니라 생물학적 얘기를 하는 겁니다."

마쓰미야는 사진을 가리켰다.

"제 눈에는 절대 두 사람이 남남으로 보이지 않는데요."

"그건 형사님의 착각일 뿐입니다. 제게는 전혀 닮아 보이지 않아요. 설사 닮았다 해도 그건 우연일 뿐입니다. 흔히 있는 일이죠."

"물론 남남인데 서로 닮은 경우도 많습니다. 이 세상에 자신과 닮은 사람이 적어도 셋은 있다는 말도 있으니까요."

하지만, 하고 마쓰미야는 말을 이었다.

"두 사람이 한 의료 기관과 연관이 있다면 우연히 닮은 것으로 치부할 수만은 없겠죠."

순간 유키노부가 움찔했다.

"그건 또 무슨 말입니까?"

목소리가 그만 떨리고 말았다.

"돌아가신 부인, 그러니까 레이코 씨는 불임 치료를 받은 적이 있었습니다. 레이코 씨 어머니께 확인해 보니 모나 양을 체외 수정으로 얻었다더군요. 그때 다녔던 병원 이름이 '애광 여성 클리닉'. 두 분이 10여 년 전에 살았던 아파트 근처에 있었습니다."

"그게 어쨌다는 겁니까?"

"같은 시기에 하나즈카 야요이 씨도 불임으로 고민하다가 다른 방법을 시도했습니다. 그녀가 다니던 병원 역시 '애광 여성 클리닉'이었어요. 시오미 씨, 이걸 과연 우연으로 치부할 수 있을까요?"

유키노부가 심호흡을 한 번 하고 나서 마쓰미야를 바라보았다.

"우연이 아니면 뭐란 말입니까?"

마쓰미야는 우롱차를 한 모금 마신 다음 천천히 찻잔을 내려놓고 팔짱을 끼었다. 얄미우리만치 침착한 태도였다. 그물에 걸린 물고기를 어떻게 요리할까 상상하며 즐기는 것처럼 보이기도 했다.

"불임 치료 전문가에게 문의해 봤습니다. 두 여성이 같은 시기에 한 의료 기관에서 체외 수정을 했는데 한쪽 여성이 다른 쪽 여성과 매우 닮은 아이를 낳았을 경우 어떤 상황을 가정할 수 있느냐고요. 그 전문가는 당황스러워하면서도 이렇게 설명하더군요. 가능성은 매우 낮지만 만약 그런 일이 발생했다면 체외 수정을 할 때 다른 쪽 여성의 난자를 사용했거나, 또는 수정은 정상적으로 이루어졌지만 수정란이 본래의 여성이 아닌 다른 여성의 몸에 착상되었거나, 두 가지 외에는 생각할 수 없다고요."

"아니, 잠깐만요."

유키노부가 오른손을 펼쳐 들었다.

"마쓰미야 씨, 지금 본인이 무슨 말을 하는지 알기나 합니까?"

"지극히 중대한 개인 정보를 발설하고 있다는 자각은 있습니다. 하지만 터무니없는 얘기는 아니라고 생각합니다."

"아니, 터무니없어요. 그런 헛소리는 도저히 용납할 수 없습니다. 마쓰미야 씨, 당신 지금 모나가 내 딸이 아니라고 말한 거예요. 알아요?"

"단정하지는 않았습니다. 어디까지나 가능성을 말했을 뿐이죠."

마쓰미야의 말에 유키노부는 어떤 태도를 취할까 망설였다.

얼토당토않다며 웃어넘기는 편이 좋을까, 실례되는 언사라며 분개해야 할까, 아니면 흥미로운 발상이라며 관심을 보이는 편이 좋을까.

유키노부는 그때 처음으로 맥주잔에 손을 뻗었다. 맥주를 한 모금 넘기고 마음을 가라앉히려 했으나 흥분한 마음은 좀처럼 진정되지 않았다.

"그럼 한 가지 물어봅시다."

유키노부가 잔을 내려놓고 마쓰미야를 바라보았다.

"그런 일이 왜 생겼다는 거요?"

"이유는 알 수 없습니다."

마쓰미야가 곧바로 대답했다.

"뭔가 문제가 있어서 정상적인 난자를 만들어 내지 못하는 여성이 다른 여성의 난자를 제공받는 경우는 간혹 있는 것 같습니다만, 아이를 간절히 원했던 하나즈카 야요이 씨가 소중한 난자를 남에게 제공했을 것 같지는 않습니다. 그 전문가 말로는 난자가 서로 뒤바뀌었을 가능성이 가장 크다고 하더군요. 즉 병원 측의 실수라는 거죠. 수정할 때 잘못되었을 가능성은 없고, 아마도 수정란 단계에서 문제가 생겼을 거랍니다. 수정란을 일정 기간 보관하게 되는데, 그러는 동안 사고가 발생했을 거라고요. 물론 일어나서는 안 되는 사고라고 하더군요."

그래, 용납할 수 없는 실수지. 유키노부는 마음속으로 동의했지만 고개를 끄덕이지는 않았다.

"어떻게 그런 일이 일어날 수 있단 말입니까. 상상도 하고 싶지 않아요. 그런데 마쓰미야 씨, 당신 얘기에는 이상한 점이 있어요."

"그게 뭔데요?"

"가령 그런 사고가 발생했다면 그런 사실이 판명된 시점에 뭔가 대응이 있지 않았겠어요? 출산까지 가지는 않았을 거라는 말입니다."

"맞는 말씀입니다. 그러니 생각할 수 있는 가능성은 두 가지죠. 출산 후에야 사고를 알게 되었거나 사고를 알면서도 출산했거나. 하지만 어느 쪽이든,"

거기까지 말하고 마쓰미야는 냉철한 눈으로 유키노부를 바라보았다.

"시오미 씨는 그런 사고가 일어났다는 걸 알았습니다. 언제 알았는지는 모르겠지만요."

"왜 그렇게 생각하죠?"

뺨이 굳어지는 것을 느끼면서 유키노부가 물었다.

"그건 말이죠, 시오미 씨가 '야요이 찻집'에 갔기 때문입니다. 만약 몰랐다면 하나즈카 씨의 존재도 몰랐을 테고, 그랬다면 그녀를 만나러 가지도 않았을 겁니다."

"전에 내가 말하지 않았습니까, 내가 '야요이 찻집'에 간 것은……."

"근처에 일하러 갔다가 우연히 들렀단 말씀이죠? 그렇다면 그날 어디서 무슨 일을 했는지 구체적으로 말씀해 주실 수 있습니까?"

유키노부의 시선이 허공을 헤맸다.

"그게 어디였더라……. 벌써 몇 달이나 지난 일이라 생각이 안 납니다."

"그럼 한번 알아보시죠. 회사에 기록이 남아 있을 거 아닙니까."

대답할 말이 궁해진 유키노부는 짐짓 인상을 쓰며 맥주잔을 입으로 가져갔다. 그런 그를 시오미 씨, 하고 마쓰미야가 불렀다.

"하나즈카 씨에게 모나 양에 관해 얘기하셨죠?"

"아니, 무슨 그런……."

"그렇게 생각하면 모든 일이 앞뒤가 맞아떨어집니다. 하나즈카 씨가 테니스부 연습을 보러 간 이유도 간단히 설명이 되죠. 자신의 혈육이 이 세상에 존재한다는 걸 알게 되면 만나러 가고 싶은 게 인지상정이니까요."

유키노부가 눈을 부릅뜨고 마쓰미야를 노려보았다.

"상상은 자유지만, 다른 데서 그런 얘기를 입 밖에 냈다가는 고소당할 줄 알아요."

"물론 시오미 씨 허락 없이는 입 밖에 내지 않을 겁니다. 그러나 그 점을 밝히지 않는 한 이번 사건은 절대 해결되지 않는다는 점도 아서야 합니다."

"왜죠? 범인은 이미 체포되지 않았습니까."

"범인이 체포된 건 사실이지만, 그녀가 진실을 이야기하지 않을 가능성이 큽니다. 지금 이대로 재판이 진행될 경우 올바른 판결이 내려질지 의문이에요. 하나즈카 씨를 살해한 진짜 동기가 무엇인지 반드시 밝혀야 합니다."

"미안하지만, 나랑은 상관없는 일입니다."

"과연 그럴까요? 이런 말씀을 드리기는 뭣하지만, 저는 시오미 씨가 하나즈카 씨에게 모나 양에 관해 얘기하지 않았다면 그녀가 살해되는 일도 없었을 거라고 생각합니다."

"그만합시다. 더는 듣고 싶지 않아요. 이만 실례하겠소."

유키노부가 자리에서 벌떡 일어났다.

"시오미 씨,"

마쓰미야가 출입구로 향하는 그를 불렀다.

"시오미 씨가 왜 하나즈카 씨에게 모나 양 얘기를 했는지는 모르겠습니다만, 지금 심정은 충분히 알 것 같아요. 모든 일을 비밀로 묻으려는 것이겠지요. 누구보다도 모나 양을 위해서 말입니다. 같은 이유로 진실을 숨기려는 사람이 또 있습니다. 하나즈카 씨의 전남편, 즉 모나 양의 생물학적 아버지입니다. 어쩌면 범인으로 체포된 분 역시 마찬가지일 겁니다."

유키노부가 눈을 크게 뜨며 뒤를 돌아보았다.

"시오미 씨가 입을 열지 않는 한 그들도 말하지 않을 겁니다. 아니, 말할 수 없을 겁니다. 그러면 진상은 영원히 수수께끼로 남겠죠. 그래도 괜찮습니까? 모든 건 시오미 씨에게 달렸습니다."

유키노부는 대답 없이 고개를 가로저으며 "그럼 이만." 하고 문을 열었다.

19

밖으로 나가는 시오미 유키노부의 뒷모습을 바라보던 마

쓰미야는 다시 의자에 앉아 남은 우롱차를 마셨다. 어딘가 방문이 열려 있는지 노랫소리가 희미하게 들려왔다. 그는 화면이 꺼진 가라오케가 이토록 적막한 공간이었던가 하고 생각했다.

시오미의 반응은 예상했던 대로였다. 그의 태도를 보면서 마쓰미야는 오히려 자신의 추리가 적중했음을 확신했다.

하나즈카 야요이의 젊은 시절 사진을 보고도 시오미 모나와의 연관성을 떠올리지 않는다면 그 편이 오히려 이상했다. 그만큼 두 사람의 모습은 매우 흡사했다. 심지어 야요이가 모나의 어머니라고 해도 믿지 않을 사람이 없을 듯했다.

두 사람은 무슨 사이일까. 혈연관계일 경우 필시 조사해 보면 드러날 터였다. 그러나 아무리 조사해도 서류상으로는 두 사람 사이에 그 어떤 연관성도 없었다.

그렇다면 남남인데 우연히 닮았을 뿐일까. 모나는 자기 엄마를 닮았고, 시오미는 죽은 아내와 비슷한 타입의 여자에게 끌렸던 것일까.

마쓰미야는 다시 나가오카로 가서 다케무라 쓰네코에게 레이코의 젊은 시절 사진을 보여 달라고 부탁했다. 쓰네코는 미심쩍어하면서도 낡은 앨범을 내다 줬다.

사진을 본 마쓰미야는 고개를 갸웃거렸다. 젊은 시절의 레이코는 모나와 닮은 구석이 전혀 없었다. 그 점을 지적하자 다케무라 쓰네코도 고개를 끄덕였다.

"맞아요, 태어났을 때부터 하나도 안 닮았더군요. 하지만 틀림없이 레이코의 딸이에요. 요즘 세상에 아기가 뒤바뀌는 일이 어디 흔하겠어요? 우리 바깥양반도 역시 인공적으로 태어난 아기라서 안 닮은 모양이라고 했어요. 물론 모두에게 웃음거리가 되고 말았지만요."

인공적, 이라는 게 무슨 뜻이냐고 묻자 쓰네코는 체외 수정이라고 했다. 쓰네코는 레이코가 불임 치료를 하러 다녔던 병원 이름도 얘기해 주었다.

"애광 병원인가……, 아마 그랬을 거예요. 사랑 애 자에 빛 광 자요. 레이코에게 그 이름을 듣고 병원 이름 한번 상서롭다고 말했던 기억이 있어요."

'애광'이라는 이름을 듣는 순간 마쓰미야는 뭔가 걸리는 듯한 느낌을 받았다. 어디선가 본 듯한 이름이었다.

그 해답을 찾은 것은 도쿄로 돌아오는 신칸센 안에서였다. 하나즈카 야요이의 휴대 전화 연락처 목록에 애광 병원 전화번호가 있었던 것이다.

하나즈카 야요이가 불임으로 고통받았다는 사실은 여러 사람의 증언으로 확인되었다. 게다가 그 시기가 시오미 레이코와 겹쳤다. 결코 단순한 우연이라고는 여겨지지 않았다.

불임 전문가를 만나 본 마쓰미야는 놀라운 사실을 알게 되었다. 사고로 수정란이 서로 바뀌었을 가능성이 있다는 것이었다.

어떤 경위로든 시오미 유키노부는 하나즈카 야요이가 모나의 생물학적 엄마라는 사실을 알게 된 것 아닐까. 그랬다면 야요이를 찾아가서 모나에 관해 얘기했을 터였다.

야요이가 여러 번 모나를 보러 간 것은 분명 그 일이 즐거웠기 때문일 것이다. 최근 들어 그녀가 왠지 즐거워 보였다고 찻집 단골 몇 명이 증언한 바 있다.

그렇게 생각하면 야요이가 10여 년 만에 와타누키 데쓰히코에게 연락한 이유도 어느 정도 짐작이 간다. 그녀는 모나의 생물학적 아버지에게도 그 사실을 알릴 필요가 있다고 생각했을 것이다.

오늘 낮 마쓰미야는 와타누키 직장으로 찾아가서 왜 하나즈카 야요이의 중학 시절 사진을 멋대로 앨범에서 떼어 갔는지 물었다. 와타누키는 그런 적이 없다고 잡아뗐다.

"솔직히 말씀하시는 게 좋을 겁니다. 하나즈카 씨 어머니에게 도난 신고를 하라고 말씀드릴 수도 있어요."

그 말에 와타누키는 표정을 일그러뜨리며 불쾌한 듯이 고개를 돌렸다.

"이 사진 속 소녀와 닮은 여자아이를 찾는 게 당신의 목적이었죠?"

마쓰미야가 와타누키에게 사진을 들이대며 말했다. 하나즈카 야요이의 고등학교 1학년 때 사진이었다.

"야요이 씨에게 얘기를 들었을 테죠. 자신들의 아이가 이 세상에 존재한다고요. 하지만 야요이 씨는 그 이상 자세한 얘기를 해 주지 않았어요. 그래서 당신은 자신의 힘으로 찾아내려 했던 겁니다. 야요이 씨의 사후 처리를 자청하고 나선 것도 그녀의 개인 정보가 필요했기 때문이에요. 아닌가요?"

그러나 와타누키는 그 말을 인정하지 않았다. 그러기는커녕 대체 무슨 말을 하는 거냐고 오히려 큰소리를 쳤다.

"만약 그런 아이가 있다면 한번 데려와 보세요. 저야말로 만나 보고 싶네요."

와타누키의 이 말은 거짓이 아닐 터였다. 와타누키는 아이를 만나고 싶었을 것이다. 그러나 스스로 비밀을 밝힐 수는 없었다. 그럴 수 있는 사람은 그 아이의 부모뿐이라고 생각했기 때문이다.

그리고 어쩌면.

나카야 다유코도 마찬가지가 아닐까. 와타누키 데쓰히코와 하나즈카 야요이의 피를 물려받은 아이의 존재가 범행 동기와 관련이 있었지만, 그것을 자신이 발설할 수는 없다고 생각하는 것 아닐까.

틀림없이 그럴 것이다, 하고 마쓰미야는 생각했다. 한 소녀

의 운명을 뒤바꿀 수 있는 비밀을 부모 이외의 사람이 폭로할
수는 없다.

그리고.

나 또한 아무리 경찰이라 해도 그럴 권리는 없지 않을까.

마쓰미야는 자신의 추리를 가가에게 말하지 않았다.

20

가라오케를 나와 바깥 공기를 쐬는 순간 오싹, 한기를 느꼈
다. 그러고 보니 온몸이 식은땀으로 흥건하다. 젖은 와이셔츠
가 척척하게 피부에 달라붙어 있었다.

빨라진 심장 고동이 좀처럼 잦아들지 않았다. 간신히 그 자
리를 모면했지만, 마쓰미야의 의구심을 씻어 내기는커녕 오
히려 한층 더 깊어지게 한 것 같다.

마쓰미야가 하나즈카 야요이의 젊은 시절 사진을 들이댔
을 때는 심장이 얼어붙는 것 같더니 지금은 반대로 얼굴이 화
끈거린다. 반쯤 넋이 나간 채 '결국 이런 날이 오는구나.' 하
고 생각했다. 마음 한구석에 각오는 있었지만 이런 식이 될
줄은 꿈에도 몰랐다.

걸음을 멈추고 밤하늘을 올려다봤다. 오늘 밤은 하늘이 맑

다. 레이코의 고향인 나가오카라면 수많은 별이 쏟아질 것처럼 반짝이겠지만, 지금 보이는 별은 딱 하나뿐이다. 그 별을 쳐다보며 유키노부는 "레이코, 어쩌면 좋지……." 하고 중얼거렸다.

15년 전 그날을 유키노부는 한시도 잊은 적이 없다. 가까스로 빛을 움켜쥐었다는 기쁨이 산산이 부서졌던 날. 희망이 절망으로 바뀌었던 날.

레이코가 병원에 함께 가 달라고 했다. 토요일 아침이었다. 유키노부는 토스트와 달걀 프라이를 먹은 후 커피를 마시고 있었다.

"원장님이 긴히 할 얘기가 있대. 오늘 당신하고 같이 오랬어."

레이코가 불안한 얼굴로 말했다.

유키노부는 아내의 아랫배로 시선을 옮겼다.

"무슨 문제라도 있나?"

그러자 레이코는 시무룩한 표정을 지으며 고개를 갸웃했다.

"지난번 검사 때는 아주 순조롭게 크고 있댔는데."

"그럼 왜 그러지?"

"글쎄……."

임신 9주째에 접어들었을 때였다. 입덧이 약간 있었지만 그것마저 행복의 징조로 받아들였다. 아무 탈 없이 출산까지 버티는 것이 부부의 공통된 소망이었다.

태아에게 이상이라도 발견된 것일까. 임신부가 고령일 경우 장애가 있는 아이가 태어날 확률이 높다는 것은 시작할 때 이미 설명을 들었다.

"다운 증후군인가……."

맨 먼저 머릿속에 떠오른 생각이었다.

"아직 거기까지 판정하기는 이를 거야."

"그럼 다른 장애?"

"그럴지도 모르지."

레이코가 퉁명스럽게 내뱉은 뒤 유키노부를 빤히 바라보았다.

"병원에 같이 갈 거지?"

물론이지, 하고 유키노부가 고개를 끄덕였다.

"같이 가서 들을게."

"응. 그런데 있잖아, 미리 말하지만 나, 절대 포기하지 않을 거야."

"뭘?"

"이 아이 말이야."

레이코가 자신의 배를 어루만지며 말했다.

"어떤 어려움이 있어도 낳을 거야. 낳아서 키울 거야."

유키노부는 숨을 크게 들이쉬었다가 천천히 내쉬면서 아내의 눈을 바라보았다.

"당연하지. 그런 말은 할 필요도 없어."

"다행이다."

그제야 레이코의 표정이 밝아졌다.

그날 오후 두 사람은 '애광 여성 클리닉'을 찾았다. 곧장 원장실로 안내된 그들을 의사 둘이 기다리고 있었다. 한 명은 원장인 사와오카로, 맨 처음 불임 치료에 관한 설명을 들은 이래 몇 번 만난 적이 있었다. 또 한 명은 쉰 정도 되어 보이는 체구가 작은 남자인데 처음 보는 얼굴이었다. 체외 수정 담당 의사로 이름이 간바라라고 했다.

"며칠 전 부인께 경과가 순조롭다는 말씀을 드린 바 있습니다만, 그 후 간바라 선생님의 보고에 따르면……."

거기까지 말한 후 사와오카는 머뭇거리며 옆에 있던 간바라를 바라보았다.

"무슨 문제라도 발견되었습니까? 순조롭다는 게 착각이었다는 말씀인가요?"

유키노부가 물었다.

"아니, 저, 순조로운 건 틀림없는데……."

간바라가 혀로 입술을 핥았다. 얼굴이 창백하고 긴장된 표정이었다.

"한마디로 말해서, 지나치게 순조롭습니다. 그게 이상해서……."

"뭐라고요?"

유키노부와 레이코는 서로 얼굴을 마주 보다가 다시 간바라를 바라보았다.

"그게 무슨 말씀입니까? 순조로운 게 뭐가 이상하다는 거죠?"

"아니, 그게……."

간바라가 침을 꿀꺽 삼켰다.

"지금까지 부인의 수정란은 상태가 매우 좋을 때도 좀처럼 성숙이 진행되지 않았습니다. 이번에도 상황이 비슷해서, 수정란의 상태가 그리 좋다고 할 수 없었습니다. 실패할 확률이 높다고 생각하면서 이식한 것이 사실입니다. 그 점은 부인께도 말씀드렸고요."

"네, 들었어요."

레이코가 말했다.

"그래서 남편과 의논한 끝에 이번에도 실패하면 포기하기로 했죠."

"그런데 무사히 임신했고, 순조롭게 커 가고 있다, 그런 것 아니었습니까?"

의사의 말을 이해할 수 없어 답답했던 유키노부는 자신도 모르게 목소리를 높였다.

"실은……."

간바라가 고개를 숙이며 얼굴을 찡그렸다.

"바뀌었을 가능성이 있습니다."

"바뀌다니, 뭐가요?"

유키노부의 목소리가 좀 더 거칠어졌다.

"그러니까, 수정란…… 말입니다."

"뭐요?"

유키노부의 심장이 쿵쿵거리기 시작했다.

"다른…… 환자의 수정란을……, 착각으로 그만…… 부인께 이, 이식했을 가능성이 있습니다."

간신히 말을 이어 가는 간바라의 목소리가 몹시 떨렸다.

유키노부의 옆에 있던 레이코가 두 손에 얼굴을 묻고 고개를 푹 숙였다.

그 순간 간바라가 후다닥 소파에서 내려와 무릎을 꿇고 두 손으로 바닥을 짚었다.

"죄송합니다. 진심으로 사과드립니다. 면목이 없습니다."

그는 이마가 바닥에 닿을 정도로 머리를 조아렸다. 사와오카도 고뇌가 가득한 표정으로 일어서서 말없이 고개를 깊이 숙였다.

머릿속이 백지장처럼 새하얘진 유키노부는 고개를 떨군 두 남자를 한동안 바라보다가 옆에 있는 아내에게 시선을 돌렸다. 그리고 다시 손목시계로 눈길을 떨어뜨렸다. 오늘 남은 스케줄이 뭐가 있더라, 하는 엉뚱한 생각이 머리를 스쳤다.

그것이 절대 엉뚱한 생각이 아니라는 것을 깨닫기까지는 긴 시간이 필요치 않았다. 자초지종을 들어야 한다. 그리고 항의해야 한다. 시간이 얼마나 걸리든 상관없다. 마음속에서 그런 생각이 솟구쳤기 때문이다.

"어떻게 된 일이죠?"

유키노부가 억양 없는 말투로 물었다. 흥분이 가라앉아서가 아니라 감정을 드러낼 여유가 없었다.

"설명해 보세요. 무슨 일이 있었는지 자세히 말해 봐요."

"간바라 선생, 설명해 드려요."

사와오카가 말했다.

네, 하고 간바라가 고개를 들었다.

"수정란은 배양액이 담긴 샬레 안에서 성장합니다. 샬레에는 뚜껑이 덮여 있고, 뚜껑에는 환자 이름이 적힌 스티커가 붙어 있습니다. 그런데 시오미 씨의 이름이 적힌 뚜껑을 다른 환자의 샬레에 덮은 것 같습니다. 그리고 다른 환자의 수정란을 부인에게……."

간바라가 말끝을 흐렸다.

어떻게, 하고 유키노부가 신음하듯이 말했다.

"어떻게 그런 일이 일어날 수 있습니까. 제 아내의 수정란에 무슨 짓인가 하려고 했던 거죠? 그렇지 않다면 왜 거기에 다른 환자의 수정란이 있었단 말입니까?"

"아니, 그게……. 다른 환자의 수정란이 원래는 두 개였습니다. 성장 정도를 확인한 후 둘 중 상태가 더 좋은 쪽을 보관고에 넣었습니다. 작업대에 남아 있었던 것은 폐기할 예정이었습니다."

"그런데 왜 즉시 폐기하지 않았죠? 그러니까 뒤바뀐 거 아닙니까."

맞습니다, 하고 원장 사와오카가 대답했다.

"작업대에 수정란을 두 개 이상 놔두지 않는 게 원칙이고, 우리 병원의 규칙 역시 그렇습니다."

"그런데 이 사람이 그 규칙을 위반했다, 그런 말입니까?"

유키노부가 간바라를 가리키며 물었다.

"그렇습니다. 들어 보니 그때 직원들이 다들 바빠서 혼자여러 가지 작업을 해야 했답니다."

"그걸 변명이라고 하는 거요?"

"아, 물론 그건 아닙니다. 이 일은 전적으로 간바라 선생의 실수입니다."

죄송합니다, 하고 간바라가 또 사과했다.

유키노부는 머리를 움켜쥐었다. 대체 무슨 일이 일어난 건지 도무지 와닿지 않았다. 욕이라도 퍼붓고 싶었지만, 그보다 먼저 해야 할 일이 있다는 생각이 들었다. 그러려면 일단 마음을 가라앉혀야 한다. 심호흡을 몇 번이나 되풀이했다. 의사들은 말이 없었다.

"가능성이 있다, 분명 그렇게 말했죠?"

유키노부가 간바라를 내려다보며 말했다.

"바뀌었을 가능성이 있다고 말하지 않았습니까! 바뀌었다고 단정하지 않는 이유는 뭐죠?"

"그게, 저, 단정은……."

간바라가 고개를 숙인 채 우물거렸다.

"단정은 할 수 없다, 바뀌었을 가능성도 있지만 바뀌지 않았을 가능성도 있다, 그런 말입니까?"

옆에서 레이코가 몸을 움찔하는 기척이 느껴졌다.

"그건 그렇습니다만, 상황으로 볼 때 역시 제가 착각했을 가능성이 크지 않나……. 당시를 돌이켜 보면 아무래도 그렇지 않을까 싶습니다."

모호한 설명에 유키노부는 왈칵 화가 치밀었다.

"그 상황이라는 게 대체 뭡니까? 제대로 설명해 봐요! 그리고, 왜 이제 와서 그런 실수를 깨달은 거죠? 그때 몰랐다면 지금도 몰라야 하는 거 아닙니까?"

"아니, 그, 아까도 말씀드렸지만, 부인의……, 그런 상태의 수정란으로 이토록 순조롭게 임신에 이르는 일은 거의 불가능하기 때문입니다. 그래서 당일의 기록과 제가 했던 일을 되돌아보다가 역시 실수를 저지르지 않았나 하는 결론에 도달했습니다. 그리고 원장님에게 보고를 드린 겁니다."

"간바라 선생의 얘기를 듣고 얼마나 놀랐는지 모릅니다. 한시라도 빨리 두 분께 이 사실을 알려 드리는 게 최우선이라고 생각해서 이렇게 연락을 드렸습니다. 정말 면목이 없습니다. 저희로서는 일단 최선을 다해 이번 일에 대응하겠다는 말씀밖에는……."

사와오카가 고통스러운 표정으로 말했다.

유키노부는 레이코에게 눈길을 돌렸다. 두 손에 얼굴을 묻고 있던 그녀가 갑자기 한쪽 손을 자신의 배에 갖다 댔다. 그 모습이 유키노부의 눈에는 마치 배 속에 있는 아이에게 뭔가를 묻는 것처럼 보였다.

"가능성이 제로는…… 아니겠죠?"

유키노부가 간바라에게 물었다.

"지금 제 아내의 배 속에 있는 아이가 우리 아이일 가능성 말입니다. 선생께서는 본인이 실수했을 가능성이 크다고 했지만, 백 퍼센트 확실한 건 아니죠? 그럼 실수하지 않았을 가능성도 있는 거 아닙니까?"

"그건……, 그렇습니다."

"그렇다면 확인해 봐야 하지 않겠어요? 우리 아이인지 아닌지 말이에요. 방법이 있겠죠? 그럼 확인하고 나서 다시 얘기합시다."

"하지만……."

간바라가 하려던 말을 삼키며 입술을 깨물었다.

"확인해 봐요. 만약 우리 아이로 밝혀지면 문제가 없겠지만, 그렇지 않다면……, 그때는 책임져야 할 거요."

간바라가 고개를 들었다. 눈이 벌겋게 충혈되어 있었다.

"친자 관계를 확인하려면 양수 검사를 해야 합니다. 그러려면 임신 15주가 될 때까지 기다려야 해요. 그리고 만일 그때 가서 중절 수술을 하게 되면 부인의 몸에 부담이 클 겁니다."

간바라가 떨리는 목소리로 설명했다. 그 말에 분노가 극에 달한 유키노부는 눈앞에 있는 테이블을 쾅, 내리쳤다.

"뭐라는 거야, 대체. 다른 방법은 없어?"

유키노부가 고함을 지르자 간바라가 턱을 바들바들 떨며 대답했다.

"그 외에 융모 검사라는 것이 있기는 합니다만……."

"융모 검사?"

"융모는 태반의 토대가 되는 것인데, 그것을 채취하여 검사하면 친자 관계를 알아낼 수 있습니다."

"그 검사는 지금 단계에서 가능하단 말이오?"

"이론적으로는 그렇습니다. 하지만 기술적으로는 쉽지 않고, 게다가 유산할 위험성이 커서 일본에서는 거의 행해지지 않습니다. 유산을 각오하시겠다면 검사할 준비를 하겠습니다."

유키노부는 상대의 멱살을 움켜잡고 싶은 충동이 이는 것을 간신히 억눌렀다. 유산을 각오하다니, 임신하려고 우리가 얼마나 공을 들였는지 알기나 하고 하는 말인가.

레이코는 여전히 말이 없었다. 그녀의 앞쪽 바닥이 눈물로 흥건했다.

"일단 생각해 보겠소이다."

유키노부가 사와오카와 간바라를 번갈아 보며 말했다.

집으로 돌아오는 내내 부부는 침묵했다. 레이코는 집에 도착하자마자 침대에 쓰러졌다. 얼굴을 파묻고 울겠지, 하고 유키노부는 짐작했다. 하지만 우는 소리는 들리지 않았다. 어깨를 들썩거리지도 않았다.

레이코, 하고 불러 보았다.

"어떻게 하면 좋지?"

그러나 레이코는 대답이 없었다. 그녀도 결론을 내리지 못하는 것이리라. 유키노부는 그렇게 받아들였다.

홀로 거실에 앉아 위스키를 마셨다. 술이라도 마시지 않으면 냉정을 되찾기 힘들 것 같았다.

검사하는 수밖에 없겠지, 하고 결론을 내렸다. 유산의 우려가 있다 해도 검사하지 않을 도리가 없다. 문제는 검사 결과다.

자신들의 아이라면 만만세다. 지금까지 해 왔던 대로 레이코의 건강을 보살피면서 태아가 무사히 자라 주기를 기도하면 된다.

하지만 만약 그렇지 않다면, 자신들의 아이가 아니라면…….

그럴 경우에는 낳을 수 없다. 포기해야 할 것이다. 즉 수술을 받아야 한다.

유키노부는 위스키 잔을 꽉 움켜쥐었다.

수술 후에는 어찌할 것인가. 또다시 불임 치료를 시작해야 하나. 하지만 이번이 마지막이라고 다짐하지 않았던가.

그때 무슨 소리가 들려 고개를 들어 보니 레이코가 방에서 나오고 있었다. 그녀는 눈을 내리깐 채 식탁으로 다가와 유키노부 맞은편에 앉았다.

괜찮아? 하고 유키노부가 물었다.

그녀는 응, 하고 짧게 대답한 후 위스키 잔을 든 유키노부의 손으로 눈길을 주었다.

"당신도 마실래?"

레이코는 잠시 망설이다가 고개를 저었다.

"알코올은 안 돼."

"아아, 그렇지."

유키노부가 고개를 끄덕였다.

"검사 결과가 어떻게 나올지 모르니까."

자신들의 아이일 가능성이 제로는 아니다.

그때 레이코가 숨을 크게 들이쉬더니 유키노부의 눈을 똑바로 바라보았다.

"검사 안 해."

"뭐?"

유키노부가 당황한 듯이 내뱉었다.

"오늘 아침에 내가 한 말, 기억해?"

"뭐라고 했었지?"

"어떤 어려움이 있어도 낳을 거라고, 낳아서 키울 거라고 말했잖아."

"그야 기억하지."

그러니까, 하며 레이코는 자신의 배에 두 손을 얹었다.

"검사, 안 받을 거야."

유키노부는 눈을 껌벅거렸다. 아내의 말을 이해하기까지 잠시 시간이 걸렸다.

"아니, 여보. 우리 아이가 아닐지도 모르잖아. 그건 좀 다른 문제인걸."

"다르지 않아."

레이코의 눈이 강한 빛을 내뿜었다.

"아이가 우리 유전자를 물려받지 않았다면 그것도 여러 어려움 중 하나일 뿐이야. 게다가 아직 확정된 것도 아니잖아. 그럴 가능성이 있다고 추측할 뿐이지. 검사하지 않으면 알 수 없어. 그러니 모르는 대로 지내면 돼."

거기까지 단숨에 말한 그녀가 "안 그래?" 하고 물었다.

유키노부는 당황해서 머리를 긁적였다. 상상도 못했던 전개다.

"이 아이가 마지막이야."

레이코가 자신의 배를 내려다보며 말했다.

"우리에게 주어진 마지막 아이. 여기서 놓아 버리면 두 번 다시 얻을 수 없어. 난 그걸 알아. 그러니까 낳을 거야."

담담하게 호소하는 레이코에게 반박할 말을 찾을 수 없었다. 마지막 아이. 유키노부 자신도 그렇게 느끼고 있었다.

그다음 날 두 사람은 다시 병원을 찾았다. 그리고 부부가 결심한 내용을 사와오카와 간바라에게 전했다. 의사들은 놀라움을 감추지 못했다.

"정말 그래도 괜찮겠습니까?"

사와오카가 다짐하듯 물었다.

"우리 둘이서 결정한 일입니다."

유키노부가 옆에 있는 레이코를 슬쩍 보고 나서 말했다. 이번에는 그녀의 눈가에서 눈물의 흔적을 찾을 수 없었다. 아이를 낳겠다고 선언한 이후로 그녀는 눈물을 단 한 방울도 흘리지 않았다.

"두 분이 그렇게 말씀하시니 저희로서는 그대로 따를 수밖에요."

사와오카가 말했다.

"다만 그럴 경우 몇 가지 문제가……."

"압니다. 출산 후에 우리 아이가 아니라고 판명되면 어떻게 할 것이냐, 그 말 아닙니까?"

"맞습니다."

"그 점에 관해서도 이미 얘기를 나눴어요. 무엇보다 우리는 태어난 아이가 우리 아이인지 아닌지 확인할 생각이 없습니다. 다행히도 저는 혈액형이 A형이고 아내는 B형입니다. 아이의 혈액형이 무엇이든 모순은 없어요. 그렇다면 믿을 뿐이죠. 우리 아이가 틀림없다고 말입니다."

그러니, 하고 유키노부가 말을 이었다.

"당신들도 약속해야 합니다. 이 일을 절대 발설하지 않겠다고요. 그뿐 아니라 모조리 잊어 주세요. 수정란이 바뀌는 사고 따위는 일어나지도 않았고, 그런 사실을 우리에게 설명한 적도 없었던 겁니다. 시오미 레이코가 낳은 아이는 그녀의 수정란에서 비롯된 것이 분명하다, 앞으로 무슨 일이 있더라도 그렇게 밀고 나가야 합니다."

사와오카는 유키노부의 얘기를 잠자코 들었지만 아마도 심경이 복잡할 터였다. 수정란이 바뀐 사실이 알려지면 병원의 신용이 바닥으로 떨어지는 것은 물론이고 유키노부 부부에게 소송을 당해 막대한 위자료를 물어야 할 것이다. 그런데 이런 사태가 아무 탈 없이 수습된다……, 의사로서는 양심의 가책을 느끼겠지만 다른 한편으로는 가슴을 쓸어내릴 것이다. 물론 원인을 제공한 간바라도 사와오카 이상으로 안도할 것이다.

약속해 주실 거죠, 하고 유키노부가 물었다.

약속합니다, 하고 의사들은 고개를 숙였다.

그 후 유키노부 부부는 두 번 다시 '애광 여성 클리닉'에 발을 들여놓지 않았다. 레이코는 다른 병원을 찾았다.

유키노부와 레이코 사이에도 약속이 오갔다. 다시는 이 일을 화제에 올리지 않겠다는 것이었다. 태어날 아이가 자신들의 아이라는 사실을 결코 의심하지 않겠다고 맹세했다. 그리고 이 약속은 굳건히 지켜졌다. 둘 중 누구도 결코 이 일을 입밖에 내지 않았다. 유키노부는 지금까지 그래 온 것처럼 아내의 몸 상태를 살피는 일에만 집중하며 출산할 날을 기다렸다. 잊으면 그뿐이야, 악몽을 꿨다고 여기면 돼, 하고 그는 스스로를 타일렀다. 그러나 안타깝게도 유키노부의 머릿속에서 그 기억이 완전히 사라지는 날은 끝내 오지 않았다.

시간이 흘러 레이코는 무사히 여자아이를 낳았다.

이번에야말로. 이 아이야말로.

편안히 잠든 갓난아기를 바라보며, 목숨을 다해 반드시 행복하게 해 주겠다고 유키노부는 맹세했다.

그러나.

그 꺼림칙한 느낌, 어쩌면 자신들의 아이가 아닐지 모른다는 생각은 늘 머릿속 한구석에 끈끈하게 들러붙어 있었다. 그리고 그것은 무슨 일이 있을 때마다 유키노부의 가슴속 민감한 부분을 건드렸다.

아이의 탄생을 축하하러 온 사람들은 약속이나 한 듯이 똑같은 말을 했다. 누구를 닮은 걸까. 딸이니까 아빠를 닮았나. 그건 아닌 것 같은데. 그럼 엄마를 닮았나.

어느 쪽도 닮지 않았다고 무심히 말하는 사람도 있었다. 물론 악의는 없었을 것이다.

그럴 때도 레이코는 환하게 웃었다. 마치 아무렇지도 않다는 듯이. 정말 아무렇지도 않은지 유키노부는 알고 싶었다. 그러나 묻지 않았다. 물을 수 없었다.

이렇게 해서 시오미 일가는 새로운 항해를 시작했다. 누가 봐도 행복한 가족이었다. 그들의 슬픈 과거를 아는 사람들은 용케도 다시 일어섰다고 감탄해 마지않았다.

사실 행복했다. 일말의 불안과 의심이 여전히 마음속에 도사리고 있었지만, 모나와 함께 있으면 잊을 수 있었다. 모나에 대한 마음이 에마와 나오토를 향했던 마음과 다르다고 생각하지 않았다. 유전자 따위는 상관없다, 이 아이는 우리 아이다, 누가 뭐래도 우리 아이다, 그렇게 생각했다.

그러나 애써 그렇게 생각하려고 노력하는 것 아니냐고 묻는다면 대답할 말이 궁했다. 정말로 자신의 아이라고 확신한다면 굳이 그런 생각도 하지 않을 터였다.

그런 마음의 갈등을 드러내는 일은 금물이었다. 특히 레이코에게 들켜서는 안 되는 일이었다.

좋은 아빠가 되려고 했다. 에마와 나오토 때와 똑같이 모나를 대하려고 노력했다.

그러나 레이코의 눈은 속일 수 없었다. 그녀는 이미 알고 있었다.

유키노부가 그 사실을 깨달은 것은 레이코의 병실에서였다. 백혈병이 진행되어 마치 다른 사람처럼 야위고 쇠약해졌지만 눈빛만은 여전히 살아 있던 그녀가 유키노부의 손을 잡으며 하고 싶은 얘기가 있다고 했다.

"모나 말이야."

유키노부는 침을 삼켰다.

"모나가 왜?"

"당신, 괴로워하지?"

"……뭘?"

"모나 때문에. 어떻게 대해야 좋을지 혼란스럽지?"

유키노부는 '그 얘기는 하지 않기로 했잖아'라고 대답하지 않았다. 레이코가 중대한 결심을 하고 말을 꺼낸 것이 분명하므로.

"나는 그렇지 않은데, 당신 눈에는 그렇게 보였나 보지?"

피식, 하고 레이코가 웃었다.

"처음에는 단순히 당황해서 그럴 거라고 생각했어. 무리도 아니다 싶었지. 남자는 자신이 아빠라는 걸 실감하기까지 시간이 꽤 걸린다고들 하잖아. 에마와 나오토 때도 좀 그랬던 것 같고. 하지만 모나에 대한 당신 태도는 역시 좀 달랐어. 그러다 알게 됐지, 당신 속마음을. 당신, 꺼림칙한 거지?"

아내의 지적에 유키노부는 움찔했다. 속마음을 들켜서가 아니라 너무나 뜻밖의 지적이어서다. 그러나 레이코가 잘못 짚었다고 생각되지도 않았다. 그래서 아무 대답도 하지 못한 채 잠자코 그녀의 얼굴을 바라보며 다음 말을 기다렸다.

"정말 이대로 우리 아이로 키워도 괜찮은지 고민하고 있지? 이건 어제오늘 얘기가 아니야. 모나가 태어났을 때부터 내내 그랬어. 아니, 어쩌면 태어나기 전부터 그랬을지도 몰라. 우리가 한 짓이 인간으로서 용서받을 수 있는 일일까, 남의 아이를 가로챘을지도 모르는데 모나의 친부모는 지금 어떻게 지낼까, 자신들이 모르는 곳에서 자신들의 아이가 태어났다는 걸 알면 심정이 어떨까, 그런 생각들 때문에 괴로운 거잖아. 그래서 모나에게도 죄의식을 느끼고. 어딘가에 친부모가 있다는 사실을 알려 줘야 하나 고민되고."

레이코는 입가에 옅은 미소를 머금은 채 유키노부를 올려다봤다.

"어때, 내 말이 틀렸어?"

"당신은 모나가 우리 아이가 아니라고 생각하는 거야?"

"모나는 내 아이야."

레이코가 딱 잘라 말했다.

"그건 절대 변하지 않는 사실이야. 내가 낳았잖아. 여자는 …… 아니, 엄마는 원래 뻔뻔스럽고 제멋대로야. 애초에 누구의 수정란이었든, 내가 낳은 이상 내 아이라고 생각해. 유전자 따위는 상관없어. 내가 알 바 아니라고. 미안하지만 죄의식 따위는 눈곱만큼도 없어. 이대로 살면 된다고 생각했어. 하지만 그건 지금의 생활이 유지될 때 얘기야. 상황이 달라지면 선택지도 달라져야 해."

"상황이 달라지다니?"

"내가 앞으로도 계속 모나의 엄마로 살 수 있다면 다행이 겠지만, 아무래도 그러지 못할 것 같거든."

"레이코, 그런 얘기는……."

레이코가 미소를 지은 채 베개 위에서 고개를 좌우로 저었다.

"이건 현실적인 얘기니까 당신도 들어야 해. 내가 없으면 당신은 분명 지금보다 더 고민할 거야. 우리 딸이 아닐지도 모르는 모나와 과연 잘 살아갈 수 있을까, 본인에게 사실대로 말해야 하지 않을까……. 당신 알아? 지금은 유전자 검사를 아주 쉽게 할 수 있다. 앞으로 당신과 모나의 유전자를 검사해야 하는 날이 오지 말란 법도 없잖아. 그때를 생각하면 태연할 수만은 없을걸.”

유키노부는 고개를 떨궜다. 안타깝게도 아내 말이 사실이었다. 설사 유전자로 연결되지 않았다 해도 모나를 낳은 사람은 레이코다, 그리고 자신은 레이코의 남편이다, 그런 생각으로 버텨 왔다. 그런데 만약 아내라는 버팀목이 없어지면 자신과 모나는 어떻게 될지 생각만 해도 불안했다.

여보, 하고 레이코가 다시 그를 불렀다.

“내가 죽고 나면 당신 마음대로 해도 돼.”

“무슨 뜻이야?”

“모나를 위하는 길이라면 사실대로 말해 줘도 좋다는 얘기야. 또 본인을 위하는 길인지 판단이 안 서도 당신이 계속 숨기기가 괴롭다면 밝혀도 좋아. 전적으로 당신한테 맡길게. 하지만 내가 살아 있는 동안은 안 돼. 나는 모나의 엄마로 죽고 싶어.”

“여보…….”

“미안해. 나는 영악한 여자야.”

그렇게 말하고 레이코는 눈을 살포시 감았다.

유키노부는 아무 말도 할 수 없어 그저 그녀의 손을 꼭 쥘 뿐이었다.

아마도 레이코는 오래전부터, 어쩌면 출산 직후부터 모나가 자신들의 아이가 아니라는 사실을 눈치챘을 것이다. 그런데 그런 기색을 유키노부에게는 털끝만큼도 내비치지 않은채 완벽히 모나 엄마로 살아왔다. 뻔뻔스럽고 제멋대로라느니 죄의식 따위는 없다느니 했지만, 본심이 무엇인지는 알 수없다. 그녀도 그녀 나름으로 고뇌하지 않았을까.

그로부터 얼마 후, 레이코는 영원히 돌아오지 못할 곳으로 떠났다.

마침내 모나와 단둘이 남게 되자 유키노부의 심정은 한층 복잡하게 요동쳤다. 레이코마저 잃은 지금 모나가 유일한 마음의 버팀목이라는 생각이 드는가 하면, 과연 이대로 지내도 괜찮을까 하는 고민도 깊어졌다. 언젠가 진실을 알려야 한다면 하루라도 빠른 편이 낫지 않을까. 레이코의 지적은 정확했다. 유키노부는 양심의 가책을 느꼈다. 자신의 선택이 정말 모나를 위하는 길일까, 결국은 자신의 욕망을 채우려는 것 아닐까……. 그는 틀림없이 이 세상 어딘가에 있을 모나의 친부모에 대한 죄책감을 지울 수 없었다.

해답을 찾지 못한 채 속절없이 시간만 흘렀다. 그런 아빠의 일그러진 고뇌와 갈등을 감수성 풍부한 사춘기 딸이 눈치채지 못할 리 없었다. 답답하기만 한 아빠의 태도를 견디다 못해 그동안 쌓인 울분을 터뜨린 것이 바로 그 스마트폰 사건이었다.

그날 이후 유키노부는 모나에게 진실을 털어놓아야 할 날이 온 것 아닐까 하고 줄곧 고민했다.

사와오카를 한번 만나 봐야겠다는 생각이 든 것은 올해 들어서다. 모나가 중학교 2학년 진급을 앞두고 있었고, 부녀가 저녁을 함께 안 먹은 지 벌써 몇 개월째였다.

할 얘기가 있으니 만나고 싶다는 유키노부의 요청을 사와오카는 거절하지 않았다.

'애광 여성 클리닉'은 건물을 새로 단장한 듯했다. 사와오카와 간바라의 얼굴에도 세월의 흔적이 고스란히 묻어 있었다. 간바라는 이제 치료에는 직접 관여하지 않고 기술 자문역으로 일한다고 했다. 당신에게 그럴 자격이 있느냐는 말이 목구멍까지 차올랐지만 애써 참았다. 지금 와서 새삼 과거의 일을 들춰낼 생각은 없었다.

유키노부는 자신들의 근황을 간단히 설명했다. 레이코가 사망했다는 말에 사와오카와 간바라는 몹시 놀란 듯, 침통한 표정을 지었다. 그 표정이 연기로 보이지는 않았다.

"문제는 딸입니다. 이름이 모나예요."

유키노부가 말했다.

"단도직입적으로 말씀드리죠. 역시 수정란이 바뀌었던 것 같아요. 검사해 본 건 아니지만, 함께 지내다 보니 알겠더군요. 나도 아내도 닮지 않았어요. 그러니까 우리 유전자를 물려받지 않은 겁니다."

순간 의사들의 표정에 긴장감이 감돌았다.

"아, 오해하지 마세요. 우리 판단이 잘못되었다고 생각하지는 않습니다. 당시 우리 선택은 옳았어요. 모나 덕분에 우리 부부는 다시 일어설 수 있었고, 가정이 밝은 분위기를 되찾았어요. 안타깝게도 아내는 오래 살지 못했지만, 평온하고 행복한 시간을 보냈다고 생각합니다. 다만, 아내도 떠나고 없으니만큼 이제는 앞날을 생각해 진실을 밝혀야 할 것 같습니다."

"따님에게 사실대로 털어놓을 작정이라는 말씀입니까?"

사와오카가 조심스레 물었다.

"그것이 그 아이를 위하는 길이라는 확신이 든다면요."

사와오카가 고개를 갸우뚱했다.

"그게 무슨 뜻인지……."

"진실을 알게 되면 딸은 엄청 충격을 받겠죠. 물론 저는 변함없이 그 아이를 충분히 뒷받침하고 보살필 생각입니다. 하지만 설사 충격에서 벗어난다 해도 '그렇다면 과연 자신의 친부모는 누구이며 어디서 뭘 하는 사람인가' 하는 의문이 남겠죠. 진실을 털어놓은 이상 가르쳐 줄 건 가르쳐 줘야 한다고 봅니다. 그러자면 우선 제가 사실 관계를 파악해 둬야 합니다. 바꾸어 말하면, 친부모가 누구인지 모르는 채 모나에게 진실을 털어놓을 수는 없다는 뜻입니다."

사와오카가 여전히 긴장된 눈빛으로 유키노부를 보았다.

"수정란이 누구의 것과 바뀌었는지 알려 달라는 말씀인가요?"

유키노부는 사와오카를 똑바로 바라보았다.

"알 권리가 있을 텐데요."

"하지만 예전에 제게 이 일에 관해 모조리 잊어라, 아무 일도 없었던 것으로 하자, 그렇게 말씀하시지 않았습니까?"

"대외적으로는 그렇죠. 앞으로도 공개할 마음은 없어요. 딸에게도 입단속을 하겠습니다. 약속드릴 테니 가르쳐 주세요."

"거절한다면요?"

"그러지 않으셨으면 합니다. 저로서도 일을 크게 만들고 싶지는 않습니다."

부탁합니다, 하고 유키노부는 머리를 숙였다.

"일을 크게 만든다는 건 가령 법적 수단을 동원하시겠다는 뜻입니까?"

"거기까지는 아직 생각해 보지 않았습니다. 그러나 끝까지 거절하신다면 그런 방법도 고려해야겠죠."

유키노부가 바닥에 깔린 카펫을 내려다보며 말했다.

실내가 무거운 침묵에 휩싸였다. 사와오카와 간바라 중 어느 쪽이 내는 소리인지는 몰라도 가느다란 숨소리가 들렸다.

"시오미 씨의 심정은 이해합니다만, 어떤 이유로든 환자의 프라이버시를 침해할 수는 없습니다. 법적 수단이나 대외적인 공표를 고려하신다고 해도 저희 방침에는 변함이 없습니다. 아무쪼록 양해를 부탁드립니다."

사와오카가 말했다.

유키노부는 고개를 들었다. 양손으로 테이블을 짚고 있는 사와오카의 정수리가 보였다. 그 옆에서 간바라도 고개를 숙이고 있었다.

설마 그렇게까지야, 하고 대수롭지 않게 여길 수도 있다고 유키노부는 생각했다. 사실 유키노부도 진실을 세상에 공개할 마음은 없었다. 그래 봐야 모나에게 상처만 줄 뿐 얻을 게 없기 때문이다. 자칫하다가는 오히려 자신이 세상의 뭇매를 맞을지도 몰랐다. 수정란이 바뀌었을 수도 있다는 걸 알고서도 출산을 선택했으니 이제 와서 소동을 일으키는 건 비겁하다고.

유키노부는 한숨을 내쉬었다.

"할 수 없군요."

"양해해 주시는 겁니까?"

"그건 아닙니다. 당신들에게 부탁해 봐야 소용없다는 걸 깨달았다는 뜻입니다."

"진심으로 죄송합니다."

사와오카가 다시 한 번 고개를 숙였다.

허탈함과 무력감을 안고 집으로 돌아왔다. 모나를 생각하니 암담했다. 앞으로 딸을 어떻게 대하면 좋을지, 자신이 뭘 어떻게 해야 할지 갈피를 잡을 수 없었다.

간바라에게 연락이 온 것은 클리닉을 다녀온 지 사흘이 지나서였다. 긴히 할 얘기가 있다고 해서 회사 근처 커피숍에서 만났다.

"오늘 이렇게 만난다는 사실을 사와오카 원장님께는 말씀드리지 않았습니다."

간바라가 굳은 표정으로 입을 열었다.

"저의 독자적인 판단으로 연락드린 겁니다. 그러니 앞으로도 원장님께는 비밀로 해 주셨으면 합니다."

유키노부는 잠시 호흡을 고른 후 말했다.

"가르쳐 주시겠다는 겁니까? 그……, 수정란이 누구 것인지 말입니다. 연락하셨을 때부터 혹시나 하고 기대했습니다만."

간바라가 천천히 눈을 깜박거리면서 고개를 끄덕이더니 웃옷 안주머니에 손을 넣었다. 그리고 갈색 봉투 하나를 꺼내 유키노부 앞에 내려놓았다.

"성명과 주소, 연락처가 적혀 있습니다."

"지금 봐도 됩니까?"

"네."

유키노부는 봉투를 집어 들었다. 그 속에 조그맣게 접힌 종이쪽지가 들어 있었다. 펼쳐 보니 와타누키 야요이라는 이름과 주소, 전화번호가 적혀 있었다.

그는 후, 숨을 내뱉으며 간바라의 얼굴을 물끄러미 바라보았다.

"왜 마음이 바뀐 겁니까? 며칠 전만 해도 그토록 완강하게 거부하더니."

그러자 간바라는 한쪽 입술을 일그러뜨리며 미간을 찡그렸다.

"원장님과 저는 입장이 다릅니다. 만일 원장이 개인 정보를 누설했다가 그런 사실이 알려지기라도 하면 병원 전체의 신용에 타격을 입겠죠. 하지만 저라는 개인이 마음대로 한 일이라면 저는 제재를 받을지언정 병원의 신용은 어느 정도 유지될 겁니다."

"거기까지 각오했다는 뜻인가요?"

간바라가 고개를 끄덕했다.

"지난 십수 년간 하루도 마음이 편한 날이 없었습니다. 그 일을 생각하면 생각할수록 제가 실수를 저질렀다는 확신이 깊어졌죠. 한 부부의 아이를 전혀 상관없는 여성이 낳게 하고 말았으니 이 일을 대체 어쩌면 좋단 말인가, 그런 생각이 머릿속에 가득했습니다. 이대로 무사히 지나가기를 바라는 한편으로 그럴 리 없다는 생각도 들었어요. 언젠가는 어떤 형태로든 반드시 책임을 져야 하는 날이 올 거라고 예상했습니다. 시오미 씨에게서 연락이 왔다는 말을 원장님에게 들었을 때는 마침내 그날이 왔구나 싶었죠."

유키노부는 손에 쥔 종이로 눈길을 돌렸다.

"이런 쪽지를 제게 건넨 일로 책임을 다했다고 여기는 겁니까?"

"아닙니다."

간바라가 세차게 고개를 저었다.

"이걸로 제 할 일이 다 끝났다고 생각하지는 않습니다. 오히려 지금부터 시작이죠."

"그게 무슨 뜻입니까?"

"그 개인 정보를 어떻게 사용하든, 그건 시오미 씨 자유입니다. 전적으로 맡기겠습니다. 그로 인해 일어나는 일은 모두 책임질 각오가 되어 있습니다."

의사답지 않은 저자세와 공손한 말투에서 간바라의 진실한 마음이 묻어났다.

"잘 알겠습니다. 개인 정보를 유출하는 것이 얼마나 중대한 행위인지는 저도 잘 압니다. 가볍게 다루지 않겠습니다. 뭔가

행동을 취할 때는 간바라 씨에게도 알리도록 하죠. 사후 보고
일 경우도 있을지 모르겠지만 말입니다."

"그렇게 해 주시면 고맙겠습니다. 솔직히 두렵긴 하지만, 일
절 관여하지 않겠습니다. 알아서 하세요."

"알겠습니다. 고맙습니다."

그 말에 간바라가 면목없다는 듯한 표정을 지었다.

"고맙다니……."

그리고 더는 말을 잇지 못했다.

그렇게 해서 모나의 생물학적 엄마가 누구인지는 알았지만,
그다음엔 뭘 어떻게 해야 할지 판단이 서지 않았다. 상대가 어
떤 사람인지 모르니 무턱대고 연락할 수도 없었다.

고민 끝에 유키노부는 우선 그녀가 어디서 어떻게 사는지,
가족은 있는지 등을 조사해 보기로 했다.

쉬는 날이 되자 그는 간바라가 준 주소로 찾아가 보기로 했
다. 당사자를 만날 생각은 없었다. 일단 어디 사는지만 확인
하면 된다. 그러면 생활수준도 웬만큼 가늠할 수 있을 것이다.
저소득층은 아닐 거라고 추측했다. '애광 여성 클리닉'은 치
료비가 비싸다. 아니, 그 이전에 경제적 여유가 없으면 불임
치료는 엄두가 나지 않을 것이다.

예상은 옳았다. 그 집은 한적한 주택가에 있었다.

그러나 문패의 이름이 와타누키가 아니었다. 근처를 돌아

다녀 봤지만 와타누키라는 이름이 적힌 문패는 없었다.

당혹스러워하며 걸음을 옮기는데 어느 집에서 주부인 듯한 중년 여자가 나왔다. 바쁜 기색이 아니어서 다가가 말을 걸었다.

"저, 와타누키 씨 집을 찾고 있는데요."

그러자 여자가 "아아, 와타누키 씨요." 하며 고개를 끄덕였다.

"이사 갔어요. 한참 됐는데. 아마 10년도 넘었을걸요."

"혹시 어디로 가셨는지 아십니까?"

"몰라요. 그렇게 친한 사이는 아니었거든요. 하지만 뭔가 사연이 있는 것 같긴 하던데……."

"사연이요?"

"이혼하고 남편이 먼저 집을 나갔어요. 한동안 여자 혼자 살다가 결국 집을 처분했다나 봐요."

"자제분은요?"

유키노부의 질문에 여자는 고개를 저었다.

"자식은 없었어요. 그래서 이혼이 좀 더 수월하지 않았을까 싶어요. 잘은 모르지만요. 저, 죄송하지만 볼일이 있어서 이만……."

"아, 실례가 많았습니다."

와타누키 부부의 성품 등에 관해서도 묻고 싶었지만 더는 붙들 수 없었다.

자식이 없다는 말이 마음에 걸렸다. 참 아이러니한 일이라고 생각했다.

간바라 말로는 수정란 두 개 중 순조롭게 성장하는 쪽은 보관고에 넣고, 남은 하나는 처분할 예정이었다고 한다. 그 남은 하나를 이식받은 레이코는 임신해서 모나를 낳았다. 그런데 순조롭게 성장하던 수정란을 이식받은 와타누키 야요이는 끝내 임신하지 못했다.

만약 수정란이 바뀌지 않았다면 모나는 태어나지 않았을 것이다. 그랬으면 좋았겠냐고 누군가 묻는다면 뭐라고 대답할까. 아마도 답하기 어려울 것이다.

간바라에게 전화해 상황을 보고했다. 간바라는 와타누키 야요이가 이혼했다는 것도 이사했다는 것도 모르고 있었다.

"휴대 전화 번호는 그대로일지 모르지만, 제가 불쑥 전화하기도 그렇고……, 어떻게 해야 좋을지 모르겠군요."

유키노부가 말했다.

"그렇다고 제가 전화하는 것도 이상하지 않겠습니까? 이제 와서 무슨 일이냐며 수상쩍어할 겁니다. 마지막으로 통화한 지 15년이 넘었으니까요."

틀린 말이 아니어서 유키노부는 잠자코 있었다. 그런데 그때 간바라가 "아, 그래!" 하고 외쳤다.

"방법이 하나 있긴 합니다. 흠, 어쩌면 꽤 괜찮은 방법 같기도 하는군요."

"그게 뭔데요?"

"몇 년 전 저희가 병원 건물을 새로 지을 때, 보존 기간이 만료된 개인 정보를 모두 폐기했습니다. 그 사실을 밝히지 않은 채 와타누키 씨에게 개인 정보 폐기와 관련해 서류를 보내 드리려고 하니 주소를 알려 달라고 하는 겁니다. 병원 전화로 걸면 아마 의심받지 않을 거예요."

유키노부도 좋은 아이디어라고 생각했다. 그렇게 해 주겠느냐고 묻자 간바라는 자신이 할 수 있는 일이라면 뭐든지 하겠다고 대답했다.

이 방법은 보기 좋게 성공했다. 며칠 후 간바라가 보낸 메일에는 세타가야구 어느 곳의 주소가 적혀 있었다. 이혼하고 원래의 성으로 돌아가 지금은 하나즈카 야요이라는 이름을 사용하는 듯했다.

그다음 쉬는 날, 유키노부는 곧장 그 주소로 찾아갔다. 가미노게에 있는 번듯한 아파트로, 생활이 곤란한 사람은 살기 어려울 듯한 곳이었다.

문제는 거기서부터였다. 아파트 앞에서 아무리 기다려 본들 그녀를 만날 도리가 없었다. 유키노부는 하나즈카 야요이의 얼굴조차 몰랐다.

그때 문득 흥신소에 신상 조사를 의뢰하면 어떨까 하는 생각이 떠올랐다. 학창 시절 동기 중에 음식점을 몇 군데 운영하는 친구가 있는데, 그가 사람을 새로 고용할 때면 흥신소를 이용한다고 들은 적이 있었다. 그에게 흥신소를 소개해 달라고 부탁하기로 했다.

"누굴 조사하려고? 따님에게 남자라도 생겼나?"

전화기 저편에서 히죽거리고 있을 친구의 얼굴이 눈에 선했다.

"당치 않아. 아직 중학생인걸. 그런 게 아니라, 친척한테 부탁받았어. 자세한 내용은 나도 잘 몰라."

조사할 상대가 쉰이 넘은 여자라고 하자 친구는 이내 흥미를 잃는 듯했다. 그는 비용은 다소 비싸지만 일을 깔끔하게 처리하고 믿을 수 있는 곳이라며 연락처를 알려 주었다.

그길로 전화를 걸어 친구 이름을 대고 용건을 말하자 즉시 거래가 성사되었다. 유키노부는 상대에게 하나즈카 야요이의 주소와 전화번호를 알려 주고, 직업과 취미, 인간관계 등, 그녀에 관한 것이라면 뭐든 좋으니 조사해 달라고 했다.

일주일 후 조사 결과 보고서를 받았다. 보고서에는 하나즈카 야요이의 일상생활이 망라되어 있었다. 그녀는 '야요이 찻집'이라는 카페를 운영하고 있으며, 독신이고, 교제하는 특정한 남자는 없는 것으로 보인다는 내용이었다.

유키노부는 한참을 망설인 끝에 '야요이 찻집'에 찾아가 보기로 마음먹었다. 지유가오카라는 동네에 발을 들인 것은 그날이 처음이었다.

하나즈카 야요이를 본 순간 유키노부는 충격을 받았다. 털끝만큼도 의심의 여지가 없었다. 모나가 커서 어른이 되면 저런 모습이겠다는 생각이 들었다. 무엇보다 몸 전체에서 풍기는 분위기가 모나와 똑같았다. 그것은 그가 평소 모나와 함께 생활하기 때문에 느낄 수 있는 것인지도 몰랐다.

그날 이후 틈만 나면 그 카페로 걸음을 옮겼다. 야요이와 개인적으로 얘기를 나누게 되었을 무렵에는 자신이 그녀와 지내는 시간을 즐긴다는 사실을 자각하게 되었다.

마침내 이 여성이 모나의 엄마가 되어 준다면, 하고 바라게 되었다. 무엇보다 유전자로 연결된 생모가 아닌가. 함께 살아야 마땅하지 않을까.

그러려면 자신이 그녀와 결혼해야 한다고 생각하자 갑자기 벽이 높게 느껴졌다. 야요이에게 특정한 남자는 없는 것 같지만, 그렇다고 유키노부의 청혼을 받아 줄 거라는 보장도 없었다. 그녀가 혼자 사는 것은 그녀 나름의 인생관 때문일지도 몰랐다. 게다가 모나의 생각도 들어 봐야 했다.

이런저런 고민 끝에 한 가지 결단을 내렸다.

그는 카페가 문을 닫기 직전에 찾아가서 하나즈카 야요이에게 긴히 할 얘기가 있다고 했다. 어지간히 긴장한 표정이었는지 그녀 눈에 두려움의 기색이 비쳤다.

유키노부는 '애광 여성 클리닉'이라는 이름을 꺼냈다. 그리고 15년 전에 불임 치료 때문에 다닌 적이 있지 않느냐고 물었다.

소스라치게 놀란 야요이가 눈을 깜박거리며 시오미 씨가 그걸 어떻게 아느냐고 되물었다.

"병원 관계자가 가르쳐 주었습니다. 사정이 있어서 제가 야요이 씨를 찾고 있었거든요. 이 카페에 온 것도 실은 우연이 아닙니다. 야요이 씨를 만나려고, 야요이 씨가 어떤 사람인지 확인하려고 찾아온 겁니다. 지금까지 거짓말을 했어요."

"왜 저를……?"

그건, 하고 입을 뗀 뒤 유키노부는 심호흡을 했다. 그리고 그녀 눈을 바라보며 말했다.

"야요이 씨가 제 딸의 엄마일지도 모르거든요."

야요이가 눈을 번쩍 떴다. 반쯤 벌린 그녀의 입에서는 탄식 같은 소리가 흘러나왔다. 그녀는 지금 자신이 무슨 말을 들은 건지 이해할 수 없다는 표정이었다. 유키노부는 무리도 아니라고 생각했다.

"15년 전, 제 아내도 그 병원에 다녔습니다. 그리고 체외 수정으로 임신했지요. 그런데 그 직후 원장과 담당 의사로부터 놀라운 얘기를 들었습니다. 제 아내의 배 속에 있는 아이가 다른 사람의 아이일 수도 있다는 거예요."

유키노부는 의사가 수정란이 바뀌었을 가능성이 있다고 말했지만, 그럼에도 아내의 의사를 존중해서 아이를 낳았다고 설명했다. 얘기를 듣던 야요이는 그제야 자신의 관련성을 깨달은 듯했다. 처음에는 당혹스러워하던 그녀의 눈에 점차 진지한 빛이 감돌았다.

"2년 전, 아내가 숨을 거두기 직전에 제게 말했어요. 만약 그것이 모나를 위하는 길이라면 모나에게 진실을 알려 줘도 좋다고요. 그 후로 줄곧 고민에 빠진 채 딸을 어떻게 대해야 좋을지 몰라 괴로워하던 저는 얼마 전, 마침내 그때가 되었다는 생각에 수정란의 주인을 찾아 나섰습니다. 모나에게 진실을 밝히면 분명 친부모에 대해 알고 싶어 할 테니까요."

거기까지 얘기하고서 유키노부는 야요이의 반응을 기다렸다. 그녀가 어떤 태도를 보일지 전혀 짐작할 수 없었다. 슬퍼할까, 화를 낼까, 아니면……

그런데 뜻밖에 야요이의 입가에 미소가 어렸다. 그리고 "어땠어요?"라고 물었다.

"수정란의 원래 주인, 그러니까 따님의 생물학적 엄마를 만나 보니 어떻던가요?"

말투가 부드럽고 온화했다.

"멋진 여성이었습니다."

유키노부는 그녀의 눈을 똑바로 바라보며 대답했다.

"먼저 간 아내도 더없이 좋은 엄마였지만, 만일 이 여성의 몸에서 태어났어도 딸은 행복했을 거라고 생각했어요."

미소 짓고 있던 야요이의 눈동자가 순간 애처롭게 흔들렸다.

"병원에서 제게는 아무 설명도 해 주지 않았어요."

"처분될 예정이었던 수정란이니 설명이 필요하지 않다고 여겼을 겁니다. 하지만 야요이 씨의 아이가 어디선가 태어날 가능성이 있었으니 역시 설명할 의무가 있었다고 생각합니다. 담당 의사의 이름은 간바라입니다. 자세한 얘기를 듣고 싶으면 만나 보실 수도 있습니다."

야요이는 고개를 끄덕이며 "생각해 볼게요."라고 가라앉은 목소리로 대답했다. 그러나 결국 그녀는 끝까지 간바라를 만나고 싶다고 말하지 않았다. 이제 와서 변명을 들어 본들 무슨 소용이 있겠냐고 생각했을 것이다.

그보다 그녀가 만나고 싶어 하는 인물은 따로 있었다. 말할 필요도 없이 모나다.

"만날 수 있을까요?"

그녀가 물었다.

"야요이 씨가 만나고 싶다면 거부할 권리는 제게 없습니다. 다만 딸의 심정을 고려해서 신중하게 결정해야 할 것 같아요."

"네, 물론 그래야겠죠. 사실을 알고 가장 충격을 받을 사람은 본인일 테니까요. 아마 제가 받은 충격과는 비교도 안 될 겁니다. 그러니까 지금 당장 만나자는 건 아니에요. 그 시기는 시오미 씨에게 맡기겠습니다. 시간을 좀 둬야 할 듯해요."

"딸에게 아무 말도 하지 않고 여기로 데려와 보면 어떨까 싶습니다. 그래서 딸이 야요이 씨와 친해지고 야요이 씨를 따르게 되면 좋을 것 같아요."

그러자 야요이가 쓸쓸하게 웃으며 고개를 갸웃했다.

"일이 그렇게 쉽게 풀릴까요?"

"어려울 것 같습니까?"

"십 대의 감성을 허투루 봐서는 안 되죠. 게다가 시오미 씨는 따님이 자기 뜻대로 안 돼서 힘들어하시는 거 아닌가요?"

예리한 지적에 대꾸할 말을 찾지 못한 유키노부는 입을 다물었다.

"저는 잔꾀를 피워서는 안 된다고 봐요. 어차피 알려 줄 거라면 저와 만나기 전에 알려 줘야죠. 진실을 모르는 상태에서 저를 만난다면 이후로도 알리지 말아야 하고요."

"딸에게 진실을 알리지 않는 선택지도 있다는 말씀입니까?"

"그건 시오미 씨가 결정할 일이에요."

"하지만, 그러면 딸은 영원히 야요이 씨를 엄마로 인식하지 못하게 될 텐데요. 그래도 괜찮으시겠습니까?"

"어쩔 수 없죠. 지금껏 따님을 키워 온 사람은 시오미 씨 부부예요. 제게는 선택권이 없습니다."

슬픈 듯이 눈초리를 내리는 야요이를 보자 유키노부는 가슴이 아팠다.

"딸에게 얘기하겠습니다. 충격을 받겠지만, 진실을 알게 됨으로써 얻는 것도 적지 않을 겁니다. 자신에게 엄마가 또 한 명 있고, 게다가 이토록 멋진 여성이라는 걸 알게 되면 마음이 한층 든든할 거예요."

알겠습니다, 하고 야요이가 고개를 숙였다. 그 자세로 한동안 움직이지 않던 그녀가 이윽고 고개를 들고 빙그레 웃으며 양손으로 자신의 뺨을 감쌌다.

"지금 제 기분을 솔직히 말씀드려도 될까요?"

유키노부는 살짝 당황하면서 그러라고 했다. 그녀의 솔직한 기분을 알고 싶기도 했다.

"꿈만 같아요."

그녀가 눈을 반짝이며 말했다.

"아이에 대한 욕심은 오래전에 버렸어요. '애광 여성 클리닉'에서 세 번째 체외 수정을 한 것이 마지막이었죠. 전남편과 이번에도 안 생기면 헤어지자는 얘기를 나눴습니다. 결국 아이가 생기지 않아서 이혼했고요. 이후로 그 일은 깨끗이 잊고 살아왔어요. 아이가 없는 인생도 나쁘지 않다고 생각했죠. 그런데 내 아이가, 정말로 내 유전자를 물려받은 아이가 이 세상에 태어나서 건강하게 살고 있다니, 도무지 믿기지 않아요. 꿈만 같다는 말 외에는 달리 표현할 도리가 없네요. 이 꿈에서 깨어나고 싶지 않아요."

다만, 하고 그녀는 잠시 눈을 깜빡였다.

"역시 제가 아이를 낳았으면 더 좋았겠죠. 낳아서 젖을 물리고 키웠다면 말이에요. 육아의 고생도 맛보고, 성장도 기뻐하고요."

말투는 차분했지만 처절한 마음의 절규로 느껴졌다. 분하고 원통해서 가슴이 터질 듯하겠지. 유키노부는 할 말이 생각나지 않아 고개만 끄덕거렸다.

사진이 있느냐는 야요이의 말에 유키노부는 스마트폰을 꺼냈다. 모나를 찍은 사진이 몇 장 있기는 한데, 최근 것은 없었다. 찍을 기회가 없었던 것이다. 중학교 입학 전에 교복을 사면서 찍은 것이 가장 최근 사진이었다.

눈을 감고 심호흡을 한 후 사진을 본 순간 야요이는 숨을 삼켰다. 그리고 얼굴이 창백해지는 것과 동시에 눈시울이 붉어졌다. 그 눈에서 눈물이 주르륵 흘러내리기까지는 몇 초도 걸리지 않았다. 종이 냅킨으로 눈가를 누르면서 그녀는 죄송합니다, 하고 말했다.

"엄청 귀엽네요. 귀엽고 영리해 보여요. 제가 칭찬하는 게 이상해 보이겠지만, 반듯하게 키워 주신 덕분이라고 생각해요."

고맙습니다, 하는 말이 유키노부 입에서 자연스럽게 나왔다.

"하루라도 빨리 본인을 만날 수 있도록 애쓰겠습니다."

그러자 야요이가 고개를 가로저었다.

"그러지 않으셔도 괜찮아요. 그 대신 멀리서라도 모나의 모습을 볼 수 있었으면 좋겠어요. 그럴 만한 기회가 있을까요? 등하굣길이라든지."

"그렇다면 통학로보다 좋은 장소가 있죠."

모나는 중학교 테니스부에서 활동하고 있었다. 학교 테니스코트는 밖에서도 바라다보인다.

그날 나눈 얘기는 거기까지였다. 유키노부는 큰일을 해냈다는 성취감과 함께 허탈감을 느꼈다. 돌이키지 못할 길에 발을 들여놓았다는 생각도 들었다. 그 길의 끝에는 모나와의 이별이 기다리고 있을지도 모른다. 그러나 잘못된 선택은 아닐 것이다.

잘했지? 집으로 돌아가는 길에 몇 번이나 레이코에게 물었다. 저세상에서 그녀가 흐뭇한 표정으로 고개를 끄덕일 것 같았다.

그건 그렇고, 오늘 본 하나즈카 야요이의 태도는 정말 놀라웠다. 자신도 모르는 사이에 어디선가 아이가 태어나 자라는 일이 남자에게는 간혹 일어난다. 그러나 여성에게는 좀처럼 없는 일이다. 야요이가 자초지종을 듣고 얼마나 혼란스러워

할지 유키노부는 짐작조차 하기 어려웠다. 그가 의도적으로 저지른 일은 아니지만, 자식을 빼앗긴 분노를 그에게 쏟아 낼지도 모른다고 각오했다.

그러나 야요이는 끝까지 침착했다. 분노하기는커녕 유키노부와 모나의 심정을 헤아려 주기까지 했다.

유키노부는 새삼 모나에게 진실을 털어놓는 것이 정답이라고 생각했다. 그토록 인격이 훌륭한 사람의 피를 물려받았다는 사실을 알면 모나에게도 좋은 일이라는 확신이 생겼다.

하지만 역시 야요이는 적잖이 충격을 받은 듯했다. 다음 날부터 사흘간 '야요이 찻집'은 임시 휴업을 했다. 그리고 며칠 후, 그녀의 몸 상태가 좋지 않은 것 같다는 말을 카페 단골에게 들었다.

그런데 나중에 야요이는, 처음 이틀간 몸 상태가 좋지 않았던 건 사실이지만 마지막 하루는 모나가 테니스를 치는 모습을 보러 중학교에 다녀왔다고 했다.

"감격스러웠어요."

카페 문을 닫고 둘이 마주 앉았을 때 그녀가 자신의 가슴을 손으로 지그시 누르며 말했다.

"그때 포기한 아이가 멋지게 성장해서 아기 사슴처럼 힘차게 뛰어다니지 뭐예요. 눈이 부셔서 똑바로 바라보기도 힘들었어요. 그런데도 눈을 뗄 수 없더군요."

수상한 사람으로 여겨질까 봐 사진은 찍지 않았다고 야요이는 말했다.

"대신 제 두 눈에 똑똑히 새겼어요. 만일 어디선가 마주친다면 반드시 알아볼 자신이 있어요."

그녀가 자랑스럽게 말했다. 멀리서도 혈연임이 느껴졌으리라.

"살을 좀 빼야겠네."

그녀가 말했다.

"돌아가신 부인은 무척 아름다우셨죠? 친엄마가 땅딸하고 피부가 늘어진 아줌마라는 걸 알면 실망할 거예요."

야요이 씨는 전혀 뚱뚱하지 않으니 그런 걱정은 할 필요가 없다고 유키노부가 말했지만 소용없었다.

"최소한 석 달은 제게 시간을 주셔야 해요. 10킬로그램은 빼야 하니까요."

그리고 그녀는 자기 얼굴을 마사지하기 시작했다. 그 눈빛이 꽤나 진지했다.

"저, 부탁이 하나 더 있어요."

야요이는 유전자 검사를 하고 싶다고 했다. 의심의 여지가 없다고 생각하지만, 의학적으로도 확실히 해 두고 싶다는 것이었다.

"15년 전에도 의학상의 실수가 있었잖아요. 그러니까 이번에는 틀림없다는 걸 확인하고 싶어요."

그녀의 말에도 일리가 있었다. 언젠가는 해야 할 일이다. 하지만 승낙하는 유키노부의 심경은 복잡했다.

유전자 검사를 해야 하나 말아야 하나 하는 고민은 모나가 어렸을 때, 그러니까 레이코가 살아 있을 때부터 늘 유키노부의 머릿속에 있었다. 그러나 끝내 실행하지는 못했다. 모나가 자신들의 유전자를 이어받지 않은 걸 알면서도 막상 확정하자니 거부감이 생긴 것이다. 그걸 사실로 받아들일 만큼의 각오는 없었다.

검사 결과는 예상대로였다. 모나가 야요이의 딸일 확률 98 퍼센트 이상, 유키노부의 딸일 확률은 제로였다.

참으로 아이러니했다. 유전자 검사를 하기 위해 유키노부가 제출한 것은 모나의 탯줄이다. 그것이 전에는 모나와 레이코를 잇는 파이프였는데 이제는 두 사람이 친자 관계가 아니라는 증거가 된 것이다.

결과가 나오고 맨 먼저 든 생각은 모나에게 언제 어떻게 진실을 알려야 하느냐는 것이었다. 유키노부는 머리가 지끈거렸다. 모나와의 관계는 여전히 삐걱거리고, 평소에 대화도 거의 없었다. 그런 마당에 '사실은 네가 내 친딸이 아니다'라고 한다면 모나는 '그래서 애정을 쏟지 않았다'라고 오해할 게 뻔했다. 그렇다면 서로 마음이 통하도록 하는 것이 우선이겠으나, 유키노부는 그 방법을 몰라 초조했다.

그러던 어느 날, 경악할 만한 사건이 발생했다. 야요이가 살해당한 것이다.

머릿속이 하얘졌다. 자신이 그려 놓았던 이상적인 구도가 와르르 무너지고 말았다.

모나에게 진실을 알려야 할지 말아야 할지 더욱더 판단이 서지 않았다. 이 상황이 과연 모나의 인생에 도움이 될 것인가.

야요이에게 무슨 일이 있었는지, 누가 그녀를 살해했는지 유키노부는 전혀 짐작이 가지 않았다. 다만 왜 그녀가 피트니스 센터를 다니기 시작했고 피부 관리실에 등록했는지는 알 만했다. 그녀는 모나와 만날 그날을 위해 더 젊고 아름다워지려고 노력했던 것이다. 그런 생각을 하자 가슴이 쓰라렸다.

'시오미 씨가 입을 열지 않는 한 진상은 영원히 수수께끼로 남을 것이다. 모든 건 시오미 씨에게 달렸다.'

마쓰미야의 말이 유키노부의 귓가를 맴돌았다.

21

와타누키가 퇴근길에 카페에 들러 간단히 저녁을 때우고 도요스의 아파트로 돌아온 것은 밤 9시가 넘어서였다. 간만의 귀가였다. 다유코가 체포된 지 이틀 후 가택 수색이 이루어졌고, 그때부터 그는 비즈니스호텔에 머물렀다. 경찰은 가택 수색이 끝나자마자 집을 사용해도 좋다고 했지만 어쩐지 내키지 않았다.

집에 돌아와 보니 딱히 달라진 점은 없었다. 경찰이 집을 수색하면서 다유코의 옷가지 몇 점과 신발 외에는 물건을 별로 가져가지 않았던 것이다. 가져간 물건에 관해서는 그 이유를 듣지 못했다.

그는 소파에 앉아 실내를 죽 둘러봤다. 어딘지 모르게 스산한 분위기가 감돈다. 다유코가 이 집으로 돌아오는 일은 이제 없는 것일까.

낮에 와타누키의 직장으로 찾아온 마쓰미야와 나눴던 대화를 되새겨 봤다. 범인도 이미 체포되었는데 그 형사는 왜 수사를 계속하는 것일까. 자질구레한 일까지 파고들어서 어쩌려는 것인지. 그 정도 했으면 그만 아닌가.

와타누키는 서류 가방을 끌어당겨 안쪽 주머니에서 사진 여섯 장을 꺼냈다. 야요이가 중학생일 때 찍은 것으로, 여러 각도에서 찍어 표정도 각기 달랐다.

와타누키가 왜 말도 없이 사진을 가져갔는지 마쓰미야는 이미 파악하고 있었다.

'이 사진 속 소녀와 닮은 여자아이를 찾는 게 당신의 목적

이었죠?'

난데없이 정곡을 찔리자 숨이 멎을 것만 같았다. 무슨 소리인지 도무지 모르겠다고 시치미를 뗐지만, 마쓰미야가 그 말을 곧이곧대로 받아들였으리라고는 생각하지 않는다.

앞으로 어떻게 될지, 한 치 앞도 안 보인다. 설마 일이 이런 식으로 흘러가리라고는 야요이를 만났을 당시만 해도 상상하지 못했다.

긴히 할 얘기가 있으니 만나자는 야요이의 전화를 받았을 때 와타누키는 돈 얘기인가 하고 생각했다. 이혼할 때 대화를 충분히 나눴고 재산도 공평하게 분배했다. 야요이도 이의가 없었다. 그런데 헤어지고 얼마 있다가 와타누키에게 별도의 재산이 있다는 사실이 밝혀졌다. 1천만 엔이 조금 넘으니 적은 돈이라고 할 수는 없었다. 우연히 그 사실을 알게 된 야요이가 이제 와서 항의하려는 것 아닌가 싶기도 했다.

긴자에 있는 찻집에서 그녀와 만났다. 오랜만에 보는 야요이는 10여 년 전과 별로 다르지 않았다. 오히려 몸이 탄탄해지고 피부도 더 젊어 보였다. 그런 느낌을 말하자 그녀는 고맙다며 환하게 웃었다.

먼저 서로의 근황을 물었다. 카페를 운영하고 있다니 놀라웠다. 추진력이 있는 줄은 알았지만 그 정도일 줄은 몰랐다.

와타누키도 자신의 근황을 들려줬다. 같이 사는 여자가 있다는 말에 야요이는 관심을 나타냈다.

"결혼은? 안 할 거야?"

와타누키는 고개를 저었다.

"아이도 안 생기고 해서."

"그녀는 몇 살이야?"

"서른여덟."

"그래, 쉽지 않을 나이네."

"그럭저럭 결론을 내릴 때가 된 것 같아."

"또 헤어지려고? 나랑 그랬던 것처럼?"

"생각을 한번 해 봐야 할 것 같아. 저쪽은 아직 젊으니까 다시 시작할 수 있잖아. 다른 남자랑은 아이가 생길지도 모르고."

와타누키가 야요이와 헤어진 데는 아이가 생기지 않는다는 이유가 컸다. 애당초 아이를 원해서 결혼한 것이나 다름없었다. 아이 없이도 충분히 행복하게 사는 부부가 많다는 것은 안다. 하지만 자신이 그런 타입이 아니라는 것을 와타누키는 알았다. 야요이 역시 그런 점을 잘 알기에 마지막 체외 수정이 실패로 끝났을 때 이제 그만 끝내자는 와타누키의 제안에 이의를 달지 않았을 것이다.

다유코와 결혼하지 않은 이유도 마찬가지다. 아이가 생기면 혼인 신고를 할 계획이었다. 하지만 끝내 그런 선물은 주어지지 않았다.

데쓰히코 씨, 하고 야요이가 새삼 살갑게 그를 불렀다. 그녀에게 오랜만에 이름을 불리자 가슴이 쿵 내려앉는 느낌이었다. 그녀가 말했다.

"우리에게 아이가 생기지 않은 게 당신 탓이라고 생각해?"

와타누키는 어깨를 으쓱했다.

"잘은 모르지만, 그렇지 않을까. 그런데 갑자기 왜 그런 걸 묻지?"

야요이는 와타누키의 질문에 대답하지 않은 채 "그녀는 불임 치료를 하고 있어?"라고 되물었다.

"아니."

와타누키는 고개를 저었다.

"왜 안 해?"

"어차피 소용없을 테니까."

그 말에 야요이가 새삼 등을 곧게 펴더니 결심했다는 듯한 표정으로 와타누키를 바라보았다.

"왜?"

와타누키가 물었다.

"지금부터 아주 중요한 얘기를 할 거야. 아마 굉장히 놀랄 걸. 믿기 어려울 거야. 하지만 사실이니까 농담이나 허튼소리라고 생각하면 안 돼."

"뭔데 그래? 뜬금없이 중요한 얘기라니……"

"아이 얘기야, 나와 당신의 아이. 얼토당토않은 얘기라고 생각하겠지? 무리도 아니야. 나도 여태 그런 줄 알았으니까. 그런데 있더라고."

지금 열네 살이야, 라고 말하는 야요이의 얼굴을 와타누키는 황당하다는 듯이 바라봤다. 그녀가 도대체 무슨 얘기를 하는지 이해할 수 없었다. 두 사람의 아이라는 말은 필시 비유일 텐데, 뭘 가리키는지 짐작이 가지 않았다.

수정란 말이야, 하고 야요이가 계속했다.

"수정란이 바뀌었대. 우리 수정란이 엉뚱한 여자의 자궁에 이식됐대."

"뭐라고?"

와타누키가 꽥 소리를 질렀다.

"그게 언제 얘기야?"

"15년 전, 우리가 마지막으로 체외 수정을 했을 때. 담당 의사의 실수였대."

"실수? 무슨 실수? 그런 얘기는 난생 처음 들어. 자세히 좀 말해 봐."

"진정해, 지금부터 설명할 테니까."

야요이에 따르면, 몇 달 전부터 가게에 자주 드나들던 남자 손님이 최근 들어 충격적인 사실을 고백했다고 한다. 자신의 아내가 10여 년 전에 체외 수정으로 여자아이를 출산했는데,

실은 수정란이 자궁에 이식된 후 병원 측으로부터 수정란이 바뀌었을 가능성이 있다는 얘기를 들었다는 것이다. 그럼에도 그의 아내는 출산을 선택했고, 아이가 자람에 따라 수정란이 바뀌었을 가능성이 점차 명백해졌다고 한다.

얘기를 듣고 난 와타누키는 한동안 벌어진 입이 다물리지 않았다. 자신들의 아이가 자신들도 모르는 사이에 어디선가 자라고 있었다니, 그런 황당한 얘기를 덜컥 믿으란 말인가.

"확실해? 뭔가 착오가 있는 거 아니야?"

야요이는 유전자 검사로 확인을 마쳤다고 했다.

혼란스럽기 그지없었다. 상상도 못한 일이었다. 자신들의 아이가 존재한다는 실감은 전혀 없었지만, 그런 말도 안 되는 일이 일어났다는 사실에는 분노가 솟구쳤다.

"그게 있을 법한 일이야?"

와타누키가 격한 어조로 말했다.

"우리에게는 아무런 설명이 없었잖아. 어떻게 그럴 수 있지? 병원 측과 얘기해 봤어?"

그러자 야요이는 미간을 찌푸리더니 큰 소리 내지 말라고 주의를 줬다.

"병원 측에는 연락하지 않았어."

"왜? 항의해야 하는 거 아니야?"

"그래 봤자 무슨 의미가 있겠어."

"왜 의미가 없어, 우리 아이가 남의 아이가 되었는데."

"그건 사실이지만, 만약 바뀌지 않았다면 그 아이는 태어나지 않았을 거야. 말했잖아, 처분될 수정란이었다고. 그런 의미에서 그 아이가 태어난 건 기적이라고 생각해."

침착한 야요이의 말에 와타누키는 반박할 말이 떠오르지 않았다. 그러나 분한 마음이 사라진 것은 아니었다.

"그래서, 당신은 어쩔 셈인데? 그 아이를 되찾아 오기라도 하겠다는 거야?"

와타누키의 말에 야요이가 어이없다는 듯이 쓴웃음을 지었다.

"그건 내가 결정할 문제가 아니야. 아직 당사자는 아무것도 모르는 데다 진실을 알게 되면 그 아이가 어떤 반응을 보일지 전혀 짐작할 수 없어. 일단 그쪽 부모랑 합의한 게 있어. 본인의 의사를 최우선으로 한다, 그 무엇도 절대 강요하지 않는다, 본인이 만나고 싶지 않다고 한다면 그 뜻을 존중한다. 그러니까 만나겠다고 할 때까지 기다려야 해. 하지만 만약 그 아이가 만나겠다고 하면 나는 만나 보고 싶어. 무슨 수를 써서든. 그런데……."

거기까지 말하고 야요이는 잠시 숨을 고르려는 듯이 심호흡을 했다.

"그러기 전에 의논해야 할 사람이 있다는 사실이 떠올랐어."

그 말에 와타누키가 얼굴을 일그러뜨리며 피식 웃었다.

"전남편의 존재를 까맣게 잊었던 거야?"

"잊었다기보다, 떠올리지 않는 게 낫다고 생각했어. 당신은 새로운 인생을 살아갈 테고, 어쩌면 새로 가정을 꾸렸을지도 모르니까. 내가 알려 주지 않으면 진실을 영원히 모르는 채 살아갈 가능성이 크겠지. 하지만 역시 모른 체하자니 괴로웠어. 그 아이는 당신 아이이기도 하니까. 내게 아이를 만날 권리가 있다면 당신에게도 마찬가지잖아. 무엇보다, 내가 독단으로 그 아이가 친아빠와 만날 기회를 빼앗을 수는 없었어."

그녀의 말을 듣고 와타누키는 퍼뜩 깨달았다. 그때까지는 머릿속에 부옇게 안개가 낀 것처럼 사고 회로가 제대로 작동하지 않았는데, 돌연 모든 것이 명료해지면서 자신이 어디에 서 있는지 알게 된 듯한 느낌이었다.

자신은 누군가의 아빠다. 그런 지극히 단순한 사실을 깨달은 것이다.

"그 아이, 만날 수 있어?"

와타누키가 물었다.

"그건 아직 모른다니까. 모든 것은 당사자에게 달렸고 우리는 기다리는 수밖에 없어."

"그럼 신원만이라도 가르쳐 줘. 이름이 뭐야? 주소는?"

"미안하지만 가르쳐 줄 수 없어."

"어째서?"

"가르쳐 주면 만나러 갈 거잖아. 그렇게 할 수는 없어."

"안 가. 알고만 있을게."

"그러니까 모르는 편이 나아. 알면 만나러 가고 싶잖아. 그런 마음을 억누르기란 여간 어렵지 않을 거야. 안 그래?"

분하지만 야요이의 말을 반박할 수 없었다. 만나러 가고 싶을 게 뻔하니까.

"당신도 아직 안 만났다는 거, 정말이지?"

"그래. 멀리서 보기만 했어."

"봤다고? 누굴 닮았어?"

"글쎄……, 아마도 날 닮은 것 같아. 중학생 때 나랑 똑같더라고."

와타누키는 상상이 가지 않았다.

"사진 있지? 보여 줘."

야요이는 고개를 저었다.

"없어."

"거짓말."

그러자 그녀가 자신의 스마트폰을 열어 와타누키에게 들이댔다.

"못 믿겠으면 뒤져 봐도 좋아."

와타누키는 한숨을 쉬며 스마트폰을 밀어냈다.

"혹시 만나게 되면, 그때는 알려 줄 거지?"

"그럴 생각이니까 이렇게 연락한 거야. 당신을 따돌리지는 않을 테니까 염려 마. 만나게 되면 꼭 연락할게."

알았어, 하고 와타누키는 풀 죽은 목소리로 대답했다. 그리고 약 10년 전까지는 자신의 아내였던 여자의 얼굴을 바라보았다.

"기분이 묘하네, 우리 사이에 아이가 있다니."

"나도 꿈만 같아."

"꿈이라……. 그래, 그럴지도."

만난 적 없는 딸의 모습을 망연히 떠올렸다. 야요이와 셋이서 손잡고 있는 모습도 상상했다. 열네 살이라고 듣긴 했지만 와타누키는 머릿속에서 어린 여자아이를 그렸다. 얼굴은 모자이크 처리.

그 이후 아이 생각이 머리에서 떠나지 않았다. 이 세상 어딘가에서 살고 있을 딸의 존재에 늘 마음이 가 있었다. 거리에서 열 살 남짓한 여자아이와 마주칠 때마다 그 아이는 어떻게 자랐을까 상상해 보기도 했다.

당연히 집에 있을 때도 마음은 다른 곳에 가 있었다. 다유코가 부탁한 일을 깜박 잊는가 하면, 택배가 올 걸 알면서 집을 비우는 등 실수가 잇달았다.

"당신, 왜 그래? 요즘 좀 이상하네."

다유코가 눈살을 찌푸리며 묻자 그는 일 때문에 신경 쓰여서 그런다고 얼버무렸다.

그리고.

딸을 만나고 싶은 마음이 날로 깊어져 갔다. 야요이에게 연락이 오기를 이제나저제나 하며 기다렸다. 먼저 전화해 볼까도 여러 번 생각했지만, 따돌리지 않겠다던 야요이 말을 믿기로 했다. 그녀 역시 초조한 심정으로 하루하루를 보내고 있을 터였다.

인터넷으로 입양에 관해 조사하기도 했다. 혼자만의 생각으로 밀어붙일 일이 아니라는 걸 알지만, 그런 꿈이라도 꾸지 않고서는 견디기 힘들었다.

그런데 사태가 뜻밖의 방향으로 전개되었다. 경시청의 마쓰미야라는 형사가 찾아와서 야요이가 살해되었다고 전한 것이다.

믿기지 않았다. 불과 일주일쯤 전에 재회했을 때를 떠올렸다. 비록 야요이의 얘기가 충격적이긴 했지만, 그녀 자신이 어떤 골치 아픈 문제에 휘말린 듯한 기색은 없었는데.

형사는 그에게 최근 야요이와 연락한 일이 있느냐고 물었다. 섣불리 감추는 건 바람직하지 않을 듯해 오랜만에 긴자에서 만났다고 대답했다. 다만 그 용건은 사실대로 말할 수 없었다. 그간 야요이에게서 연락이 없었다는 건 저쪽 집에서 아직 아이 본인에게 진실을 알리지 않았다는 뜻이다. 아무리 수사를 위해서라도 경찰의 무신경한 대처로 말이 새어 나가는 건 원치 않았다.

와타누키는 단순한 근황 보고였다고 설명했다. 물론 마쓰미야 형사는 납득하지 못하는 눈치였지만, 그는 끝까지 주장을 굽히지 않았다.

사건 자체에 대해서도 신경이 쓰였지만, 와타누키는 역시 딸에 관해 알고 싶은 마음이 한층 더 컸다. 현재 그 아이가 어떤 상황인지, 아이 본인에게 진실이 알려졌는지. 야요이가 죽는 바람에 저쪽 사정은 도통 알 수 없게 되고 말았다.

고민 끝에 떠오른 생각은 야요이 부모님에게 연락해 보자는 것이었다. 연로한 양친이 우쓰노미야에 살고 있었다.

외도 등의 좋지 못한 이유로 이혼한 게 아니니 와타누키를 매정하게 대하지는 않을 것이라는 생각으로 전화를 걸었다. 옛 장모의 반응은 예상했던 대로였다. 힘드실까 봐 걱정되어 전화했다는 그의 말을 믿고 그녀는 고맙다고 인사했다.

"집과 가게를 포함한 사후 정리 일체를 제가 맡겠습니다."

와타누키의 제안에 장모는 천만다행이라는 듯이 몇 번이나 고맙다고 했다.

그길로 우쓰노미야에 가서 야요이 부모님을 만났다. 그들은 마지막 만났을 때보다 한층 야위고 연로해 보였으며, 야요이의 죽음으로 생기를 완전히 잃은 모습이었다. 그들의 동의 하에 재산 처분과 폐업 신고에 필요한 위임 절차를 밟았다.

와타누키가 얻고자 했던 것은 '야요이 찻집' 고객 정보였다. 자신의 딸을 키우는 인물이 그 고객 중 하나일 것이라고 예상했기 때문이다.

그러나 경찰은 와타누키가 야요이의 개인 정보에 접근하는 것을 철저히 막았다. 스마트폰에 들어 있는 정보만이라도 알려 달라고 부탁해 봤지만 수사 중이라는 이유로 거절당하고 말았다. 하는 수 없이 자신의 기억을 더듬어 야요이가 자주 드나들던 상점과 지인들을 찾아다녔다. 그러나 10년이라는 세월을 거스를 수는 없었다. 최근의 야요이에 관해 아는 사람은 끝내 만나지 못했다. 와타누키가 알아내려고 한 것은 최근 야요이가 자주 방문했던 장소였다. 그는 그곳에 자신의 딸이 있을 가능성이 높다고 봤다. 그 장소만 알아내면 딸을 찾아낼 자신이 있었다. 야요이의 친정에서 몰래 가져온 사진이 도움이 될 것이라고 생각했다.

그런 와중에 악몽 같은 일이 일어났다. 다유코가 체포된 것이다.

처음에는 뭔가 착오가 있을 거라고 생각했다. 그녀에게 '야요이 찻집' 얘기를 한 것은 사실이지만, 그렇다고 다유코가 야요이를 죽일 이유는 없었다. 착오가 있었다는 게 밝혀져 다유코가 금방 석방될 거라고 믿어 의심치 않았다.

그러나 사태는 예상치 못한 방향으로 전개되었다. 경찰에서 조사를 받던 다유코가 범행을 자백했다는 것이다.

왜 그런 일이 벌어졌을까. 와타누키는 곰곰이 생각해 봤다. 떠올릴 수 있는 것은 아이 문제뿐이었다. 그 문제를 놓고 다유코와 야요이가 옥신각신했을지 모른다.

그러나 형사와 얘기를 나누면서 그는 다유코가 와타누키를 야요이에게 빼앗길 것이 두려워 찔렀다고 진술했다는 것을 알게 되었다. 형사는 수정란이 바뀐 일에 대해서는 전혀 언급하지 않았다.

다유코는 아이의 존재를 몰랐을까. 살인 동기는 아이와 무관할까. 아니면 알면서도 침묵하는 것일까. 어느 쪽인지 판단이 서지 않았다. 형사에게 사실대로 털어놓아야 할까.

그건 안 돼, 하고 그는 이내 결론지었다. 일이 커져서 뉴스에 보도되기라도 하면 아이의 인생이 망가질 수도 있다. 얼굴도 모르는 딸의 인생이.

22

현관문을 연 순간 유키노부는 위화감에 휩싸였다. 평소와 뭔가 달랐다. 구두를 벗으면서 다른 점이 무엇인지 생각해 봤지만 알 수 없었다. 모나의 통학용 신발도 평소대로 가지런히 놓여 있다. 그는 구두를 벗어 그 옆에 나란히 놓았다.

현관 바로 옆의 문을 열고 자신의 방으로 들어가려던 그는 순간 마음을 바꿔 복도로 향했다. 거실에 불이 켜져 있었다.

안쪽을 들여다봤지만 모나의 모습은 보이지 않았다. 식사를 마쳤는지 식탁 위가 말끔히 정리되어 있다. 부엌에서 물소리가 들리지 않는 걸 보면 설거지까지 마친 모양이다.

유키노부는 모나의 방으로 다가가 귀를 기울였다. 아무 소리도 들리지 않는다.

모나야, 하고 불러 봤지만 대답이 없다.

손잡이를 잡고 잠시 주저하다가 문을 열었다. 함부로 열지 마, 하는 짜증 섞인 목소리가 날아들지 않는다.

방에 불은 켜져 있지만 모나는 없었다. 책상 위에 노트가 펼쳐져 있다.

유키노부는 발길을 돌려 현관으로 향했다. 도중에 화장실과 세면실을 확인해 봤지만 모두 불이 꺼져 있었다.

현관 신발장을 열었다. 모나 신발이 몇 켤레 보인다. 요즘 어느 신발을 주로 신는지 알지 못한다. 그런데 한 켤레가 놓일 만한 공간이 비어 있다.

유키노부는 주머니에서 휴대 전화를 꺼내 모나의 번호를

눌렀다. 신호는 갔지만 통화는 연결되지 않았다.

시간을 보니 저녁 9시가 넘었다. 이런 시간에 어딜 간 것일까.

다시 거실로 가서 모나의 행선지를 짐작할 만한 단서가 있는지 살펴봤지만 헛수고였다.

다시 현관으로 향하면서 또 전화를 걸었지만 결과는 마찬가지였다.

이런 시간에 모나가 갈 만한 곳이 어딘지 곰곰이 생각해 봤다. 공부를 하다가 나간 것을 보면 뭔가 필요한 물건이 있어서 사러 갔는지도 모른다. 문구류나 책, 아니면 건전지 같은 것일 수도 있다.

유키노부는 서둘러 집을 나섰다. 편의점에 갔을지도 모른다는 생각이 들었다. 이 근처에는 편의점이 여러 군데 있다.

첫 번째 편의점이 보이자 안으로 들어가 한 바퀴 돌아봤지만 모나는 없었다. 그대로 나오는 그를 남자 점원이 이상하다는 듯이 바라봤지만 그런 걸 신경 쓸 때가 아니었다.

곧장 두 번째 편의점으로 향했다. 그러나 가는 도중에 불안감에 휩싸였다. 이런 식으로 찾아다니다가 서로 길이 어긋나는 것 아닐까. 어둠 속에서 무작정 헤매고 다니기보다 집에서 기다리는 편이 낫지 않을까. 만약 무슨 문제가 생겼거나 사고를 당했다면 집으로 연락이 올 것이다.

어찌할까 망설이다가 오던 길을 되짚어 돌아가기로 했다.

생각하면 생각할수록 집을 나선 것이 경솔했다고 여겨졌다. 중간부터는 거의 뛰다시피 했다.

걸음을 멈춘 것은 아파트 앞에 다다라서였다. 분홍색 파카를 걸친 모나가 맞은편에서 터벅터벅 걸어오고 있었다.

모나야! 하고 부르며 달려갔다. 모나가 흠칫 놀라며 걸음을 멈추더니 손에 들고 있던 것을 등 뒤로 감췄다.

"이런 시간에 어디 갔다 오는 거야?"

유키노부가 물었지만 모나는 대답 없이 부루퉁한 표정으로 고개를 돌렸다.

"대답해 봐. 어디서 뭘 하다 오는 거야? 전화는 왜 안 받아?"

모나가 눈을 치켜뜨고 그를 노려보았다.

"아빠가 무슨 상관이야!"

"뭐야? 걱정되니까 그렇지."

그리고 유키노부는 딸에게 한 걸음 다가섰다.

"뒤에 감춘 게 뭐야?"

모나가 뒤로 물러섰다.

"아무것도 아니야."

"그럼 보여 줘 봐. 뭔데?"

"싫어."

"어디 보자."

모나의 어깨를 잡고 몸을 젖혔다. 모나의 손에 들려 있는 것은 하얀 비닐봉지였다. 유키노부는 그것을 잡아채려고 했다.

"싫다고 했잖아. 하지 마!"

"이리 내놔!"

억지로 빼앗으려는 순간, 모나의 손에서 비닐봉지가 툭 떨어지면서 안에 있던 물건이 굴러 나왔다.

모나가 그 물건을 다급히 땅에서 주워 올렸을 때에야 유키노부는 그것이 생리대라는 사실을 깨달았다. 그는 헉, 숨을 삼켰다. 그리고 할 말을 잃은 채 엉거주춤 그 자리에 멈춰 섰다. 그 틈을 노리듯이 모나가 아파트 입구로 달려갔다. 딸의 뒷모습이 사라지는 것을 유키노부는 멍하니 바라보기만 했다.

모나에게 초경이 찾아왔다는 사실을 전혀 눈치채지 못했다. 미리 신경을 썼어야 하는 일인데 생각조차 못한 것이다. 어느새 딸은 아이를 낳을 수 있는 몸이 되었다.

유키노부는 무거운 발걸음을 집으로 옮겼다. 머릿속에 갖가지 상념이 오갔다. 그 대부분은 후회이자 변명이며 도피였다. 이럴 때 레이코가 있었다면. 그 생각이 제일 간절했다.

현관문은 잠겨 있지 않았다. 현관 바닥에 스니커즈가 나동그라져 있다.

유키노부는 복도를 지나 거실로 들어갔다. 모나의 방문은 굳게 닫혀 있었다.

가까이 다가가 노크했다.

"모나야, 잠깐 들어가도 될까?"

"열지 마."

모나가 살짝 잠긴 목소리로 대답했다.

유키노부는 잠시 숨을 고르고 나서 "미안하다."라고 말했다.

"그런 줄도 모르고……. 정말 미안하다. 사과할게."

그러나 모나는 대답하지 않았다. 화가 가라앉지 않았을 것이다.

포기하고 돌아서려는데 "괜찮아." 하는 목소리가 들렸다.

"나, 다 알아."

"뭘?"

되물으니 또 대답이 없다.

"뭘 안다는 거야?"

잠시 후 "아빠가 나를 싫어한다는 거."라는 말이 들렸다.

"뭐라고?"

유키노부는 미간을 찡그렸다.

"무슨 바보 같은 소리를 하는 거야. 그럴 리 없잖아. 아빠가 왜 너를 싫어해?"

"왜냐하면 나는……, 아빠 자식이 아니잖아."

유키노부의 눈이 휘둥그레졌다. 충격이 어찌나 컸는지 말이 나오지 않았다.

어떻게 알았을까.

"역시 사실이구나. 옛날부터 이상하다고 생각했어. 사람들이 나더러 아빠랑 하나도 안 닮았다고 하더라고. 눈도 코도 입도 전혀 안 닮았대. 내 생각도 그랬어."

모나가 울부짖듯이 말했다.

"아니, 그건……."

어떻게 설명해야 좋을까. 관자놀이에서 식은땀이 솟았다.

"엄마가 잘못한 거지?"

모나가 뜻밖의 말을 했다. 그 의미가 얼른 이해되지 않아 침묵하자 이번에는 상상할 수도 없는 말이 날아왔다.

"나, 엄마가 다른 남자랑 바람피워서 낳았지? 그래서 아빠가 나를 싫어하는 거지? 미워 죽겠지?"

어처구니가 없었다. 이 무슨 터무니없는 오해란 말인가. 지금 같은 상황이 아니라면 웃음을 터뜨릴 만한 말이었다.

"그게 무, 무슨 소리야. 당치 않은 말 하지도 마."

문손잡이를 잡고 돌렸다. 그러나 문은 잠겨 있었다.

"모나야! 일단 문 좀 열어 봐."

"싫어, 싫다고! 들어오지 마!"

유키노부는 피가 거꾸로 솟는 것 같았다. 머릿속은 혼란스러운데, 한편으로는 '그랬구나' 하고 의외로 냉정하게 분석하고 있었다.

부모와 외모가 닮지 않았다는 사실을 모나 본인도 의식하지 않았을 리 없었다. 그럴 경우 대개는 아빠에게 의심의 눈초리를 보낸다. 만약 레이코가 살아 있는 동안 그런 얘기가 나왔다면 그녀는 황당하다며 웃어넘겼을 것이다. 그런데 믿고 의지하던 엄마가 세상을 떠나고 아빠의 태도가 데면데면한 지금, 상상이 확신으로 변한 것이다. 그럴 위험성이 있다는 사실을 미처 깨닫지 못한 자신의 어리석음이 유키노부는 저주스러웠다.

"모나야." 하고 다시 조용히 딸을 불렀다.

"아빠 얘기를 한번 들어 봐."

"듣고 싶지 않아."

"언젠가는 들어야 할 말이야. 그리고 지금이 그때인 것 같구나."

대답이 없었다. 그러나 모나가 귀를 기울이고 있는 것이 느껴졌다.

"생리가 시작된 거지?"

역시 묵묵부답이다. 인상을 쓰고 있을 모나의 얼굴이 눈에 선했다.

"여성의 신체라든지 임신에 관해서는 학교에서 배웠지? 혹시 수정란이라는 말을 들어 본 적 있니?"

거기까지 말한 후 유키노부는 눈을 감고 심호흡을 몇 번 했다. 그리고 결심했다는 듯이 입을 열었다.

"그 수정란이 의사의 실수로 바뀌었다는구나."

스스로의 말에 동요되어 가슴이 방망이질을 쳤다. 끝내 얘기하고야 말았다. 이제는 돌이킬 수 없다.

잠시 후 방문 안쪽에서 움직이는 소리가 들렸다. 이어서 찰칵, 잠금장치 풀리는 소리가 나더니 문이 천천히 열렸다.

모나가 새빨개진 눈으로 유키노부를 뚫어져라 바라보며 서 있었다. 유키노부도 침을 한 번 삼킨 후 딸의 눈을 똑바로 바라보았다.

그러면서 '모나의 눈길을 피하지 않은 게 얼마 만일까' 하고 생각했다.

23

사건 발생 이후 벌써 몇 번째인지 헤아리기도 힘든 수사 회의가 기록적으로 빨리 끝났다. 특별 수사본부는 조만간 해산할 것이다. 나머지 일은 뒷마무리의 성격이 강해서 수사관 대부분은 자신의 보고서를 작성하기에 바빴다. 범인 체포와 직접적으로 관련된 활동이 아니라도 기본적으로는 기록해서 남겨 두어야 한다.

그런 귀찮은 작업과 씨름하기 위해 자리에 앉은 순간 누군가 어깨를 툭 쳤다. 돌아보니 가가가 서 있었다.

"잠깐 보지."

그러고서 가가는 대답도 듣지 않은 채 걸음을 옮겼다. 마쓰미야는 서둘러 그를 쫓아갔다. 가가는 걸음이 빠르다. 강당을 나설 즈음에야 간신히 그를 따라잡았다.

"저쪽은 어떻게 됐어? 그 후로 뭔가 얘기가 있었어?"

가가가 시선을 정면으로 향한 채 물었다.

"저쪽이라뇨?"

"가나자와 말이야. 연락 없어?"

아아, 하면서 마쓰미야가 고개를 끄덕였다. 사건 얘기가 아니었던 것이다.

"며칠 전에 요시하라 씨에게서 전화가 왔어요. 긴히 할 얘기가 있으니 되도록 빨리 만나자고 하더라고요."

"무슨 얘긴데?"

"어머니가 제게 숨기는 일과 관련이 있는 것 같아요."

"그래? 그거 참, 궁금하군. 그래서 뭐라고 했어?"

"수사 중인 사건이 일단락되면 연락하겠다고 했어요."

"흠, 그렇군."

경찰서를 나온 두 사람은 대로변에 있는 카페로 들어갔다. 런치 메뉴가 다양한 데다 내용이 알차서 마쓰미야도 몇 번인가 이용한 적 있는 곳이다.

창문 너머로 큰길이 바라다보이는 테이블에 자리를 잡은 후 둘 다 커피를 주문했다.

"그래서, 언제 만날 건데?"

"만나다니, 누구를요?"

"요시하라 씨 말이야. 연락 안 했어?"

"아니요, 아직."

가가는 마쓰미야의 의중을 파악하려는 것처럼 지그시 그를 바라보았다.

"왜?"

"아니, 그게, 아직 여러 가지로 할 일도 많고……."

마쓰미야가 말끝을 흐렸다.

"여러 가지 뭐? 범인도 체포됐으니 일단락된 거나 마찬가지 아니야?"

바로 그때 종업원이 커피를 들고 다가왔다. 마쓰미야는 창밖으로 눈길을 돌렸다.

"하세베한테 듣자 하니 너, 형식적인 업무는 모두 하세베에게 맡기고 혼자서 움직인다던데, 대체 뭘 캐고 다니는 거야?"

그러자 마쓰미야가 가가 쪽으로 고개를 돌리고 히죽 웃었다.

"딱히 캐고 다니는 건 없어요. 보고서를 마무리하라고 해서 세부적인 사항을 추가로 조사하고 있는 것뿐이에요. 흔한 일 아니에요?"

"예를 들면 어떤 일인데? 설명해 봐."

마쓰미야는 느린 동작으로 커피를 한 모금 마시고 나서 후, 숨을 내뱉었다.

"형이 왜 그런 일에 신경을 쓰고 그래요? 사건이 해결되었으면 내가 어디서 뭘 하든 상관없잖아요."

가가가 움푹 팬 두 눈으로 마쓰미야를 노려봤다.

"흠, 역시……."

"뭐가요?"

"너, 뭔가 숨기고 있지? 요즘 어쩐지 이상하다 했어. 하나즈카 야요이 씨의 부모님이 사는 우쓰노미야에 다녀온 이후부터야. 나를 피하는 거지?"

"그런 거 아니에요."

"시치미 떼지 마. 내 눈을 속일 수 있을 것 같아? 너, 시오미 유키노부 씨가 마음에 걸려서 그러지? 뭔가 알아낸 거야?"

마쓰미야는 다시 커피를 한 모금 마시고 손등으로 입가를 닦았다.

"선배는 어떤데요?"

"뭐가?"

"이번 사건요. 완전히 해결되었다고 생각해요?"

"질문한 사람은 나야."

"형이 이걸로 사건이 마무리되었다고 생각하지 않으리라

는 거 나는 다 알아요."

그러자 가가는 맥이 풀린다는 듯이 씁쓸하게 웃으며 한숨을 내쉬었다.

"맞아, 납득이 전혀 안 가. 나카야 다유코가 범인인 건 사실이겠지. 하지만 그녀가 여전히 뭔가를 숨기는 듯한 느낌이 든단 말이야. 그렇게 선뜻 자백한 데는 이유가 있지 않겠어? 그런 와중에 형사 하나가 이상한 움직임을 보이더란 말이지."

그리고 가가가 손가락으로 마쓰미야의 얼굴을 가리켰다.

"이 친구 수상해, 뭔가 있는 것 같아, 그렇게 생각하는 게 정상 아니야?"

"뭔가 있다면 그 형사가 곧 보고할 거다, 그런 생각은 안 하나요?"

가가는 마쓰미야에게서 눈을 떼지 않은 채 손을 뻗어 커피잔을 들어 올렸다. 그리고 커피를 한 모금 마신 다음 "하긴……." 하고 중얼거리듯 말했다.

"형사 중에는 자신의 공로를 누가 가로채기라도 할까 봐 정보를 독점하는 녀석도 있지만, 너는 그런 스타일이 아니지."

"그런 교활한 짓은 안 해요."

"그렇군. 그럼 마쓰미야 형사의 심중에는 무슨 꿍꿍이가 있을까."

가가가 테이블에 팔꿈치를 대고 몸을 살짝 앞으로 기울였다.

"그리고, 보고는 왜 안 하는데?"

그러자 마쓰미야는 눈을 살짝 감고 숨을 깊이 들이쉬더니 어깨를 툭 떨어뜨리며 눈을 떴다.

"얘기를 되돌려도 됩니까?"

"되돌리다니, 어디로?"

"내 얘기로요. 가나자와에 있다는 아버지 얘기 말이에요."

가가가 수상하다는 듯이 미간을 찡그리며, 화제를 돌리는 저의가 무엇인지 알아내려는 듯한 표정으로 마쓰미야의 얼굴을 바라보았다.

"그래, 어디 한번 들어 보자."

"자신을 낳아 준 아버지가 따로 있다는 사실을 알게 되는 것이 과연 본인에게 행복한 일일까요? 만약 제삼자가 그런 진실을 알게 되었다면 당사자에게 알려 줘야 할까요?"

가가는 잠시 침묵하다가 입을 열었다.

"너는 어땠어? 아버지에 관한 얘기를 듣고 무슨 생각이 들었지?"

"솔직히 말하면, 잘 모르겠더군요. 한편으로는 차라리 몰랐으면 마음이 편했겠다는 생각도 들었지만, 다른 한편으로는 알게 된 이상 진상을 끝까지 확인하고 싶기도 하더라고요. 마음이 복잡해요. 하지만 확실한 것은 결코 가볍게 볼 일이 아니라는 거예요. 사람에 따라서는 인생이 왔다 갔다 할 수도 있는 문제예요."

"물론 그렇겠지. 그런데 대체 하고 싶은 말이 뭐야?"

"그래서 생각해 봤어요. 타인의 비밀을 밝히는 일이 늘 정의롭다고 할 수 있는가 하고요. 그것이 친자 관계에 관련된 일이라면 더더욱……. 과연 경찰에게 그럴 권리가 있는가. 설령 사건의 진상을 밝히기 위해서라도 말이죠."

가가의 얼굴에서 표정이 지워졌다. 그러나 눈빛만은 더 예리해졌다.

"아무래도 너 자신의 얘기만은 아닌 것 같구나."

마쓰미야가 등을 곧게 펴고 앉았다.

"이런 식으로 망설이는 나는 형사로서 실격일까요?"

그러나 가가는 곧바로 대답하지 않고 커피잔을 입으로 가져갔다. 그리고 수심에 찬 표정으로 커피를 몇 모금 마신 뒤 잔을 도로 내려놓았다.

"그런 일이라면 얘기가 다르지. 아까 내가 한 말은 잊어버려."

"무슨 말이요?"

"네가 뭘 숨기고 있든 앞으로는 캐묻지 않을게."

그렇게 말하고 나서 가가는 테이블 위에 놓인 계산서를 집어 들더니 훌쩍 일어섰다.

"아니, 잠깐만요. 그게 무슨 뜻이죠?"

마쓰미야가 가가를 따라 일어서며 물었다.

"판단을 전적으로 네게 맡기겠다는 얘기야."

"제게……."

"마쓰미야,"

가가가 마쓰미야를 지그시 바라보며 말했다.

"너, 좋은 형사가 되었구나."

뜻밖의 말에 마쓰미야는 당황했다.

"비아냥거리는 거예요?"

"아니."

가가가 진지한 얼굴로 대답했다.

"전에 내가 말했지, 형사의 일이란 진상만 밝힌다고 끝나는 것이 아니라고. 취조실에서 밝혀지는 진실뿐 아니라 본인들 스스로 이끌어 내는 진실도 있는 법이거든. 그걸 가려내는 일에 골머리를 썩이는 형사가 좋은 형사야."

똑같은 의미의 말을 과거에도 가가에게 들은 기억이 있었다. 마쓰미야는 대답할 말이 떠오르지 않았지만, 가가가 자신의 고뇌를 인정해 준 것 같아서 기뻤다.

"중요한 점은 자신의 판단에 책임질 각오가 되어 있느냐는 거야. 경우에 따라서는 진실이 묻히고 마는 수도 있으니까."

각오……, 하고 마쓰미야는 입속으로 중얼거렸다.

"그럼 이따 보자."

그러고서 가가는 돌아서서 계산대로 향했다.

마쓰미야는 도로 자리에 앉아 사촌 형이자 선배 형사인 가가의 말을 곱씹어 보았다. 무겁고 깊지만 따스함이 어린 격려로 느껴졌다.

그래, 중요한 것은 각오다. 나는 각오가 되어 있는가.

눈길을 허공에 둔 채 고개를 끄덕거렸다. 그는 남은 커피를 마저 마신 다음, 주위에 누가 있는지 확인한 후 휴대 전화를 꺼냈다. 최근에 등록된 요시하라 아야코의 번호를 누른 후 전화기를 귀에 댔다.

벨이 세 번 울리고 전화가 연결되었다. 네, 요시하라입니다, 하는 힘 있는 목소리가 들렸다. 마쓰미야의 전화라는 걸 알았을 터였다.

"마쓰미야입니다. 잠시 통화할 수 있을까요?"

"네, 괜찮아요."

"지난번에 말씀하신 일 말입니다. 긴히 할 얘기가 있다고 하셨는데, 들을 수 있을까 해서요."

"네, 언제가 좋으세요?"

"언제든지 괜찮습니다. 요시하라 씨가 편하신 시간에 맞추겠습니다."

"그럼 내일은 어떠세요? 내일 밤 10시에 지난번 거기서요."

"알겠습니다. 시간 맞춰서 가겠습니다."

"무사히 끝났나 보군요."

"네?"

"일 말이에요. 수사가 일단락되면 연락하겠다고 하셨잖아요."

아아, 하고 마쓰미야가 고개를 끄덕였다.

"네, 이제 모두 끝났습니다. 더는 수사할 일이 없어요."

"거참, 잘됐군요. 축하드려요."

"고맙습니다."

그럼 내일 밤에, 하고 전화를 끊었다.

휴대 전화를 도로 집어넣고 자리에서 일어섰다. 카페를 나온 그는 두 팔을 들어 올려 한껏 기지개를 켰다. 더는 수사할 일이 없어요……, 그 말을 입 밖에 낸 순간부터 무언가에서 해방된 듯한 후련함이 가슴에 밀려들었다. 요시하라 아야코가 무슨 얘기를 할지 궁금하기도 했지만, 지금은 일단 이런 감각에 젖고 싶었다.

그런데.

경찰서로 돌아가려고 걸음을 옮기는 참에 휴대 전화가 울렸다. 기억에 있는 번호였다. 마쓰미야는 살짝 숨을 삼켰다.

"네, 마쓰미야입니다."

"아…… 저, 시오미입니다."

"안녕하세요. 지난번에는 실례가 많았습니다."

"아닙니다. 저야말로 죄송했습니다. 그렇게 가 버려서……."

시오미의 사과에 마쓰미야의 예감이 작동했다. 무슨 일이 있습니까, 하고 물었다.

"실은 긴히 드릴 말씀이 있습니다. 잠시 시간을 내 주실 수 있을까요?"

"혹시 따님에 관한 일인가요?"

몇 초간 침묵이 흐른 후 네, 하는 낮은 목소리가 들렸다.

"모나와 관련된 일이에요. 모나의 출생에 관한 얘깁니다."

마쓰미야는 후우, 숨을 내쉬었다.

"저는 당장이라도 괜찮습니다."

"그래요? 그럼……."

시오미는 한 시간 후에 만나자고 제안했다. 장소는 지난번에 만났던 가라오케.

알겠습니다, 하고 전화를 끊었다.

마쓰미야는 걸으면서 생각했다. 이제 시오미의 용건은 하나밖에 없다. 진실을 고백하기로 결심한 것이다. 어쩌면 모나 본인에게 이미 털어놨을지도 모른다. 모나가 어떤 반응을 보였는지, 그리고 그 후 부녀간에 어떤 대화가 오갔는지 꼭 듣고 싶었다.

그나저나, 하고 마쓰미야는 혼자서 쓴웃음을 지었다. 비밀을 무덤까지 가져가기로 각오하자마자 모양 빠지게 이게 무

슨 꼴이람. 고독한 영웅이 된 기분에 조금 더 젖어 있고 싶었
는데. 가가에게 얘기하면 배꼽을 잡고 웃겠지.

하지만 나다운 결말이려나, 하는 생각도 한편으로 들었다.

24

다유코 씨가 이걸 좀 읽어 보셨으면 합니다, 라며 담당 검
사가 봉투를 내밀었다. 마흔쯤 되어 보이고 얼굴이 동그란 검
사는 말투가 부드러워서 그에게 취조받는 것이 그다지 고통
스럽지 않았다.

"지금 여기서 말인가요?"

다유코가 묻자 검사는 네, 하고 고개를 끄덕였다.

봉투를 받아 든 그녀는 속에 든 편지지를 꺼냈다. 그리고
그것을 펼친 순간 화들짝 놀라고 말았다. 와타누키의 필체였
기 때문이다.

다유코에게, 로 시작하는 글이었다.

이렇게 편지를 쓰는 이유는 꼭 전해야 할 말이 있어서야.

마쓰미야라는 형사를 기억해? 그에게서 한 남자를 소개받았
어. 일단 S라고 해 두지.

S는 야요이가 운영하던 카페의 단골이야.

또한 야요이와 깊은 관련이 있는 여자아이를 키운 사람이지. 서류상으로는 그 아이의 아버지야.

S를 만나서 여러 가지를 알게 되었고, 그래서 나는 지금까지 숨겨 왔던 사실들을 전부 마쓰미야 형사에게 고백했어.

야요이가 나를 만나자고 한 이유와 만나서 나눈 얘기를 전부 털어놨지.

마쓰미야 형사에게 듣자 하니 다유코도 진실을 모두 말하지 않았을 가능성이 있다고 하더군. 어쩌면 나처럼 진실을 숨겨야 한다고 생각했는지도 모른다고 말이야.

이런 상태로는 재판이 시작되어도 진상이 밝혀지지 않겠지. 만일 다유코가 S와 그의 딸을 위해 숨기는 일이 있다면 더는 그럴 필요가 없어.

다유코, 정말 그래? 그 사람들을 위해서 숨기는 일이 있어?

그런 거라면 더는 그럴 필요가 없으니까 모든 걸 솔직히 진술했으면 해. 다유코가 진실을 숨긴 데는 어쩔 수 없는 사정이 있었을 거라고 생각해. 숨김없이 털어놓는다면 재판에서도 조금은 참작해 줄 거야.

유치장이 춥지는 않아? 몸은 괜찮은가? 필요한 게 있으면 넣어 줄 테니 알려 줘.

데쓰히코가

편지를 거듭해서 읽고 나서 다유코는 고개를 폭 수그렸다. 눈물이 멈출 줄 모르고 흘러 바닥에 뚝뚝 떨어졌다.

어떻습니까, 하고 검사가 물었다.

"편지를 읽고, 지금까지 진술한 내용 중 변경하고 싶은 점이 있으면 말씀하세요."

그러자 다유코가 고개를 들고 울음을 참으며 네, 하고 대답했다.

"변경하겠습니다."

"어느 부분이죠?"

"저……, 제가…… 하나즈카 씨를…… 찌른 이유, 그리고 또…….."

거기까지 말하고 그녀는 잠시 숨을 고른 후 다시 말을 이었다.

"그 전에, 옛날 일을 잠시……. 그 얘기를 하지 않으면 이해가 안 가실 테니까요."

25

다유코는 나고야에서 태어났다. 부모님, 오빠와 넷이 살았다.

어렸을 때 그녀는 자기 집이 부자라고 생각했다. 아파트가 넓고 깨끗했고, 아빠는 고급 차를 수시로 바꿨다. 엄마는 옷과 핸드백을 사 모으길 좋아해서 장롱이 늘 그런 종류의 물건들로 가득했다. 자식들이 사 달라는 건 무엇이든 사 주었고, 일주일에 몇 번씩 외식을 했으며, 여름 방학에는 하와이로 여행을 가기도 했다. 일본 전체가 거품 경기로 흥청거리던 시절이긴 했지만 그중에서도 다유코네 집은 유달리 씀씀이가 커서 학교 친구들이 "다유코네 집은 엄청 부자인가 봐."라고 말하기도 했다.

상황이 완전히 뒤집힌 건 다유코가 초등학교 3학년 때였다. 사람들이 시도 때도 없이 집에 들이닥쳤다. 개중에는 낯익은 사람도 있었지만 처음 보는 사람도 많았다. 하나같이 표정이 험악했고 웃는 법이 없었다. 부모님은 그들 앞에서 어두운 표정으로 고개를 수그리고 있었고, 엄마는 때로 울기도 했다.

급기야는 가족 전체가 이사를 하게 되었는데, 너무 갑작스러운 일이라서 다유코는 어리둥절했다. 학교까지 전학해야 했는데도 부모님은 아빠 일 때문이라고 말하고 끝이었다. 이사를 하고 나서는 더욱 놀랐다. 매우 낡고 좁은 아파트로 갔기 때문이다. 부엌을 제외하면 방이 하나뿐이었다.

어느 날 밤, 두 살 위인 오빠가 아빠가 회사를 그만두었다고 가르쳐 주었다. 하지만 사실은 그만둔 게 아니라 해고를 당한 것이었다.

아빠는 산업 기기 회사에서 돈을 다루는 일을 했다고 한다.

오빠는 경리와 횡령이라는 단어를 사용했지만 어린 다유코는 그게 무슨 뜻인지 몰랐다.

오빠 말에 따르면 아빠는 회사 돈을 자기 것처럼 사용했다고 한다. 그 돈으로 주식을 하고 골프 회원권을 사고 부동산을 매매하고, 그렇게 해서 번 돈으로 아파트와 차를 사며 분수에 넘치는 생활을 했다는 것이다. 그 금액이 2억 엔이 넘는다는 얘기를 듣고 다유코는 입이 떡 벌어졌다. 0이 몇 개 붙을까를 생각하는 것만으로 어찔어찔했다.

"그러니까 이제 우리 집은 돈이 없어. 빈털터리가 된 거야."

얼마 안 가 오빠의 말은 현실로 다가왔다. 식탁에 오르는 음식이 궁색해졌고, 새 옷을 사는 일도 없어졌다.

아빠와 엄마는 허구한 날 싸웠는데 그 원인은 대개 돈이었다.

다유코가 중학교에 올라가기 직전, 부모님은 결국 이혼했다. 다유코와 오빠는 도요하시에 혼자 사는 할머니에게 맡겨졌다.

"너희들을 데려가면 좋겠지만, 지금은 키우기가 힘들어. 엄마가 자리 잡으면 데리러 올게."

헤어질 때 엄마는 그렇게 약속했다. 거짓말을 할 의도는 없었을 것이다. 엄마도 나름대로 괴로웠겠지.

그러나 그 약속은 끝내 지켜지지 않았다. 엄마는 지인이 운영하는 선술집에서 일하다가 그곳 지배인과 깊은 사이가 되

있고 결국 동거하게 되었다. 그러자 다유코 남매를 만나는 일도 뜸해졌다. 엄마는 볼 때마다 화장이 짙어졌고, 오빠는 그런 엄마가 징그럽다고 했다.

다유코 남매의 새로운 생활은 별로 즐겁지 않았다. 할머니는 성격이 고약하지는 않았지만, 그렇다고 친절하지도 않았다. 원래부터 엄마와 사이가 나빠 소원하게 지냈던 할머니는 별안간 손주들을 떠맡게 되자 드러나게 성가신 티를 냈다. 다유코와 오빠에게 늘 자신의 일은 스스로 알아서 하라고 말했고, 집안일을 거들어도 칭찬 한번 하지 않았다. 반대로 사소하게 실수라도 하면 "머리가 나쁜 게 제 어미를 똑 닮았네."라고 이기죽거렸다.

아빠는 다른 곳에 살면서 이따금 찾아왔다. 어디서 뭘 하는지는 전혀 알 수 없었다. 할머니는 아빠 얼굴을 볼 때마다 돈이 모자란다고 투덜거렸다.

"지난번에 드렸잖아요."

"그깟 푼돈이야 금세 없어지지."

"너무 사치하시는 거 아닙니까?"

"사치할 돈이나 있냐?"

다유코가 학교에서 돌아오는데 두 사람이 고래고래 소리를 질러 집 바깥까지 들린 적도 있었다.

그렇게 몇 년이 흘렀다. 엄마와는 좀처럼 만나지 못했고,

아빠와는 만나도 대화가 없었다.

오빠는 고등학교를 졸업하자 기숙사가 있는 회사에 취직했다.

"나는 이제 돌아오지 않을 거야."

집을 나설 때 오빠가 말했다.

"나 자신을 스스로 지켜야 해. 아무도 믿을 수 없어. 너도 너 자신만 생각하고 살아."

그런 건 말하지 않아도 알아, 하고 다유코는 생각했다.

그래도 즐거운 일이 전혀 없지는 않았다. 고등학교에 입학한 지 얼마 지나지 않아 중학교 선배에게 고백을 받았고 사귀기 시작했다. 키가 크고 가죽점퍼가 멋지게 어울리는 남자로, 다유코 역시 예전부터 그를 좋아했던 터라 더없이 기뻤다. 둘은 하루가 멀다 하고 만났다. 치과 집 아들인 그 선배에게는 자기 방이 따로 있었고, 그 방에서 다유코는 처음으로 남자와 관계를 했다. 그도 처음이라고 했다. 두 사람은 이내 섹스에 빠져들었다.

나름 피임을 한다고는 했지만 허술했나 보았다. 어느 날, 생리할 때가 한참 지났다는 걸 깨달았다. 임신 테스터가 나와 있었지만 약국에 가서 살 용기가 나지 않았다.

하루는 밥을 먹는데 갑자기 속이 울렁거렸다. 허겁지겁 화장실로 달려갔지만 나오는 것은 아무것도 없었다. 그런데 화장실에서 나오니 할머니가 눈을 부라리며 서 있었다.

"다유코, 병원에 가자."

뭐라고 대답해야 할지 몰라 말없이 서 있자 할머니가 표정을 누그러뜨리며 말했다.

"가자, 할미가 같이 가 줄 테니까."

"할머니……."

"치과 집 아들이지? 멍청한 놈이라고 하더라. 좋아하게 된 거야 어쩔 수 없지만, 낳을 수는 없지 않겠니."

놀랍게도 할머니는 손녀 몸에 이상이 있다는 것을 눈치채고 있었다.

할머니 손에 이끌려 병원에 갔다. 역시 임신이었다. 중절 수술을 하기로 그 자리에서 결정했다. 의사는 놀라지 않았다. 요즘 한심하고 어리석은 여고생에게 흔히 있는 일이라는 듯한 태도였다.

감기를 핑계로 학교를 사흘간 쉬었다. 그사이에 모든 것이 이루어졌다. 다행인 것은 할머니가 친절하게 대해 주었다는 점이다. 수술비까지 내주었다.

아빠에게는 알리지 않았다. 할머니가 말해 봐야 무슨 의미가 있겠냐고 했기 때문이다.

"그보다, 이제 그 치과 집 아들은 만나지 마라. 여자 몸을 장난감으로 여기는 형편없는 놈이다."

응, 하고 대답했지만 다유코는 결심이 서지 않았다. 그를 좋아하는 마음에는 변함이 없었다. 그래서 그가 전화로 불러내면 할머니 몰래 만나러 가곤 했다.

그에게는 임신했었다는 말도 수술했다는 말도 하지 않았다. 아무것도 모르는 그는 여전히 왕성한 성욕을 다유코에게 발산하려고 했다. 그녀가 섹스에 응하지 않으면 응석받이 어린아이처럼 화를 냈다. 하는 수 없이 임신했던 사실을 털어놓자 얼굴이 새파랗게 질리더니 더는 요구하지 않았다.

그러고 나서는 그에게서 연락이 없었다. 어쩌다 길에서 다유코를 보면 허둥지둥 도망쳤다.

그 후로는 남자를 사귀지 않았고, 친구라고 할 만한 만남조차 없이 무미건조한 시간이 흘렀다.

때로 낙태한 아이가 생각났다. 낳았으면 어땠을까 하는 상상은 언제나 다유코를 혼란스럽게 했다. 그때는 그럴 수밖에 없었다고 머리로는 이해했지만, 왠지 옳은 길을 선택했다는 생각은 들지 않았다. 아이와 함께 있는 여자를 보면 가슴이 아렸다. 살아 있을 자격이 없다는 생각이 들어 온종일 우울한 날도 있었다.

이윽고 고3이 되어 졸업 후의 진로를 고민해야 할 때가 되었다. 대학 진학은 꿈도 못 꿀 일이라며 체념했으니 취직하는 것밖에 다른 길이 없었다.

몇 군데 회사에 지원한 후 입사하기로 결정한 곳은 도쿄 초후시에 있는 식품 회사였다. 비록 낡았지만 사원 기숙사도 있었다. 무엇보다 다유코도 익히 아는 레토르트 식품을 만드는 곳이라는 점이 선택에 결정적으로 영향을 미쳤다.

첫 월급을 받자 냉증으로 고생하는 할머니를 위해 무릎 담요를 사 들고 도요하시를 찾았다. 할머니는 안 그래도 주름이 자글자글한 얼굴을 더 구기고 눈물을 글썽이며 반가워했다. 할머니의 눈물을 본 건 그때가 처음이었다. 임신 중절 수술을 했을 때도 느꼈지만 사실 할머니는 자상한 사람이었다.

어느 날 다유코가 전화를 걸었는데 할머니 목소리가 이상했다. 왜 그러냐고 물으니 감기에 걸려 고열이 난다고 했다. 할머니는 원래 심장병이 있었다.

다음 날 다시 한 번 전화하자 이번에는 받지 않았다. 걱정스러웠던 다유코는 회사에 휴가를 내고 할머니를 찾아갔다. 할머니는 좁은 다다미방에 깔린 이부자리 위에서 싸늘하게 식어 있었다.

아빠는 오래간만에 나타나서 한다는 말이 "오래 자리를 보전하지 않아 다행이군."이었다. 다유코는 살의를 느꼈다. 만일 손 닿는 곳에 칼이 있었다면 찔렀을지도 모른다.

오빠에게도 전화로 할머니의 죽음을 알렸지만 그는 오지 않았다.

도요하시의 집은 아빠가 처분했다. 얼마에 팔았느냐고 묻자 "몇 푼 안 된다."라는 대답만 돌아왔다. 자식들에게 분배할 마음은 없는 듯했다.

자신은 이제 돌아갈 곳이 없다고 다유코는 생각했다.

그 후로 몇 년간은 사원 기숙사에서 좁디좁은 아파트로 이사한 것 외에 이렇다 할 변화가 없었다. 남자도 몇 명인가 사귀었지만 누구와도 오래가지 못했다. 다유코가 미래에 관해 물어보기라도 하면 하나같이 우물쭈물 말끝을 흐렸다. 다유코는 결혼하고 싶었고, 가정을 동경했다. 그런 소망을 이루어 줄 수 있는 남자라면 누구라도 상관없다고 생각했다.

어느 날 본사에서 남자 연구원 하나가 파견되었다. 상사는 다유코에게 그가 생산 라인에 관해 자료 수집하는 걸 도우라고 했다. 연구원은 싱긋 웃으며 잘 부탁한다고 인사했다. 눈가의 주름과 하얀 이가 인상적인 그는 다유코가 좋아하는 타입의 남자였다.

자료 수집은 상당히 힘든 작업이었다. 야근도 자주 했다. 하루는 그가 미안하니 밥을 사겠다고 했다. 그가 데려간 곳은 일식집으로, 방이 예약되어 있었다.

그는 화제가 풍부한 데다 얘기를 잘 들어 주었다. 다유코가 늘어놓는 불평도 차분히 들었다.

즐거운 시간이었지만 그날 다유코는 한 가지 충격적인 사실을 알았다. 그가 유부남이라는 것이었다. 유치원에 다니는 아들까지 있다고 했다. 물론 설령 독신이라고 해도 본사 엘리트 사원이 자신 같은 여자를 선택할 리는 없다고 생각했다.

그런데 식사를 마치고 자리에서 일어설 때 그가 불쑥 다가왔다. 키스하려고 한다는 걸 눈치챘음에도 다유코는 저항하지 않았다. 저항하기는커녕 그의 몸을 양팔로 휘감았다.

그럼 다음에 봐요, 하고 그가 인사하자 다유코는 고개를 끄덕이며 네, 하고 대답했다.

두 사람의 관계가 깊어지기까지는 그리 오랜 시간이 필요치 않았다. 그로부터 일주일 후 그들은 다유코의 집에서 육체관계를 가졌다.

얼마 후 그는 파견 업무가 끝났고, 더는 다유코의 회사로 오지 않게 되었다. 그러나 둘의 관계는 끝나지 않았다. 특히 그는 문자 메시지를 자주 보냈는데, 비록 짧은 글이고 딱히 용건도 없었지만 다유코는 오히려 그 점이 좋았다.

"내게 가장 소중한 사람은 너야."

침대에서 그는 그렇게 속삭였다.

"아내와는 헤어져도 상관없어. 아들이 조금 더 크면 얘기할 생각이야. 그때까지만 기다려 줘."

훗날 돌이켜 보니 그의 말은 현실성이 눈곱만큼도 없었다. 그러나 그때는 그 말을 믿었고, 어이없지만 자신의 아이를 낳아 달라는 말까지도 진심으로 받아들였다. 그래서 깜박하고 콘돔을 사다 놓는 걸 잊어버린 날, 속으로는 위험할지도 모른다고 생각하면서 오늘은 안전하다고 말하고 말았다.

그런데 막상 임신 테스터에서 양성이 나왔다고 알리자 그의 얼굴에서 핏기가 싹 가셨다. 기뻐하지 않을까 했던 실낱같은 기대는 허망하게 무너졌다.

그런 그에게 다유코는 괜찮다고 말했다.

"내가 그날 안전하다고 했으니까 내가 알아서 할 거야. 책임지라는 말은 안 할게."

그는 적이 안도한 표정으로 수술비는 자신이 부담하겠다고 했다. 그러나 다유코는 고개를 저었다.

"수술은 안 해. 나, 낳을 거야."

생리가 없다는 걸 깨달았을 때부터 결심한 일이다. 고등학교 때의 고통스러운 기억이 되살아났다. 낳았다면 어떻게 되었을까 하는 생각에서 해방되는 날은 결국 오지 않았다. 생명을 소홀히 여긴 자신을 책망하는 마음도 사라지지 않았다. 그런데 그런 짓을 또 하다니, 생각만 해도 몸서리가 쳐졌다.

고생할 각오는 되어 있었다. 그리고 혼자서 아이를 키우는 여자도 얼마든지 있다.

물론 그는 동의하지 않았다. 다유코의 선언에 놀라 눈을 휘둥그렇게 뜨더니 다시 생각해 보라며 그녀를 설득했다. 일시적인 감정에 휘둘려서는 안 된다, 일은 어떻게 할 거냐, 수입도 없을 텐데 혼자 아이를 키우는 건 무리다, 당신도 아이도 불행해질 뿐이다……. 끝도 없는 말이 쏟아져 나왔다. 그러나 다유코의 결심을 흔든 건 그다음 한마디다.

"조금만 기다려 줘. 앞으로 1년이면 돼. 이혼하고 당신과 결혼하겠어. 아이는 그 후에 낳아서 함께 키우자."

결혼, 이라는 단어가 그의 입에서 나온 건 그때가 처음이었다. 다유코를 회유하려는 말에 불과하다는 걸 알면서도 그녀는 동요했다.

"급하니까 둘러대는 거지?"

그렇게 묻기는 했지만, 그 목소리에는 힘이 하나도 없었다.

"거짓말 아니야. 나, 각오했어. 정말이라니까."

진심에서 우러나오는 말이라고 믿고 싶었다. 그녀의 망설임을 눈치챈 듯, 그는 그럴듯한 계획을 늘어놓았다. 결혼식은 단둘이 올리자, 당분간은 아파트에 세 들어 살다가 돈이 모이면 조그만 집을 사자, 도쿄 외곽의 마당이 있는 집이면 좋겠다, 거기서 아이들을 뛰놀게 하자…….

그러나 그 장밋빛 꿈에는 조건이 붙어 있었다. 이번 아이는 포기할 것.

다유코가 생각할 시간을 달라고 했지만 그는 받아들이지 않았다.

"생각할 필요가 뭐가 있어. 태어나는 시점에 부모가 둘 다 있어야 좋다는 건 자명한 사실이잖아. 게다가 만에 하나 내 아이라는 사실이 들통나서 일이 꼬이면 오히려 이혼하기도 힘들어진다고."

틀린 말은 아니었다. 부모가 양쪽 모두 있는 편이 아이에게 좋은 건 당연한 일이고, 남편이 외도로 아이를 낳았다는 걸 부인이 알게 되면 이혼해 주지 않고 버틸 가능성이 큰 것도 사실이었다.

그러나 그의 설득에는 커다란 함정이 도사리고 있었다. 1년 후 그가 실제로 부인과 이혼하고 다유코와 결혼한다는 보장이 전혀 없다는 점이었다.

그런 사실을 알면서도 다유코는 그의 말에 따르기로 했다. 그의 말을 믿고 싶었다. 그를 의심하고 싶지 않았다. 무엇보다, 그를 괴롭히고 싶지 않았다.

그는 고개를 끄덕이는 다유코를 품에 안고 속삭였다.

"고마워. 반드시 행복하게 해 줄게."

그로부터 사흘 후, 다유코는 수술을 받았다. 회사는 하루만 결근했다. 그날은 온종일 아무것도 먹지 않은 채 침대에서 내내 울었다.

그 후 한동안은 그와의 관계가 지속되었다. 그러나 그의 태도는 눈에 띄게 달라져 갔다. 연락이 점점 뜸해지더니 급기야 그가 먼저 연락하는 일이 없어졌다. 그리고 어느 날부터는 다유코의 전화를 아예 받지 않았다.

참다못한 다유코가 그의 회사로 전화했을 때 그는 외출 중이었다. 그녀는 자신의 이름을 말하고 그에게 메모를 남겨 달라고 부탁했다.

그날 밤, 그에게서 전화가 왔다. 그는 다짜고짜 직장으로 전화하는 건 몰상식한 짓이라며 다유코를 다그쳤다.

"휴대 전화를 안 받으니까······."

그녀의 말에 잠시 침묵하던 그가 한 말은 당분간 만나지 말자는 것이었다.

"여러모로 생각해 보고서야 깨달았어. 우리 둘 다 그동안 제정신이 아니었나 봐. 나름대로 좋은 경험이었다고 여기고 각자의 길을 가는 게 좋을 것 같아."

천연덕스럽게 내뱉는 말에 다유코는 눈앞이 어질어질했다. 나름대로 좋은 경험이었다니, 수술로 아이를 지운 일이 좋은 경험이라는 말인가.

"아니, 이제 와서 그게 무슨 말이야? 부인과 헤어지겠다고 했잖아."

"그동안 제정신이 아니었다니까. 내가 착각했던 거야. 이제 그만 끝내자."

"끝내자고? 어떻게 그런 말을······. 나는 어떻게 살라고······."

다유코가 울먹이며 말했다.

알겠어, 라고 그가 대답했다.

"만나서 얘기하자."

쉬는 날, 두 사람은 다유코의 집 근처에 있는 쇼핑센터에서 만났다. 말없이 어딘가로 걸음을 옮기는 그를 다유코는 잠자코 쫓아갔다. 어디 찻집에라도 들어가려나 보다고 생각했는데, 도착해 보니 주차장이었다. 차를 세워 놓았으니 그 안에서 얘기하자는 것이었다. 사람들 눈을 피하고 싶은 듯했다.

처음 보는 그의 차는 소형 SUV였다.

다유코가 조수석에 올라타자 그가 품에서 봉투를 꺼냈다.

"미안해. 이게 내 최선이야."

봉투를 받아 열어 보니 만 엔짜리 지폐가 수십 장 들어 있다.

"뭐야, 이게?"

"넌 아직 젊으니까 얼마든지 다시 시작할 수 있어. 약소하지만 보탬이 되었으면 해."

다유코는 머릿속이 멍해졌다. 그가 하는 말이 이해되지 않았다. 뭘 다시 시작하라는 말인가.

망연히 그의 옆얼굴을 바라보는데, 차 뒷자리가 시야에 들어왔다. 운전석 바로 뒤에 아동용 카시트가 장착되어 있었다. 조수석에 앉은 그의 아내가 팔을 뻗어 아이를 돌보는 모습이 떠올랐다.

그러니까, 하면서 다유코는 다시 그에게로 시선을 돌렸다.

"나를 속인 거야? 결혼하고 싶다고 했잖아. 그거, 전부 거짓 말이었어?"

"그때는 진심이었어. 그럴 생각이었지. 하지만 역시 해서는 안 되는 일이야. 미안해."

"미안하다고 하면 끝나는 일인가? 그럼 왜 아이를 못 낳게 했어? 나 혼자 키울 생각이었는데."

"그게 말이 돼? 그때는 어쩔 수 없었어."

"왜 말이 안 된다는 거야?"

다유코는 그의 어깨를 부여잡았다.

"돌려줘. 내 아이를 돌려 달란 말이야. 이깟 돈, 필요 없어. 아이를 돌려줘!"

그가 얼굴을 찡그리며 다유코를 밀쳐냈다.

"이러지 마."

"아, 맞다, 아이를 다시 가지면 되겠네. 지금 호텔로 가자, 응? 그 정도는 해 줄 수 있잖아."

견디다 못한 그가 차에서 내리더니 차 앞쪽으로 돌아 조수 석 문을 열었다. 그리고 다유코의 팔을 잡으며 "여기까지야." 라고 말했다.

"뭐가 여기까지야? 아이를 가지자니까. 섹스, 좋아하잖아."

"그만하라고!"

그가 팔을 확 끌어당겼다. 엄청난 힘이었다. 다유코는 순식간에 주차장 바닥에 패대기쳐지고 말았다. 고개를 들어 보니 남자는 이미 차에 올라타 있었다. 그가 시동을 걸고 차를 몰아 멀어져 가는 모습을 그녀는 하염없이 바라보았다.

그 후의 기억은 희미하다. 정신을 차려 보니 병원 침대 위였다. 팔다리에 붕대가 둘둘 감겨 있고, 머리에도 뭔가 씌워져 있었다.

쇼핑센터 옥상에서 뛰어내렸다는데 전혀 기억나지 않았다. 하지만 그 얘기를 들었을 때 내가 왜 그런 짓을 했을까 하는 의문은 들지 않았다. 오히려 '아, 그래, 죽으려고 했구나. 그랬을지도 모르겠네.' 하고 수긍했다. 죽지 못한 것을 못내 아쉬워하는 한편으로 나는 뭐 하나 제대로 하는 일이 없구나 하고 스스로에게 화가 났다.

입원해서 좋은 점도 하나 있었다. 같은 병실에 입원한 할머니와 친해진 것이다. 할머니는 평소에는 노인 돌봄 센터에서 지낸다면서 그곳에서 살아가는 얘기를 자주 해 주었다. 그 대부분은 요양 보호사 험담이었다. 그 거침없는 얘기를 듣고 있자면 다유코는 자신의 할머니가 떠올랐다.

퇴원 후에는 회사를 그만두고 간병인 일자리를 찾아다니다가 아다치구에 있는 노인 돌봄 센터에서 일하게 되었다. 일은 생각보다 중노동이었다. 가냘파 보이는 노인 한 명을 목욕

시키는 데도 엄청난 체력이 소모되었다. 식사를 보조하는 일도 만만치 않았다. 잠시만 한눈을 팔아도 노인은 음식물이 목에 걸리곤 했다. 대소변 보조와 화장실 청소만으로 하루를 보내는 날도 있었다.

그래도 감사 인사를 받으면 힘이 솟았다. 누군가에게 도움이 되고 있다는 실감이 났다. 그리고 깨달았다. 결국 자신은 용서받고 싶었다는 것을. 누군가의 생명이 연장되도록 도움으로써 이 세상에 태어났어야 할 두 생명의 불꽃을 꺼뜨린 데 대한 죗값을 치르고 싶었다는 것을.

하지만 노인 돌봄 센터 일만으로는 생활이 어려워서 하는 수 없이 밤에는 우에노에 있는 클럽에서 아르바이트를 하기로 했다.

호스티스 일은 간병보다 한결 수월했다. 취객의 희롱 따위는 대수롭지 않았다. 돌봄 센터에도 가슴에 손을 대는 노인 정도는 있었다.

오래 할 생각이 없었는데 어느 날 헤아려 보니 3년이 지나 있었다. 와타누키 데쓰히코가 클럽에 발을 들이기 시작한 것은 그 무렵이다. 처음에는 같은 회사 임원과 함께 왔다. 그리고 점차 접대할 손님을 데리고 오는 일이 잦아졌다. 다유코가 마음에 들었는지 올 때마다 그녀를 자리로 불렀다.

다소 천박한 구석이 있긴 했지만, 성격이 호방하고 활기가 넘치는 점이 매력적이었다. 함께 있으면 즐거웠다.

어느 날 술자리가 끝난 후 그가 다른 곳에 가서 한잔 더 하지 않겠느냐고 물었다. 단둘이 바로 자리를 옮겨 상당히 늦게까지 마셨다. 서로 깊이 있는 이야기를 나눈 건 그때가 처음이었다. 그에게 이혼 경력이 있다는 것도 알게 되었다.

"나는 아이를 원했어."

와타누키가 혀 꼬부라진 소리로 말했다.

"그건 지금도 마찬가지야. 그러니까 앞으로 결혼하는 건 아이가 생겼을 때야. 혼전 임신이 내 꿈이라고."

그가 다유코의 어두운 과거를 알 리 없으니 그저 솔직한 심정을 토로한 것에 지나지 않았을 터였다. 그러나 이날 밤 그의 말은 다유코 마음에 깊이 스며들었다.

"아이를 낳아 줄 사람을 만나면 좋겠군요."

다유코의 말에 와타누키는 "어, 맞아. 바로 그거야. 난 아직 포기하지 않았어."라고 불쾌한 얼굴로 대답했다.

그런 일이 몇 번 있고 난 어느 날 밤, 와타누키가 택시로 그녀를 집까지 바래다주게 되었다.

"차라도 한잔하고 갈래요?"

다유코의 권유에 그는 잠시 망설이다가 "그럴까." 하고 나지막이 대답했다.

다유코는 어린아이가 아니었다. 상황이 어떻게 전개될지

충분히 예상했으니 오히려 그녀 쪽에서 유도했다고 볼 수도 있었다. 각오는 이미 서 있었고, 와타누키가 무책임한 남자가 아니라는 것도 알고 있었다.

좁은 침대에서 몸을 섞었다. 와타누키는 노련하지는 않았지만 이쪽을 배려하는 조심스러움이 느껴졌다.

"전에 내가 했던 말, 기억하나?"

행위 도중 그가 약간 굳은 표정으로 물었다.

"나, 아이를 낳고 싶어."

네, 하며 다유코는 고개를 끄덕였다.

"나도 마찬가지예요."

"내 아이라도 괜찮겠어?"

"물론이죠."

"다행이군."

와타누키의 표정이 환해졌다.

그의 등 뒤로 팔을 감으며 다유코는 아무쪼록 아이가 생기기를, 하고 기도했다.

그로부터 얼마 후 와타누키가 넓은 집으로 이사하면서 둘은 함께 살게 되었다. 다유코는 클럽 일을 그만두었다. 이제는 언제 아이가 생겨도 문제없다며 두 사람은 샴페인으로 건배했다.

가까스로 손에 넣은 평범한 생활이었다. 아빠나 오빠와는 연락이 끊긴 지 오래였다. 설사 혼인 신고를 한다 해도 알릴 마음이 없었다.

와타누키와의 생활은 평온하고 행복했다. 돈 걱정이 없고 함께 지낼 상대가 있다는 것이 이토록 고마운 일인 줄 처음 알았다. 휴일에는 낮에 둘이 영화를 본 후 근처에 있는 패밀리 레스토랑에 가서 점심을 먹으면서 각자의 감상을 얘기했다. 행복하기 이를 데 없었다.

다만 한 가지 걱정거리가 있다면 아이가 생기지 않는다는 것이었다. 성생활에는 문제가 없었다. 와타누키의 나이를 고려하면 충분하다고 할 만한 빈도였다. 그런데도 임신은 기미조차 없었다. 다유코는 생리가 시작될 때마다 낙담했다. 와타누키는 아이에 대해 아무 말도 하지 않았지만, 아무리 기다려도 좋은 소식이 들리지 않으니 실망스러울 것이 분명했다. 다유코의 나이도 어느새 서른여덟이었다.

병원에 가 볼까도 생각했지만 결심이 서지 않았다. 아이가 들어서지 않는 원인을 다유코는 어느 정도 짐작하고 있었다. 두 번의 중절 수술 때문일 것이다. 낙태를 거듭하면 아이가 쉽게 들어서지 않는다는 얘기를 언젠가 들은 적이 있었다. 병원에 가서 그 점을 새삼 지적당하고 싶지 않았다. 와타누키에게 알려질까 봐 겁이 나기도 했다. 그가 알면 최후통첩을 날릴 것만 같았다.

더욱 불안한 점은 와타누키가 거의 체념한 듯한 눈치를 보인다는 것이었다. 이대로 아이가 생기지 않는다면 그는 어쩔 셈일까.

앞으로 결혼하는 건 아이가 생겼을 때야. 혼전 임신이 내 꿈이라고……. 예전에 그에게 들었던 말이 되살아났다. 그때는 멋진 말이라고 생각했는데, 이제는 그 말이 돌덩이처럼 다유코의 마음을 짓눌렀다.

아이가 생길 것 같지 않으니 헤어지자, 와타누키의 입에서 그런 말이 나올까 봐서 초조한 가운데 하루하루를 보냈다.

그러던 차에 한 가지 마음에 걸리는 일이 생겼다. 전처가 와타누키에게 만나자고 연락한 것이다. 용건은 그도 잘 모른다고 했다.

그다음 얘기는 그녀가 경찰에서 자백한 내용과 큰 차이가 없다. 다음 날 전처를 만나고 온 와타누키가, 만남의 목적이 단순한 근황 보고였으며 전처가 지유가오카에서 '야요이 찻집'이라는 카페를 운영한다고 말했다는 점, 그리고 그 후로 와타누키의 태도가 아무래도 미심쩍었다는 점 등도 지금까지 진술한 내용 그대로였다.

다만 새로운 내용이 한 가지 있었는데, 와타누키가 다유코 몰래 스마트폰으로 뭔가를 열심히 검색했다는 것이다. 그래서 다유코는 와타누키가 잠든 사이에 그의 스마트폰을 훔쳐

보았고, 검색어 목록을 연 순간 놀라서 숨을 삼켰다고 한다. '입양 방법'이라는 말이 거기에 있었기 때문이다.

와타누키가 누군가를 양자로 들이려고 하나…… 다유코와의 사이에 아이가 생기지 않으니 어딘가에서 아이를 데려와 키우겠다는 것인가. 게다가 전처까지 얽혀 있으니, 대체 무엇이 어떻게 돌아가고 있는지 다유코는 알 수가 없었다.

도통 일이 손에 잡히지 않았다. 출근해서도 머릿속은 온통 그 생각뿐이었다. 당연히 실수가 잦아졌고, 주위에서도 의아한 눈초리로 그녀를 바라보았다.

이대로는 그 무엇도 해결되지 않을 거라고 판단한 다유코는 와타누키의 전처를 만나 보기로 결심한다. 만나서 얘기를 듣는 것이 가장 빠른 방법이다.

지유가오카의 '야요이 찻집'에서 처음으로 하나즈카 야요이를 만났다. 그리고 도저히 오십이 다 된 여자로 보이지 않는 미모에 기가 눌렸다. 다유코가 신분을 밝히자 하나즈카 야요이는 놀라면서도 환영해 주었다. 다즐링을 내오고 나서 시폰 케이크를 먹겠느냐고 물었지만 다유코는 거절했다. 그때 케이크를 자르는 긴 칼이 눈에 들어왔다.

이상은 이미 진술한 내용 그대로다.

그런데 거기서부터 미묘하게 달랐다.

맞은편 의자에 앉은 야요이가 "자," 하고 입을 열었다.

"그럼 용건을 한번 들어 볼까요."

"며칠 전에 데쓰히코 씨를 만나셨죠? 그때 무슨 얘기를 나눴는지 알고 싶어서……."

"그에게 아무 말도 못 들었나 보군요."

"얘기하지 않았어요."

그래요, 하면서 야요이는 눈을 살짝 내리깔았다가 다시 다유코를 바라보았다.

"그렇다면 저도 말씀드릴 수 없어요."

"부탁입니다, 가르쳐 주세요. 알고 싶어요. 그 이후로 그이 태도가 내내 이상했어요."

"이상하다니, 어떤 식으로요?"

"줄곧 생각에 잠겨 있었어요. 뭔가 고민이 있는 눈치더군요."

고민……, 하며 야요이가 고개를 갸웃했다.

"고민과는 다를 거예요. 이리저리 궁리해 본다고 할까요. 아주 큰 문제에 직면했으니까요."

"큰 문제라니, 그게 뭐죠?"

그건, 하고 말을 꺼낸 야요이가 불현듯 고개를 저었다.

"역시 안 되겠어요."

"왜죠? 이렇게 말하면 실례일지 모르겠지만, 하나즈카 씨는 그이의 아내가 아니잖아요. 두 분은 단지 예전에 부부였을 뿐, 그 이상도 이하도 아니에요. 비록 혼인 신고는 하지 않왔지만 지금 그의 아내는 저예요. 그런데 하나즈카 씨와 그이 사이에 비밀이 있고, 제게는 그걸 가르쳐 줄 수 없다니, 이상하지 않은가요?"

그러자 온화했던 야요이의 얼굴에 순식간에 먹구름이 드리웠다.

"단지 예전 부부……."

하나즈카 야요이는 그렇게 중얼거리고 나서 다유코를 똑바로 바라보았다.

"만약 그렇지 않다면요?"

"네?"

다유코가 흠칫하며 되물었다.

"무슨 뜻이죠?"

야요이는 홍차를 한 모금 마시고 나서 길게 한숨을 내뱉었다.

"그래요, 여기까지 찾아오셨는데 아무 얘기도 못 듣고 돌아갈 수는 없겠죠. 그리고 언젠가는 다유코 씨도 알아야 할 일이고요."

"말씀해 주세요."

"원래는 데쓰히코 씨에게 들어야 할 얘기지만……."

"괜찮아요, 지금 가르쳐 주세요. 단지 예전 부부가 아니면 뭐란 말씀인가요?"

야요이는 다유코의 눈을 빤히 바라보았다.

"부부는 이혼하면 생판 남남이 되죠. 다유코 씨가 말했듯이 예전 부부로 남는 거예요. 혈육이 아니니까요. 그러나 혈육 관계는 이혼해도 끊어지지 않아요."

"네? ……죄송하지만 무슨 말씀인지 모르겠어요. 댁과 데쓰히코 씨가 혈육이라는 얘기는 아닐 테고……."

"물론 그럴 리 없죠. 단도직입적으로 말할게요. 저와 그 사람 사이에 아이가 있어요. 우리의 혈육인 진짜 아이가요."

다유코는 몸속에서 뭔가가 무너져 내리는 듯한 충격을 받았다. 너무 놀라 숨도 쉬기 힘들었다.

"설마…… 아이가 있다니……, 그이는 한 번도 그런 얘기를 …… 그럼 제게 거짓말을 한 건가요?"

야요이가 고개를 가로저었다.

"그 사람은 아이의 존재를 몰랐어요. 저 역시 마찬가지고요. 우리가 모르는 곳에서 우리 아이가 태어나 자라고 있었어요."

"어떻게 그런……."

"말도 안 되는 일이 있을 수 있냐고 묻고 싶으시죠? 그런데 있었어요. 그런 말도 안 되는 일이 일어났어요."

그리고 야요이가 들려준 얘기는 경악할 만한 것이었다. 수정란이 바뀌다니, 그런 일이 있을 수 있는가. 그러나 사람이 하는 일이니 실수가 없으란 법은 없다.

"저도 처음 들었을 때는 믿기지 않더군요. 하지만 그 아이를 제 눈으로 보고 확신했어요. 틀림없는 내 아이다, 나와 그 사람의 아이다, 하고요. 그럴 수만 있다면 달려가서 품에 안고 내가 네 엄마라고 외치고 싶었어요."

"그런데 왜 안 그러셨죠?"

"아이 본인에게 아직 진실을 밝히지 않았으니까요. 하지만 그 아이를 지금까지 키워 준 부모 말로는 언젠가 밝힐 거라고 해요. 그래서 만나는 일은 그 후로 미루기로 했어요. 그리고 여기서부터가 중요한데, 이 일을 데쓰히코 씨에게도 알려야 한다고 생각했어요."

"그이가 몹시 놀랐겠군요."

"그야 물론이죠. 좀처럼 믿지 못하는 눈치였어요. 무리도 아니죠. 하지만 제 말이 허튼소리로 들리지 않았는지 결국은 믿더군요."

"그래서, 그이는 어떻게 할 작정이라던가요?"

"아직 거기까지는 얘기하지 않았어요. 일단 제가 그 아이를 만나게 되면 그에게도 알리겠다고 약속했습니다. 앞으로 어떻게 할지는 둘이 의논해서 결정해야겠지요. 그래서 그렇게 말한 거예요, 그 사람은 고민하는 게 아니라 이리저리 궁리해 보는 거라고요."

둘이 의논해서 결정한다는 말이 다유코는 마음에 걸렸다. 뭘 어떻게 결정하겠다는 것인가.

"그이……, 데쓰히코 씨가 입양에 관해 알아보는 것 같아
요."

"아, 그래요?"

"스마트폰으로 검색하는 모습을 봤어요."

어머나, 하고 말한 후 야요이는 후후, 소리 내어 웃었다.

"그 사람답군요, 여전히 성급한가 봐요."

그 말이 다유코에게는 왠지 반색하는 소리로 들려 등골이
오싹했다.

둘이서 그 아이를 데려오겠다는 말인가. 데려와서 함께 키
우겠다는 것인가.

'앞으로 결혼하는 건 아이가 생겼을 때야.'

와타누키의 목소리가 귓전을 울렸다.

"저, 저는 어떻게 하면 좋을까요?"

다유코의 질문에 야요이는 허를 찔린 듯한 표정을 지었다.

"어떻게 하다니요?"

"그이가 그 아이의 아빠라면 저는 뭔가요?"

야요이가 웃으며 고개를 저었다.

"이상한 말씀을 하시네요. 다유코 씨는 아무 관계도 없잖
아요."

"관계가 없다니……."

"이 일은 데쓰히코 씨와 저의 문제니까요."

418

"하지만 저는……."

그의 아내잖아요, 라고 말하고 싶었다. 하지만 아니었다. 그의 정식 아내가 아니다. 아이를 낳지 못한 자신은 그의 아내가 될 수 없다.

"다유코 씨는 다유코 씨 나름대로 열심히 살면 되지 않을까요. 반드시 만남이 찾아올 테니까요."

"만남이라고요?"

"아직 젊으니까 꼭 멋진 만남이 있을 거예요."

야요이는 명랑한 말투로 거기까지 말한 후 자리에서 일어나 뒤돌아섰다.

그 순간 다유코도 자리에서 일어섰다. 정신을 차렸을 때 그녀는 손에 칼을 쥔 채 야요이의 등 뒤에 붙어 서 있었다.

그 칼날이 야요이의 등에 꽂혀 있는 것을 본 다유코가 비명을 지를 새도 없이 야요이는 앞으로 쿵 쓰러졌다.

멋진 만남이라니, 그런 일은 두 번 다시 일어나지 않아, 하고 다유코는 생각했다.

26

"'만남'이라는 말의 뜻을 오해한 듯합니다."

마쓰미야가 말했다.

"언젠가 당신도 새로운 상대를 만날 수 있을 테니 데쓰히코 씨는 단념해라, 그런 뜻으로 말이죠. 그래서 화가 난 나머지 자신도 모르는 새 옆에 있던 칼을 들어 그녀를 찌른 거죠. 사랑하는 사람이 자신을 떠날지도 모른다는 공포, 우여곡절 끝에 얻은 가정을 빼앗기게 되었다는 분노, 생각지 않게 아이를 얻은 하나즈카 씨에 대한 질투, 그중에서 무엇이 가장 큰 원인이었는지는 자신도 모르겠다고 했답니다. 아마 그런 여러 가지 감정이 부풀어 올라 한꺼번에 폭발한 거겠죠."

다유코는 가가와 얘기를 나누면서 자신의 착각을 깨달은 듯했다. 하나즈카 야요이가 사람과의 만남을 소중히 여겼으며, 아기에게 엄마와의 대면은 인생 최초의 만남이라고 했다는 말을 듣고, '반드시 만남이 찾아올 것'이라는 그녀의 말이 와타누키와 다유코 사이에 아이가 생길 거라는 의미였다는 사실을 깨달은 것이다. 그래서 야요이에 대한 미안함과 자신의 어리석음을 견딜 수 없어 범행을 자백하기로 결심했다고 한다.

고개를 숙인 채 마쓰미야의 얘기를 듣고 있던 와타누키가 절레절레 고개를 저었다.

"그럴 생각은 꿈에도 없었는데……."

"무슨 생각이요?"

그러자 와타누키가 고개를 들고 말했다.

"제가 야요이와 다시 합치는 일 말입니다. 물론 아이를 만나고 싶었고 입양을 고려한 것도 사실이지만, 다유코와 헤어질 생각은 눈곱만큼도 없었습니다. 상상조차 안 해 봤어요. 아마 야요이도 마찬가지였을 겁니다. 저를 아이 아빠 그 이상으로도 이하로도 여기지 않았을 거예요. 오히려 다유코가 제 아이를 임신하기를 바라지 않았을까요. 그렇게 되면 자신이 모나를 독차지할 수 있을 테니까요."

"다유코 씨가 거기까지는 생각하지 못했다는 말씀이군요."

"결국 저를 믿지 못했던 거죠."

"와타누키 씨를 믿지 못한 게 아니라 자기 자신을 믿지 못했을 겁니다. 좀 더 자신감이 있었더라면 좋았을 텐데……."

와타누키가 하아, 하고 숨을 길게 내쉰 뒤 양손으로 머리를 감쌌다.

"그것 또한 제 잘못입니다. 자신감을 갖게 해 주지 못한 것도 제 책임이에요."

두 사람은 경찰서 휴게실에 있었다. 마쓰미야는 와타누키를 다유코와 만나게 해 주려고 그곳으로 불렀다. 다유코는 아직 기소되기 전이라서 유치장에 있었다. 그녀는 와타누키를 만나고 싶어 했다. 자신이 사건에 관해서는 대부분 자백했지만 아직 밝히지 않은 비밀이 하나 있는데, 만일 와타누키를 만나게 해 주면 그가 보는 앞에서 그것을 털어놓겠다는 것이었다.

그건 그런데, 하며 와타누키가 고개를 갸우뚱했다.

"다유코가 무슨 얘기를 하려는 걸까요. 지금 들은 얘기만으로도 놀랍기 짝이 없는데, 그 이상 뭐가 더 있을까요?"

"매우 중요한 일이라고 하더군요. 그래서 변호사나 저희 수사관들을 통하지 않고 직접 와타누키 씨에게 전하고 싶다고 했습니다."

도무지 짐작이 안 가는지 와타누키가 고민하는 표정을 지었다.

그때 마쓰미야 선배, 하고 입구에서 부르는 소리가 들리더니 하세베가 휴게실 안으로 들어왔다.

"준비가 되었답니다."

"그럼 갈까요."

마쓰미야가 철제 의자에서 일어서며 와타누키에게 말했다.

접견실로 가 보니 의자가 두 개 준비되어 있었다. 와타누키만 의자에 앉고 마쓰미야는 그 뒤쪽에 서서 다유코가 나타나기를 기다렸다. 아크릴 판으로 가로막힌 맞은편 방에는 아직 아무도 없었다.

잠시 후 문이 열리고 다유코가 맞은편 방으로 들어왔다. 그 뒤를 유치 담당 경찰관이 따라 들어왔다. 경찰관은 마쓰미야와 눈이 마주치자 말없이 고개를 숙였다. 이번 접견에 수사 1과 형사가 동석할 예정이라는 사실이 미리 유치계에 전달되었을 터였다.

의자에 앉은 다유코가 피의자답지 않게 부드러운 미소를 띠며 와타누키를 바라보았다.

"오랜만이야. 잘 지냈어?"

와타누키는 잠깐 뜸을 들이고 나서 "잘 지낼 리 없잖아."라고 대답했다.

"당신이야말로 잘 지냈어? 편지에도 썼지만, 건강은 괜찮아?"

"응, 괜찮아."

다유코는 고개를 끄덕인 후 마쓰미야 쪽을 흘낏 바라본 다음 다시 와타누키에게 눈길을 돌렸다.

"자세한 얘기는 들었지?"

"응, 대충. 정말 놀랐어."

"미안해."

"내가 당신을 버릴 거라고 생각했나?"

"버린다기보다…… 아이를 선택할 거라고 생각했어. 당신은 아이를 원했으니까."

"아이를 원한 건 사실이지만, 그게 내가 당신과 헤어질 이유가 되겠어? 말도 안 되잖아."

다유코가 시선을 떨궜다. 속눈썹이 파르르 떨렸다.

"말이 안 되나?"

"당연하지. 왜 그런 생각을 했어?"

"모르겠어. 그때는 제정신이 아니었어. 정신을 차리고 보니 그런 짓을……."

다유코가 와타누키를 바라보며 다시 한 번 "미안해." 하고 말했다.

이제 와서 사과한들 무슨 소용이냐는 듯이 와타누키가 고개를 푹 숙였다.

"만나 봤어?"

다유코가 물었다.

"누구를?"

"그……, 당신 아이 말이야. 만났어?"

"아아……. 아니, 아직. 본인에게 진실을 전부 밝혔다고는 하지만, 친아빠……랄까 생물학적 아빠랄까, 하여튼 만나야 할지 말아야 할지 망설이고 있나 봐. 무리도 아니지. 겨우 열네 살이잖아. 나도 서두를 생각은 없어. 모든 건 그 아이 마음이지 내게는 이래라저래라 할 권리가 없어."

그의 말을 들은 다유코가 "그렇구나……." 하고 맥없이 대답했다. 어쩐지 눈의 초점이 흐릿했다.

"그건 그렇고, 마쓰미야 씨가 그러는데 내게 긴히 할 말이 있다고 했다면서?"

"아……, 그래."

그녀가 고개를 끄덕이며 와타누키를 바라보았다. 그 눈을 보고 마쓰미야는 가슴이 뜨끔했다. 지금까지와는 전혀 다른, 마치 결사의 각오를 품은 듯한 눈빛이었다.

"실은 말이야……, 나, 생겼어."

"뭐?"

"아이…… 말이야. 아이가 생겼어."

와타누키가 엉거주춤 몸을 일으켰다.

"설마……."

마쓰미야도 깜짝 놀랐다. 상상도 못한 일이었다. 유치계 경찰관까지 고개를 들고 눈을 화들짝 떴다.

와타누키가 벌떡 일어서서 아크릴 판에 양손을 붙였다.

"정말이야?"

"어떤 책에서 읽었는데, 체포되어도 아이를 낳을 수는 있대. 옛날에는 수갑을 찬 채로 출산을 했다지만 지금은 분만실에 있는 동안은 수갑을 풀어 준다나 봐."

그녀가 담담하게 말했다.

"다유코……."

와타누키 입에서 신음 같은 소리가 새어 나왔다.

"하지만 형무소에서 아이를 키울 수는 없잖아. 나, 어쩌면 좋을까?"

"어쩌다니, 걱정 마. 내게 다 맡겨."

"낳아도 돼? 당신이 키워 줄 거야?"

"당연하지. 낳으면 내가 잘 키울게. 면회 올 때도 데리고 오고, 다유코가 출소하기를 둘이서 기다릴게. 그날이 오면 셋이 같이 살자."

그러자 다유코는 만족스럽다는 듯이 웃으며 오른손을 아크릴 판으로 뻗어 와타누키의 손바닥에 겹쳤다.

"정말 기뻐. 고마워."

마쓰미야는 두 사람을 바라보기가 괴로웠다. 이 무슨 운명의 장난이란 말인가. 임신 사실을 조금만 일찍 알았더라면 사건은 일어나지 않았을 것이다.

그러나 곧바로 다유코가 한 말에 마쓰미야는 자신의 귀를 의심했다.

"거짓말이야."

"아니……, 뭐라고?"

와타누키가 당황하며 물었다.

"아이가 생겼다는 말, 사실이 아니야. 임신한 거 아니야. 미안해."

그리고 다유코는 마쓰미야를 향해 고개를 돌렸다.

"미안해요, 마쓰미야 씨. 애써 데쓰히코 씨를 데려왔는데 거짓말이나 하고……. 저, 달리 숨기는 일 따위 없습니다."

"그럼 거짓말을 하려고 그를……?"

네, 라고 대답하고 나서 다유코는 와타누키에게 미소를 지어 보였다.

"그래도 고마워. 정말 기뻤어. 태어나서 처음이야, 내 임신을 기뻐해 준 사람. 아이를 낳아도 된다는 말, 처음 들었어. 그걸로 충분해. 그 말을 버팀목 삼아서 살아갈게."

"다유코……."

"고마워, 데쓰히코 씨."

다유코가 아크릴 판에서 손을 뗐다. 미소 짓던 그녀의 얼굴이 일그러지면서 눈이 점차 붉어졌다. 눈물이 뺨을 타고 흐르자 그녀는 입을 막으며 돌아섰다.

27

운전대를 오른손으로 쥔 채 왼손으로 캔 커피를 입으로 가져갔다. 아까부터 자꾸 하품이 나온다. 이런 길을 달릴 때는 자율 주행 시스템이 크게 도움이 되겠군, 하고 마쓰미야는 생각했다.

숲을 가로지르는 길을 지나 끝없는 외길을 달렸다. 도로변에 대형 점포가 드문드문 서 있는데, 무슨 가게인가 싶어 간판을 자세히 보니 보통의 생활용품점 외에 원예 하우스 설계 시공, 종묘, 조경 재료 전시 판매 등의 글자가 눈에 들어왔다. 농업을 위주로 하는 동네라는 걸 쉽게 알 만했다.

도쿄에서 출발한 지 약 두 시간. 거리로는 백 킬로미터쯤 될까. 전철을 이용하려고 했지만 연결 편이 쉽게 찾아지지 않아 고민 끝에 렌터카를 빌렸다. 이렇게 장시간 운전하는 것도 오랜만이다.

내비게이션이 목적지 근처임을 알렸다. 마쓰미야는 일단 차를 도로변에 세우고 주위를 둘러봤다.

저긴가?

도로 교차점 너머로 편의점 간판이 보였다.

다시 차를 몰아 편의점까지 이동했다. 넓은 주차장에 경승합차가 한 대 서 있을 뿐이다. 마쓰미야는 그 차에서 약간 떨어진 곳에 차를 세웠다. 시계를 보니 오후 3시가 조금 지나 있었다.

차에서 내려 휴대 전화를 꺼냈다. 통화 버튼을 누르고 벨소리를 들으면서 주위를 살피는데 편의점에서 여자가 하나 나왔다. 청바지에 가죽점퍼를 걸치고 카키색 챙이 넓은 모자를 깊이 눌러썼다. 목에는 수건이 둘려 있다.

여자가 모자 챙을 살짝 올렸다. 그 모습을 보며 마쓰미야는 전화를 끊었다. 어머니 가쓰코였다.

"생각보다 빨리 왔구나. 더 늦을 줄 알았는데."

"도쿄를 빠져나오는 데 시간이 걸릴 것 같아서 조금 일찍 출발했어요. 많이 기다렸어요?"

흥, 하고 가쓰코가 가볍게 콧방귀를 뀌었다.

"농가에서 이 정도는 기다린 축에 끼지도 않아. 봄을 기다리고, 비를 기다리고, 싹이 트기를 기다리고……, 농부는 기다리는 게 일이니까. 그런데 또 시간은 금이지. 자, 가자. 따라와."

가쓰코가 경승합차를 향해 성큼성큼 걸어갔다. 그 차가 가쓰코의 차였던 것이다.

마쓰미야는 자신의 차에 올라타 그녀가 운전하는 차를 뒤따랐다. 달린 지 10분쯤 되어 갈 무렵 가쓰코가 드넓은 밭을 가로지르는 도로의 중간쯤에서 차를 멈췄다. 그녀가 차에서 내리는 모습을 보고 마쓰미야도 따라 내렸다.

"이 일대가 우리 농원이야. 매일 오는 곳이지. 저기 비닐하우스가 나란히 세 개 있지? 거기까지야."

"뭘 기르는데요?"

"가지랑 감자, 토마토, 오이 등등, 뭐든 기르지."

그렇게 말하고 나서 가쓰코는 다시 차로 돌아갔다.

도착한 곳은 그녀가 동료들과 함께 사는 집이었다. 오래된 전통 목조 가옥으로, 다다미방에는 싸구려 소파가 놓여 있었다.

가쓰코가 소개한 동거인들은 나이도 분위기도 각기 다른 여성 세 명이다. 전직도 모두 제각각이고, 다들 여기 와서 처음으로 농사를 지어 본다고 했다. 마쓰미야가 수사관이라고 자신을 소개하자 셋 중 제일 선해 보이는 여자가 "예전에 신세를 진 적이 있어요." 하고 고개를 숙여 자못 놀랐다.

날이 따뜻하니 밖으로 나가서 얘기를 나누자는 가쓰코의 제안에 둘은 마당으로 나갔다. 마당에는 나무 테이블과 의자가 놓여 있고 파라솔까지 있었다.

잠깐 기다려, 하고 집 안으로 들어간 가쓰코가 쟁반에 맥주와 잔을 담아 들고 돌아왔다. 접시에는 오이장아찌와 가지장아찌가 담겨 있었다.

자, 하며 가쓰코가 마쓰미야 앞에 잔을 놓고 맥주를 따르려고 했다.

"안 돼요. 저, 운전해야 한단 말이에요."

"조금은 괜찮잖아."

"안 된다니까요. 정말이에요."

마쓰미야가 손바닥으로 잔을 가리자 가쓰코는 답답하다는 듯이 한숨을 내쉬었다.

"재미없는 건 여전하구나."

"그런 문제가 아니잖아요."

"알았어. 그럼 나만 마시지, 뭐."

가쓰코가 자신의 잔에 맥주를 따라 절반 정도를 단숨에 들이켰다.

"아, 맛있다!"

그리고 나서 그녀는 잔을 테이블에 내려놓더니 "그래서, 어쩔 셈이야?"라고 마쓰미야에게 물었다.

"인지를 받아들일 거냐고요?"

"그래. 그 얘기 하려고 온 거 아니야?"

마쓰미야가 들고 온 숄더백을 집어 무릎 위에 올려놓았다.

"얼마 전에 요시하라 아야코 씨를 만났어요. 긴히 할 얘기가 있다고 해서요. 얘기를 들으면서 얼마나 놀랐는지 몰라요. 상상도 못했던 내용이더라고요. 요시하라 마사쓰구 씨, 그러니까 내 아버지라는 사람 말이에요, 본의 아니게 상당히 복잡한 가정생활을 했던데요. 물론 어머니도 알고 있겠지만."

그 말에 가쓰코가 마쓰미야의 시선을 외면하는가 싶더니 벌떡 일어나 집을 향해 걸어갔다.

"어디 가요? 얘기 중인데."

"얘기가 길어질 것 같으니 차를 끓여 오마. 너, 맥주는 안 마실 거잖아."

그러고서 그녀는 집 안으로 사라졌다.

마쓰미야는 숄더백 속에서 노트를 한 권 꺼냈다. 표지에 매직으로 '불꽃'이라고 쓰여 있는 이 노트는 50여 년 전 두 여고

생이 주고받은 교환 일기다. 둘 중 한 사람은 요시하라 마사미, 아야코의 어머니다. 다른 한 사람은 모리모토 유미에라는 여성으로 마사미의 친구였다고 한다.

이 노트를 아야코에게 건네받던 때가 떠올랐다.

아야코에 따르면 이 노트를 여태 간직하고 있었던 사람은 모리모토 유미에의 여동생이라고 한다. 얼마 전 그녀에게 연락이 와서 이 노트를 보게 되었다는 것이다.

그 내용을 읽은 아야코는 경악했다. 두 여고생이 서로에게 사랑을 호소하는 말로 가득했기 때문이다.

"제 어머니와 유미에 씨는 중학 시절부터 서로 사랑했고, 그 마음은 어른이 되어서도 변하지 않았대요. 하지만 지금과는 시대가 달라서 그 사랑을 공개할 수 없었던 거죠. 유일하게 둘의 관계를 아는 사람이 유미에 씨의 동생이었어요."

후계자를 찾아야 하는 집안 사정상 요시하라 마사미는 부모의 권유에 따라 결혼했다. 그 상대가 마사쓰구였다. 모리모토 유미에 역시 선을 보아 결혼했다.

"둘 다 남편이 있었지만, 서로를 생각하는 마음은 달라지지 않았답니다. 그래서 결혼 후에도 밀회를 거듭했고요. 학창 시절부터 친구였으니 두 사람이 자주 만난다고 해서 이상하게 여길 사람이 없었던 거죠."

그러나 그 관계를 눈치챈 사람이 있었다. 바로 모리모토 유미에의 남편이다.

"제 어머니와 사랑의 맹세를 나눈 편지를 모리모토 유미에 씨의 남편이 보았던 거예요. 그가 미친 듯이 화를 냈고, 유미에 씨는 그 일을 동생에게 털어놓았답니다. 그리고…….'"

그 얼마 후 모리모토 부부와 마사미가 함께 차를 타고 가다가 사고가 나서 부부는 사망하고 마사미는 심각한 후유증을 남길 정도의 중상을 입었다고 한다.

"모리모토 유미에 씨의 동생은 그 사고가 단순한 우연 같지 않아서 내내 마음에 걸렸다고 하더군요. 사건의 진상을 알 만한 사람이라고는 우리 아버지밖에 없는데 물어보기가 껄끄러워서 묻어 두고 있다가 아버지가 위독한 상태라는 소식을 듣고 마침내 제게 연락을 한 거죠."

그러나 아야코로서도 어떻게 대응해야 좋을지 몰라 고심했다고 한다. 이제 와서 아버지가 사실대로 얘기해 줄 리도 없고, 그럴 수 있는 상태도 아니었으므로.

"그래서 마쓰미야 씨에게 연락한 거예요. 마쓰미야 씨의 어머니라면 뭔가 아시지 않을까 싶어서요."

마쓰미야로서는 상상도 못한 일이었다. 그러나 아야코의 의도는 이해할 수 있었다. 요시하라 마사쓰구 외에 진실을 알고 있는 사람이라면 가쓰코뿐일 것이다.

교환 일기를 보여 주고, 두 여고생의 사랑 얘기를 들려줬지만 가쓰코의 표정에는 별다른 변화가 없었다. 그게 어쨌다는 거냐는 듯이 오이장아찌를 씹으며 맥주를 들이켤 뿐이었다. 그녀는 잔이 비자 맥주를 자기 손으로 따르며 "아야코 씨는 어떻던?" 하고 마쓰미야에게 물었다.

"뭐가요?"

"충격을 받은 눈치더냐 이 말이야."

"자기 엄마가 동성애자였다는 사실에요? 아니요, 그렇게 보이지는 않던데."

"흐음, 그래도 아무 느낌이 없지는 않았을 거야. 어머니가 동성애자여서가 아니라, 자기 출생 때문에 말이야. 마사미 씨는 오직 가업을 이으려고 결혼했고, 그 결과 태어난 사람이 아야코 씨잖아. 나는 그 얘기를 내 입으로 하고 싶지 않았다. 그런데 그쪽에서 들었다니 어쩔 수 없구나."

"대체 뭐가 어떻게 된 거예요? 얘기해 줘요. 어머니는 요시하라 마사쓰구 씨랑 왜 헤어졌어요? 아니, 그 전에 두 분은 대체 어떻게 만났어요?"

"아이고, 순서대로 얘기할 테니까 재촉 좀 하지 마. 그게, 그러니까……, 내가 결혼한 게 스물두 살 때 봄이었지, 아마. 상대는 마쓰미야라는 회사원이었어."

"거기서부터 얘기하려고요?"

마쓰미야가 입을 비죽거렸다.

"그러지 않으면 우리 집안 성이 왜 마쓰미야고 너를 낳았을 때 왜 다카사키에 있었는지 설명이 안 되니까 그렇지."

잠자코 들어 봐라, 하고서 가쓰코는 자신의 과거사를 풀어 놓았다.

다카사키로 이사한 것은 남편이 그곳으로 발령이 났기 때문이었다. 그 얼마 전에 집안에 좋은 일이 있었는데, 가쓰코의 오빠 다카마사에게 아이가 생긴 것이다. 아들이어서 교이치로라고 이름을 지었다.

다음은 자신들 차례라고 생각했는데 그만 큰일이 생기고 말았다. 남편에게서 악성 종양이 발견된 것이었다. 1년 남짓한 투병 생활 끝에 남편은 세상을 떠났다. 결혼한 지 5년 만의 일이었다.

가쓰코는 다카사키에서 계속 생활을 이어 갔다. 다행히 근처에 있는 일본 요릿집에 취직이 되었다. 보수는 많지 않았지만 혼자 살아가기에는 부족함이 없었다.

그로부터 3년 후 그 요릿집에 오구라 마사쓰구라는 요리사가 들어왔다. 그는 이시카와현 출신으로, 가나자와의 유명한 요릿집에서 일한 경력이 있다고 했다. 그러나 그 외에는 자신에 관한 얘기를 거의 하지 않는 수수께끼 같은 남자였다.

매일 얼굴을 마주하는 동안 가쓰코는 점차 그에게 끌리게 되었다. 마사쓰구 쪽도 자신에게 마음이 있다고 느껴졌다. 어느 날 둘만 있게 되었을 때 마사쓰구가 그녀에게 교제를 청했다. 그런데 동시에 그는 중대한 사실을 털어놓았다.

가나자와에 두고 온 처자식이 있다는 것이었다. 아내는 그가 일하던 요릿집의 외동딸로, 자신은 데릴사위라고 했다.

집을 나온 이유는 '아내에게 자신보다 더 소중한 사람이 있다는 것을 알았기 때문'이고, 딸이 의무 교육을 마치면 이혼하기로 이미 아내와 합의했으며, 표면상으로는 도쿄에서 요리 공부를 하는 것으로 되어 있다는 얘기도 했다.

그 모든 사실을 말한 후 마사쓰구는 가쓰코에게 그래도 자신과 사귀겠느냐고 물었다. 가쓰코는 그의 마음을 받아들였다. 애초에 재혼이 간절한 것도 아니었다.

얼마 후 두 사람은 가쓰코의 집에서 함께 살게 되었다. 다른 사람들 눈에는 부부로 보였을 것이다. 실제로 가쓰코는 오구라라는 성을 사용하기도 했다.

새로 시작된 마사쓰구와의 생활을 다른 친척들에게는 알리지 않았지만 오빠 다카마사에게만은 털어놨다. 그녀가 홀로된 후 다카마사는 동생을 걱정해 종종 연락을 해 왔다.

마사쓰구에게 처자식이 있다는 사실에 대해 다카마사는 별다른 말을 하지 않았다. 네가 받아들일 수 있다면 괜찮다, 곤란한 일이 생기면 언제든지 연락해라, 그런 다카마사의 말이 가쓰코의 마음에 믿음직하게 울렸다. 마사쓰구를 오빠에게 소개해 줄 수 있으면 좋겠다는 생각이 들었다.

그러나 안타깝게도 그런 날은 오지 않았다.

함께 산 지 1년 정도 지난 어느 날, 마사쓰구가 불쑥 가나자와에 다녀오겠다고 말했다. 아내가 교통사고를 당했다는 연락을 받았다는 것이었다.

가나자와로 떠나는 마사쓰구를 배웅하면서 가쓰코는 가슴이 울렁거렸다. 이대로 못 돌아오는 게 아닌가 하는 예감이 들었기 때문이다. 지금 그가 가는 곳은 본래 그가 돌아가야 할 장소였다.

이삼일이면 다 정리될 거라는 마사쓰구의 말과 달리 그는 날이 가도 돌아올 줄을 몰랐다. 예감이 적중한 것 아닐까 하는 불안감이 한계에 다다랐을 무렵에야 그에게서 돌아온다는 연락이 왔다. 그러나 그 말을 하는 그의 목소리는 무겁게 가라앉아 있었다. 그리고 마침내 가쓰코 앞에 나타난 마사쓰구는 괴로운 표정으로 가나자와로 돌아가야 할 것 같다고 했다.

그의 설명은 다음과 같았다.

병원에 가 보니 아내의 상태가 상상 이상으로 나빴다. 마사쓰구를 보면서도 아무 반응이 없고, 말은 하지만 대화가 되지 않았다. 식사도 용변도 다른 사람의 도움이 없으면 불가능했다.

마사쓰구는 그 모든 일이 자신 탓이라고 말했다. 그리고 상상도 못했던 얘기를 가쓰코에게 들려줬다.

예전에 자신이 말했던 '아내에게 자신보다 더 소중한 사람'은 남자가 아니라 여자라는 것이었다. 표면상으로는 친구지만 실은 학창 시절부터 이어져 온 연인으로, 아내는 아이를 낳고 나서야 그 모든 사실을 털어놓았다고 한다.

마사쓰구는 충격이 컸지만 어쩔 수 없는 일이라며 체념했고, 언젠가 이혼하기로 한 것은 전에 말했던 대로다.

그런데 최근에 아내로부터 연락이 왔다. 그 친구 부부와 함께 대화를 나누기로 했다는 것이었다. 친구 남편이 자신의 아내가 동성애자임을 눈치채고 격노한 듯했다. 그래서 만나서 대화하기로 했고, 그 자리에 함께해 달라는 부탁이었다.

마사쓰구는 그 부탁을 거절했다. 자신과는 관계없는 일이라며 전화를 끊어 버렸다.

아내의 사고 소식을 들은 건 그다음 날이다.

마사쓰구는 사고가 아닐 것이라고 생각했다. 그 남편이 두 여자와 동반 자살을 기도한 것이다, 그렇게밖에 생각되지 않았다.

그는 후회스러웠다. 만일 자신이 그 자리에 함께 있었다면 그런 비극은 없지 않았을까. 적어도 아무 잘못이 없는 마사쓰구가 차에 타고 있는 동안은 그런 무모한 짓을 벌이지 않았을 것이다.

또 하나 마사쓰구의 마음을 흔드는 것이 있었다. 이제 갓 여섯 살이 된 딸이 오랜만에 아버지를 보자 울며 품에 안기더니 다시는 멀리 가지 말라고 떼를 쓴 것이다. 딸의 가냘픈 몸을 끌어안고 마사쓰구도 눈물을 흘렸다.

그는 앞으로의 일을 장인 장모와 상의했다. 그들은 마사쓰구 부부가 별거하는 이유를 정확히는 몰랐지만, 딸 쪽에 원인이 있다는 것만은 어렴풋이 눈치챈 듯했다. 그래서인지 마사쓰구를 책망하지 않았다. 대신, 돌아와서 가업을 이어 달라고 간청했다.

자기 혼자 도망칠 수는 없다고 생각한 마사쓰구는 고민 끝에 가나자와로 돌아가기로 했다는 것이다.

얘기를 다 듣고 난 가쓰코는 이 남자답다고 생각했다. 그는 곤경에 처한 사람을 보면 모른 척하지 못하는 사람이었다. 하물며 상대가 남이 아닌 가족일 때에야.

마사쓰구는 가쓰코에게 가나자와로 와 달라고 부탁했다.

"같이 살 수는 없겠지만, 가까이 있으면 언제든지 만날 수 있잖아. 내가 당신을 도울 수도 있고."

마사쓰구의 제안이 기쁘고 고마웠지만 가쓰코는 그 자리에서 대답하지 않고 잠시 생각해 보겠다고 했다. 그리고 밤새도록 고민한 끝에 그에게 헤어지자고 했다.

"집으로 돌아가기로 한 이상 섣부른 짓은 하지 않는 게 좋겠어요. 나도 그렇게 어중간한 상태는 싫고요. 그리고 당신 딸이 나중에 커서 아빠가 다른 여자와 관계를 지속해 왔다는 사실을 알면 상처받을 거예요. 아무리 자기 엄마가 원인을 제공했다고 해도요. 슬프고 안타깝지만, 헤어지는 것이 최선이라고 생각해요."

마사쓰구는 침통한 표정을 지었지만, 이미 가쓰코의 대답을 예상했던 듯했다. 더는 가쓰코를 설득하려고 하지 않고 알았다고 했다. 함께 지내는 동안 그녀의 성격을 알았을 테니, 어쩌면 그 같은 결론에 이를 수도 있겠다고 각오했을 것이다.

커다란 가방을 들고 떠나는 마사쓰구를 가쓰코는 집 안에서 배웅했다.

"잘 지내."

"당신도요."

마지막 포옹도 입맞춤도 없는 담담한 이별이었다.

그와 헤어지고 얼마 안 있어 가쓰코는 몸에 이상을 느꼈다. 설마 하며 병원에 갔는데 임신 3개월이라고 했다.

가쓰코는 고민에 빠졌다. 이 상태로 아이를 낳으면 자신도 아이도 고생할 것이 뻔했다. 하지만 솔직한 마음은 낳고 싶었다. 결혼 생활 동안 그토록 원해도 생기지 않던 새 생명이 이제야 찾아온 것이다.

마사쓰구에게 알릴 생각은 없었다. 이제 와서 그의 아이를 가졌다고 말해 봐야 그를 혼란에 빠뜨릴 뿐이었다. 그에게 책임을 지우겠다는 마음 따위는 털끝만큼도 없었다.

결국 가쓰코는 아이를 낳기로 했다. 고생스럽겠지만, 각오는 되어 있었다. 아이가 무사히 태어나 준다면 어떤 역경도 이겨 낼 수 있을 거라고 배를 쓰다듬으며 생각했다.

생활비를 줄이는 한편 건강에 유념하는 생활이 시작되었다. 배는 하루가 다르게 불러 왔다. 임신과 출산에 관해 아는 것이 없으니 과연 무사히 아이를 낳을 수 있을지, 그리고 낳는다고 해도 제대로 키울 수 있을지 불안하기 짝이 없었다.

그러던 차에 오빠 다카마사에게서 오랜만에 연락이 왔다. 딱히 용건이 있어서는 아니고 가쓰코의 근황이 궁금했던 것이다.

잠깐 망설이던 그녀는 오빠에게 자신이 임신했으며, 마사쓰구와는 헤어졌다고 말했다. 호통이 떨어질지도 몰랐지만 영원히 숨길 수는 없는 일이었다.

다카마사는 놀란 눈치였지만 화를 내지는 않았다. 단지 정말 괜찮겠냐고 무거운 말투로 물었을 뿐이다.

"아이를 키우는 건 이만저만 힘든 일이 아니야. 게다가 너는 도와줄 사람도 없잖아. 일단 낳으면 더는 도망칠 방법이 없어. 그래도 괜찮겠니?"

"나도 알아. 생각하고 또 생각해서 결정한 일이야."

"그래? 그렇다면 됐다. 정신 바짝 차리고, 곤란한 일이 생기면 연락하거라."

그렇게 당부하고 다카마사는 전화를 끊었다.

이듬해 초여름, 무사히 사내아이를 출산했다. '슈헤이'라고 이름을 지었다. 손발을 힘차게 버둥거리는 건강한 아기였다.

"그 후의 일은 너도 잘 알 거야. 다카사키의 클럽에서 일하면서 너를 키웠다. 네가 중학교에 들어가게 되자 도쿄로 올라와서 오빠에게 신세를 지면서 그럭저럭 살았고."

"저는 고등학교 입시를 치르기 직전에야 제 호적에 아버지가 공란으로 되어 있다는 걸 알았어요. 어떻게 된 일이냐고 물었더니 아버지에게 따로 가정이 있어서 정식으로 결혼하지는 않았다고 했고요."

"사실 그대로잖아. 거짓말은 안 했다."

"죽었다고 했잖아요, 아버지는 죽었다고."

"그야 어쩔 수 없었지. 살아 있다고 하면 네가 만나고 싶다고 조를 테니까."

마쓰미야가 혀를 찼다.

"어쩐지 거짓말 같더라니. 일하던 요릿집에 불이 나서 타 죽었다고 했죠?"

"요리사였다는 건 거짓말이 아니잖아."

"그야 그렇지만……."

그리고 마쓰미야는 고개를 갸웃거렸다.

"하지만 이상한데요."

"뭐가?"

"지금 한 얘기가 전부라면, 요시하라 마사쓰구 씨가 저에 관해서 알 리 없는데, 어떻게 알고 유언장에 인지할 의사까지 밝힌 거죠?"

"아아, 그거."

가쓰코가 맥주를 한 모금 들이켠 후 숨을 크게 들이쉬었다.

"딱 한 번 만났지."

"뭐라고요?"

"네가 중학교 2학년 때였어."

가쓰코는 먼 곳을 응시하며 다시 얘기를 시작했다.

도쿄로 올라온 후 새집에도 적응해서 안정적으로 생활할 수 있겠다고 안도할 무렵, 뜻하지 않게 요시하라 마사쓰구에게서 연락이 왔다. 이사한 곳을 알리지 않은 터라 몹시 놀랐다.

마사쓰구는 긴히 할 얘기가 있으니 만나고 싶다고 했다.

신주쿠에 있는 찻집에서 십수 년 만에 그를 마주했다. 마사쓰구는 흰머리가 드문드문 눈에 띄었지만 건장한 체격은 옛날 그대로였다.

그는 아내가 결국 건강을 회복하지 못한 채 폐렴에 걸려 세상을 떠났고, 그러자 가쓰코가 생각났지만, 이제 와서 인연을 되돌리자고 하자니 너무 염치가 없는 것 같아 연락을 포기했다고 한다. 그런데 최근에 다카사키에 볼일이 생겨 예전에 살던 동네를 찾고 보니 옛 생각이 나서 도저히 견딜 수 없었다는 것이다. 그래서 가쓰코와 함께 살던 아파트를 찾아갔지만, 그곳에는 이미 다른 사람이 살고 있었다. 우연히 이웃에 살던 사람을 만나 물어보니 가쓰코는 작년에 다른 곳으로 이사했고 그녀에게 초등학교 6학년인 아들이 있다고 알려 주었다. 아이의 나이를 계산해 본 마사쓰구는 그 아들이 자신의 아이임을 깨달았다.

가나자와로 돌아온 그는 어찌할 바를 모르고 안절부절못하다가, 흥신소에 다카사키에 살던 마쓰미야 가쓰코라는 여성의 근황을 알아봐 달라고 했고, 그렇게 해서 그녀가 사는 곳을 알아냈다는 것이다.

마사쓰구는 아이의 이름이 슈헤이라는 것과 생년월일까지 파악하고 있었다.

"내 아이가 맞지?"

얼버무려 봤자 소용없겠다는 생각이 든 가쓰코는 결국 사실을 털어놓았다.

"왜 내게 알리지 않았어?"

"헤어진 사람에게 알려서 뭐 하겠어요."

그녀가 웃으며 대답했다.

마사쓰구는 아이를 만나고 싶다고 했다. 한 번만이라도 좋으니 아들을 만나게 해 달라고 부탁했다. 가쓰코는 망설인 끝에 아이에게 그가 아버지라는 사실을 밝히지 않는다는 조건으로 승낙했다.

그는 슈헤이가 중학교 야구부에 들어갔다는 말을 듣고 매우 기뻐했다. 그 자신도 고등학교 때까지 야구를 했기 때문이다. 포지션은 포수였다고 한다.

중학교 야구부 시합이 있던 날, 가쓰코는 마사쓰구와 함께 운동장을 찾았다. 슈헤이는 투수였다.

시합이 끝난 후 그녀는 슈헤이에게 가서, 아는 사람이 고교 야구 관계자인데 그가 슈헤이의 실력을 테스트해 보고 싶어 한다고 말했다.

포수 글러브를 준비해 근처 공원에서 기다리던 마사쓰구는 그렇게 해서 슈헤이와 캐치볼을 하게 되었다. 그 모습을 바라보며 가쓰코는 가슴이 뜨거워지는 것을 느꼈다.

캐치볼이 끝난 후 그녀는 준비해 간 일회용 카메라로 두 사람을 찍어 마사쓰구에게 주었다. 마사쓰구가 감격스러워하자 슈헤이는 영문을 모르겠다는 듯한 표정을 지었다.

"그 사람을 만난 건 그때가 마지막이야."

가쓰코가 마쓰미야를 바라보며 말했다.

"그 사람이 연락을 한 적도 없고. 다만 마지막으로 만났던 날 헤어지면서 내게 묻더구나. 자신의 유언장에 인지에 관한 내용을 적어도 되겠느냐고 말이지. 좋을 대로 하라고 대답하긴 했지만 설마 진심이었을 줄은 몰랐구나. 이사를 여러 번 했으니 주소를 알아내기가 수월치 않았을 텐데……."

마쓰미야는 까마득한 기억을 더듬어 보았다. 낯선 남자와 캐치볼이라. 그런 일이 있었던 것 같기도 한데 선명히 떠오르지는 않았다.

그러고 보니, 하고 가쓰코가 말을 이었다.

"끈을 놓지 않겠다는 말도 했던 것 같구나."

"끈이라니요?"

"만날 수는 없다 해도, 자신에게 소중한 사람과 보이지 않는 끈으로 이어져 있다고 생각하면 그것만으로도 충분히 행복하다고 했어. 그리고 그 끈이 아무리 길어도 희망을 품을 수 있으니 죽을 때까지 그 끈을 놓지 않겠다고 하더구나."

"희망을……."

마쓰미야는 머지않아 세상을 떠날 어느 인물을 상상해 보았다. 그는 지금도 여전히 먼 곳에 사는 아들을 생각하며 희망의 끈을 놓지 않았을까.

"맥주 좀 주실래요."

마쓰미야가 빈 잔을 들어 가쓰코에게 내밀었다.

"마셔도 괜찮아?"

"내일 아침에 떠날래요. 재워 줄 거죠?"

"물론이지. 그럼 오랜만에 같이 마셔 볼까. 술이라면 얼마
든지 있어."

가쓰코가 마쓰미야의 잔에 맥주를 콸콸 부었다. 하얀 거품
이 넘쳐흘러 마쓰미야의 손을 적셨다.

28

눈을 뜬 유키노부는 평소와 뭔가 다르다고 느꼈다. 윗몸을
일으켜 침대에 앉은 후 찬찬히 주위를 둘러봤지만 딱히 변한
건 없었다. 차광 커튼 때문에 방 안이 어두컴컴한 것도, 벗어
던진 옷이 의자 위에 널브러져 있는 것도 평소 그대로다.

파자마 차림으로 방을 나섰다. 현관에 모나의 통학용 신발
이 놓여 있었다. 모나는 보통 유키노부가 출근하고 난 뒤 학
교에 간다.

화장실에 가서 볼일을 본 후 방으로 돌아가려 했다. 방에서
옷을 갈아입고, 욕실에서 이를 닦고 세수를 한 후 그대로 집
을 나서는 것이 평소 패턴이다. 아침은 대개 서서 먹는 국숫
집에서 때운다.

그러나 방으로 향하려던 그는 그 자리에 멈춰 섰다. 평소와 뭐가 다른지 깨달았기 때문이다.

이 냄새는…….

아주 희미하지만 장국 냄새가 풍겼다. 레이코가 세상을 떠난 후 처음 있는 일이다.

살금살금 식당 쪽으로 다가갔다. 그리고 잠시 주저하다가 문을 열었다.

모나가 교복 차림으로 아침을 먹고 있었다. 식탁 위에는 달걀말이가 담긴 접시와 밥공기, 그리고 된장국 그릇이 놓여 있었다.

모나가 젓가락질을 계속하며 유키노부를 힐끔 쳐다봤다.

"안녕."

"어, 그래……. 안녕."

유키노부는 부엌 안을 두리번거렸다. 가스레인지 위에 냄비가 얹혀 있었다. 다가가서 뚜껑을 열어 보니 두부 된장국이 들어 있다. 장국 냄새의 정체는 이것인 모양이다.

"된장국, 네가 끓였어?"

모나를 돌아보며 물었다.

"당연하지."

모나가 아빠를 돌아보지 않고 대답한다.

"나 말고 누가 끓이겠어."

"제법이네."

"뭐가. 별것도 아니야."

모나는 마지막 남은 달걀말이 한 쪽을 입에 넣고 빈 그릇들을 포갰다.

"아, 설거지는 아빠가 할게."

"괜찮아. 아직 시간 있어."

모나가 포갠 그릇들을 쟁반에 담아 싱크대로 가져간다. 머쓱해진 유키노부는 그 자리에 선 채 멀거니 모나를 바라보았다.

식당을 나온 모나가 소파 위에 놓아둔 가방을 집어 들었다.

"된장국, 먹고 싶으면 먹어."

툭 내뱉듯이 말한다.

"그래도 돼?"

"맛은 별로 없겠지만."

"아니야, 그럴 리가."

"먹어 보지도 않고서."

"그렇긴 하지만……."

모나가 현관으로 향했다. 유키노부는 뭔가 말을 걸고 싶은데 할 말이 떠오르지 않아 애가 닳았다.

"저녁에 뭐 먹고 싶니?"

등 뒤에서 들리는 소리에 모나가 걸음을 멈췄다.

"오늘 저녁?"

"된장국 끓여 줬으니까 나도 뭔가 해야지."

"아빠, 요리할 줄 알아?"

"대단한 건 못하지만, 조금은 할 수 있어."

"그럼 만두."

"알았어."

만들어 본 적은 없지만 인터넷을 검색해 보면 어떻게든 될 것이다.

저기, 하며 모나가 유키노부를 향해 돌아섰다.

"나, 고등학교 들어가면 예대를 목표로 공부할 거야."

"예대?"

"예술 대학 말이야. 영화 공부를 하고 싶어."

"너, 영화 좋아해?"

모나가 말없이 고개를 끄덕이는 모습을 보며 유키노부는 살짝 놀랐다. 처음 듣는 말이었다.

"아빠도 영화 좋아해. 내 추천 영화는…… 그래, '뷰티풀 마인드'나 '쇼생크 탈출'."

"알아. 다 봤어."

"그래? 어디서?"

"DVD. 아빠 걸로."

"뭐?"

유키노부의 방 책장에는 영화 DVD가 잔뜩 꽂혀 있다.

"나한테 말도 없이?"

"미안."

"아니야, 괜찮아."

유키노부가 집에 없을 때 몰래 방을 뒤진 모양이다. 상상도 못한 일이었다.

"그리고……,"

모나가 잠시 뜸을 들였다.

"사진, 꺼내 놔도 돼."

"사진?"

"언니랑 오빠 사진. 그리고 엄마 사진도."

"아아……."

유키노부의 방에는 에마와 나오토의 사진도 보관되어 있다. 그걸 본 모양이다.

알았어, 라고 유키노부는 대답했다.

"그럼 나, 다녀올게."

"응, 조심해서 다녀와라."

모나가 배시시 웃으며 현관으로 향했다.

유키노부는 부엌으로 가서 가스레인지에 불을 붙였다. 열기가 전해지면서 된장국이 서서히 끓어오르기 시작한다. 그 모습을 바라보며 그는 모나에게 모든 것을 고백했던 밤을 떠올렸다.

맨 먼저 모나에게 알리고 싶었던 것은 유키노부와 레이코가 새 생명을 얼마나 간절히 원했는가 하는 점이었다. 불임 치료에는 시간과 체력, 재력, 그리고 무엇보다 정신력이 요구된다. 특히 여자의 몸에는 부담이 크다. 그런 난관에 도전하면서까지 자신들은 아이를 갖고 싶었다고 말했다.

그런 다음 레이코의 몸에 깃든 생명이 엉뚱한 부부의 수정란일지 모른다는 걸 알았을 때의 충격과 혼란, 고뇌를 설명하고, 자신과 레이코가 태어날 아이를 자신들의 아이로 받아들이기까지 무슨 얘기를 나눴으며 어떤 과정을 거쳤는지 기억나는 한 자세히 들려주었다.

죽음이 임박한 레이코와 주고받은 얘기도 털어놓았다. 그리고 당시 레이코가 갈피를 못 잡는 유키노부의 마음을 간파했다는 사실도 말했다.

"엄마가 세상을 뜬 후에는 무엇이 모나를 위한 길인지 줄곧 생각했어. 고민 끝에 얻은 결론은 역시 진실을 밝혀야 한다는 거였지. 그래서 나름대로 준비를 하고 있었는데 생각지도 못한 사건이 일어난 거야."

모나의 생물학적 엄마가 살해당하는 바람에 진실을 얘기해야 할지 말아야 할지 망설이게 되었다고 유키노부는 고백했다.

"결과적으로는 너를 여러 가지로 힘들게 하고 말았지만,

무엇이 모나에게 최선인지 아빠 나름으로 많이 생각했어. 네게 결코 상처를 주고 싶지 않았단다. 어떻게든 너를 행복하게 해 주고 싶었지. 왜냐하면······,"

유키노부는 잠시 생각에 잠겼다가 말을 이었다.

"아빠는 모나를 사랑하니까."

유키노부가 얘기하는 동안 모나는 묵묵히 듣고만 있었다. 너무 놀라워서 감정을 드러내지 못하는 것일까. 얘기를 다 듣고 난 후에도 모나는 허공을 응시하며 침묵했다.

모나야, 하고 유키노부가 조심스럽게 입을 열었다.

"아빠 말, 이해하겠니?"

모나는 눈을 몇 번 깜박거리고 나서 유키노부를 똑바로 바라보았다. 분홍색 입술이 천천히 열리더니 "잘 모르겠어." 하고 중얼거렸다.

"뭐?"

"얘기가 너무 길어."

"아······, 너무 어려웠나?"

"어렵다기보다 지루해. 수정란이니 뭐니, 그런 거, 솔직히 말해서 아무 상관도 없어. 그게 그렇게 중요해?"

의표를 찌르는 모나의 말에 유키노부는 당황스러웠다. 전혀 예상치 못한 반응이었다.

그보다, 하고 모나가 말했다.

"맨 마지막에 한 말, 그거면 충분해. 일단 지금은."

"마지막 말?"

"나는 그 말이 듣고 싶었어."

유키노부는 자신이 했던 말을 돌이켜 보고 화들짝 놀랐다. 딸이 뭘 원했는지 그제야 깨달은 것이다.

역시 나는 어리석은 아빠로군, 하고 생각했다. 그리고 '일단 지금은'이라고 모나가 덧붙인 말을 잊어서는 안 된다고 다짐했다.

29

경사가 급한 언덕길을 끝까지 오르자 절 입구가 나타났다. 차를 다섯 대 정도 세울 수 있는 주차 공간은 텅 비어 있었다. 아야코는 자신이 타고 온 SUV를 맨 끝자리에 세웠다.

차에서 내린 그녀는 오는 도중에 산 꽃다발을 품에 안고 문으로 들어섰다. 어젯밤에 비가 약간 내린 탓인지 땅이 살짝 젖어 있다.

인기척이 없는 경내는 적막했다. 본당 문도 닫혀 있다. 그 옆을 지나 조금 더 가면 묘지로 들어가는 입구가 있다. 아야코는 조그만 나무 문을 열고 안으로 들어섰다. 물통에 물을 채운 후 국자와 걸레를 빌렸다.

요시하라 집안의 무덤은 묘지 거의 한가운데 있다. 짙은 회색 화강암으로 겹겹이 쌓아 올린 상석 위에 비석이 얹혀 있었다. 아야코의 증조할아버지가 구입했다고 하는데, 그 경위에 관해서는 들은 바가 없다. 어쩌면 할머니나 할아버지도 몰랐을 것이다.

추석 이후로 성묘는 처음이었다. 아야코는 무덤 주위의 쓰레기를 줍고, 눈에 띄는 잡초를 뽑고, 걸레로 비석을 깨끗이 닦았다. 가지고 온 꽃을 꽃병에 꽂은 후 향에 불을 붙여 향로에 꽂았다. 그리고 주머니에서 염주를 꺼낸 후 무덤을 물끄러미 바라보았다.

"나보다 내 딸이 먼저 들어갈 줄은 꿈에도 몰랐다."

20여 년 전, 엄마 마사미의 장례가 끝나고 유골을 묻을 때 할아버지가 탄식하며 말했다.

할머니는 그 옆에서 손수건으로 눈가를 누르며 고개를 끄덕였다.

하지만 어쩌면 엄마는 더 빨리 들어가고 싶어 했는지도 몰라요, 라고 아야코는 저세상에 있는 할아버지와 할머니에게 말했다.

사고를 당한 후 마사미는 인격이 변했다. 기억마저 흐려져서 때로는 자신이 누구인지조차 몰랐다.

그러나 한 가지만은 변하지 않았을 거라고 지금의 아야코는 생각한다.

그것은 사랑하는 사람을 향한 마음이다.

사고력과 기억력은 떨어졌어도, 모리모토 유미에를 생각하는 마음만은 남아 있지 않았을까. 어쩌면 그녀의 이름이나 얼굴은 잊었을지 모른다. 그러나 누군가와 깊이 사랑을 나눴고, 그 순간이 행복했다는 기억만은 잔향처럼 마사미의 마음에 머물러 있지 않았을까.

그렇게 생각하는 데는 이유가 있었다.

마사미는 완전히 다른 사람처럼 변했지만, 간혹 아련한 눈빛을 보일 때가 있었다. 그럴 때 그녀의 눈은 소녀처럼 순수하게 빛났고, 어딘가에 정확히 초점을 맞추고 있었다. 결코 사고력이나 의지력이 없는 사람의 눈이 아니었다.

엄마는 뭘 바라보고 있었던 것일까. 아야코는 줄곧 그게 궁금했다.

모리모토 유미에와 엄마가 주고받은 교환 일기를 봤을 때, 마침내 그 해답을 얻었다는 생각이 들었다. 동시에 아버지 마사쓰구가 집을 떠난 이유도 짐작할 수 있었다.

모리모토 유미에의 여동생은 유미에의 남편이 동반 자살을 기도하지 않았을까 하고 추측했다. 얘기를 들어 보니 그럴 가능성이 커 보였다. 하지만 설사 그게 사실이라 해도 유미에의 남편만 비난할 수는 없다고 아야코는 생각했다.

모리모토 부부와 마사미, 그 세 사람 사이에 무슨 대화가 오갔는지는 알 수 없다.

다만 확실한 점은 목숨을 걸었다는 것이다.

동반 자살을 기도했을 정도라면 유미에의 남편은 두 사람을 떼어 놓을 방법이 없다고 판단했을 것이다. 마사미와 유미에의 관계가 그만큼 단단했다는 얘기다. 그렇게 보면 오히려 유미에의 남편이 애처롭다.

아야코는 손을 마주 잡고 눈을 감았다.

'다행이야, 엄마.'

저세상에 있을 마사미에게 말했다.

교환 일기를 읽었어. 굉장한 연애를 했더라. 정열적이고, 순수하고, 감미롭지만 조금은 고통스러운 사랑을……

지금은 사랑하는 사람과 행복하게 지내고 있겠지. 다행이야.

엄마는 가업을 잇기 위해, 후계자를 들이기 위해 아버지와 결혼했다. 그렇게 해서 태어난 아이가 자신이다. 그 사실을 알고 전혀 충격을 받지 않았다면 거짓말이다.

하지만 그건 그 나름으로 괜찮다고 생각한다. 나는 분노하지도 않았고 상처받지도 않았다. 엄마 덕분에 이 세상에 태어나지 않았는가. 태어나길 잘했다고 생각한다. 후회 없는 인생을 살아가고 있다.

엄마의 삶의 방식을 나는 부정하지 않는다.

그러니까 엄마, 아버지의 삶의 방식도 인정해 줘요. 다른 곳에서 다른 여자를 사랑한 일을 용서해 주세요.

오늘 동생이 여기 올 거예요. 엄마의 혈육은 아니지만 나는 그를 동생으로 받아들일 거예요.

엄마, 아무쪼록 그 사람도 자애롭게 지켜봐 주세요.

30

오후 1시가 되기 조금 전, '가가야키 509호'는 가나자와에 도착했다. 도쿄에서 약 두 시간 반. 도중에 잠깐 잠이 든 덕분에 순식간에 온 느낌이다. 마쓰미야는 자리에서 일어나 선반에서 짐을 내렸다.

요 몇 주간 상당한 거리를 오갔다. 조에쓰 신칸센에, 도호쿠 신칸센, 그리고 오늘은 호쿠리쿠 신칸센이다. 그러나 이번에는 일 때문이 아니었다.

개찰구를 지나 역 건물을 나섰다. 거대한 유리 천장에 눈이 휘둥그레졌다. 그 앞쪽에는 신사의 기둥 문처럼 생긴 문이 있다. 오는 동안 스마트폰으로 검색해 보니 '북문(鼓門)'으로 불리는 모양이다. 가나자와의 전통 예술을 형상화한 문이라고 한다. 관광객들이 그 주위에서 기념사진을 찍는 모습을 바라보며 그는 택시 승차장으로 향했다.

택시에 올라탄 후 운전사에게 병원 이름을 말하자 유명한 병원인지 운전사가 곧바로 알아듣고 차를 출발했다.

안주머니에서 휴대 전화를 꺼내 요시하라 아야코에게 전화를 걸었다. 벨 소리가 두 번 났을 때 네, 하는 소리가 들렸다.

"마쓰미야입니다. 방금 가나자와역에서 택시를 탔어요."

"알았어요. 그럼 병원 로비에서 기다릴게요."

"네, 고맙습니다. 그리고, 저, 아직……이죠?"

잠시 틈을 두었다가 아야코가 네, 하고 대답했다.

"호흡은 하고 계세요."

"다행입니다."

"그럼 조금 이따 봬요."

네, 하고 전화를 끊었다.

어젯밤 아야코에게 전화를 해서 가쓰코에게 자세한 얘기를 들었다고 알렸다.

그녀는 혹시 아버지를 만날 생각이라면 서두르라고 했다.

"어제부터 내내 잠들어 계세요. 어쩌면 의식이 돌아오지 않을 수도 있대요."

내일 가겠습니다, 하고 마쓰미야는 대답했다. 만에 하나 늦더라도 어쩔 수 없다고 생각했다.

택시 안에서 거리를 내다보았다. 말끔히 정비된 도로를 따라 전통이 느껴지는 오래된 가옥과 현대적인 건물들이 조화롭게 서 있다. 인생의 톱니바퀴가 어딘가에서 조금 다르게 맞물렸다면 자신도 이곳에서 살고 있을까, 하고 생각해 본다.

택시가 병원에 도착했다. 흰색 건물의 현관을 들어서자마자 요시하라 아야코를 발견했다.

"오느라고 수고가 많았어요."

아야코가 미소 띤 얼굴로 인사했다.

"상황이 어떤가요?"

"어제와 마찬가지예요. 곧바로 가서 만나시겠어요?"

마쓰미야는 네, 하고 대답했다. 그러려고 온 것이다.

그럼 이쪽으로, 하며 아야코가 앞장섰다. 마쓰미야는 그녀를 뒤따랐다.

두 사람은 호스피스 병동 엘리베이터 앞에서 멈춰 섰다. 요시하라 마사쓰구의 병실은 3층이라고 한다.

"외삼촌……, 그러니까 어머니의 오빠도 암으로 돌아가셨어요."

마쓰미야가 말했다.

"그랬군요."

"담낭암이었죠. 발견했을 때는 이미 여기저기에 전이돼서 손쓸 도리가 없었습니다. 늘 우리 모자를 지지해 주던 은인이

서서 수사하는 틈틈이 문병하곤 했어요."

"삼촌이 무척 반가워하셨겠어요."

"그랬다면 다행이죠. 하지만 유일한 가족이었던 아들이 끝까지 찾아가지 않았던 터라……."

"어머, 왜요?"

"뭐, 얘기하자면 깁니다."

엘리베이터가 도착하자 두 사람은 함께 올라탔다.

"혹시 누가 와 계신가요?"

3층에서 내려 나란히 복도를 걸으며 마쓰미야가 물었다.

"오늘은 아무도 안 왔어요. 가까운 분들은 이미 다들 와서 작별 인사를 하셨고요. 물론 아버지가 깨어 계실 때 만난 분은 거의 없지만요."

다카마사 삼촌 때도 그랬는데, 하고 마쓰미야는 생각했다.

여기예요, 하며 아야코가 걸음을 멈췄다. 슬라이딩 도어 옆에 '요시하라 마사쓰구'라고 적힌 이름표가 붙어 있었다. 그녀가 노크했지만 반응은 없었다. 그녀는 당연하다는 듯 주저하지 않고 문을 열었다.

먼저 안으로 들어간 아야코가 "자, 들어오세요." 하고 손짓했다.

"실례합니다." 하고 마쓰미야도 병실 안으로 발을 들여놓았다.

야구 배트 모양의 미니어처 스탠드 위에 얹혀 있는 야구공이다. 그 옆에는 사진 액자가 세워져 있다.

"그 공, 혹시 기억에 있어요?"

아야코가 물었다.

"아버지가 보물처럼 소중하게 여기신 물건이에요. 분명 슈헤이 씨와 관련이 있을 거라고 생각했어요."

"왜죠?"

그렇게 묻자 그녀는 창가로 다가가 액자를 집어 들었다.

"공이 놓인 스탠드 밑에서 나온 사진이에요."

아야코가 액자를 마쓰미야에게 내밀었다.

"이 소년, 슈헤이 씨죠?"

사진을 본 마쓰미야는 움찔 놀랐다. 거기에는 남자 둘이 찍혀 있었다. 한 사람은 어린 시절, 아마도 중학생일 마쓰미야였고 그 옆에 건장한 남자가 서 있었다.

아야코가 고개를 살짝 기울이며 마쓰미야의 얼굴을 올려다봤다.

"알아보겠어요?"

네, 하며 그가 고개를 끄덕였다.

"어머니에게 들었어요."

"그럼 그 얘기도 나중에 한번 들어야겠네요."

네, 하고 마쓰미야는 대답했다. 오늘 밤은 이곳에서 묵기로 되어 있었다. 아마도 '다쓰요시'에 방을 준비한 듯하다.

잠깐 실례할게요, 하고 아야코가 병실을 나갔다.

그녀가 갑자기 사라지자 마쓰미야는 어색해서 어쩔 줄 몰라 하다가 마지못한 듯이 침대를 바라봤다.

마사쓰구는 여전히 잠들어 있었다. 숨을 쉬는지조차 의심스러울 만큼 움직임이 없다. 침대 옆 모니터에 나타난 갖가지 수치가 그가 살아 있음을 증명할 뿐이다. 다카마사 삼촌이 죽었을 때가 떠올랐다. 그때처럼 어딘가 다른 곳에서 의사가 이 수치를 관찰하고 있을지도 모른다.

문득 이불 옆으로 살짝 비어져 나온 마사쓰구의 손이 눈에 들어왔다. 뼈만 남은 앙상한 손이다. 하지만 크고 손가락이 길었다. 이 손으로 칼을 잡고 수많은 요리를 했겠지.

마쓰미야는 주저하며 팔을 뻗어 그 손을 잡았다. 보기와 달리 부드럽고 따스하다. 어느새 그 손을 자신의 양손으로 감싸 쥐고 있었다.

뭔가 전해지는 것이 있었다. 그것이 마쓰미야의 마음에 말을 거는 듯했다.

틀림없어, 하고 확신했다. 이 사람은 내 아버지다.

새삼 얼굴을 들여다봤다. 그리고 화들짝 놀랐다. 마사쓰구가 눈을 가늘게 뜨고 있었기 때문이다.

저도 모르게 아버지, 하고 불렀다.

미세하지만 얼굴에 변화가 일었다. 웃은 것 아닐까. 그러나 다음 순간 눈꺼풀은 이미 감겨 있었다.

마쓰미야는 손을 놓고 이불을 살포시 올려 덮었다.

다음 순간 슬라이딩 도어가 열리고 아야코가 들어왔다. 그녀가 마사쓰구와 마쓰미야를 번갈아 보더니 "무슨 일 있었어요?"라고 물었다.

"아니, 아무 일도요. 다만 감사드렸어요."

그리고 마쓰미야는 아버지를 내려다보며 덧붙였다.

"긴 끈이 끊기지 않아서요."

방 한가운데 침대가 있고, 그 위에 산소마스크를 쓴 노인이 누워 있었다. 얼굴이 매우 작아 보이는 건 몹시 야윈 탓이리라. 주름투성이인 눈꺼풀이 감겨 있고 산소마스크로 입도 가려져 있어 용모를 제대로 알아볼 수 없었다.

마쓰미야의 생각을 눈치채기라도 한 듯이 아야코가 산소마스크를 벗겼다.

"그래도 괜찮을까요?"

"잠깐은요. 이리 가까이 와서 보세요."

마쓰미야가 침대로 다가갔다. 마사쓰구는 잠이 든 채 미동도 하지 않는다.

찬찬히 얼굴을 들여다보았다. 자신과 닮았는지 어떤지 판단이 서질 않았다.

아야코가 마사쓰구 귀에 대고 "아버지." 하고 불렀다.

"눈 좀 떠 보세요. 마쓰미야 씨, 아니 슈헤이가 왔어요, 아버지."

그러나 노인은 반응이 없었다. 아야코는 살래살래 고개를 저으며 산소마스크를 도로 씌웠다.

"일부러 여기까지 왔는데……."

아야코가 아쉽다는 듯이 중얼거렸다.

아니에요, 하고 마쓰미야가 시선을 돌리는데 창가에 장식되어 있는 물건이 눈에 들어왔다.